한국남북문학100선

서울 1964년 겨울

김승옥/지음

▨ 작품해설
김승옥의 작품세계
윤병로

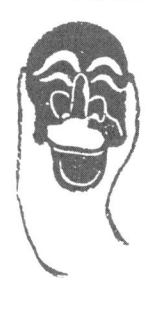

일신서적출판사

책머리에

  언어는 인간만이 유일무이하게 구사할 수 있는 사상의 전달매체이다. 말은 시간적인 의미의 매체이며 글은 시간을 초월하는 공간적인 의미의 매체이다. 문자가 발명되어 기록으로 전해짐으로써 비로소 사상은 고금을 잇는 연결고리를 갖게 되었다. 이렇게 문자를 통해 선조의 사상과 지혜가 후세에 전달됨으로써 인류문명은 비약적으로 발전하게 되었던 것이다.

  우리 나라도 세종대왕께서 세계에서 가장 훌륭한 문자인 한글을 창제하시어 우리만의 문자를 갖게 되었다. 그러나 안타깝게도 한자 문화의 영향권에 오랫동안 머물러 있었던 것이 개화기를 맞아 우리글에 대한 새로운 시각에 눈을 뜨게 되자, 비로소 우리 글로 씌어진 문학작품이 물밀듯이 쏟아져 나오게 되었다. 그러나 이처럼 많은 작품들을 여러분이 모두 읽을 수는 없는 실정이다. 따라서 한국문학사에 길이 남을 훌륭한 작품들을 신중히 선택하여 수록함과 더불어 여러분에게 실질적인 도움을 주고자 교과서에 나오는 작품들을 위주로 하여 《한국남북문학 100선》이라는 표제를 붙여 발간하고자 한다. 여기에는 납북작가들의 작품까지도 자료가 보충되는 대로 수록하여 여러분에게 편중된 작가의 작품만 읽는 우를 범하지 않도록 배려하였다.

  이 《한국남북문학 100선》이 학생들뿐만 아니라 일반인에게도 널리 읽혀 우리 문학작품의 흐름과 이해에 많은 도움이 되었으면 하는 마음 간절하다.

김승옥 단편집

차례

서울 1964년 겨울 ······ 7
그와 나 ······ 29
생명 연습 ······ 40
건(乾) ······ 66
환상수첩 ······ 86
누이를 이해하기 위하여 ······ 154
염소는 힘이 세다 ······ 173
무진기행(霧津紀行) ······ 190
차나 한 잔 ······ 217
서울의 달빛 0장(章) ······ 250
야행(夜行) ······ 278
어떤 결혼 조건 ······ 296
사랑이 다시 만나는 곳 ······ 301
정직한 이들의 날 ······ 306
산다는 것 ······ 309
저녁 식사 ······ 314
반달이 여인 ······ 319
움마 이야기 ······ 322
김승옥의 작품세계 ······ 330
作家年譜 ······ 336

작가소개

김승옥(金承鈺 : 1941~　)

  소설가. 일본 오사카에서 출생했으며 1945년 귀국하여 전남 순천에 정착하였다. 60년 서울대학교 문리대 불문학과에 입학하였고 서울경제신문에 연재 만화 〈파고다 영감〉을 그려 연재하는 등 그림에도 재능을 보였다. 62년 단편 《생명 연습》이 한국일보 신춘문예에 당선되어 문단에 데뷔하였다. 또 이 해에는 김현·최하림과 함께 동인지 〈산문시대〉를 창간하여 이 동인지에 《환상수첩》 등을 발표하였다. 65년에는 단편 《서울 1964년 겨울》을 발표하여 제10회 동인문학상을 수상하였고 이듬해에는 단편 《다산성(多産性)》《염소는 힘이 세다》《시골 처녀》, 장편 《빛의 무덤 속》을 발표하였다. 또한 그는 각본에도 재능을 유감없이 발휘하여 단편 《무진기행》을 〈안개〉라는 제명으로 각색했으며 김동인의 《감자》를 각색·연출하여 영화화하기도 했으며, 이듬해에는 이어령의 작품 《장군의 수염》을 각색하여 대종상 중 각본상을 수상하였다. 72년에는 《내가 훔친 여름》과 《60년대식》이 삼성 신서 《한국문학대계》 71권으로 간행되었으며, 77년 중편 《서울의 달빛 0장》을 〈문학사상〉에 발표하여 이 작품으로 제1회 이상문학상을 수상했다.

  그는 작품을 통해서 일상생활에서 사소한 것들이 사실은 더욱 중요하고 사소하지 않다는 냉철한 통찰력을 보여주고 있다. 이런 그의 특징 때문에 그의 작품들은 집중적인 분석과 검토를 필요로 한다. 즉 그는 사물을 인식하되 그 사물에 얽매이지 않는 자유로운 인식을 갖고 있다. 그러한 그의 자유롭고 개방된, 어떻게 보면 폐쇄적으로 개방된 사고 속에서 융화되어 그의 작품은 하나 하나가 독자를 몰입시키는 흡인력을 지니고 있다.

서울 1964년 겨울

1964년 겨울을 서울에서 지냈던 사람이라면 누구나 알 수 있겠지만, 밤이 되면 거리에 나타나는 선술집──오뎅과 군참새와 세 가지 종류의 술 등을 팔고 있고, 얼어붙은 거리를 휩쓸며 부는 차가운 바람이 펄럭거리게 하는 포장을 들치고 안으로 들어서게 되어 있고, 그 안에 들어서면 카바이드 불의 길쭉한 불꽃이 바람에 흔들리고 있고, 염색한 군용(軍用) 잠바를 입고 있는 중년사내가 술을 따르고 안주를 구워주고 있는 그러한 선술집에서, 그날 밤, 우리 세 사람은 우연히 만났다. 우리 세 사람이란 나와 도수 높은 안경을 쓴 안(安)이라는 대학원 학생과 정체는 알 수 없지만 요컨대 가난뱅이라는 것만은 분명하여 그의 정체를 꼭 알고 싶다는 생각은 조금도 나지 않는 서른 대여섯 살짜리 사내를 말한다.

먼저 말을 주고받게 된 것은 나와 대학원생이었는데, 뭐 그렇고 그런 자기 소개가 끝났을 때는 나는 그가 안씨라는 성을 가진 스물다섯 살짜리 대한민국 청년, 대학 구경을 해보지 못한 나로서는 상상이 되지 않는 전공(專攻)을 가진 대학원생, 부잣집 장남이라는 걸 알았고, 그는 내가 스물다섯 살짜리 시골 출신, 고등학교는 나오고 육군사관학교를 지원했다가 실패하고 나서 군대에 갔다가 임질에 한 번 걸려본 적이 있고 지금은 구청 병사계(兵事係)에서 일하고 있다는 것을 아마 알았을 것이다.

자기 소개들은 끝났지만 그러고 나서는 서로 할 애기가 없었다. 잠시 동안은 조용히 술만 마셨는데 나는 새까맣게 구워진 군참새를 집을 때 할 말이 생겼기 때문에 마음속으로 군참새에게 감사하고 나서 애기를 시작했다.

"안형, 파리를 사랑하십니까?"

"아니오, 아직까진……." 그가 말했다. "김형은 파리를 사랑하세요?"

"예."라고 나는 대답했다. "날을 수 있으니까요. 아닙니다. 날을 수 있는 것으로서 동시에 내 손에 붙잡힐 수 있는 것이니까요. 날을 수 있는 것으로서 손 안에 잡아본 적이 있으세요?"

"가만 계셔보세요." 그는 안경 속에서 나를 멀거니 바라보며 잠시 동안 표정을 꼼지락거리고 있었다. 그리고 말했다. "없어요, 나도 파리밖에는……."

낮엔 이상스럽게도 날씨가 따뜻했기 때문에 길은 얼음이 녹아서 흙물로 가득했었는데 밤이 되면서부터 다시 기온이 내려가고 흙물은 우리의 발 밑에서 다시 얼어붙기 시작했다. 소가죽으로 지어진 내 검정 구두는 얼고 있는 땅바닥에서 올라오고 있는 찬 기운을 충분히 막아내지 못하고 있었다. 사실 이런 술집이란, 집으로 돌아가는 길에 잠깐 한잔 하고 싶은 생각이 든 사람이나 들어올 데지, 마시면서 곁에 선 사람과 무슨 애기를 주고받을 만한 데는 되지 못하는 곳이다. 그런 생각이 문득 들었지만 그 안경쟁이가 때마침 나에게 기특한 질문을 했기 때문에 나는 '이놈 그럴 듯하다.'고 생각되어 추위 때문에 저려드는 내 발바닥에게 조금만 참으라고 부탁했다.

"김형, 꿈틀거리는 것을 사랑하십니까?" 하고 그가 내게 물었던 것이다.

"사랑하구 말구요." 나는 갑자기 의기양양해져서 대답했다. 추억이란 그것이 슬픈 것이든지 기쁜 것이든지 그것을 생각하는 사람을 의기양양하게 한다. 슬픈 추억일 때는 고즈너기 의기양양해지고 기쁜 추억일 때는 소란스럽게 의기양양해진다.
 "사관학교 시험에서 미역국을 먹고 나서도 얼마 동안, 나는 나처럼 대학 입학시험에 실패한 친구 하나와 미아리에서 하숙하고 있었습니다. 서울엔 그때가 처음이었죠. 장교가 된다는 꿈이 깨어져서 나는 퍽 실의에 빠져 있었습니다. 그때 영영 실의해버린 느낌입니다. 아시겠지만 꿈이 크면 클수록 실패가 주는 절망감도 대단한 힘을 발휘하더군요. 그 무렵 재미를 붙인 게 아침의 만원된 버스칸이었습니다. 함께 있는 친구와 나는 하숙집의 아침 밥상을 밀어놓기가 바쁘게 미아리고개 위에 있는 버스 정류장으로 달려갑니다. 개처럼 숨을 헐떡거리면서 말입니다. 시골에서 처음으로 서울에 올라온 청년들의 눈에 가장 부럽고 신기하게 비치는 게 무언지 아십니까? 부러운 건, 뭐니뭐니 해도, 밤이 되면 빌딩들의 창에 켜지는 불빛 아니 그 불빛 속에서 이리저리 움직이고 있는 사람들이고 신기한 건 버스칸 속에서 일 센티미터도 안 되는 간격을 두고 자기 곁에 이쁜 아가씨가 서 있다는 사실입니다. 때로는 아가씨들과 팔목의 살을 대고 있기도 하고 허벅다리를 비비고 서 있을 수도 있어서 그것 때문에 나는 하루종일 시내 버스를 이것저것 갈아 타면서 보낸 적도 있습니다. 물론 그날 밤엔 너무 피로해서 토했습니다만……."
 "잠깐, 무슨 얘기를 하시자는 겁니까?"
 "꿈틀거리는 것을 사랑한다는 얘기를 하려던 참이었습니다. 들어보세요. 그 친구와 나는 출근시간의 만원 버스 속을 쓰리꾼들처럼 안으로 비집고 들어갑니다. 그리고 자리를 잡고 앉아 있는 젊은 여자 앞에 섭니다. 나는 한 손으로 손잡이를 잡고 나서, 달려오느라고 좀 멍해진 머리를 올리고 있는 손에 기댑니다. 그리고 내 앞에 앉아 있는 여자의 아랫배 쪽으로 천천히 시선을 보냅니다. 그러면 처음엔 얼른 눈에 뜨이지 않지만 시간이 조금 가고 내 시선이 투명해지면서부터는 나는 그 여자의 아랫배가 조용히 오르내리는 것을 볼 수 있습니다."
 "오르내린다는 건……호흡 때문에 그러는 것이겠죠?"

"물론입니다. 시체의 아랫배는 꿈쩍도 하지 않으니까요. 하여튼……나는 그 아침의 만원 버스칸 속에서 보는 젊은 여자 아랫배의 조용한 움직임을 보고 있으면 왜 그렇게 마음이 편안해지고 맑아지는지 모르겠습니다. 나는 그 움직임을 지독하게 사랑합니다."

"퍽 음탕한 얘기군요."라고 안은 기묘한 음성으로 말했다. 나는 화가 났다. 그 얘기는, 내가 만일 라디오의 박사게임 같은 데에 나가게 돼서 "세상에서 가장 신선한 것은?"이라는 질문을 받게 되었을 때, 남들은 상추니 오월의 새벽이니 천사의 이마니 하고 대답하겠지만 나는 그 움직임이 가장 신선한 것이라고 대답하려니 하고 일부러 기억해두었던 것이었다.

"아니, 음탕한 얘기가 아닙니다." 나는 강경한 태도로 말했다. "그 얘기는 정말입니다."

"음탕하지 않다는 것과 정말이라는 것 사이엔 어떤 관계가 있죠?"

"모르겠습니다. 관계 같은 것은 난 모릅니다. 요컨대……."

"그렇지만 그 동작은 '오르내린다'는 것이지 꿈틀거린다는 것은 아니군요. 김형은 아직 꿈틀거리는 것을 사랑하지 않으시구먼."

우리는 다시 침묵 속으로 떨어지는 술잔만 만지작거리고 있었다. 개새끼, 그게 꿈틀거리는 게 아니라고 해도 괜찮다, 하고 나는 생각하고 있었다. 그런데 잠시 후에 그가 말했다.

"난 방금 생각해봤는데 김형의 그 오르내림도 역시 꿈틀거림의 일종이라는 결론을 얻었습니다."

"그렇죠?" 나는 즐거워졌다. "그것은 틀림없이 꿈틀거림입니다. 난 여자의 아랫배를 가장 사랑합니다. 안형은 어떤 꿈틀거림을 사랑합니까?"

"어떤 꿈틀거림이 아닙니다. 그냥 꿈틀거리는 거죠. 그냥 말입니다. 예를 들면……데모도……."

"데모가? 데모를? 그러니까 데모……."

"서울은 모든 욕망의 집결지입니다. 아시겠습니까?"

"모르겠습니다."라고 나는 할 수 있는 한 깨끗한 음성을 지어서 대답했다.

그때 우리의 대화는 또 끊어졌다. 이번엔 침묵이 오래 계속되었다. 나는 술잔을 입으로 가져갔다. 내가 잔을 비우고 났을 때 그도 잔을 입에 대고 눈을 감고 마시고 있는 게 보였다. 나는 이젠 자리를 떠나야 할 때가 되었다고 다소 서글픈 기분으로 생각했다. 결국 그렇고 그렇다. 또 한 번 확인된 것에 지나지 않다고 생각하면서 '자, 그럼 다음에 또…….'라고 말할까 '재미있었습니다.'라고 말할까, 궁리하고 있는데 술잔을 비운 안이 갑자기 한 손으로 내 한쪽 손을 살그머니 잡으면서 말했다.

"우리가 거짓말을 하고 있었다고 생각하지 않으십니까?"

"아니오." 나는 좀 귀찮은 생각이 들었다. "안형은 거짓말을 했는지 모르지만 내가 한 얘기는 정말이었습니다."

"난 우리가 거짓말을 하고 있었던 것 같은 느낌이 듭니다." 그는 붉어진 눈두덩을 안경 속에서 두어 번 꿈벅거리고 나서 말했다. "난 우리 또래의 친구를 새로 알게 되면 꼭 꿈틀거림에 대한 얘기를 하고 싶어집니다. 그래서 얘기를 합니다. 그렇지만 얘기는 오 분도 안 돼서 끝나버립니다."

나는 그가 무슨 얘기를 하고 있는지 알 듯하기도 했고 모를 것 같기도 했다.

"우리 다른 얘기합시다." 하고 그가 다시 말했다.

나는 심각한 얘기를 좋아하는 이 친구를 골려주기 위해서 그리고 한편으로는 자기의 음성을 자기가 들을 수 있는 취한 사람의 특권을 맛보고 싶어서 얘기를 시작했다.

"평화시장 앞에 줄지어 선 가로등들 중에서 동쪽으로부터 여덟 번째 등은 불이 켜 있지 않습니다." 나는 그가 좀 어리둥절해 하는 것을 보자 더욱 신이 나서 얘기를 계속했다.

"……그리고 화신백화점 육층의 창들 중에서는 그 중 세 개에서만 불빛이 나오고 있었습니다……."

그러자 이번엔 내가 어리둥절해질 사태가 벌어졌다. 안의 얼굴에 놀라운 기쁨이 빛나기 시작했기 때문이다.

그가 **빠른** 말씨로 얘기하기 시작했다.

"서대문 버스 정류장에는 사람이 서른두 명 있는데 그 중 여자가 열일곱 명이었고, 어린애는 다섯 명 젊은이는 스물한 명 노인이 여섯 명입니다."

"그건 언제 일이지요?"

"오늘 저녁 일곱시 십오분 현재입니다."

"아." 하고 나는 잠깐 절망적인 기분이었다가 그 반작용인 듯 굉장히 기분이 좋아져서 털어놓기 시작했다.

"단성사 옆 골목의 첫 번째 쓰레기통에는 초콜릿 포장지가 두 장 있습니다."

"그건 언제?"

"지난 십사일 저녁 아홉시 현재입니다."

"적십자병원 정문 앞에 있는 호두나무의 가지 하나는 부러져 있습니다."

"을지로 3가에 있는 간판없는 한 술집에는 미자라는 이름을 가진 색시가 다섯 명 있는데 그 집에 들어온 순서대로 큰미자, 둘째 미자, 셋째 미자, 넷째 미자, 막내 미자라고들 합니다."

"그렇지만 그건 다른 사람들도 알고 있겠군요. 그 술집에 들어가 본 사람은 꼭 김형 하나뿐이 아닐 테니까요."

"아 참, 그렇군요. 난 미처 그걸 생각하지 못했는데. 난 그 중에서 큰미자와 하루저녁 같이 잤는데 그 여자는 다음날 아침, 일수(日收)로 물건을 파는 여자가 왔을 때 내게 빤쯔 하나를 사주었습니다. 그런데 그 여자가 저금통으로 사용하고 있는 한 되들이 빈 술병에는 돈이 백십 원 들어 있었습니다."

"그건 얘기가 됩니다. 그 사실은 완전히 김형의 소유입니다."

우리의 말투는 점점 서로를 존중해가고 있었다. "나는……." 하고 우리는 동시에 말을 시작하기도 했다. 그럴 때는 번갈아서 서로 양보했다.

"나는……." 이번에는 그가 말할 차례였다. "서대문 근처에서 서울역 쪽으로 가는 전차의 도로리가 내 시야 속에서 꼭 다섯 번 파란 불꽃을 튀기는 것을 보았습니다. 그건 오늘 밤 일곱시 이십오분에 거길 지나가는 전차였습니다."

"안형은 오늘 저녁엔 서대문 근처에서 살고 있었군요."

"예, 서대문 근처에서 살고 있었어요."

"난, 종로 2가 쪽입니다. 영보빌딩 안에 있는 변소문의 손잡이 조금 밑에는 약 이 센티미터 가량의 손톱자국이 있습니다."

하하하하 하고 그는 소리내어 웃었다.

"그건 김형이 만들어놓은 자국이겠지요?"

나는 무안했지만 고개를 끄덕이지 않을 수 없었다. 그건 사실이었다.

"어떻게 아세요?" 하고 나는 그에게 물었다.

"나도 그런 경험이 있으니까요." 그가 대답했다. "그렇지만 별로 기분 좋은 기억이 못 되더군요. 역시 우리는 그냥 바라보고 발견하고 비밀히 간직해두는 편이 좋겠어요. 그런 짓을 하고 나서는 뒷맛이 좋지 않더군요."

"난 그런 짓을 많이 했습니다만 오히려 기분이 좋았……." 좋았다고 말하려고 했는데, 갑자기 내가 했던 모든 그것에 대한 혐오감이 치밀어서 나는 말을 그치고 그의 의견에 동의하는 고갯짓을 해버렸다.

그러자 그때 나는 이상스럽다는 생각이 들었다. 내가 약 삼십분 전에 들은 말이 틀림없다면 지금 내 옆에서 안경을 번쩍이고 앉아 있는 친구는 틀림없는 부잣집 아들이고, 높은 공부를 한 청년이다. 그런데 왜 그가 이래야만 되는가?

"안형이 부잣집 아들이라는 것은 사실이겠지요? 그리고 대학원생이라는 것도⋯⋯." 내가 물었다.

"부동산만 해도 대략 삼천만 원쯤 되면 부자가 아닐까요? 물론 내 아버지의 재산이지만 말입니다. 그리고 대학원생이란 건 여기 학생증이 있으니까⋯⋯."

그러면서 그는 호주머니를 뒤적거려서 지갑을 꺼냈다.

"학생증까진 필요없습니다. 실은 좀 의심스러운 게 있어서요. 안형 같은 사람이 추운 밤에 싸구려 선술집에 앉아서 나 같은 친구나 간직할 만한 일에 대해서 얘기하고 있다는 것이 이상스럽다는 생각이 방금 들었습니다."

"그건⋯⋯그건⋯⋯." 그는 좀 열띤 음성으로 말했다.

"그건⋯⋯그렇지만 먼저 물어보고 싶은 게 있는데요. 김형이 추운 밤에 밤거리를 쏘다니는 이유는 무엇입니까?"

"습관은 아닙니다. 나 같은 가난뱅이는 호주머니에 돈이 좀 생겨야 밤거리에 나올 수 있으니까요."

"글쎄, 밤거리에 나오는 이유는 뭡니까?"

"하숙방에 들어앉아서 벽이나 쳐다보고 있는 것보다는 나으니까요."

"밤거리에 나오면 뭔가 좀 풍부해지는 느낌이 들지 않습니까?"

"뭐가요?"

"그 뭔가가. 그러니까 생(生)이라고 해도 좋겠지요. 난 김형이 왜 그런 질문을 하는지 그 이유를 조금은 알 것 같습니다. 내 대답은 이렇습니다. 밤이 됩니다. 난 집에서 거리로 나옵니다. 난 모든 것에서 해방된 것을 느낍니다. 아니, 실제로는 그렇지 않을는지 모르지만 그렇게 느낀다는 말입니다. 김형은 그렇게 안 느낍니까?"

"글쎄요."

"나는 사물의 틈에 끼여서가 아니라 사물을 멀리 두고 바라보게 됩니다. 안 그렇습니까?"

"글쎄요. 좀⋯⋯."

"아니, 어렵다고 말하지 마세요. 이를테면 낮엔 그저 스쳐 지나가던 모든 것이 밤이 되면 내 시선 앞에서 자기들의 벌거벗은 몸을 송두리째 드러내놓고 쩔쩔 맨단 말입니다. 그런데 그게 의미가 없는 일일까요? 그런, 사물을 바라보며 즐거워한다는 일이 말입니다."
 "의미요? 그게 무슨 의미가 있습니까? 난 무슨 의미가 있기 때문에 종로 2가에 있는 빌딩들의 벽돌 수를 헤아리는 일을 하는 게 아닙니다. 그냥……."
 "그렇죠? 무의미한 겁니다. 아니 사실은 의미가 있는지도 모르지만 난 아직 그걸 모릅니다. 김형도 아직 모르는 모양인데 우리 한번 함께 그거나 찾아볼까요. 일부러 만들어 붙이지는 말고요."
 "좀 어리둥절하군요. 그게 안형의 대답입니까? 난 좀 어리둥절한데요. 갑자기 의미라는 말이 나오니까."
 "아, 참, 미안합니다. 내 대답은 아마 이렇게 될 것 같군요. 그냥 뭔가 뿌듯해지는 느낌이 들기 때문에 밤거리로 나온다고." 그는 이번엔 목소리를 낮추어서 말했다. "김형과 나는 서로 다른 길을 걸어서 같은 지점에 온 것 같습니다. 만일 이 지점이 잘못된 지점이라고 해도 우리 탓은 아닐 거예요." 그는 이번엔 쾌활한 음성으로 말했다. "자, 여기서 이럴 게 아니라 어디 따뜻한 데 가서 정식으로 한 잔씩 하고 헤어집시다. 난 한 바퀴 돌고 여관으로 갑니다. 가끔 이렇게 밤거리를 쏘다니는 밤엔 난 꼭 여관에서 자고 갑니다. 여관엘 찾아든다는 프로가 내게는 최고죠."

 우리는 각기 계산하기 위해서 호주머니에 손을 넣었다. 그때 한 사내가 우리에게 말을 걸어왔다. 우리 곁에서 술잔을 받아놓고 연탄불에 손을 쬐고 있던 사내였는데, 술을 마시기 위해서 거기에 들어온 것이 아니라 불을 쬐고 싶어서 잠깐 들렀다는 꼴을 하고 있었다. 제법 깨끗한 코트를 입고 있었고 머리엔 기름도 얌전하게 발라서 카바이드 등의 불꽃이 너풀댈 때마다 머리 위의 하이라이트가 이리저리 움직이고 있었다. 그러나 어디선지는 분명하지는 않았지만 가난뱅이 냄새가 나는 서른 대여섯 살짜리 사내였다. 아마 빈약하게 생긴 턱 때문이었을까, 아니면 유난히 새빨간 눈시울 때문이었을까. 그 사내가 나나 안(安) 중의 어느 누구에게라고 할 것 없이 그냥 우리 쪽을 향하여 말을 걸어온 것이었다.

"미안하지만 제가 함께 가도 괜찮을까요? 제게 돈은 얼마든지 있습니다만……."이라고 그 사내는 힘없는 음성으로 말했다.

그 힘없는 음성으로 봐서는 꼭 끼어달라는 건 아니라는 것 같았지만 한편으로는 우리와 함께 가고 싶은 생각이 간절하다는 것 같기도 했다. 나와 안은 얼굴을 마주 보고 나서,

"아저씨 술값만 있다면……."이라고 내가 말했다.

"함께 가시죠."라고 안도 내 말을 이었다.

"고맙습니다." 하고 그 사내는 여전히 힘없는 음성으로 말하면서 우리를 따라왔다.

안은 일이 좀 이상하게 되었다는 얼굴을 하고 있었고, 나 역시 유쾌한 예감이 들지는 않았다. 술좌석에서 알게 된 사람끼리는 의외로 재미있게 놀게 되는 것을 몇 번의 경험으로 알고 있었지만, 대개의 경우, 이렇게 힘없는 목소리로 끼어드는 양반은 없었다. 즐거움이 넘치고 넘친다는 얼굴로 요란스럽게 끼어들어야만 일이 되는 것이었다. 우리는 갑자기 목적지를 잊은 사람들처럼 사방으로 두리번거리면서 느릿느릿 걸어갔다. 전봇대에 붙은 약 광고판 속에서는 이쁜 여자가 '춤지만 할 수 있느냐'는 듯한 쓸쓸한 미소를 띠고 우리를 내려다보고 있었고, 어떤 빌딩의 옥상에서는 소주 광고의 네온사인이 열심히 명멸하고 있었고, 소주 광고 곁에서는 약 광고의 네온사인이 하마터면 잊어버릴 뻔했다는 듯이 황급히 꺼졌다간 다시 켜져서 오랫동안 빛나고 있었고, 이젠 완전히 얼어붙은 길 위에는 거지가 돌덩이처럼 여기저기 엎드려 있었고, 그 돌덩이 앞을 사람들은 힘껏 웅크리고 빠르게 지나가고 있었다. 종이 한 장이 바람에 휙 날리어 거리의 저쪽에서 이

쪽으로 날아오고 있었다. 그 종이 조각은 내 발 밑에 떨어졌다. 나는 그 종이 조각을 집어들었는데 그것은 '美姬 서비스, 特別廉價'라는 것을 강조한 어느 비어 홀의 광고지였다.

"지금 몇 시쯤 되었습니까?" 하고 힘없는 아저씨가 안에게 물었다.

"아홉시 십분 전입니다."라고 잠시 후에 안이 대답했다.

"저녁들은 하셨습니까? 난 아직 저녁을 안 했는데, 제가 살 테니까 같이 가시겠어요?" 힘없는 아저씨가 이번엔 나와 안을 번갈아보며 말했다.

"먹었습니다." 하고 나와 안은 동시에 대답했다.

"혼자서 하시죠."라고 내가 말했다.

"감사합니다. 그럼……."

우리는 근처의 중국요리집으로 들어갔다. 방으로 들어가서 앉았을 때 아저씨는 또 한 번 간곡하게 우리가 뭘 좀 들 것을 권했다. 우리는 또 한 번 사양했다. 그는 또 권했다.

"아주 비싼 걸 시켜도 괜찮겠습니까?"라고 나는 그의 권유를 철회시키기 위해서 말했다.

"네, 사양마시고." 그가 처음으로 힘있는 목소리로 말했다. "돈을 써버리기로 결심했으니까요."

나는 그 사내에게 어떤 꿍꿍이속이 있는 것만 같은 느낌이 들어서 좀 불안했지만 통닭과 술을 시켜달라고 했다. 그는 자기가 주문한 것 외에 내가 말한 것도 사환에게 청했다. 안은 어처구니없는 얼굴로 나를 보았다. 나는 그때 마침 옆방에서 들려오고 있는 여자의 불그레한 신음 소리를 듣고만 있었다.

"이 형도 뭘 좀 드시죠."라고 아저씨가 안에게 말했다.

"아니 전……." 안은 술이 다 깬다는 듯이 펄쩍 뛰고 사양했다.

우리는 조용히 옆방의 다급해져가는 신음 소리에 귀를 기울이고 있었다. 전차의 끽끽거리는 소리와 홍수 난 강물 소리 같은 자동차들의 달리는 소리도 희미하게 들려오고 있었고, 가까운 곳에서는 이따금

초인종 울리는 소리도 들렸다. 우리의 방은 어색한 침묵에 싸여 있었다.

"말씀드리고 싶은 게 있는데요." 마음씨 좋은 아저씨가 말하기 시작했다. "들어주셨으면 고맙겠습니다……오늘 낮에 제 아내가 죽었습니다. 세브란스 병원에 입원하고 있었는데……." 그는 이젠 슬프지도 않다는 얼굴로 우리를 빤히 쳐다보며 말하고 있었다. "네에에." "그거 안되셨군요."라고 안과 나는 각각 조의를 표했다. "아내와 나는 참 재미있게 살았습니다. 아내가 어린애를 낳지 못하기 때문에 시간은 몽땅 우리 두 사람의 것이었습니다. 돈은 넉넉하진 못했습니다만 그래도 돈이 생기면 우리는 어디든지 같이 다니면서 재미있게 지냈습니다. 딸기철엔 수원(水原)에도 가고, 포도철엔 안양(安養)에도 가고, 여름이면 대천(大川)에도 가고, 가을엔 경주(慶州)에도 가보고, 밤엔 함께 영화구경, 쇼 구경하러 열심히 극장에 쫓아다니기도 했습니다……."

"무슨 병환이셨던가요?" 하고 안이 조심스럽게 물었다.

"급성 뇌막염이라고 의사가 그랬습니다. 아내는 옛날에 급성 맹장염 수술을 받은 적도 있고, 급성 폐렴을 앓은 적도 있다고 했습니다만 모두 괜찮았었는데 이번의 급성엔 결국 죽고 말았습니다……죽고 말았습니다."

사내는 고개를 떨구고 한참 동안 무언지 입을 우물거리고 있었다. 안이 손가락으로 내 무릎을 찌르며 우리는 꺼지는 게 어떻겠느냐는 눈짓을 보냈다. 나 역시 동감이었지만 그때 사내가 다시 고개를 들고 말을 계속했기 때문에 우리는 눌러앉아 있을 수밖에 없었다.

"아내와는 재작년에 결혼했습니다. 우연히 알게 됐습니다. 친정이 대구(大邱) 근처에 있다는 얘기만 했지 한 번도 친정과는 내왕이 없었습니다. 난 처갓집이 어딘지도 모릅니다. 그래서 할 수 없었어요." 그는 다시 고개를 떨구고 입을 우물거렸다.

"뭘 할 수 없었다는 말입니까?" 내가 물었다.

그는 내 말을 못 들은 것 같았다. 그러나 한참 후에 다시 고개를 들고 마치 애원하는 듯한 눈빛으로 말을 이었다.

"아내의 시체를 병원에 팔았습니다. 할 수 없었습니다. 난 서적 월부판매 외교원에 지나지 않습니다. 할 수 없었습니다. 돈 사천 원을 주더군요. 난 두 분을 만나기 얼마 전까지도 세브란스 병원 울타리 곁에 서 있었습니다. 아내가 누워 있을 시체실이 있는 건물을 알아보려고 했습니다만 어딘지 알 수 없었습니다. 그냥 울타리 곁에 앉아서 병원의 큰 굴뚝에서 나오는 희끄무레한 연기만 바라보고 있었습니다. 아내는 어떻게 될까요, 학생들이 해부실습하느라고 톱으로 머리를 자르고 칼로 배를 찢고 한다는데 정말 그러겠지요?"

우리는 입을 다물고 있을 수밖에 없었다. 사환이 다꾸앙과 파가 담긴 접시를 갖다놓고 나갔다.

"기분 나쁜 얘길 해서 미안합니다. 다만 누구에게라도 얘기하지 않고서는 견딜 수 없었습니다. 한 가지만 의논해보고 싶은데, 이 돈을 어떻게 하면 좋을까요? 저는 오늘 저녁에 다 써버리고 싶은데요."

"쓰십시오." 안이 얼른 대답했다.

"이 돈이 다 없어질 때까지 함께 있어주시겠어요?" 사내가 말했다. 우리는 얼른 대답하지 못했다. "함께 있어주십시오." 사내가 말했다. 우리는 승낙했다.

"멋있게 한 번 써봅시다."라고 사내는 우리와 만난 후 처음으로 웃으면서 그러나 여전히 힘없는 음성으로 말했다.

중국집에서 거리로 나왔을 때는 우리는 모두 취해 있었고, 돈은 천 원이 없어졌고 사내는 한쪽 눈으로는 울고 다른쪽 눈으로는 웃고 있었고, 나는 "악센트 찍는 문제를 모두 틀려버렸단 말야, 악센트 말야."라고 중얼거리고 있었고, 거리는 영화에서 본 식민지의 거리처럼 춥고 한산했고, 그러나 여전히 소주 광고는 부지런히, 약 광고는 게으름을 피우며 반짝이고 있었고, 전봇대의 아가씨는 '그저 그래요.'라고 웃고 있었다.

"이제 어디로 갈까?" 하고 아저씨가 말했다.

"어디로 갈까?" 안이 말하고,

"어디로 갈까?"라고 나도 그들의 말을 흉내냈다.

아무 데도 갈 데가 없었다. 방금 우리가 나온 중국집 곁에 양품점의 쇼윈도가 있었다. 사내가 그쪽을 가리키며 우리를 끌어당겼다. 우리는 양품점 안으로 들어갔다.

"넥타이를 골라가져. 내 아내가 사주는 거야." 사내가 호통을 쳤다. 우리는 알록달록한 넥타이를 하나씩 들었고, 돈은 육백 원이 없어져버렸다. 우리는 양품점에서 나왔다.

"어디로 갈까?"라고 사내가 말했다.

갈 데는 계속해서 없었다. 양품점의 앞에는 귤장수가 있었다.

"아내는 귤을 좋아했다."고 외치며 사내는 귤을 벌여놓은 수레 앞으로 돌진했다. 삼백 원이 없어졌다. 우리는 이빨로 귤껍질을 벗기면서 그 부근에서 서성거렸다.

"택시!" 사내가 고함쳤다.

택시가 우리 앞에 멎었다. 우리가 차에 오르자마자 사내는 "세브란스로!"라고 말했다.

"안 됩니다. 소용없습니다." 안이 재빠르게 외쳤다.

"안 될까?" 사내가 중얼거렸다. "그럼 어디로?" 아무도 대답하지 않았다.

"어디로 가시는 겁니까?"라고 운전수가 짜증난 음성으로 말했다. "갈 데가 없으면 빨리 내리쇼."

우리는 차에서 내렸다. 결국 우리는 중국집에서 스무 발자국도 더 벗어나지 못하고 있었다. 거리의 저쪽 끝에서 요란한 사이렌 소리가 나타나서 점점 가깝게 달려들었다. 소방차 두 대가 우리 앞을 빠르고 시끄럽게 지나쳐갔다.

"택시!" 사내가 고함쳤다.

택시가 우리 앞에 멎었다. 우리가 차에 오르자마자 사내는

"저 소방차 뒤를 따라 갑시다."고 말했다.
나는 귤껍질을 세 개째 벗기고 있었다.
"지금 불구경하러 가고 있는 겁니까?"라고 안이 아저씨에게 말했다. "안 됩니다. 시간이 없습니다. 벌써 열시 반인데요. 좀더 재미있게 지내야죠. 돈은 이제 얼마 남았습니까?"
아저씨는 호주머니를 뒤져서 돈을 모두 털어냈다. 그리고 그것을 안에게 건네줬다. 안과 나는 헤아려봤다. 천구백 원하고 동전이 몇 개, 십 원짜리가 몇 장이 있었다.
"됐습니다." 안은 돈을 다시 돌려주면서 말했다. "세상엔 다행히 여자의 특징만 중점적으로 내보이는 여자들이 있습니다."
"내 아내 얘깁니까?"라고 사내가 슬픈 음성으로 물었다. "내 아내의 특징은 너무 잘 웃는다는 것이었습니다."
"아닙니다. 종삼(鍾三)으로 가자는 얘기였습니다." 안이 말했다.
사내는 안을 경멸하는 듯한 웃음을 띠며 고개를 돌려버렸다. 그러는 사이에 우리는 화재가 난 곳에 도착했다. 삼십 원이 없어졌다. 화재가 난 곳은 아래층인 페인트 상점이었는데 지금은 미용학원인 이층에서 불길이 창으로부터 뿜어 나오고 있었다. 경찰들의 호각 소리, 소방차들의 사이렌 소리, 불길 속에서 나는 탁탁 소리, 물줄기가 건물의 벽에 부딪쳐서 나는 소리. 그러나 사람들의 소리는 아무것도 나지 않았다. 사람들은 불빛에 비쳐 무안당한 사람처럼 붉은 얼굴로, 정물처럼 서 있었다.
우리는 발 밑에 굴러 있는 페인트 든 통을 하나씩 궁둥이 밑에 깔고 웅크리고 앉아서 불구경을 했다. 나는 불이 좀더 오래 타기를 바랐다. 미용학원이라는 간판에 불이 붙고 있었다. '원' 자(字)에 불이 붙기 시작했다.
"김형, 우린 우리 얘기나 합시다." 하고 안이 말했다. "화재 같은 건 아무것도 아닙니다. 내일 아침 신문에서 볼 것을 오늘 밤에 미리 봤다는 차이밖에 없습니다. 저 화재는 김형의 것도 아니고 내 것도 아니고 이 아저씨 것도 아닙니다. 우리 모두의 것이 돼버립니다. 그러나 화재는 항상 계속해서 나고 있는 건 아닙니다. 그러기 때문에 난 화재엔 흥미가 없습니다. 김형은 어떻게 생각하십니까?"

"동감입니다." 나는 아무렇게나 대답하며 이젠 '학' 자에 불이 붙고 있는 것을 보았다.

"아니 난 방금 말을 잘못했습니다. 화재는 우리 모두의 것이 아니라 화재는 오로지 화재 자신의 것입니다. 화재에 대해서 우리는 아무 것도 아닙니다. 그렇기 때문에 난 화재에 흥미가 없습니다. 김형은 어떻게 생각하십니까?"

"동감입니다."

물줄기 하나가 불타고 있는 '학'으로 달려들고 있었다. 물이 닿은 곳에서는 회색 연기가 피어올랐다. 힘없는 아저씨가 갑자기 힘차게 깡통으로부터 일어섰다.

"내 아냅니다." 하고 사내는 환한 불길 속을 손가락질하며 눈을 크게 뜨고 소리쳤다. "내 아내가 머리를 막 흔들고 있습니다. 골치가 깨질 듯이 아프다고 머리를 막 흔들고 있습니다. 여보……."

"골치가 깨질 듯이 아픈 게 뇌막염의 증세입니다. 그렇지만 저건 바람에 휘날리는 불길입니다. 앉으세요. 불 속에 아주머님이 계실 리가 있습니까?"라고 안이 아저씨를 끌어앉히며 말했다. 그러고 나서 안은 나에게 나지막하게 속삭였다. "이 양반, 우릴 웃기는데요."

나는 꺼졌다고 생각하고 있던 '학'에 다시 불이 붙고 있는 것을 보았다. 물줄기가 다시 그곳으로 뻗어가고 있었다. 그러나 물줄기는 겨냥을 잘 잡지 못하고 이리저리 흔들리고 있었다. 불은 날쌔게 '용'을 핥고 있었다. 나는 '미'까지 어서 불 붙기를 바라고 있었고 그리고 그 간판에 불이 붙는 과정을 그 많은 불 구경꾼들 중에서 나 혼자만 알고 있기를 바랐다. 그러나 그때 문득 나는 불이 생명을 가진 것처럼 생각되어서, 내가 조금 전에 바라고 있던 것을 취소해버렸다.

무언가 하얀 것이 우리가 웅크리고 앉아 있는 곳에서 불타고 있는 건물 쪽으로 날아가는 것이 보였다. 그 비둘기는 불 속으로 떨어졌다.
"무엇이 불 속으로 날아 들어갔지요?" 내가 안을 돌아다보며 물었다.
"예, 뭐가 날아갔습니다." 안은 나에게 대답하고 나서 이번엔 아저씨를 돌아다보며 "보셨어요?" 하고 그에게 물었다.
아저씨는 잠자코 앉아 있었다. 그때 순경 한 사람이 우리 쪽으로 달려왔다.
"당신이다."라고 순경은 아저씨를 한 손으로 붙잡으면서 말했다. "방금 무얼 불 속에 던졌소?"
"아무것도 안 던졌습니다."
"뭐라구요?" 순경은 때릴 듯한 시늉을 하며 아저씨에게 소리쳤다. "내가 던지는 걸 봤단 말요. 무얼 불 속에 던졌소?"
"돈입니다."
"돈?"
"돈과 돌을 손수건에 싸서 던졌습니다."
"정말이오?" 순경은 우리에게 물었다.
"예, 돈이었습니다. 이 아저씨는 불난 곳에 돈을 던지면 장사가 잘 된다는 이상한 믿음을 가졌답니다. 말하자면 좀 돌았다고 할 수 있는 사람이지만 나쁜 짓은 결코 하지 않는 장사꾼입니다." 안이 대답했다.
"돈은 얼마였소?"
"일 원짜리 동전 한 개였습니다." 안이 다시 대답했다.
순경이 가고 났을 때 안이 사내에게 물었다.
"정말 돈을 던졌습니까?"
"예."
"모두?"
"예."
우리는 꽤 오랫동안 불꽃이 튀는 탁탁 소리에 귀를 기울이고 있었다. 한참 후에 안이 사내에게 말했다.
 "결국 그 돈은 다 쓴 셈이군요……자, 이젠 그럼 약속이 끝났으니 우린 가겠습니다."
 "안녕히 계십시오."라고 나도 아저씨에게 작별인사를 했다.
 안과 나는 돌아서서 걷기 시작했다. 사내가 우리를 쫓아와서 안과 나의 팔을 한쪽씩 붙잡았다.
 "나 혼자 있기가 무섭습니다." 그는 벌벌 떨며 말했다.
 "곧 통행금지 시간이 됩니다. 난 여관으로 가서 잘 작정입니다." 안이 말했다.
 "난 집으로 갈 겁니다." 내가 말했다.
 "함께 갈 수 없겠습니까? 오늘 밤만 같이 지내주십시오. 부탁합니다. 잠깐만 저를 따라와주십시오." 사내는 말하고 나서 나를 붙잡고 있는 자기의 팔을 부채질하듯이 흔들었다. 아마 안의 팔에 대해서도 그렇게 했으리라.
 "어디로 가자는 겁니까?" 나는 아저씨에게 물었다.
 "여관비를 구하러 잠깐 이 근처에 들렀다가 모두 함께 여관으로 갔으면 하는데요."
 "여관에요?" 나는 내 호주머니 속에 든 돈을 손가락으로 계산해보며 말했다.
 "여관비라면 내가 모두 내겠으니 그럼 함께 가시지요." 안이 나와 사내에게 말했다.
 "아닙니다. 폐를 끼쳐드리고 싶지 않습니다. 잠깐만 절 따라와주십시오."
 "돈을 빌리러 가는 겁니까?"
 "아닙니다. 받아야 할 돈이 있습니다."
 "이 근처에요?"
 "예, 여기가 남영동(南營洞)이라면."
 "아마 틀림없는 남영동인 것 같군요." 내가 말했다.

사내가 앞장을 서고 안과 내가 그 뒤를 쫓아서 우리는 화재로부터 멀어져갔다.
"빚 받으러 가기에는 시간이 너무 늦었습니다." 안이 사내에게 말했다.
"그렇지만 저는 받아야 합니다."
우리는 어느 어두운 골목길로 들어섰다. 골목의 모퉁이를 몇 개인가 돌고 난 뒤에 사내는 대문 앞에 전등이 켜져 있는 집 앞에서 멈췄다. 나와 안은 사내로부터 열 발짝쯤 떨어진 곳에서 멈췄다. 사내가 벨을 눌렀다. 잠시 후에 대문이 열리고, 사내가 대문 안에 선 사람과 말하는 소리가 들렸다.
"주인 아저씨를 뵙고 싶은데요."
"주무시는데요."
"그럼 주인 아주머니는……."
"주무시는데요."
"꼭 뵈어야겠는데요."
"기다려보세요."
대문이 다시 닫혔다. 안이 달려가서 사내의 팔을 잡아끌었다.
"그냥 가시죠?"
"괜찮습니다. 받아야 할 돈이니까요."
안이 다시 먼저 서 있던 곳으로 걸어왔다. 대문이 열렸다.
"밤 늦게 죄송합니다." 사내가 대문을 향해서 고개를 숙이며 말했다.
"누구시죠?" 대문은 잠에 취한 여자의 음성을 냈다.
"죄송합니다, 이렇게 너무 늦게 찾아와서. 실은……."
"누구시죠? 술 취하신 것 같은데……."
"월부 책값 받으러 온 사람입니다."
하고 사내는 갑자기 비명 같은 높은 소리로 외쳤다. "월부 책값 받으러 온 사람입니다." 이번엔 사내는 문 기둥에 두 손을 짚고 앞으로 뻗은 자기 팔 위에 얼굴을 파묻으며 울음을 터뜨렸다. "월부 책값 받으로 온 사람입니다. 월부 책값……." 사내는 계속해서 흐느꼈다.
 "내일 낮에 오세요." 대문이 탁 닫혔다.
 사내는 계속해서 울고 있었다. 사내는 가끔 "여보"라고 중얼거리며 오랫동안 울고 있었다.
 우리는 여전히 열 발짝쯤 떨어진 곳에서 그가 울음을 그치기를 기다리고 있었다. 한참 후에 그가 우리 앞으로 비틀비틀 걸어왔다.
 우리는 모두 고개를 숙이고 어두운 골목길을 걸어서 거리로 나왔다. 적막한 거리에는 찬바람이 세차게 불고 있었다.
 "몹시 춥군요."라고 사내는 우리를 염려한다는 음성으로 말했다.
 "추운데요. 빨리 여관으로 갑시다." 안이 말했다.
 "방을 한 사람씩 따로 잡을까요?" 여관에 들어갔을 때 안이 우리에게 말했다. "그게 좋겠지요?"
 "모두 한 방에 드는 게 좋겠지요."라고 나는 아저씨를 생각해서 말했다.
 아저씨는 그저 우리 처분만 바란다는 듯한 태도로 또는 지금 자기가 서 있는 곳이 어딘지도 모른다는 태도로 멍하니 서 있었다. 여관에 들어서자 우리는 모든 프로가 끝나버린 극장에서 나오는 때처럼 어찌할 바를 모르고 거북스럽기만 했다. 여관에 비한다면 거리가 우리에게는 더 좁았던 셈이었다. 벽으로 나뉘어진 방들, 그것이 우리가 들어가야 할 곳이었다.
 "모두 같은 방에 들기로 하는 것이 어떻겠어요?" 내가 다시 말했다.
 "난 지금 아주 피곤합니다." 안이 말했다. "방은 각각 하나씩 차지하고 자기로 하지요."
 "혼자 있기가 싫습니다."라고 아저씨가 중얼거렸다.
 "혼자 주무시는 게 편하실 거예요." 안이 말했다.
 우리는 복도에서 헤어져서 사환이 지적해준, 나란히 붙은 방 세 개에 각각 한 사람씩 들어갔다.

"화투라도 사다가 놉시다." 헤어지기 전에 내가 말했지만,

"난 아주 피곤합니다. 하시고 싶으면 두 분이나 하세요."라고 안은 말하고 나서 자기의 방으로 들어가 버렸다.

"나도 피곤해 죽겠습니다. 안녕히 주무세요."라고 나는 아저씨에게 말하고 나서 내 방으로 들어갔다. 숙박계엔 거짓 이름, 거짓 주소, 거짓 나이, 거짓 직업을 쓰고 나서 사환이 가져다 놓은 자리끼를 마시고 나는 이불을 뒤집어썼다. 나는 꿈도 안 꾸고 잘 잤다.

다음날 아침 일찍이 안이 나를 깨웠다.

"그 양반, 역시 죽어버렸습니다." 안이 내 귀에 입을 대고 그렇게 속삭였다.

"예?" 나는 잠이 깨끗이 깨어버렸다.

"방금 그 방에 들어가 보았는데 역시 죽어버렸습니다."

"역시……." 나는 말했다. "사람들이 알고 있습니까?"

"아직까진 아무도 모르는 것 같습니다. 우린 빨리 도망해버리는 게 시끄럽지 않을 것 같습니다."

"자살이지요?"

"물론 그것이겠죠."

나는 급하게 옷을 주워 입었다. 개미 한 마리가 내 발이 있는 쪽으로 기어오고 있었다. 그 개미가 내 발을 붙잡으려고 하는 것 같은 느낌이 들어서 나는 얼른 자리를 옮겨 디디었다.

밖의 이른 아침에는 싸락눈이 내리고 있었다. 우리는 할 수 있는 한 빠른 걸음으로 여관에서 떨어져갔다.

"난 그 사람이 죽으리라는 걸 알고 있었습니다." 안이 말했다.

"난 짐작도 못 했습니다."라고 나는 사실대로 얘기했다.

"난 짐작하고 있었습니다." 그는 코트의 깃을 세우며 말했다.

"그렇지만 어떻게 합니까?"

"그렇지요. 할 수 없지요. 난 짐작도 못 했는데……." 내가 말했다.

"짐작했다고 하면 어떻게 하겠어요?" 그가 내게 물었다.
"씨팔것, 어떻게 합니까? 그 양반 우리더러 어떡하라는 건지……."
"그러게 말입니다. 혼자 놓아두면 죽지 않을 줄 알았습니다. 그게 내가 생각해본 최선의 그리고 유일한 방법이었습니다."
"난 그 양반이 죽으리라고는 짐작도 못 했다니까요. 씨팔것, 약을 호주머니에 넣고 다녔던 모양이군요."
안은 눈을 맞고 있는 어느 앙상한 가로수 밑에서 멈췄다. 나도 그를 따라서 멈췄다. 그가 이상하다는 얼굴로 나에게 물었다.
"김형, 우리는 분명히 스물다섯 살짜리죠?"
"난 분명히 그렇습니다."
"나두 그건 분명합니다." 그는 고개를 한 번 기웃했다.
"두려워집니다."
"뭐가요?" 내가 물었다.
"그 뭔가가, 그러니까……." 그가 한숨 같은 음성으로 말했다. "우리가 너무 늙어버린 것 같지 않습니까?"
"우린 이제 겨우 스물다섯 살입니다." 나는 말했다.
"하여튼……." 하고 그가 내게 손을 내밀며 말했다.
"자, 여기서 헤어집시다. 재미 많이 보세요." 하고 나도 그의 손을 잡으며 말했다.
우리는 헤어졌다. 나는 마침 버스가 막 도착한 길 건너편의 버스 정류장으로 달려갔다. 버스에 올라서 창으로 내다보니 안은 앙상한 나뭇가지 사이로 내리는 눈을 맞으며 무언지 곰곰이 생각하고 서 있었다.

—— 1965년

그와 나

　내가 그를 처음 만난 것은 서울행 기찻간에서였다.
　기차는 2월의 춥고 캄캄한 어둠 속을 질주하고 있었다. 차 안은 초만원이어서 2인용 좌석엔 세 사람씩 꽉 끼어 앉았고 통로에도 강생회 판매원이 물건 팔기를 포기해야 할 만큼 승객들로 꽉 차 있었다. 나는 좌석에 앉아 있는 축이었다. 운이 좋아서가 아니라 상당한 노력의 결과였다.
　전국의 거의 모든 고교 졸업생들이 서울로 몰려가는 이 시기에 지정 좌석이 없는 대신 차비가 비교적 싼 야간 보통 급행 열차의 좌석을 차지하기가 쉽지 않을 것이 뻔해서 나는 일부러 고향의 기차역에서 타지 않고 버스로 한 시간 반이나 달려 그 기차의 시발역까지 가서 탔던 것이다. 시발역에서도 개찰구에서 기차가 서 있는 곳까지 다른 사람들과의 있는 힘을 다한 경주 끝에 겨우 자릴 잡고 앉을 수 있었다. 서울까지 아홉 시간 동안을 서서 가야 한다는 것은 말도 안 되는 소리였다. 상당한 노력을 바치고 잡은 자리였기 때문에 나는 가령 노인이라든지 아이를 업은 아낙네 따위의, 내가 자리를 양보하지 않으면 안 될 사람이 내 근처에 오게 될까봐 두려워하고 있었다. 그래서 시발역에서부터 나는 잠을 청하는 체 눈을 감고 있었고 실제로 잠깐씩 얕은 잠이 들었다 깨곤 했다.
　기차가 새로운 역에 도착할 때마다 나는 확성기 소리와 불빛 때문에 잠이 깬 표정을 지으며 잠깐 눈을 떠서 역명(驛名)을 알고 나서는 도로 눈을 감아버리곤 했다. 내 바로 곁, 통로에 서 있는 사람들과는 되도록 시선이 마주치지 않아야 했다. 시선이 마주치면, 그들은 옳다구나 하며 재빨리 이렇게 말할지도 모른다. 학생, 자리 좀 잠깐 교대할까?

그때 나는 검정색 고등학교 제복을 아직 그대로 입고 있었다. 얼마 전에 졸업식을 치렀기 때문에 고(高) 3임을 나타내는 T자 배지는 뗐지만 모교(母校) 배지와 이름표는 아직도 목깃과 왼쪽 가슴에 붙인 채였다. 머리칼이 제법 자라 있는 머리엔 고교생의 교모도 아직 그대로 쓴 채였다. 모교에 대한 감상적인 정절(貞節) 이상의 무엇이 나를 인도하고 있었다.

졸업식을 해버렸고 이어서 지망했던 대학의 합격 통지서를 손에 들었다고 해서 재빨리 교복을 벗어버리고 맨머리에 잠바나 양복을 걸치고 어느 틈에 배웠는지 담배를 물고 있는 동창생들 만큼 나를 어리둥절하게 하는 것은 없었다. 그들을 음험한 배신자로 보려고 하고 있는 나 자신을 나는 간신히 이렇게 타이를 수 있을 뿐이었다. 열등생으로서 지녀야 했던 고교 시절의 제복이 그들에게는 죄수복처럼 느껴졌을 것이다. 또한 앞으로 그들이 다녀야 하게 된 삼류 대학의 교복 역시 그들로서는 명예롭게 여겨질 리 없다. 그들은 익명(匿名)의 옷을 입지 않고서는 부끄러워서 견딜 수 없는 것이다.

나는 어떤가? 나로 말하자면 내가 다음 달부터 다니게 될 서울대학교의 교복을 입지 않는다는 건 상상조차 할 수 없었다. 어쩌면 오로지 그 교복 자체가 지난 수년 동안 코피를 쏟아가며 수험 공부를 해온 유일한 목적이었다. 혹시라도 금년부터 재수없이 대학교에서 교복 착용 제도가 없어지지 않을까 전전긍긍할 정도였고 나아가서, 금빛 지퍼가 세로로 두 줄 달린 그 감색 윗도리의 앞가슴에 왜 이름표를 달지 않게 하는지 몹시 유감스러울 지경이었다.

그러나 그 대학 교복을 나는 입학실날 아침에야 입을 작정이다. 입학식 전날까지는 모교의 교복을 그대로 입고 있을 터였다. 그리하여 내가 사랑했고 나를 사랑했던 고교 시절은 대학교 입학식 전날 밤에야 끝이 나는 것이다. 고등학교 제복과 대학교의 제복 사이에 단 하루의 틈도 있을 수 없었다. 단 하루라도, 학생인지 공무원인지 상인인지 건달인지 알 수 없는, 익명의 사복 차림의 꼴을 나는 결코 자신에게 허락하지 않을 터였다. 인생의 한 단계가 얼마나 조리있게 끝났고 또 얼마나 정연하게 시작되려 하는가?

하기야 나 역시 지난 20년 동안 잘도 견디며 살아왔던 초라한 지방 도시로부터의 해방감으로 몹시 들떠 있긴 했다. 어머니가 '기찻간과 서울 거리의 쓰리꾼들'에 대비하여 팬티 자락에 재봉틀질로 봉해준, 내 허벅다리 맨살에 거북스런 감촉을 주고 있는 돈다발을 바지 위에서 슬그머니 어루만져 확인하곤 할 때마다 그 해방감은 더욱 내 어금니를 간지럽혔다. 물론 그 돈은 대학교 입학금, 등록금, 교복값, 책값, 한 달치 하숙비, 이발값, 교통비 따위로서 어머니가 연필심에 몇 번씩 침을 묻혀가며 빠듯이 계산한, 한 푼의 여유도 없는 돈이었으나 어떻든 그 돈은 나만을 위해서 쓸, 내 손으로 세어서 줄 내 돈인 것이었다.

그때까지 한 번도 만져본 일조차 없는 많은 액수의 돈을 어머니의 간섭없이 고스란히 내가 관리할 수 있다는 사실이 내 해방감을 고조시켰고 내가 성인(成人)이 되었음을 확인시켜주는 것이었다.

그렇다고는 하지만 이 해방감이 내가 인생의 한 단계를 조리있게 끝맺음한 데 대한 보답으로 얻어진 다음 단계에 보너스로서 곁따라온 것 이상이 아님을 나는 잘 안다. 보너스는 어디까지나 보너스, 허상(虛像)은 어디까지나 허상. 이 해방감이 나의 예정(豫定)과는 아무런 관련이 없음을 나는 잘 안다. 오히려 이 해방감은 불청객(不請客). 나의 결정되어 있는 미래를 엉뚱한 웃음거리로 만들어버릴 수 있는 함정을 한 구석에 숨기고 있는지도 모른다.

그렇다, 두려워하지 않으면 안 되었다. 아무리 두려워하고 아무리 긴장하고 아무리 섬세하게 살펴도 결코 지나친 법은 없었다. 그리고 그 두려움, 그 긴장, 그 조심성은 나에게는 결코 낯선 것이 아니었다. 오히려 습관처럼 익숙해 있었다. 그것은 내가 대학 입시 수험생이기 훨씬 이전, 이 사회가 우리의 인생을 위하여 조리있게 여러 단계를 마련해놓고 있다는 것을 의심없이 믿게 된 국민학교 고학년 시절에 계시(啓示)처럼 내 이웃에서 생긴 어떤 웃음거리에 연유한 것이다.

그 무렵까지도 나의 고향에서는 소집 영장을 받고 입대하는 장정들에게 동네마다 제법 성대한 환송식을 차려주고 있었다. 일제 시대부터의 풍속인지, 또는 입대라는 것이 곧 전사(戰死)나 부상을 의미하던 육이오 때 생긴 풍속인지 알 수 없으나, 태극기를 그린 수건을 두른 입영 장정들은 출발 며칠 전부터 떼를 지어 몰려다니며 별의별 난장판을 다 벌이곤 했다. 그 정도가 지나쳐도 경찰은 못 본 체 해줬고 주민들도 입영 장정들의 특권을 인정하고 있었다. 나의 이웃집에 바로 그런 청년이 하나 있었다. 그의 특권 행사는 유난히 심했다.

입영 날짜는 아직 멀었는데도 벌써부터 수건을 두르고 벌겋게 술취한 얼굴로 이집저집 찾아다니며 술 내놔라 밥 내놔라 어리광을 부리고 다녔다. 그의 입영 환송식은 동회 앞마당에서 성대하게 거행되었다. 동장님의 환송사가 있었고 주민들이 모은 축의금 전달이 있었고 그는 답사를 했고 우리는 만세 삼창까지 해줬다. 식이 끝나서 그는 장정들의 집결 장소인 역 앞 광장으로 갈 준비를 하느라고 그때까지 신고 있던 비교적 깨끗한 구두를 벗어놓고 헌 농구화로 갈아 신고 있었다.

그런데 그때 그는 땅바닥에 한 끝을 단단히 박고 있는 녹슨 쇠못에 발바닥을 깊이 찔린 것이었다. 피가 꽤 많이 흘렀다. 동장님이 재빨리 상처에 담뱃가루를 바르고 붕대로 처매주었다. 아픈 것을 참고 우리들에게 억지로 웃어보이고 갔다. 그러나 다음날 아침 그는 논산에 있지 않고 자기 집 안방에 누워 있었다. 다리가 퉁퉁 부어 있었다. 얼마 후에 그는 기피자로 체포되었고 체포된 며칠 후에 파상풍으로 죽어버렸다.

그가 입영을 기피하기 위해서 일부러 부상한 것이 아니라는 건 우리가 증언할 수 있었다. 그 느닷없는 녹슨 쇠못만 아니었더라면 그는 무사히 입영을 했을 것이고 그 성격상 아주 군인다운 군인이 되었을 것이다.

아아, 그 하찮은 녹슨 쇠못 한 개! 불가시적(不可視的)인 작은 우연이야말로 내가 가장 두려워해온 것이었다. 시험 공부를 할 때도 내 눈에서 빠져나간 외마디 단어 하나가 나에게 미역국을 먹일지도 모른다는 생각 때문에 나는 전율했다. 인생이란 얼마나 조심스러운 것이냐! 아무리 찬찬히 주의해서 걸음을 내딛어도 결코 지나친 법은 없는 것이다! 그 입영 장정의 웃음거리가 되고 만 인생은 자라나는 나에게 그 어떠한 좌우명(座右銘), 어떠한 설교보다도 무서운 교훈이었다.

내 인생이 나의 사소한 소홀과 부주의 때문에 웃음거리가 되어버릴지도 모른다는 상상만 해도 나는 미칠 것 같았다. 따라서 내가 무언가 평가하거나 선택하지 않으면 안 될 경우에 닥칠 때마다 그것이 나에게 한 개의 녹슨 쇠못이 되는 것은 아닌가 하는 점을 따져 버릇했다. 두려워하고 긴장하는 것은 나에겐 익숙한 습관이었고 그 습관은 나에게 손해를 가져다 준 일이 한 번도 없었다. 그러므로 기찻간에서 내 어금니를 간지럽히고 있는 그 해방감 역시 나는 경계하지 않으면 안 되었다.

바로 그때 그 친구의 말소리가 내 귀에 들린 것이었다. "난 말이지 여태까지 사람의 양심이 몸 어느 부분에 붙어 있는지 몰랐어. 남들이 흔히 간이 없다, 쓸개가 빠졌다 하길래 양심이 간이나 쓸개에 붙어 사는 놈인 줄로만 알고 있었지 뭐야. 그렇지만 이제 알겠어. 양심은 말이지 사람들의 감은 눈꺼풀에 대롱대롱 매달려 있구만그래. 저 친구 좀 봐. 저 눈꺼풀이 떨리는 걸 보란 말야. 자리를 양보하긴 싫고 미안한 생각은 있어서 말야." 이어서 그의 친구들의 걸걸한 웃음소리가 요란하게 들려왔다.

나는 눈을 뜨고 말소리의 임자를 돌아봤다. 그가 어느 역에서 올랐는지 생각나지 않는다. 싱글싱글 웃으며 그는 나를 빤히 내려다보고 있었다. 코트의 목깃에 서울대학교의 배지가 붙어 있었다. 머리칼이 아직 짧은 건 그 역시 이번 신입생이란 걸 알려주는 것이겠다. 나는 그를 묵살하는 수밖에 없었다. 빈정거림이야말로 늦게 탄 자들이 먼저 탄 자를 몰아낼 때 곧잘 쓰는 수법이라고 나는 생각했다. 또 그 친구의 말소리가 들려왔다. "하기야 나쁜 건 철도청이야. 좌석을 지정해주는 특급 열차하고 이 차하고 운임 차이가 칠백 원이라지만 말야, 내가 대강 계산해봐도 이렇게 사람을 때려 싣고 보면 특급 열차의 수입을 훨씬 상회한단 말야. 이건 폭리(暴利)야." 나는 속으로 중얼거렸다. 잘난 체하고 있군. 그래서 어쨌다는 거야? 더 이상 그에게 관심을 갖지 않기로 하고 나는 눈을 감았다.

그러나 '감고 있는 눈꺼풀에 대롱대롱 매달려 있는 양심'이라는 말이 악성 병균처럼 내 안으로 끈질기게 파고들어오는 것에 나는 당황하지 않을 수 없었다.

그런 식의 표현 자체에서 나는 마치 비릿한 물이끼 냄새가 풍겨오면 강이 가까웠음을 알 수 있듯 대도회의 세련된 문화와 성인(成人) 세계의 윤리가 나에게 임박한 것을 느끼며 뭔가 숨쉬기가 답답해졌다. 가난한 지방 도시에서는, 그리고 자라나는 유·소년 시절엔 옆엣사람을 돌보지 않는 악착스런 경쟁과 경쟁에 진 자의 굴종이 스스럼없이 공존(共存)하는 것이다. 그 공존에 불평을 하거나 야유를 한다는 건 가난한 지방 도시의 문화와 유·소년 시기의 윤리를 파괴하는 것이다. 먼저 타고자 노력을 한 자가 자리를 잡고 앉는 것이 당연한 것이다. 그 친구의 빈정거림은 어쩌면 내가 살아왔던 공간과 시간 전부를 모욕하는 것이었다. 그러나 그 모욕에 어떻게 대처해야 할지 나는 알지 못했다. 새벽에 서울역에 도착하여 홈 밖으로 나가기 위하여 줄을 짓고 서 있을 때도, 공교롭게 내 바로 뒤에 서 있던 그 친구는 또 한 번 내 부아를 돋우었다. "편하게 살기가 제일 불편한 거요. 인연이 있으면 또 만납시다." 나는 서울의 차가운 새벽 풍경만 보고 있는 체

했지만 빙글거리며 빤히 쳐다보고 있는 그 친구의 얼굴을 등으로 충분히 느끼고 있었다. 그 얼굴에 대고 나는 중얼거렸다. 입만 까진 녀석, 네까짓게 녹슨 쇠못을 어떻게 알겠느냐!

그 친구와는 만날 인연이 있었다.

두 번째로 우리가 만난 것은 저 역사적인 데모의 인파 속에서였다.

데모란 나로서는 전연 예정에 없는 등록금과 하숙비의 낭비에 불과했다. 학교에 나와보니 갑자기 모든 학생들이 책가방을 챙겨들고 교문 쪽으로 몰려간다. 학생들이 몰려가는 곳이기 때문에 나도 빠질 수 없을 뿐이었다. 이것이야말로 녹슨 쇠못이다, 이것에 발을 찔려 나는 예정했던 길을 못 가고 말지 모른다고 깨달았을 때는 이미 늦었다.

나는 어깨동무를 하고 겹겹이 에워싼 학생들의 한복판에서 빠져나갈 틈을 한 치도 찾을 수 없었다. 그들에게 떠밀려가면서 나는 점점 멀어지는 학교 건물을 돌아보았다. 왜 우리를 붙잡지 않는가. 왜 우리를 불러들이지 않는가. 버스를 잘못 타고 목적지와 정반대 방향으로 멀어져가는 자의 안타까움 때문에 내 온몸은 땀투성이였다. 데모대가 외치는 구호, 내휘두르는 피켓에 씌어진 구호 자체에 반대하는 건 아니었다. 그러나 그따위 구호야 아무래도 무슨 상관이냔 말이다.

그 구호의 요구 조건이 그대로 관철되었을 때 가장 이익을 볼 자들이 아무 소리도 않고 있는데 왜 애꿎게 우리가 나서서 야단이냔 말이다. 난 진심으로 시간이 아깝고 돈이 아깝다. 하숙방의 벽에 꼼꼼히 그려 붙여놓은 내 하루의 시간표와 이번 학기의 공부 목표량은 결코 멋으로 붙여놓은 것이 아니다. 어머니가 부쳐주는 돈도 쓰고 남아서 보내주는 것이 아니다. 과(科)에서 야유회를 갔을 때도 나는 낭비에 대한 안타까움으로 가슴이 타는 듯 쓰라렸다. 이건 야유회보다도 더하지 않는가. 내 인생에서 중요한 이 단계를 뒤죽박죽으로 헝클어놓지 말라. 이 단계를 조리있게 끝맺음하지 못했을 때 나를 기다리고 있는 다음 단계가 나를 쌀쌀하게 취급한다고 해서 나는 어따 대고 호소할 것인가! 누가 나의 미래를 보장해주는가? 아무것도 없다. 이 경쟁

사회가 마련해두고 있는 시험 제도밖에는 아무도 나를 보장해줄 건 없다. 그렇게 생각하고 있는 자신을 나는 결코 비겁하다고 여기지 않는다. 비겁한 것은 나의 귀중한 시간과 돈을 나와 한 마디 상의도 없이 자기네 멋대로 동원하여 낭비하고 있는 데모의 선동자들이고 그들을 방관하고 있는 학교였다. 사실 박차고 열외(列外)로 나가버리지 못하고 엉거주춤 휩쓸려 떠밀려가고 있는 이유는 다만 학교에 돌아가 봤댔자 교수들이 나 하나만을 상대로 강의를 해줄 것 같지 않기 때문일 뿐이었다.

그리고 비겁한 것은 사회인들이었다. 부정선거로 표를 도둑질 당했다고 이 아우성이지만, 도둑질 당한 표에 학생들의 표가 많았겠는가, 사회인들의 표가 많았겠는가. 아우성을 쳐야 할 건 지금 길가에서 데모 대열을 구경하며 박수를 치고 있는 저 사회인들이고 우리야말로 그들이 아우성 칠 때 곁에서 박수나 쳐주면 충분한 게 아니냔 말이다. 직접 당사자들이 왜 침묵하고 있는가를 왜 이 어리석은 학우들은 모른단 말인가? 내가 가르쳐주마. 인생의 예정된 단계를 밟아 올라가는 데는 이따위 데모는 아무 관계가 없기 때문인 것이다. 인생은 그토록 조심스러운 것이며 이따위 데모는 아무리 잘 봐준대도 가난뱅이가 골동품을 사는 것과 같은 도락(道樂)에 불과한 것이다.

그때 대열의 앞쪽에서 한 학생이 다른 학생의 어깨 위에 무등을 타고 불쑥 솟아서 뒤따라오는 우리를 향하여 외쳤다. 기찻간에서 만났던 바로 그 친구였다. "여러분, 새로운 구호를 전달하겠습니다. 힘차게 외칩시다. '우리에게 가르친 대로 그대로 행하라.'" 학생들은 신난 음성으로 복창했다. 우리에게 가르친 대로 그대로 행하라. 그 구호는 수없이 반복되어 외쳐졌고 반복될수록 더욱 열기를 띠었고 종로의 빌딩들 벽에 포성처럼 메아리쳤다. 나는 그 구호 때문에 하마터면 함정에 빠질 뻔했다. 우리에게 가르친 대로 그대로 행하라. 그 구호를 외칠 수 있는 것은 사회인이 아니라 우리 학생들일 수밖에 없었다. 동시에 그 데모 역시 강의실의 연장일 수 있는 것이었다. 아스팔트 강의실이라고나 할까. 나는 자신으로서는 처음 느껴보는 어떤 감격에 눈물조차 핑 돌았다. 어느새 나 역시 주먹으로 허공을 때리며 그 구호를 외치고 있었다. 그러나 얼마나 다행했던가, 나의 일시적인 착각을 시정해주는 경찰들의 총소리가 요란하게 터지기 시작했고, 선두의 학생들이 쓰러졌다는 전달이 이 입에서 저 입으로 뛰어다녔다.

머리 위로 날아가는 총탄 소리에 우리의 대열도 수은방울처럼 흩어졌다. 엉거주춤 따라온 나조차도 경찰이 설마 실탄 사격을 해대리라고는 예상하지 못했다. 이거야말로 녹슨 쇠못 정도가 아니다. 보아라 친구들아, 인생에 어리광 같은 도락이 끼어들 자리는 없는 것이다. 나는 옆구리에 끼고 있던 책가방을 어디서 떨어뜨렸는지도 생각나지 않았다. 빈 손인 것을 깨달았을 때는 하숙집 앞 골목 안으로 숨이 턱에 닿아 뛰어들고 있을 때였다.

그 친구를 다시 본 것은 그 데모가 있었던 날로부터 열흘쯤 후, 데모가 목적 이상의 성과를 거두고 그 동안 폐쇄되었던 대학의 교문이 활짝 열린 날 학교 구내의 잔디밭에서였다.

그 역사적인 사건을 취재하기 위해서 날아왔다는 미국의 한 방송국 스탭들이 무비 카메라를 뻗쳐놓고 '역사를 창조한 학생들'과 인터뷰를 하고 있었다.

빙 둘러서 있는 학생들의 무리 쪽으로 내가 어슬렁어슬렁 다가가 어깨 너머로 엿보았을 때, 지금 미국인 방송 기자와 더듬거리는 영어로 애기를 주고받고 있는 것은 바로 기찻간의 그 친구였다. 그 친구가 그 역사적 사건의 주동자나 대표자가 아니란 건 분명하지만 하기야 '위대한 학생들' 중에서 임의로 뽑아 인터뷰를 한다면 나는 어쩐지 그 친구만한 적격자도 없을 것 같았다.

나로 말하자면, 그 데모로 인한 사태가 예상보다 빠르게 결말이 나서 학교가 문을 연 것만이 기뻤다. 물론 그 데모가 성공한 쪽이 실패한 쪽보다 낫긴 하지만 그건 무슨 일이든지 시작한 일은 성공하는 쪽이 좋다는 뜻이지 뭐 실패했다고 해도 별로 유감스러울 게 없을 것 같았다. 운동 시합에서 우리편이 이겼다고 내가 내 인생을 위하여 해야 할 일을 하지 않아도 좋은 건 아니었다. 오히려 경찰의 총에 맞아 죽은 자들 덕택에 저 녹슨 쇠못의 교훈은 진리임을 확인할 수 있었을 뿐이었다. 내가 태어나서 20년 동안 믿고 의지해온 사회가 내 인생을 위하여 마련해두고 있는 단계들——그 체제를 건드리지 않는 한 나로서는 그런 사건이 성공해도 좋고 실패해도 그만이다.

아니 가장 좋은 것은, 그런 사건이 아예 일어나지 않았더라면 하는 것이다. 왜냐하면 나는 아직도 눈에 선한, 나로서는 생전 처음 구경한 그날의 그 거대한 군중의 집단에 아직도 압도되어 위축되어 있기 때문이었다. 외면상으로나마 나 역시 그 군중들 중의 한 사람이었기 망정이지 그리고, 가령 하숙집 주인 아저씨 같은 사람들이 나의 그 외면을 존중해주고 있기 망정이지 만약 그 군중들이 나의 적이라면 어찌 할 것인가! 정말이지 하숙집 아저씨가 나를 그 사건의 대표자라도 되는 양 취급해올 때는 이마에 식은땀이 줄줄 흘렀다. 따라서 그 데모가 실패하지 않고 성공한 바람에, 적어도 그런 건 사치스런 도락 이상이 아니라고 감히 입밖에 내어 말할 수 없게 된 것이 우울했다. 한편 별로 달가워하지 않는 사람조차도 끌어들여 집단적인 의사(意思)라는 것을 만들어내고 마는 군중이라는 존재를 처음 내 눈으로 본 경험에 어리둥절해 있었다.

요컨대 그 데모와 나와의 관계는 그 정도라고 나는 생각하고 있었다.

그런데 그때 미국인과 인터뷰하고 있는 그 친구가 하고 있는 말이 내 귀를 때렸다. "아이 빌리브 위 머스트 인벤트 아워 퓨처 앤드 위 캔 두 잇." 나는 그가 한 발음 그대로를 알파벳으로 허공에 써보았다. I believe we must invent our future and we can do it.

인벤트, 발명하다. 인벤숀, 발명. 인벤트 아워 퓨처, 우리의 미래를 발명하다. 아이 빌리브 위 머스트 인벤트 아워 퓨처 앤드 위 캔 두 잇. 나는 믿고 있습니다, 우리는 우리의 미래를 발명하지 않으면 안 된다는 것을. 그리고 믿고 있습니다, 우리는 발명할 수 있다는 것을. 나는 갑자기 숨쉬기가 답답해지는 것을 느꼈다. 기찻간에서도 그 친구는 그 현학적(衒學的)인 표현으로 내 호흡을 답답하게 했었다.

'감은 눈꺼풀에 대롱대롱 매달린 양심'. 그 말은 병균처럼 내 머릿속으로 파고들며 나를 아프게 쑤셔댔었다. 서울역에서는 '편하게 사는 것이 가장 불편한 거요', 데모 대열에서는 '우리에게 가르친 대로 그대로 행하라', 거기다가 오늘은 '자기의 내일을 발명해야' 한단다.

발명해야 한단다. 기다리고 있지 않단다. 기다리고 있지 않단다. 발명해야 한단다. 그런데 왜 나는 이렇게 저 말장난에 불과한 현학적인 표현에 현혹당하려 하는가. 그렇다, 나는 알고 있었다. 그 데모의 성공, 망할 놈의 '역사적 사건' 위에 저 장난 같은 말이 자리를 잡고 있기 때문에 이토록 나를 압도해오는 것이다.

우리의 내일을 발명한다? 말은 근사하지만 그 사건의 경험이 없었더라면 나는 이토록 당황하지는 않을 것이다. 이제야 나에게는 그 데모와 나와의 관계가 분명히 드러나는 것이었다. 그것은 성공해도 좋고 실패해도 그만인, 나와 아무 관계가 없는 도락이 아니라 반드시 실패했어야 할, 내가 20년 동안 믿고 의지해왔던 것을 송두리째 파괴시켜버리려는, 실패했어야 할 반드시 실패했어야 할 나의 적이었다. 그리고 제맘대로 나의 몫의 내일까지 발명하겠다고 호언하는 그 친구 역시 나의 적인 것은 분명했다. 또는 그에게 있어서 나는 그의 적이 분명했다.

— 1972년

생명 연습

"저 학생 아나?"

나는 한(韓) 교수님이 눈짓으로 가리키는 곳을 돌아보았다.

"인사는 없지만 무슨 과(科) 앤진 알고 있죠."

다방 문을 이제 막 열고 들어선 학생에게 여전히 시선을 주며 나는 대답했다. 감색 대학교복을 입고 그는 어울리지 않게 등산모를 쓰고 있다. 나와 같은 대학졸업반인데, 이름은 모르지만 그의 용모라면 대학 안에서도 알려져 있다.

"설마 나병환자는 아니지?"

한 교수님은 몸을 탁자 저편에서 내 앞으로 꺾어 기울이며 무슨 못할 소리라도 해서 미안하다는 듯이 웃으셨다.

"아아뇨."

고개를 바로 돌리고 나도 웃으며 대답했다. 교수님께는 어린애다운 데가 있다. 오십이 넘은 분이 그렇다면 장점이다.

"내가 잘못 봤나? 어째 눈썹이 전연 없는 것 같아."

"밀어버렸지요. 면도로 싹 밀어버렸어요. 눈썹뿐만 아니라 머리털도 시원스럽게요."

"아니 왜?"

교수님은 바야흐로 눈이 휘둥그래진다. 그러다가 쑥스러운 질문이었다는 듯이 하얀 이를 가지런히 내보이시며 웃으시는 것이다.

"극기(克己)?"

스스로 대답해버렸다는 듯이 교수님은 아까 자세로 돌아갔다. 뒤가 개운치 않으신 모양이었다. 그러다가 역시 그런 표정을 하고 있는 나를 보시더니 싱긋 웃음을 보내주시는 것이었다. 나는 마음이 환해지는 듯했다.

"요즘 학생들간에 유행이랍니다. 우습죠?"

나의 이런 물음에 그러나 교수님은 고개를 가로젓고 계셨다. 미소는 여전히 띠셨으나.

"안 우스우세요?"

"자넨 우습나?"

"네, 우스운걸요."

나는 우습다. 어머니와 누나와 그리고 형도 함께 살고 있었을 때이니까, 국민학교 육학년 때, 사변이 있던 그 다음해 이른 봄이었다. 전쟁중이긴 했지만, 우리가 살고 있던 여수(麗水)는 전선에서는 퍽 먼 국토 최남단의 항구여선지 인민군이 남겨놓고 간 자취도 비교적 빨리 지워져가고 있었다. 피난갔던 사람들도 거의 다 돌아와서, 폭격맞은 집터에 판잣집을 세우고 될 수 있는 대로 동란발발 전의 생업을 다시 계속하려고 애쓰고 있었다. 그러나 쉬운 일은 아니었다. 웃녘에서 사태져 내려온 피난민들로 거리는 떠들썩했고 게다가 먼섬으로 피난시켜놓은 일급선박(一級船舶)들은 얼른 돌아와 활동할 생각을 아직 못내고 있었을 때였으니까. 사람들은 대부분 구호물자를 배급해주는 교회엘 부지런히 다니고 있었다. 딱히 그것때문만은 아니었지만, 나와 그리고 남녀공학인 야간 상업중학 삼학년에 다니고 있던 누나는 부두가 바로 눈앞에 보이는 교회엘 다니고 있었다.

여수에서는 가장 큰 교회였다. 그 교회 마당에서 내려다보이는 광장 너머에 부두가 있고 부두 저편으로는 거문도(巨文島)로 가는 바다가 항상 차디차게 흔들리고 있는 것이었다. 나와 누나는 나란히 서서 금속처럼 차게 빛나는 해면(海面)을 바라보며 한참씩 서 있곤 했는데 그럴 때야 비로소 나는 어린 가슴에 찾아오는 평안을 느끼는 것이었다. 그러다가 보면 어느새 누나의 가느다란 손가락을 꼬옥 쥐고 있곤 했다. 교회 안의 발 시린 마룻바닥에 꿇어앉은 것보다는 교회 마당가에 서 있는 그것이 좋아서 나와 누나는 교회엘 다니고 있었다고 해도 좋았을 것이다. 그러나 교회에서 내주는 구호물자가 하나의 목적이었던 것을 굳이 숨기지도 않아야겠다.

그 이른 봄 어느 날 교회에서는 대부흥회가 있었다. 죄가 많아서 하나님께서 전쟁을 주신 이 나라에 부흥회는 얼마든지 있어도 좋다는 듯이 부흥회가 유행하던 그 무렵이긴 했지만 이번 부흥회에는 재미난 데가 있었다. 이번 부흥회를 주관하러 오신 전도사는 나이 스물인가 되던 어느 해에 손수 자신의 생식기를 잘라버리신 분이라는 것이었다. 그 이유는 오직 하나님이 그렇게 하라고 시켜서라는 것이었다.

부흥회의 첫날밤이었다. 독특한 선전 때문에선지 부흥회는 대성황이었다.

장소는 제빙공장이 폭격을 맞아 된 빈 터였는데 서너 걸음 저쪽은 파도가 밀려와서 찰싹이는 소리를 내고 물러가는 부두였다. 그 파도 소리를 들으며 고촉(高燭)의 전등이 대낮처럼 어둠을 씻어주고 있었다. 호흡이 급한 찬송가 소리와 수많은 사람이 발산하는 열이 이른봄 밤의 한기(寒氣)를 못 느끼게 해서 좋았다. 나와 누나는 손을 잡고 사람들 틈을 비집고 들어가서 강단의 바로 앞에 자리를 잡고 앉았다.

해가 지면서부터는 몸이 달 정도로 기다리던 부흥회였다. 누나는 망측한 전도사라고 욕을 실컷 퍼부어놓고 나서는 나를 껴안고 깔깔대며 웃어대는 폼이 나보다 더 기다려지는 모양이었다. 형도 이것만은 흥미있는 일이라는 듯이 다락방에서 덜커덩 소리를 내며 몸을 뒤적이고 있었다. 어머니도 침울한 표정으로 굳어져버린 얼굴에나마 진기한 것을 보았을 때 생기는 미소를 살짝 보여주시던 것이 나와 누나는 여간 기쁜 것이 아니었다. 아아 어머니는 진기한 것을 보면 웃으시는구나, 하고 나는 생각했다.

문제의 전도사는 얼굴이 약간 창백하달 뿐 보통 사람과 다름이 없었다. 창백하다고는 해도 집에 있는 형에게 비하면 아주 건강체였으니 대단히 평범한 사람이라고밖에는 말할 수 없을 지경이었다. 키는 나지막하고 눈이 가늘어서 날카로웠다. 서른 대여섯쯤 보이는 얼굴엔 주름도 별로 없는 듯했다. 하얀 와이셔츠를 입고 검정 넥타이를 가슴에 드리우고 있었다. 검정색 양복을 입었는데 윗도리는 찬송가 소리가 열광적으로 높아갈 때 벗어버렸다.

저 사람이, 도대체 저 사람이 손수 칼로 자기의 생식기를 잘라 내버렸을까 하고 나 뿐만 아니라 어른들도 못 믿겠다는 눈치였다. 차라리 그 전도사 곁에 서 있는 키가 유난히 크고 얼굴이 홀쭉하게 생긴 미국사람이 그랬다면 나는 믿었을지도 몰랐다. 그편이 훨씬 그럴 듯해보였으니까. 그날 밤 나는 자꾸, 지금 생식기가 없는 사람은 저 미국사람이다, 라는 착각에 여러 번 빠져들곤 했다. 그러다가 보니 그 전도사가 왜 그런 짓을 해버렸는지조차 어느덧 까먹게 되어서 누나에게 다시 물어보고 나서야 깨닫곤 했다. 하나님을 위해서 아니 성령(聖靈)을 받고 그랬다는 것이 아닌가. 내게도 성령이 찾아오는 어느 순간이 있어 나 스스로의 목이라도 잘라버려야 할 경우가 있을는지도 모를 일이라는 생각이 문득 들었다. 그러자 소름이 돋기 시작했다. 땀과 노래와 노래박자에 맞추어 치는 손뼉 소리가 미친 듯이 날뛰다가 가끔 딱 그치고 갑자기 고요한 침묵의 시간이 생기곤 했는데 그런 때엔 나는 나지막이 들려오는 파도의 찰싹거리는 소리가 못 견디게 그리웠고 오늘 밤 여기에 온 것이 그리고 앞자리를 차지한 것이 어찌나 후회되던지 자꾸 혀만 깨물었다.

그 악몽과 같은 부흥회의 밤이 지나자 나는 살아나는 듯했다. 그날 밤처럼 땀을 흠씬 흘려본 때가 그 전엔 없었을 것이다. 그 후로도, 사랑하는 형제여, 라고 부르짖던 전도사의 쉰 목소리가 귓가에 되살아올 때면 나는 등에 땀이 주르륵 흘러내림을 느꼈던 것이다.

흘낏 곁눈으로 보니 그 눈썹 없는 친구는 어느새 의자를 하나 차지하고 앉아 있었다. 알루미늄처럼 하얀 표정이었다.
"옛날에 전도사가 한 분 계셨어요."
나는 느닷없는 사설을 늘어놓으려 하고 있었다.
"응?"
교수님은 무슨 얘기냐는 듯이 고개만 빼어 내 편으로 내미셨다.
"저어 수년 전에 전도사가 한 분 있었는데요……."
나는 말소리를 낮추어가지고,
"자기 섹스를 잘라버린 훌륭한 분이었답니다."
"허허허."
교수님은 어처구니없다는 듯이 웃으셨다.
"왜? 그것도 극기(克己)?"
"선생님 방금 분명히 웃으셨죠?"
"원 자네두……."
교수님은 내가 귀여운 모양이었다. 나도 한 교수님이 정답다.

교수님은 다시 웃으시는 것이었지만 무슨 근심이 있는 사람이 마지못해 웃는 듯한 웃음이었다. 그러고 보니 오늘 교수님은 무언지 허둥지둥하고 계시는 빛이었다. 아까 교문에서 마침 만나서, 선생님 차 한 잔 제가 사겠습니다, 했을 때도 무척 당황하신 표정이더니 금방 무슨 구원이라도 받은 듯이 나를 따라, 아니, 오히려 내 앞장을 서서 이 다방으로 들어온 것만 보아도 그랬다.

나는 엘리자베스 조(朝)의 비극작가들에 대한 연구논문을 지난 여름방학 때부터 시작해서 최근에야 완성해놓았기 때문에 그 동안에 참고서를 몇 권 빌려봤다는 이유에서 뿐만 아니라 나를 아들처럼 사랑해주시는 한 교수님께 논문을 과 주임교수께 제출하기 전에 우선 보이고 싶어서 이 다방으로 모신 것인데 교수님의 이런 쓸쓸한 얼굴 앞에는 원고지 뭉치를 내밀기가 아무래도 죄송스러워서 오늘은 포기하기로 해버렸던 것이다.

"선생님, 극기라는 말이 맘에 드시는 모양이죠?"

"들지……글쎄……안 그렇기도 하고…….."
또 웃으신다. 저렇게 자꾸 웃으시는 분이 아니신데.
키가 크지 않은 사람에게서만 볼 수 있는 근엄하다고까지 할 정도의 침착성을 이 교수님도 가지고 계시는 것이었으나 그것이 촌스럽지 않고 도리어 세련을 수식하고 있는 것은 이분이 외국바람을 쐬신 덕택이라고들 한다. 그런데 오늘은 어쩐지 그것이 모두 허물어져가고 있는 듯한 느낌이었다. 어쩐지 야비하게 그래서 어쩐지 두렵게 보이는 것이었다. 그러자 교수님도 나의 그런 기분을 엿보신 모양이었다. 무어라고 화제를 바꾸고 싶으신 모양이어서 나는 얼른 생각나는 대로 뉴스를 꺼냈다.
"참, 사회학과 박 교수님 사모님께서 신병으로 돌아가셨다죠?"
"……."
그러자 교수님은 입이 얼어붙은 듯한 표정을 하시고 무서울 정도로 의심에 찬 시선을 내게 보여주셨다.
"장례식이 내일이라던데요?"
"응."
신음하듯 대답하시더니 방금 전의 표정을 재빨리 무너뜨리려고 교수님은,
"교수 가족 동태에 대해서도 주의가 대단하군."
하고 웃으시며 비꼬아주시는 것이었다. 나는 얼굴이 뜨거워져서 엉겁결에,
"할 얘기가 없어서요."
라고 말해버렸다. 영문은 알 수 없지만 죄라도 진 기분이었다. 교수님은 웃으시며 딴 얘기를 꺼내주셨다.
"지금도 오(吳) 선생 만나나?"
"네, 가끔 만나죠."
오 선생이란 만화가로서 주로 Y라는 일간신문에 연재만화를 그리고 있는 분인데 대학 교내신문 편집을 하고 있던 나는 신문 관계 일로

그분을 만나야 할 기회가 있었다. 한 번 만나자 어쩐지 좋아져버려서 쩔쩔 매었다.

겨우 서른둘밖에 안 된 나이에 비하면 얼굴에는 수많은 그늘이 겹에 겹을 쌓고 있었다. 나는 언젠가 내가 좋아하는 한 교수님과 내가 좋아하는 오 선생을 서로 소개시켜드렸더니 두 분 다 즐거운 모양으로 악수를 한참 동안이나 하고 서 계셨다. 그 다음 번에 오 선생을 만났을 때, 그 교수님 아주 좋으신 분이더군 하며 말수 적은 성미에서도 한 마디 잊지 않았다.

"그분 요즘 그리는 만화는 퍽 어려워졌더군."

"벌써 십여 년 만화만 그렸더니 소재가 고갈할 때도 되었지요."

"아니야, 그런 의미에서가 아니라 단순한 유머를 벗어나고 있단 말이야."

"자기 세계를 갖고 있는 분이죠."

"맞았어. 바로 그거야. 자기 세계를, 그래, 그분도 자기 세계를 가지고 있지."

늦가을 햇살이 유리창 밖에서 하늘거리고 있었다. 레지가 다가와서 유리창을 배경으로 하고 꾸부리고 서서 빈 찻잔을 거두더니 살며시 비켜서듯 돌아갔다. 레지의 허리를 굽힌 실루엣이 아직도 남아서 아물거리는 듯했다.

'자기 세계'라면 그것을 가지고 있는 사람을 몇 명 나는 알고 있는 셈이다. '자기 세계'라면 분명히 남의 세계와는 다른 것으로서 마치 함락시킬 수 없는 성곽과도 같은 것이 아닌가 생각한다. 그 성곽에서 대기(大氣)는 연초록빛에 함뿍 물들어 아른대고 그 사이로 장미꽃이 만발한 정원이 있으리라고 나는 상상을 불러 일으켜보는 것이지만 웬일인지 내가 알고 있는 사람들 중에서 '자기 세계'를 가졌다고 하는 이들은 모두가 그 성곽에서도 특히 지하실을 차지하고 사는 모양이었다. 그 지하실에는 곰팡이와 거미줄이 쉴새없이 자라나고 있었는데 그것이 내게는 모두 그들이 가진 귀한 재산처럼 생각된다.

요즘은 '하더라' 체를 쓰기 좋아하는 영수(永洙)라는 내 친구만 해도 그렇다. "'마도로스' 수첩에는 이별도 많더라."라느니 "동대문 근처엔 영자도 많더라."라는 시시한 유행가 구절이나 틈틈이 흥얼대고 있는 듯하지만 실은 대단히 진지한 태도로 여자들을 하나하나 정복해나가고 있었다. 잘생긴 얼굴은 아니지만 눈이나 입 가장자리에 매력이 있었다. 초급대학을 그나마 중퇴하고 지금은 군대엘 갈까 자살을 할까 망설이고 있는 그이긴 하지만 꾸준히 시도 써 모으고 가끔 옷도 새 걸로 사 입고 하였다. 나하고는 여수에서 국민학교 다닐 때 제일 친한 사이로 지냈다.

우리 가족은 내가 국민학교도 졸업했으니라는 이유를 내세우긴 했지만 기실은 형의 죽음에 반 미쳐버리신 어머니가 서둘러서, 환도가 있을 때 서울로 이사했는데 그 후로도 방학만 되면 나는 여수엘 내려가서 그와 바닷가를 헤매었던 것이다. 지금 동대문 근처에서 싸구려 하숙엘 들어 있다. 항구는 사람의 성격에 어떤 염색을 해주는 것이 아닌가고 나는 그를 볼 때마다 생각하는데 그건 마치 어렸을 때 형을 보듯 하기 때문일 것이다. 그는 여자를 정복하는 데 무어랄까 천재가 있는 모양이었다. 그는 그러한 자기의 천재에 의지하여 한 세계를 형성하려고 애쓰고 있다고 할 것이다. 시를 쓰기 위해서라기보다는 차라리 시를 쓴다는 대의명분이 그의 정복행위를 부축해주고 있을 뿐이었다.

자줏빛 스웨터를 입고 학교로 나를 찾아와서는,

"련민(憐憫)! 련민(憐憫)!"

하며 혀를 끌끌 차는 날이라면 으레 또 하나의 인생을 좌절시켜주고 온 날인 것이다.

"련민! 련민! 아 련민뿐이여."

"강 선생께서 하시는 사업은 착착 성공중이시라."

내가 이렇게 축하를 아뢰면,

"그녀도 울고 나도 울었더라."

라고 담배를 꺼내며 대단히 만족하다는 듯이 대답을 하는 것이었다.
 그러한 그도 단 한 번은 대실패를 한 적이 있다. 여자에게 최음제(催淫劑)를 사용했더라는 것이다. 그런 일이 있기 전 어느 땐가 다음과 같은 수필까지 써서 내게 보여준 적이 있는 그로서는 정말 일대 절망일 수밖에 없었을 것이다.
 '요힘빈! 총각들은 최음제의 위력을 과도히 신앙한다. 그래서 그 약품이 총각들간에서는 사랑의 매개물질로 간주되어 있는 법도 있다. 피강간(被强姦) 뒤에 으레 있는 처녀의 눈물도 그들에게는 공식적인 식순(式順)의 일구(一句)에 불과하다. 참 못마땅한 일이다. 도덕자연하는 나의 이러한 언사가 도리어 못마땅하다고 할는지 모른다. 좋다. 우리들 총각들간에는 도덕자연하는 것도 위악(僞惡)의 품목에 참석할 수 있으니 나의 위악적인 이런 언사가 나를 우리의 본부(本部) '다방 지하실'의 야단스러운 청춘 속으로 못 들어밀 바 못 되노라, 에헴. 이런 논리가 나의 머리 위에 비트의 월계관을 올려놓고 박수했다. 운운.'
그 실패 이후로는,
 "살기가 더 싫어졌다."
라고 중얼거리고 있었다.
 "련민! 련민!"
 두음법칙(頭音法則) 따위가 어감의 감손(減損)을 가져온다면 그건 정말 슬픈 일이 아닐 수 없다고 하면서 그는 기어이 '연민'을 '련민'으로 발음하며 쓸쓸해 하였는데 그 '련민'의 음영(陰影)도 최음제 사건 이후엔 퍽 많이 변해 있었다. 어쨌든 내가 보기에 그는 자기의 성(城)이 아니라면 최소한도 자기의 지하실은 지니고 사는 유복한 사람임이 분명하다.
 이건 여담이지만, 한 교수님의 딸도 무엇인가를 만들어가고 있는 듯해서 나는 나 자신을 돌아보고 적이 불안해진 적이 있다. 여고 2학년이라면 대부분이 센티멘탈리스트라고는 해도 그 애에게는 당해낼 수 없는 생기조차 곁들여 있었던 것이다.

"세상에서 가장 귀여운 게 뭘까?"

지난 5월 어느 일요일, 한 교수님 댁엘 놀러갔을 때였다. 햇볕이 여간 좋은 게 아니어서 나와 그 애와 사모님은 등의자를 마당가에 내놓고 앉아 한담을 하고 있다가 발 끝으로 흙을 톡톡 차며 등의자를 뒤로 잦혔다 앞으로 숙였다 하고 있는 그 애가 하도 귀여워서 탄식하듯 내가 입 밖에 낸 말이었는데,

"여신(女神)의 멘스?"

라고 그 애는 가벼웁게 퉁겨버리는 것이었다.

"응?"

나는 얼떨떨해져버려서 코먹은 소리로 반문했더니,

"아닐까?"

그 애는 숙인 얼굴에서 눈만을 살짝 치켜떠 보며 부정의문법으로 또 한 번 쥐어 박았다.

"호오, 여신에게도 멘스가 다 있을까?"

사모님께서 마침 이렇게 대답을 하심으로써 그 얘긴 그 정도로 그쳐서 나는 화끈 단 얼굴을 감출 수가 있었지만 이건 못 당하겠는데, 하고 생각했던 것이다.

"선생님께서는 자기 세계가 있으십니까?"

대답이 없더라도 무안하지 않으려고 나는 짐짓 앙케트를 흉내낸 장난조로 교수님께 물었다. 교수님은 담배를 꺼내 입가에 무시며,

"자네 보기엔 어때?"

하고 되물으셨다. 나는 성냥을 그어 대어드리며, 교수님의 목소리를 본떠서,

"글쎄요. 있는 것도 같고……없는 것도 같고……."

했다.

"허허허허."

교수님은 담배를 한 모금 천천히 빨고 나시더니,

"있지."

라고 말씀하시고 빙긋 웃으셨다.
"있긴요?"
내가 억지를 쓰는 체했더니,
"이래뵈도 나의 세계는 옥스포드 제(製)인데……."
"글쎄요. 성벽이 워낙 높아서 보여야죠."
"흐응."
확실히 이 교수님께는 어려운 구석이 있다. "외국에서 공부하고 오는 사람들은 다소간에 냉혈동물이 되어 돌아오는 법이지."라고 말씀하시며 당신도 극도의 냉혈동물이었다고 말하시지만 젊었을 적엔 몰라도 지금 봐서는 그런 것 같지는 않았다.

외국이라면 대개 서구(西歐)를 가리키는 것이니 아마 그네들의 합리주의와 개인주의가 몸에 배어 그럴 것이라고 변호를 해주시면서 한편으로는 "아아 성숙한 처녀처럼 믿음직한 그대 지식인이여."라고 말해놓고 웃으시고는 "그러나 나처럼 탈선할 가능성이 많지." 하고 자조를 하시곤 했다. 외국서 학위를 받고 온 교수들은 강의 노트를 얻어오는 대신 모든 것을 거기에 지불해버리고 온다는 것이었다. 감상(感傷)을 다시 길러야 하고 다시 인사를 배워야 하고 다시 웃음을 가져야 한다고 싱거운 조로 말하시고는 곧잘 나더러 "자네도 외국 갔다오면 별수없지." 하시다가는 이내 "참, 자네 같은 사람은 아예 외국에도 갈 수가 없어." 하며 놀려주시는 것인데 그 이유를 나는 알 수가 없다.

하나의 세계가 형성되는 과정이 한 마디로 얼마나 기막히다는 것을 나는 잘 알고 있다. 그 과정 속에는 번득이는 철편(鐵片)이 있고 눈 뜰 수 없는 현기증이 있고 끈덕진 살의가 있고 그리고 마음을 쥐어짜는 회오(悔悟)와 사랑도 있는 것이다. 이렇게 말하면 봄바람처럼 모호한 표현이 아니냐고 할 것이나 나로서는 그 이상 자세히는 모르겠다.

역시 여수에서 살 때다. 그즈음 형은 어머니를 죽이자고 끈끈한 음성으로 나와 누나를 꾀고 있었다.
 피난지에서 돌아와보니 그렇지 않아도 변변치 않던 집이 거의 완전히 허물어져 있었다. 폭격이나 당해서 그렇다면 이웃에 창피하지는 않겠다고 누나는 부끄러워하고 있었다. 집은 한길이 가까운 산비탈에 있었다. 어머니도 누나와 같은 생각에서였던지는 모르나 인부를 두 명 사서 한낮 걸려서 깨끗이 처치해버리고 다음날은 그 자리에 판잣집을 세우기 시작했다. 사흘 걸려서 된 집은 내 맘에 꼭 들었다. 온돌방 하나와 판자를 깐 방 하나 그리고 판자를 깐 방에는 다락방을 만들어 형이 썼다.
 다락방 밑의 판잣방에 담요를 깔고 우리 식구가 거처했고 온돌방은 어머니처럼 생선이나 조개 따위의 해물을 새벽에 열리는 경매시장에서 양동이에 받아가지고 첫 기차를 타고 순천(順天)이나 구례(求禮) 방면의 장이 서는 고장을 찾아가서 팔고는 막차로 돌아와서 다음날 새벽을 기다리는 것이 생활인 생선장수 아주머니들의 하숙방으로 내주고 있었다. 우리 집 외에도 근처에 그런 하숙을 치고 밥을 먹는 집이 몇 더 있었는데 경매시장이 있는 부두와 기차역에 각각 다니기가 좋은 장소여서 집집마다 육칠 명씩 단골이 있었다. 우리 집에서는 누나가 부엌일을 맡고 부엌일 뿐만 아니라 매일매일 치러 받는 하숙셈이라든지 잔살림살이는 모두 맡아 하고 있었다. 낮에는 빨래도 하고 김치도 담그고 하느라고 겨우겨우 야간 상업중학엘 다녔는데 공부는 늘 일등이었다. 세책점(貰册店)에서 소설을 빌려다가 틈틈이 보는데 혼자 있는 시간이 많아서 그런지 상상력이 대단했다. 곧잘 작문을 지어두었다가 나와 단둘이 있게 되는 시간이 생기면 조용한 음성으로 내게 읽어주곤 했다. 그것이 누나의 나에 대한 최대의 애정표시였다. 나도 학교가 파하면 집안일을 도와주었다. 특히 뒤꼍의 돼지를 길러내는 게 큰 임무였다. 수놈으로서 중돼지를 넘어서고 있었다.
 어머니는 마흔 살이라고는 해도 젊은 티가 남아 있었다. 아버지가 돌아가신 지 벌써 십 년이 됐는데 그 뒤로 도맡아 하신 고생이 어머니의 살결을 거칠게 해버린 것이어서 고생만 하지 않았더라면 스물이고 서른이고 마흔이고 그대로 남아 있을 단정한 용모였다. 그것 때문에 어머니의 장사는 덕을 보기도 하고 손을 보기도 했다. 예컨대 순천 같은 도시로 장사를 갔다오는 날엔 빈 양동이를 들고 돌아오시지만 다른 읍(邑) 같은 곳에서는 장날에 가면 손님들이 슬슬 피해버리고 악마 같은 얼굴을 한 아주머니들에게나 가서 물건을 산다는 것이었다. 어머니는 별로 말이 없는 분이었다. 기쁠 때엔 물론 웃으시지만 통 말은 안 했다. 보통 형에게 얻어맞을 때 그러는 것인데, 억울한 일을 당하시면 눈에 파랗게 불이 켜진다. 동녘이 훤할 때 바다를 향해서라기보다는 차라리 육지를 향해서 깜박이는 등대불의 그 희미하나마 금방 눈에 띄는 빛과 같은 것이었다. 그러나 여전히 말은 없다.

형은 종일 다락방에만 박혀 있다가 오후 네 시나 되면 인적이 드문 해변으로 나갔다가 두어 시간 후에 돌아와서 다시 다락방으로 올라간다. 밥은 마루방에서 나와 누나와 함께 셋이서 먹는 것이지만 밥만 먹으면 그냥 다락방으로 올라갔다. 사닥다리를 삐걱거리며 올라가는 것을 보고 있노라면, 아아 형은 하늘로 가는구나, 라는 말이 저절로 입에서 나왔다. 다락방은 이 세상에 있지 않았다. 그건 하늘에 있었다.

그곳은 지옥이었고 형은 지옥을 지키는 마귀였다. 마귀는 그곳에서 끊임없이 무엇을 계획하고 계획은 전쟁이었고 전쟁은 승리처럼 보이나 실은 패배인 결과로서 끝났고 지쳐 피를 토해냈고——마귀의 상대자는 물론 어머니였고 어머니는 눈에 불을 켠 채 이겼고 이겼으나 복종했다. 형은 그 다락방에서 벌레처럼 끊임없이 부스럭거리는 소리를 내고 있었다.

형은 스물두 살이었다. 사변 전에 폐가 아주 나빠져서 중학교를 도중에 그만두었다. 하다 못해 유행가 가수라도 되겠다고 새벽과 저녁으로 바닷가를 헤매며 소리를 지르고 있더니 그런 지경을 당해버린 것이었다. 나는 국민학교 이학년 때 학교 담임 선생님이 새벽에 일찍 일어나는 것은 건강에 좋다고 해서 그런 말을 들은 다음날 형의 발자국을 밟고 해변으로 따라나간 적이 있었다. 바닷물은 빠지고 있었고 바위들은 금방이라도 벌떡 일어서서 나를 둘러싸고 기분 나쁘게 웃어댈 듯이 시꺼멓게 웅크리고 잠들어 있었다. 나는 오돌오돌 떨면서 움직이기가 귀찮아, 물기가 담뿍 밴 모래 위에 쭈그리고 앉았다. 그때 바다 저편에서 들려오듯이 아득한 형의 노래가 들려온 것이었다. 바닷속으로 바닷속으로 비스듬히 가라앉아 가는 듯한 환상 속에서 나는 형의 폐병을 예감했을 것이었다. 아니다. 그 이상의 것을——형을, 동시에 어머니를, 알았을 것이었다.

"나갈까?"

하고 교수님은 내게 물으셨다.

"들어온 지 얼마 되지도 않았는데요. 저어 바쁘십니까?"

"아아니 뭐……술이라도 마시고 싶어지는군."

"네? 정말 드시겠어요? 저, 제가 좋은 데를 한 집 아는데요."

"흐응. 술이란 좋은 거지?"

교수님은 별로 마시고 싶지도 않으신데 괜히 한 번 그래보신 모양이다.

나는 짜증이 났다.

"나가실까요?"

하고 나는 벌떡 일어서면서 거의 강제적인 어조로 말했는데 교수님은 별로 불쾌히 여기지도 않고 조용히 자리에서 일어나셨다. 감색 바탕에 검정 사각 무늬가 배치되어 있는 교수님의 넥타이가 유난히 눈에 들어왔다.

차값을 치르고 나오자 교수님은 벌써 밖에 나와서 잎이 지고 있는 플라타너스 곁에 서 계셨다. 저녁 햇살이 번져가고 있는 가을 하늘을 쳐다보고 계셨는데 윤곽이 뚜렷한 얼굴에는 소녀 같은 애수가 깃들여 있었다. 보는 사람에게 못마땅하다는 생각을 조금도 일으키지 않게 진실한 표정이었다.

"정말 술이라도 드시죠?"

"그만두지."

"……."

교수님과 나는 걷고 있었다.

무슨 생각에서였던지 교수님은 문득,

"옛날 얘기 하나 들어보겠나?"

하고 말하시고 웃으셨다.

"네, 해주세요."

나는 필요 이상으로 좋아하는 빛을 보여드렸다.

'정순은 한 마디로 총명한 여자였다. 자기의 운명을 만들어낼 수 있는 것은 반드시 자기만이 아니라는 걸 적어도 알고 있었다. 설령 그것이 당시 인습의 강요로 얻은 사고방식이라 할지라도 곁에서 보기에 아슬아슬하다거나 하는 느낌은 전연 가질 수 없도록 무어랄까 확신을 가지고 있는 듯했다. 사랑을 한다고 해도 리얼하다고나 표현해야 할 것으로 한 교수보다는 적극적으로 애타하고 보다 적극적으로 울고 그러다가, 어느 날엔가는 자기 편에서 절교장을 보냈다가도 그 다음날 새벽 동이 훤해지기 바쁘게 부석부석한 눈으로 한 교수의 하숙으로 달려와 방긋 웃으며, 저 지독한 거짓말쟁이예요, 하고 무릎을 꿇고 앉아 사죄를 하기도 하는 하여간 가슴이 타도록 한 교수를 사랑하는 것이었지만, 그러나 한편으로는 배암과 같은 이기심을 발휘하여, 대학 졸업 후 런던유학을 꾀하고 있는 한 교수에게 그 계획을 포기하라고 희생을 강력히 요구해오기도 하는 것이었다. 동갑이었다. 도쿄[東京] 유학을 온 학우들간에 '국화, 단, 남성(菊花, 但, 男性)'이란 별명을 가진 한 교수에겐 정순과의 사랑이 무척 풀기 힘든 선택 문제로, 하나의 시련으로 하나의 굴레로 압박해왔다. 졸업 날짜가 가까워올수록 더욱 그랬다. 그때의 일기장을 펴보면 이렇게 적혀 있다고 한다. '대학 졸업 후 정순과의 결혼이냐 젊은 혼을 영국의 안개 낀 대학가에서 기를 것이냐. 둘 다 보배로운 일이 아닌가. 둘 다 한꺼번에 만족시킬 수 있다면 얼마나 기꺼운 일이냐. 그러나 정순은 나의 모든 학업이 끝날 때까지는 아마 기다릴 수 없으리라는 것이었다. 과년(過年)하다고 도쿄 유학도 겨우 용인해주고 있는 고국의 부모들이 딸의 졸업 후에는 절대로 가만두지는 않을 것이라는 것이다. 자기가 일본 여성이라면 서른 살이 문제가 아니라 마흔까지라도 기다릴 수 있겠지만 불행히도 자기의 부모는 이해심 적은 조선 사람이라는 것이다. 그래도 내가 기다리라고 하면 목숨을 걸고 기다리겠지만 늙다리가 되어서는 자기 편에서 차마 결혼을 승낙 못 할 것 같다는 것이다. 결혼을 해놓고 서양 유학을 간다고 해도 그것은 내가 자신이 없다, 결국 둘 다 망치는 일이 될 것만 같아서다. 오직 하나 분명한 것은, 나는 정순을 지극히 사랑한다는 것뿐이다. 아아 신이여 보살피소서.' 그러다가 마침내 결론을 얻었다. 졸업을 일 년 앞둔 어느 봄날이었다. 도쿄의 하늘은 흩날리는 사쿠라 꽃잎으로 아슴해지고 사람의 심경들도 마냥 혼미해지기만 하는 봄날의 꽃바람이 부는 밤이었다. 정순의 육체를 범해버리기로 한 것이었다. 말똥말똥한 의식의 지휘 아래, 한 번, 두 번, 세 번, 네 번…… 수술대 위에 뉘어진 환자가 몰핀에 취할 때까지 수를 세듯 한 번, 두 번, 세 번, 네 번, 다섯 번. 그러자 예상했던 대로 한 교수의 사랑은 식어질 수 있었다. 다음해 사쿠라가 질 무렵엔, 마카오 경유 배표(船票)를 쥐고도 손가락 하나 떨지 않고 서 있을 수 있었다. 벌써 삼십여 년 전 얘기다.'

"흐흥, 그런데…… 그 여자가 어제 저녁 죽었다네."

"네?"

"장사는 내일 치르구…… 오늘 저녁에 입관을 한다나?"

"네? 그럼 사회학과 박 교수님의……."

한 교수님은 쓸쓸히 웃으셨다. 가을 햇살이 내 에나멜 구두 콧등에서 오물거리고 있었다.

형이 나와 누나에게 어머니를 죽이자는 말을 처음으로 끄집어냈을 때도 내 발가락 사이로 초가을 햇살이 히히닥거리며 빠져나가고 있었다. 굵은 모래가 펼쳐진 해변에서였다. 납득? 아마 그랬을 것이다. 기침을 해가며 나직나직 말하는 형의 백지빛 얼굴에서 나는 그를 미워할 아무런 건덕지도 찾아볼 수 없을 지경이었으니까. 왜냐하면 그런 말을 하는 형을 미워해야 한다면 어머니도 똑같이 미워해야 할 것이었는데 실상 나는 둘 다 미워하고 있지 않았다. 둘 다 사랑하고 있었다. 내가 설령 모두 미워하고 있었다고 하더라도 그것은 나의 그들에 대한 끝없는 사랑의 감정에서일 수밖에 없었다. 그러나 손쉽게, 사랑한다고 해서 내가 초가을 햇살이 눈부신 해변에서 들은, 지옥으로부터 나의 가슴에 육중하게 울려오는 저 끔찍한 음모를 납득할 수는 없었을 것이다. 차라리 수년 전 어느 새벽에 발자국을 밟고 따라가서 소라껍질 같은 나의 마음속에 잊지 않으리라 담아두던 노랫소리의 빛깔로 하여 형의 이런 계획은 당연하다고 주억거릴 수 있었다고 하는 편이 나았다.

형을 따라 새벽에 해변엘 나간 적이 있던 그 무렵 어느 날 저녁 때였다.

어머니는 마흔이 넘어 보이는 사내를 하나 데리고 집으로 왔다. 어머니가 생선 장수를 시작하기 전으로 바느질로써 용돈을 벌었고 남아 있던 살림살이를 하나씩하나씩 팔아서 살고 있었을 때였다. 사내는 갯바람에 그을러서 약간 야윈 듯한 얼굴에 눈이 쌍꺼풀져 있었다. 모든 것이 자신만만하다는 듯한 태도를 가진 그 사내는 그날 저녁에 어머니와 함께 밤을 지내고 다음날 새벽 일찍이 돌아갔다. 그날 나와 누나는 공포에 차서 덜덜 떨며 한숨도 자지 못하고 말았다.

중학교에 다니던 형도 엎치락뒤치락하며 밤을 그대로 새우고 있는 눈치였다. 다음날 형은 학교엘 가지 않았다. 그것이 아버지의 사망 후에 어머니가 맞아들인 최초의 사내였다. 일본을 상대로 하는 밀수선의 선장이라는 건 그 사내가 그날 밤 이후로도 몇 차례, 몇 차례라는 하나 시일로 따지면 거의 일 년 동안 우리 집에 드나들 때 자연히 알게 되었다. 왜 어머니가 사내를 집안으로 끌어들였는지 그리고 우리에게 아무런 인사도 시키지 않았고 말도 못 건네게 하였는지 그때는 아무래도 이해할 수가 없었다. 풍족하진 못했지만 돈이 없다고 짜증을 부리거나 불만을 가진 사람은 집안에 아무도 없었다. 그렇다고 사내를 우리들에게 아버지처럼 행세시키려 드는 눈치도 아주 없었다.

사내가 다녀간 다음날에는 어머니는 형에게 무척 미안하다는 태도를 지어보였다. 형으로 말하자면, 처음엔 어리둥절했던 모양이다. 무엇을 어떻게 하겠다는 결심은 전연 서려 있지 않은 분노를 자기의 침묵과 눈동자에 담고 있었으나 그뿐 아무런 짓도 하고 있지 않았다. 그러나 자기의 행동에 어떤 결심을 갖다 붙일 수 없었던 것은 오로지 자기의 나이를 잘 알고 있기 때문이었던 모양이다. 두 번째의 사내는 세관 관리였다. 털보였다. 눈이 역시 쌍꺼풀져 있었다. 술고래인 모양으로 늘 몸에서 술 냄새가 나고 있었다. 세 번째 사내는 헌병문관(憲兵文官)이었다. 어머니보다 젊은 듯했다. 안색이 창백하였으나 눈이 부리부리한 사람으로 우리들에게 항상 적의 어린 시선을 쏴주고 있었다.

이때 형은 학교를 그만둔 뒤였다. 그 무렵 형의 약값으로 돈이 많이 들어서 살림이 상당히 쪼들리고 있었는데 그것이 미안해서였던지 아니면 이제는 충분히 나이가 들었다고 생각해서였던지, 세 번째의 사내가 처음으로 다녀간 다음날 형은 드디어 어머니를 때리고 만 것이었다. 그리고 어머니의 눈에 처음으로 불이—희미하나 금방 알아볼 수 있는 파란 불이 켜지기 시작한 것이었다. 그리고 그 불빛 속에서 영원한 복종과 야릇한 환희와 그러나 약간의 억울함을 나와 누나는 본 것이었다. 그러한 빛깔을 한 불이 켜지면 누나는 안타까워서 동동 뛰었다. 그러나 나는 이미 포기해버리고 있었으므로 누나를 달랠 수 있는 여유조차 갖고 있었다.

어머니는 형에게 연애를 권했다. 형은 학교를 그만둔 뒤로는 썩어가는 폐에 눈물어린 호소를 해가면서 문학으로 방향을 바꾸고 있었으므로 어머니는 그런 핑계를 내세우고, 연애는 네 문학공부에 어떤 자극이 될지도 모른다고 권했으나 형은 흥 하고 웃어버렸다.

한 사람이 배반했다고 해서 자기까지 배반해버릴 수는 없었던 모양인가. 더구나 배반한 사람이 어떤 의사이전(意思以前)의 절대적인 지시 아래에서는 어찌할 수가 없다는 사실을 알고 있었기 때문인가. 피난지에서 어머니가 한 번 좋은 처녀가 있는데 결혼할래, 하고 물었더니, 아무리 전쟁중이라도 어머니가 미쳐버린다는 건 슬픈 일이에요, 라는 대답을 하고 나서, 어머니를 똑바로 쳐다보면서 싸늘한 웃음을 지었다. 어머니는 얼른 고개를 숙임으로써 그 시선을 피했지만 떨구는 어머니의 눈 속에는 그 파란 불이 켜져 있었던 것이 기억된다. 피난지에서 돌아와서부터 어머니가 사내를 집안으로 데리고 오는 일은 없었다. 그러나 모든 것이 형에게는 마찬가지였다. 형은 무엇인가를 기어이 하고야 말리라고 예기하고 있던 나는 그러기 때문에 다락방에서 끊임없이 부스럭거리며 살고 있는 형을 공포에 찬 눈으로 주시하고 있었다. 누나도 마찬가지였다. 누나와 나는 유일한 동맹이었다. 내가 어린 날을 그래도 행복하게 보낼 수 있었던 것은 오직 누나가 있었기 때문이었다.

형이 어두운 다락방에서 우리에게 숨기며 쉬지 않고 무엇인가를 만들어가고 있듯이 나와 누나도 형과 어머니에게서 몇 가지 비밀을 만들어놓고 우리의 평안과 생명을 그 비밀왕국 안에서 찾고 있었다.

누나가 밤 늦게 학교에서 돌아오면 나는 기다리고 있다가 다락방에 있는 사람에게 들키지 않도록 조심하며 밖으로 나간다. 누나도 석유남폿불의 심지를 줄여놓고 나서 역시 살그머니 빠져나온다. 나와 누나는 발소리를 죽이며 어두운 숲 그늘을 밟고 산비탈을 올라간다. 해풍이 끊임없이 솔솔 불어오고 있다. 소금기에 절인 잎사귀들은 사그락대고 있다. 뱃고동 소리가 부우웅 울려오고 우리가 산비탈을 올라감에 따라서 부두 쪽에서 들려오는 웅웅거리는 소리가 조금씩 크게 들린다. 내려다보면 항도(港都)의 크고 작은 불빛들이 눈짓을 보내주고 있다. 드디어 철조망이 나선다. 칙칙한 색으로 숲이 살랑대고 있는 철조망 저편에는 석조저택(石造邸宅)이 우울하게 서 있다. 몇 개의 창에서 불빛이 새어나오고 있다. 현관에도 불이 켜져 있다. 우리는 철조망 이편에서 납짝 엎드려 기다리고 있다. 엎드려서 우리는 흙내음과 풀내음을 들이마시며, 뜨거워져가는 숨소리를 느끼며 잔뜩 긴장하여 기다리고 있다.

이윽고 현관문이 밖으로 빛을 쏟아내면서 열리고 애란인인 선교사가 비척비척 걸어나온다. 깡마르고 키가 크다. 불빛 아래서는 번쩍이는 안경을 쓰고 있다. 유령처럼 그는 이쪽으로 천천히 걸어온다. 어떤 때는 고개를 숙이고 걸어오기도 한다. 사그락대는 나뭇잎 소리들이 이 밤의 정적을 더 돋우고 있을 때 그가 이편으로 걸어오는 발자국 소리는 무한히 신비스럽게 느껴진다. 이윽고 왔다. 우리가 엎드려서 힘을 눈에다 모으고 있는 철조망 저켠에는 몇 그루의 측백나무가 어둠에 싸여 있고 그 측백나무 아래에는 벤치가 하나 있다. 그는 드디어 거기에 앉는다. 털썩 주저앉는다. 나는 누나의 한 손을 꼭 쥐고 있다. 손에는 어느덧 땀이 흐르고 있다.

선교사는 멀리 아래로 보이는 시가지의 불빛들을 꿈꾸듯이 보고 있다. 바람에 실려오는 소금기를 냄새 맡는 듯이 그는 코를 두어 번 킁킁거려본다. 드디어 바지 단추를 끄른다.

홍청대는 항구의 여름 밤과는 상관없이 바위처럼 고독한 자세 하나가 우리의 눈앞에서 그의 기나긴 방황을 시작하고 있다. 그렇게도 뛰어넘기 힘든 조건이었던가. 일요일에 교회에서만 선교사를 대하는 신도들에게는 도대체 상상될 수 없는 그래서 무수한 면(面)을 가진, 아아 사람은 다면체(多面體)였던 것이다. 바람은 소리없이 불어오고 잎들조차 이제는 숨을 죽이고 이슬방울들이 불빛에 번쩍이면서 이 무더운 밤이 해주는 얘기에 귀를 기울일 때 나의 등에도 누나의 등에도 어느새 공포의 식은땀이 흐르고 있었다.

이윽고 끝났다. 그는 어둠 속에서 한숨처럼 긴 숨을 몇 번 쉬고 느릿느릿 일어나서 바지를 추켜 입고 힘없이 비척거리며, 온길을 되돌아간다. 그제야 우리들은 쥐었던 손을 놓고 일어선다. 이마에서는 땀이 흐르고 있다. 우리는 기진맥진하여 불빛들이 사는 비탈 아래로 내려온다.
 우리의 왕국에서 우리는 그렇게도 항상 땀이 흐르고 기진맥진하였다. 그러나 한 오라기의 죄도 거기에는 섞여 있지 않는 것이었다. 오히려 거기에서 우리는 평안했고 거기에서 우리의 생명을 생각하고 있었다. 낮에 우리는 가끔 그 선교사가 자동차를 타고 지나다니는 것을 본 적이 있지만 전연 딴 사람처럼 명랑해보였다. 명랑하게 달려가는 자동차의 뒤에서 우리는 늘 미소를 가질 수 있었다. 다시 한 번 말하거니와 우리가 꾸며놓은 왕국에는 항상 끈끈한 소금기가 있고 사그락대는 나뭇잎이 있고 머리칼을 나부끼는 바람이 있고 때때로 따가운 빛을 쏟는 태양이 떴다. 아니 이러한 것들이 있었다기보다는 우리들이 그것을 의식하려고 애쓰고 있었다고 하는 게 옳겠다. 그러한 왕국에서는 누구나 정당하게 살고 누구나 정당하게 죽어간다. 피하려고 애쓸 패륜도 아예 없고 그것의 온상을 만들어주는 고독도 없는 것이며 전쟁은 더구나 있을 필요가 없다. 누나와 나는 얼마나 안타깝게 어느 화사한 왕국의 신기루(蜃氣樓)를 찾아 헤매었던 것일까!
 햇빛이 눈부시게 빛나는 해변에서 형이 어머니를 죽이자고 했을 때 나는 훌쩍훌쩍 울어버리고 말았지만 그것은 형의 말에 반대해서라기보다는 오히려 형에게 얼마든지 동감할 수가 있었기 때문일 것이었다. 형은 그 말을 함으로써 스스로 성자의 지위에 올랐다고 생각했을 것이다. 누나도 사실 어머니에게 불만이 없는 것은 아니었다. 그렇다고 그 불만이 형을 위해서 있는 것은 아니었다. 누나는 가장 영리하였다. 그 눈부신 해변에서 누나는 한 마디 말도 하지 않고 한 개의 표정도 바꾸어 짓지 않았지만 그것은 누나의 아름다운 노력일 뿐이었다. 누나는 영리하였다. 형이 어머니의 거의 문란하다고나 해야 할 남자관계를 굳이 내세우며 우리를 설복시키려고 애쓰고 있었지만(그것은 우리를 철부지로 여기고 있었기 때문일 것이다. 철부지에게는 본능적인 의협심이 행위의 충동이 되는 걸로 형은 생각했을 것이다.) ─ 사실 나도 그따위는 아무것도 아니라고 생각했다. 형의 의도는 그 너머에 있는 것이었으니까——누나는 귓등으로 흘려버릴 정도로 모든 것을 알고 있었다.

모든 오해를, 옳다, 모든 오해를 누나는 알고 있었다. 그러나 영원히 풀어버릴 수 없는 오해라는 것도 알고 있었다. 무서운 결과를 무릅쓰지 않고서는 누나는 결코 그 오해를 풀어줄 수가 없다는 것도 알고 있었다. 아아, 이렇게 얘기해서는 안 되겠다. 이것은 너무나 막연한 표현들이다. 한 마디로 말하고 싶다. 어머니는 영혼을 사러다니는 마녀와 같다고 형은 경계하고 있었고 한편, 형은 빈틈을 쉬지 않고 노리는 어떤 악한 세력이라고 어머니는 생각하고 있었다. 이러한 생각들은, 나와 누나의 직관 속에서 보면, 분명히 아버지의 사망 후에 비롯된 것이었고 비록 은근한 것이었다고는 하나 얼마나 끈덕진 것이었던지 이것의 어떤 해결 없이는 새로운 생활——새롭다고 한들, 남들은 별 생각 없이 예사로 사는 그런 생활을 할 수는 도저히 없는 것이었다.

형과 어머니는 주고받는 시선 속에서 우습도록 차디찬 오해를 나누고 있었다. 그뿐이다. 그뿐이다. 둘 다 오해를 하고 있었던 것뿐이다. 상상의 바다를 설정해놓고 그곳을 굳이 피하려고 하는 뱃사람들처럼 어머니와 형도 간단하게 살아갈 수는 없었던 것인가.

누나가 마지막까지 눈물겨운 노력을 포기하지 않았던 것을 나는 알고 있다. 모래가 따가운 해변에서 돌아와서 일주일인가 지난 날 밤이었다. 누나는 그날 저녁 학교를 쉬고 노트에 부지런히 글을 짓고 있었다. 열여섯 살짜리 계집애로서는 그 이상 더 어떻게 할 수 없는 노력이었다. 나는 남포에 석유를 붓고 누나가 쓸 연필을 깎아놓았다. 그리고 나서 누나 곁에 엎드려서 근심스럽게 누나의 노력을 바라보고 있었다. 작문은 이런 것이었다.

'내 어머니의 '남자관계'를 내가 어렸을 때는 막연한 어떤 심리에 사로잡혀 미워하고 심지어 내 어머니는 '갈보'라고까지 욕을 했고 그리고 나의 기억에도 아버지와 놀던 세세한 일은 거의 남아 있지 않을 정도로 오래 전에 돌아가신 아버지를 애타게 그리워했고 그 아버지를 잊어버리고 다른 남자와 '놀아나는' 어머니를 더욱 미워하게 됐고 그래서 혹시 그런 남자가 집에 오기라도 하면 나는 일부러 방문을 탁 닫기도 하고 큰 장독으로 돌을 가져가서 차마 독을 쾅 깨어버리지는 못하고 땅땅 두들겨보고 그러다가 그 독아지 속에서 울려오는 무거운 소리에 귀 기울여 들으며 어머니에 관한 일은 잊어버리기로 하곤 하였다. 이제 와서 생각하면 그처럼도 어머니를 못 이해하고 있었다니, 하는 후회만이 앞선다. 어머니가 사귀던 몇 남자들의 얼굴을 나는 똑똑히 외우고 있다. 그들은 차례차례 어머니를 거쳐갔는데 이상하게도 그 남자들의 용모에는 공통된 점이 많았다. 눈이 쌍꺼풀이라든지 콧날이 오똑하고 얼굴색이 비교적 창백하다든지 하여간 나의 기억 속에 그들의 얼굴은 서로 비슷했다. 그리고 좀더 거슬러올라가면 놀랍게도 아버지의 얼굴과 거의 일치되는 것이다. 어머니는 사귀고 있는 남자를 우연한 기회에 보게 되었을 것이다. 그리고는 옛날 당신의 한창 젊음을 바쳐 사랑하던, 그리고 그보다도 더 큰 아버지의 사랑을 받던 날을 생각할 것이다. 아아, 어머니는 얼마나 아버지를 찾아 헤매었던 것일까. 내 어린 시절의 기억 속에 불쾌감을 모질도록 일으키던 어머니의 '남자관계'는 곧 내가 사랑하는 그리고 어머니가 사랑하는 아버지를 찾아 헤매던 일이기도 했던 것이다.'

물론 이 작문은 거의 완전한 허구였다. 그러나 최후의 노력이었다. 누나는 그 작문을 들고 다락방으로 올라갔다. 나는 기도하듯이 손을 모으고 다락방으로, 지옥으로 올라가고 있는 한 사도(使徒)의 순결한 모습을 바라보고 있었다. 지루하도록 오랫동안 그 사도는 내려오지 않았다. 이윽고 다락의 층계를 밟고 사도는 피로한 모습을 하고 내려왔다.

절망. 형은 발광하는 듯한 몸짓으로 픽 웃더라는 것이다. 그리고 누나에게 이런 뜻의 말을 하더라는 것이다. 어머니의 '남자관계'를 너는 그렇게 해석해도 무방하다. 그러나 실은 그것에서 그치는 것은 아니다. 그것은 일종의 극기일 뿐이다. 극기일 뿐이다. 극기일 뿐이다……

"옛날 일을 그래서 지금은 후회하세요?"

"후회하냐고?"

교수님은 무슨 소리냐는 듯이 눈을 둥그렇게 뜨셨다. 그러자 그러한 당신의 표정이 서운하셨던지 입술을 주름짓게 모아 쭉 내민 채 애처롭게 웃으셨다.

또 형은 억울하다는 듯한 표정으로 이렇게 말하더라는 것이다. 어머니의 나에게 대한 운명적인 요구에 나는 어떻게 대처해야 할지 모르겠다. (나와 누나에게는 이 말처럼 미운 것이 없었다.) 솔직히 말하마. 남들에게는 지극히 평범하고 세속적인 관계일 수밖에 없는 것이 내게는 왜 이렇게 험악한 벽으로 생각되는지, 나는 참 불행한 놈이다. 절망. 풀 수 없는 오해들. 다스릴 수 없는 기만들. 그렇다고 장난꾸러기 같은 미래를 빤히 내다보면서도 눈감아버릴 수는 없는 것이다. 절망. 절망. 누나와 나는 그 다음날 저녁, 등대가 있는 낭떠러지에서 밤 파도가 으르릉대는 해변으로 형을 떠밀었다. 우리는 결국 형 쪽을 택한 것이었다. 미친 듯이 뛰어서 돌아오는 우리의 귓전에서 갯바람이 윙윙댔다. 얼마든지 형을, 어머니를 그리고 우리들을 저주해도 모자랐다. 집으로 돌아와서 불을 켜자 비로소 야릇한 평안을 맛볼 수 있었다.

그리고 얼마 있지 않아서였다. 판자문을 삐걱거리며 열고 물에 흠씬 젖은 형이 살아서 돌아온 것이다. 우리의 눈동자는 확대된 채 얼어붙어버렸다. 형은 단 한 마디, 흐흥 귀여운 것들, 해놓고 다락방으로 삐걱거리며 올라갔다. 그리고 사흘 있다가, 등대가 있는 그 낭떠러지에서 스스로 몸을 던져 죽은 것이었다. 나와 누나의 눈에는 감사의 눈물이 번쩍이고 있었다. 그러나 어머니의 오해에는 어떻게 손대볼 도리 없이 우리는 성장하고 만 것이었다.

만화로써 일가(一家)를 이룬 오 선생 같은 분도, 좀 이상한 얘기지만 일을 하다가 문득 윤리의 위기 같은 걸 느낄 때가 있다, 라고 내게 말씀하시는 때가 있다. 윤리의 위기라는 거창한 말을 쓰고 있지만, 내가 보기엔 작은 실패담이라고나 할 수밖에 없는 일인데 당사자에겐 퍽 심각한 문제인 모양이다. 이야기인즉, 하얀 켄트지를 펴놓고 먼저 연필로 만화의 초(草)를 뜬다. 그리고 나면 펜에 먹물을 찍어 연필 자국을 덮어 그리는데 직선을 그려야 할 경우에 어쩐지 손이 떨려서 그만 자를 갖다 대고 그려버릴 때가 가끔 있다는 것이다. 그렇게 해서 다 그리고 난 뒤에 작품을 보고 있노라면 어쩐지 자꾸 그 직선 부분에만 눈이 가고, 죄의식이 꿈틀거린다는 것이다. 그리고 독자들이 이렇게 외치는 소리가 들리는 듯하다고 한다. 그건 당신의 선(線)이 아니다. 그것은 직선이라는 의사밖에는 가지고 있지 않은 자[尺]의 선이다. 당신은 우리를 속이려 하는구나, 라고.

형 같은 경우는 아예 비길 수 없이 으리으리하게 확립된 질서 속에서 오 선생은 살고 있는 것이지만 긍정이라든지 부정이라든지 하는 따위의 의미를 일체 떠난 순종의 성곽(城郭) 속에도 밤과 낮이 있는 모양이었다.

"오늘 저녁 입관하시는 데 가보시겠군요?"

나는 고개를 돌려서 물었다. 교수님은 난처한 웃음을 띠셨다.

"내가 울까?"

"네?"

"정순의 죽은 얼굴을 보고 내가 울까?"

"물론 안 우시겠죠."

"……"

"……"

"그렇다면 갈 필요가 없을 것 같군."

옳은 말씀이다. 이제 와서 눈물을 뿌린다고 해서 성벽(城壁)이 쉽사리 무너져 날 것 같지도 않은 것이다.

"슬프세요?" 내가 웃으며 물었더니,
"글쎄, 지금 생각중이야."라고 대답하셨다.
나는 할 수 없이 또 한 번 웃고 말았다.

―― 1962년

건(乾)

　전날 저녁 산에 숨어 있던 빨치산들의 습격 때문에 아침에 살펴보니 시(市)는 엉망진창이 되어 있었다. 밖에 다녀온 아버지는 시방위대(市防衛隊)가 다행히 일선의 전투부대나 다를 바 없는 장비와 인원을 가지고 있었으므로 해가 뜰 무렵엔 빨치산들이 다시 산으로 도망쳐버렸지만 그러나 시가 입은 파괴는 엄청난 것이라고 퍽 흥분된 말투로 형과 내게 알려주는 것이었다.
　우리 집은 비교적 높은 지대에 자리잡고 있기 때문에 사방이 산으로 둘러싸이고 얼마 크지 않은 이 시를 대강 다 내려다볼 수가 있는데, 시내의 여기저기에서 아직도 불타고 있는 건물들이 보이고 더러는 완전히 타버린 빈터에서 푸른 연기가 안개처럼 피어오르고 있는 것이 보이기도 했다. 매일 아침 잠자리에서 일어나는 대로 곧장 마당가에 나서서 보면 저 아래 시가지의 중심부에서, 떠오르는 아침 햇살을 받고 황금빛으로 번쩍이는 유리창들을 거느린, 그래서 그것이 찬란한 왕궁처럼 생각키우는 시립병원의 멋있는 모습도 그날 아침에는 사라져버리고 잘못 탄 숯덩이 모양이 되어 있었다. 시립병원보다 좀더 북쪽에 자리잡은 방위대 본부에서도 아직도 불길이 오르고 있는데 소방차 두 대가 소화작업(消火作業)을 하고 있는 게 보였다. 이 시에 소방차는 두 대밖에 없으니 모든 소방시설이 이 방위대 본부에 집결한 셈이다.

방위대 본부는 옛날 어느 굉장한 부호가 살던 저택인데 넓기도 넓지만 우선 나무가 많아서 먼 곳에서 보면 마치 숲이 울창한 공원 같은 느낌이 드는 아름다운 곳이었다. 재작년, 6·25가 터져서 인민군이 진주했을 때, 인민군들이 군사 본부로 사용하며 여러 가지 시설을 해놓았는데 인민군이 쫓겨가고 그 뒤에 시방위대가 생겨서 그 본부로 사용하게 된 것이지만 그러나 6·25도 나기 전엔 그 집은 아무도 살고 있는 사람이 없이 썩어가는 빈 집으로서 우리들 아이들의 놀이터가 되어주었었다. 온 시내에 있는 애들이 모두 들어와서 놀아도 좁지 않을 정도로 단순히 넓다기보다는 여러 가지로 재미있게 꾸며져 있는 곳이었다. 물이 말라버린 못에는 괴석(怪石)을 이리저리 얽어 붙여서 내 작은 몸뚱이가 들어가 숨을 수 있을 만큼의 동굴 따위가 여러 개 만들어져 있기도 하고, 문을 열면 또 문이 있고 그 문을 열면 또 문이 있고 이렇게 다섯 개의 문이 가지각색의 장식으로 꾸며져서 달려 있는 연회색의 커다란 창고가 있고 또 바람이 불어도 그 안에 세운 촛불이 꺼지지 않는다는 석등이 서양사람처럼 큰 키로 서 있기도 하고, 그러나 내가 가장 잊을 수 없는 것은 그때는 이미 거의 썩어버린 다다미가 깔린 넓은 안방인 것이었다. 아니 안방이 아니라 안방의 동쪽 벽 아래에 깔린 다다미 한 장을 들어내면 나무로 된 마룻바닥이 드러나고 그 바닥엔 위로 들어 올리도록 된 문이 있는데 그것을 열면 그 밑에 나타나는 어두컴컴한 지하실인 것이다. 아아, 하루종일 그 지하실에 틀어박혀 우리들은 얼마나 가슴 뛰는 놀이들을 하였던가. 애들 중에서 그림을 제일 잘 그리던 내가 그 지하실의 백회벽(白灰壁)에 크레용으로 그림을 그리면 한 아이는 초 동강이에 불을 켜서 들고 나의 손이 움직이는 방향으로 불빛을 보내주었고 그리고 나머지 아이들은 부러움과 감탄의 눈초리로 내가 그리는 그림을 바라보고 그 그림 속에서 많은 얘기를 끄집어내어서 지껄이며 떠들고 그 그림을 자기들이 그린 것처럼 아껴주고 다른 마을의 애들을 끌고 와서 자랑도 해주곤 했다. 그 중에서도 미영이라는 계집애를 잊을 수가 없다. 내게 크레용을 갖다주기도 하고 학교에서는 연필이나 연필꽂이를 나누어주던 미영이. 1학년 때 어느 날이었던가, 이상스럽게도 둘만 그 지하실에 남게 되었을 때 나는 자신도 알지 못하는 사이에 불쑥 미영이를 꽉 껴안아버렸었다. 그러자 미영이는 깜짝 놀라서 울음을 와 터뜨리더니 그만 무안해진 내가 손을 풀자 느닷없이 자기가 쥐고 있던 하얀색 크레용을 ─── 분명히 하얀색이었다 ─── 내게 내밀며, 이쁜 꽃 그려봐, 하는 것이어서, 하얀색의 벽에 하얀색의 크레용으로 무슨 그림을 그리라는 말인지, 이번에는 내가 어리둥절해버린 적이 있었다. 두 볼이 유난히 빨갛던 미영이도 지금은 없다. 재작년 6·25 때 피난을 아주 멀찌감치 일본으로 가버리고 아직도 돌아오지 않는 것이었다. 미영이네 집은 우리 집과 아주 가까운 곳에 있는데 지금은 그 집 대문에 '매가(賣家)'라는 글이 쓰인 더러운 종이 조각이 붙어 있는 빈집이 되어 있었다.

어느 날엔가 방위대도 물러가면 그때는 기어코 다시 그 지하실의 벽화들 앞에 마주 서보리라 마음먹고 있었는데 그날 아침 나는 절망 같은 걸 느끼지 않을 수 없었던 것이다.

사실은 그렇지 않은데도 내게는 온 시내가 푸른색의 짙은 안개 속에 잠겨 있는 것처럼 느껴졌다. 그 위를 엷은 햇살이 어루만지고 있어서, 전날 저녁의 그렇게도 소란스럽던 총소리, 수류탄 터지는 소리, 야포 소리들이 그리고 그날 아침의 살풍경한 시가지까지도 희미한 옛날의 기억일 뿐이라는 생각이 들었다. 그저, 그 동안 못 느끼고 있었는데 갑자기 가을이 이 분지도시(盆地都市)에 찾아와서 모든 것을 퇴색시켜놓았다는 느낌뿐이었다. 확실히 깊은 가을이었다.

아침밥을 먹으면서 아버지는 공비들이 산에서 겨울을 날 물자를 약탈하러 대담하게도 이 시까지 습격해온 것이었다고 설명해주었다. 형은 하필 엊저녁에 습격 올 게 뭐냐고 불평이 대단했다. 고등학교 2학년에 다니는 형은 벌써 몇 주일 전부터 자기 친구들과 함께 남해안으로 무전여행 떠날 계획을 세워왔는데 그날이 바로 출발 예정일이었던 것이기 때문에 형의 불평은 당연한 것이었다. 형의 어둑어둑한 방에 우글우글 모여 앉아서 그들이, 오오 빛나는 남해여, 어쩌고 낯간지러운 몸짓들을 하면서 대단히 열성적인 태도로 계획을 짜 온 것을 나는 알고 있었다.

"형, 정말 돈 한 푼 없이 여행하는 거야?"

하고 내가 물으면,

"그럼, 청년의 꿈은 어디든지 여행할 수 있는 거다. 그렇지만 너 같은 빼빼는 아무리 자라도 이런 일을 못 한다. 저 방에 가서 염소 그림이나 그리고 엎드려 있어. 어서 가."

하며 나를 몰아내버리고 자기들끼리만 쑤군쑤군 하곤 했었다.

형은 빨치산들의 습격이 있었으니 경비가 더 심해질 것이고 그렇게 되면 아무래도 장거리 여행은 불가능해진다는 걱정이었다. 아버지는, 망할 자식, 그러기에 내가 그런 짓은 아예 할 생각도 말라니까 자꾸 하더니 빨갱이들이 내려왔지, 하며 엉뚱한 핑계로 형의 기분을 더욱 상하게 해주었다.

학교에 가면 엊저녁의 일로 재미있는 얘기들이 많을 것이다. 나는 벌써부터 학급 애들이 쉬임없이 종알대는 입들을 보는 듯싶어서 기쁨에 가슴이 두근거렸다. 나는 책보를 얼른 챙겨가지고 내리막길을 빠르게 달려 내려갔다. 달려가다가 길이 굽어지는 곳에서 나는 윤희 누나를 만났다.

"너희 집은 아무 일 당하지 않았니?"

하고 윤희 누나가 먼저 인사를 했다. 나는 고개를 끄덕였다. 여고 교복을 입지 않고 한복 차림인 윤희 누나를 길에서 보는 것은 처음이었다. 우리 이웃에 살고 있기 때문에 나는 누나라고 부르지만 사실은 딴 남인 것이었다. 언젠가 기막히게 심이 굵은 4B 도화연필을 내게 준 적이 있었는데 학교에서 그걸 그만 도둑 맞았었기 때문에 그 누나를 대할 때마다 나는 뭔가 죄를 지은 기분으로 어깨가 움츠러드는 것이었다. 그러나 그날 아침, 내가 그 누나 앞에서 쭈뼛쭈뼛했던 것은 그런 죄의식 때문이 아니라 쓸쓸하도록 갑자기 찾아온 가을 속에서 윤희 누나가 그 한복 차림 때문에 물이 증발하듯이 어디론가 스르르 날아가 버릴 것만 같은 느낌이 자꾸 들어서였다.
"우리 친척들도 다행히 아무 일 없었단다."
윤희 누나는 상긋 웃으며 활발한 말투로 얘기했다. 친척들 집에 안부를 물으러 다녀오는 길인 모양이었다. 윤희 누나는 아직 완전한 어른이 아니지만 자기 식구라곤 어머니와 나보다 나이 어린 계집애 동생 하나뿐이기 때문에 자기 집에선 제법 어른 행세를 하였다.
나도 윤희 누나를 따라서 웃으며 또 고개를 끄덕였다. 그러자 누나는 엄청난 소식을 알려주는 것이었다.
"너 빨갱이 한 사람 죽은 거 아니?"
그것도 그때 내가 서 있는 곳에서 얼마 멀지 않은 곳에 있는 벽돌공장에 총에 맞아 죽은 빨치산의 시체가 엎드려 있다는 것이었다.
"봤어?"
하고 나는 잠시 후, 내가 생각해도 가련할 정도로 자신없는 목소리로 그러나 잔뜩 힐난하는 듯이 윤희 누나에게 물었다.
"응."
누나의 대답은 짤막했기 때문에 나는 누나의 얘기가 사실이라고 믿었다.
엎드려 죽어 있는 빨치산의 시체다. 나는 아직 보지 않았지만 내 눈앞에 그걸 또렷이 보는 듯싶었다. 그러자 전날 밤 총격전의 그 모든 것이, 찢어지는 듯한 음향들과 오늘 아침 흥분을 뒤덮으면서 찾아온 이상하도록 조용함이 쉽게 넘겨버려도 좋은 악몽 같은 것이 아니라, 내게 지금 감히 생생하게 상상되는 빨치산의 시체를 남겨주기 위한 것이었다는 현실감이 꿈틀거렸다.
"너 가볼래?"
윤희 누나는 근심스런 눈빛으로 내게 물었다. 나는 잠깐 고개를 들어서 누나를 보고 있었다. 예쁘게 생긴 코끝에 이슬 같은 땀이 송글송

글 모여 있었다. 나는 얼른 시선을 비키며,

"그거……재미있어?"

하고 일부러 야비한 맛을 담뿍 섞은 말투로 되물었다.

"응, 재미있어."

윤희 누나는 분명히 얼결에 그렇게 대답을 해버렸다. 나는 픽 웃음이 나왔다. 누나도 멋쩍은 듯이 웃었다.

"가볼 테야."

하고 나는 누나에게 말하고 좀더 빠른 속도로 곧장 학교로 달려갔다. 누나가 가르쳐주었다고 해서 금방 시체가 있는 벽돌 공장으로 달려간다는 것이 어쩐지 쑥스럽기도 했지만 그보다는 그때 나의 가슴을 후비고 드는 현실감을 조금씩조금씩 시간을 끌며 맛보리라는 계산에서 나는 바로 학교로 향해버렸던 것이다. 내 책보 속에서 필갑(筆匣)이 찰그락거리는 소리가 울려나오는 것에 귀를 기울이며 나는 힘껏 달려갔다.

학교 교문에 닿았을 때는 숨이 차서 목구멍이 쌔애 쓰렸다. 예상했던 대로 애들은 교실 밖에서 벽에 등을 기대고 햇볕을 쬐며 전날 저녁에 일어난 여러 가지의 사건들을 얘기하고 있었다. 어떤 애들은 신주머니에 하나 가득히 탄피를 주워가지고 자랑을 하고 있었다. 모두들 몇 개씩의 탄피는 주워들고 있었다.

시립병원 근처에 살고 있는 애 하나는 시립병원이 불더미에 휩싸였을 때, 아무래도 자기들 집에까지 불이 옮겨 붙을 것 같아서 살림살이를 밖으로 옮겨내는데 저도 한몫 끼어서 혼자 힘으로 쌀 한 가마를 운반해내었다고, 아무래도 거짓말이 섞였을 얘기를 하고 있었다. 사정이 다급해지니까 자기도 알지 못할 힘이 솟아나더라고, 아주 어른스러운 말투였다. 그 얘기를 듣다가 나는 불현듯이 불타버린 시립병원이 보고 싶어졌다. 그러나 사실을 말하자면 방위대 본부인 그 저택, 내가 지금보다 더 어렸을 때 내 왕궁이던 그 저택의 타버린 모습이 보고 싶은 것이었지만 지금으로선 차마 처참한 모습으로 바뀌어졌을 그

곳에 갈 용기가 없어서 나는 시립병원 쪽을 택한 것이었다. 나는 그 애에게 시립병원의 폐허를 함께 구경가자고 손가락을 걸어 약속했다. 오후에 내가 그 애 집으로 찾아가기로 하고 나서 나는 여러 애들을 천천히 돌아보며 엄숙한 목소리로, 숨기고 싶은 생각이 보다 간절한 나의 중대한 뉴스를 꺼내었다. 내 솔직한 심정으로서는, 그 뉴스를 오직 나 혼자만이 간직하고 싶은 것이었지만 아무래도 그 뉴스가 몇 시간 후엔 전시내에 파다하니 퍼져버릴 것은 뻔한 일이니 그럴 바에야 다른 사람보다 조금이라도 먼저 그걸 알고 있었다는 것만을 다행으로 여기고 얘기해버리는 게 영리한 일이었다.

"늬들, 빨갱이 죽은 거 아니?"

애들은 모두 입을 다물고 나를 돌아보았다. 다행이다. 아직 아무도 모르고 있었다. 그러나 그때에야 나는 깨달았다. 그걸 알고 있는 애들이라면 여기서 수업이 시작되기를 기다리며 거짓말이나 꾸며대고 있는 일 따위는 없으리라는 것을. 지금 그 시체를 뻥 둘러싸고 있는 다른 애들을 생각하자 나는 안타까운 심정이 되었다.

"빨갱이 죽은 거 보고 싶으면 날 따라와라."

나는 아까 올 때보다 더 힘껏 달렸다. 내 뒤를 애들은 우 따라왔다. 애들은 기묘한 소리를 내지르기도 했다. 나는 이빨을 악물고, 애들의 맨 앞에 서서 달리는 것을 유지하기 위해서 힘껏 달렸다. 땀이 흘러서 내 입 안으로 들어왔다. 나는 어지러움을 느꼈다. 학교에 오던 길을 거슬러 가서, 나는 우리 집이 멀지 않은 벽돌공장의 마당으로 뛰어 들어갔다. 벽돌공장의 넓은 마당을 지나서 벽돌을 굽는 언덕 같은 가마를 삐잉 돌아서 우리는 구워진 벽돌을 쌓아놓은 곳으로 갔다. 그곳에 사람들이 모여 있었던 것이다. 우리는 이제 느린 걸음이 되어 개처럼 숨을 할딱거리며 그곳에 다가갔다. 나의 몸뚱이는 몹시 허청거렸다. 구역질이 날 것 같았다.

우리는 어른들의 틈 사이를 비집고 그 안을 들여다보았다. 한 사람이 땅바닥에 손발을 쭉 뻗고 엎드려 있었다. 얼굴은 이쪽으로 향하고 있고 땅바닥에 한쪽 볼이 처박혀 있는데 마치 정다운 사람과 얼굴을 비비는 형상이었다. 눈은 감겨져 있었다. 머리맡에 총이 떨어져 있고 허리에 찬 보따리가 풀어져서 그 속에 쌌던 밥이 흘러나와 땅에 흩어져 있었다. 가죽끈으로 구두를 다리에 칭칭 얽어매어서 신을 신고 있다기보다는 신을 다리에 붙들어 매어놓은 듯했다. 길게 자란 수염과 헝클어진 머리칼, 그리고 다 해진 옷, 가슴에서 삐죽이 수첩이 내밀어져 있고 그 가슴에서 피가 흘러나와서 땅 속으로 스며들어 있었다. 아직 완전히 마르지 않은 피에서인지 짜릿한 냄새가 가볍게 공중으로 퍼지고 있었고 그렇다고 생각하고 있는 내게 그때 마침 불어오는 바람 때문에 시체의 머리칼이 살살 나부끼는 것이 보였다.

 땅에 뿌려진 피와 머리맡의 총만 없었다면 그것은 영락없이 만취되어 길가에 쓰러진 한 거지의 꼬락서니였다. 그것은 간밤의 소란스럽게 총소리와 그날 아침의 황폐한 시가가 내게 상상을 떠맡기던 그런 거대한, 마치 탱크를 닮은 괴물도 아니고 그리고 그때 시체 주위에 둘러선 어른들이 어쩌면 자조(自嘲)까지 섞어서 속삭이던 돌덩이처럼 꽁꽁 뭉친 그런 신념덩어리도 아니었다. 땅에 얼굴을 비비고 약간 괴로운 표정으로 죽은 한 남자가 내 앞에 그의 조그만 시체를 던져주고 있을 뿐이었다.

 "빨갱이 시체 구경도 한 이태 만에 하는군."

 어느 영감이 그렇게 말하며 침을 탁 뱉더니 돌아서서 갔다. 몇 사람이 그 뒤를 이어 역시 땅에 침을 뱉고 가버렸다. 나도 그래야만 하는 것처럼 땅바닥에 침을 뱉고 살그머니 사람들 틈을 빠져나왔다. 내가 몸을 돌렸을 때 두어 발자국 저편에 벽돌이 쌓여 있는 더미의 강렬한 색깔이 나의 눈을 찔렀다. 엉뚱하게도 나는 거기에서야 비로소 무시무시한 의지(意志)를 보는 듯싶었다. 적갈색과 자주색이 엉켜서 꺼끌꺼끌한 촉감의 피부를 가진 괴물이, 밤중에 한 남자가 몸을 비틀며 또는 고통을 목구멍으로 토하며 죽어가는 것을 바로 곁에서 묵묵히 팔짱을 끼고 보고 있다가 그 남자가 드디어 추잡한 시체가 되고 그리고 아침이 와서 시체를 구경하러 사람들이 몰려들었을 때, 나는 모든 걸 다 보았지, 하며 구경꾼들 뒤에서 만족한 웃음을 웃고 있었다.

나는 고개를 얼른 돌려버렸다. 다시 시체가 있었다. 그리고 그 시체가 누운 거기에서 풀밭이 시작되었고 풀밭이 끝나는 곳에는 벽돌 만드는 흙을 파내오는 주황빛 언덕이 있었다. 그리고 그 언덕에서부터 까만색 레일이 잡초를 헤치고 뱀처럼 흐늘거리며 이쪽으로 뻗어오고 있었다. 아무래도 설명할 수 없는 감정을 던져주는 구도(構圖)였다. 방금 잠깐 쑤시고 간 그 강렬한 색채들 때문에 나의 눈은 눈물이 나도록 쓰렸다. 나는 한 손으로 이마를 두드려 어지러움이 가시게 하며 휘청휘청 학교로 돌아왔다.

학교에서는 오전 수업만 했다. 그나마 우리 6학년은 간밤 전투로 몇 군데 허물어진 학교의 흙담을 고쳐 쌓느라고 수업을 한 시간도 하지 않았다. 냇가에서 굵은 돌을 날라다가 잘게 썬 짚을 버무린 묽은 흙덩이와 섞어서 담을 쌓기 때문에 우리의 옷과 손발은 흙투성이였다. 묽은 흙이 발라진 나의 손은 햇빛을 받고 마치 기름칠을 한 듯이 윤을 내면서 쉬임없이 꼼지락거렸다. 담 고치는 일을 하는 동안 내처 애들의 화제는 주로 아침에 본 빨치산의 시체에 대한 것이었다. 그러나 나는 거기에 대해서 아무 말도 하지 않았다. 무엇을 얘기할 것인가? 내가 보았던 그 어설프고도 허망한 주황색 구도를 얘기할 것인가? 하지만 애들은 그걸 이해해줄 것인가? 그 빨치산의 옷차림이 마치 거지 같았다고? 그러나 빨치산이란 다 그런 거라고 애들은 툭 쏘아 버릴 것이다. 그러면, 나는 그 시체가 갖고 싶었다는 얘기를 할 것인가? 그러나 그건 안 된다. 내가 그런 얘기를 입 밖에 내면 그런 생각은 눈곱만큼도 해보지 않은 애들까지 덩달아서, 나도 갖고 싶었다, 나도 나도, 할 터이니까. 그러면 무엇을 얘기할 것인가. 그렇다, 할 얘기란 없었다. 나는 그저 어지러움을 느끼고 있었다. 학교가 파하자 애들은 불탄 곳들을 구경하러 가자고 나를 끌었다. 나는 시립병원 근처에 살고 있는 애들에게만, 점심을 먹고 내가 그 애 집으로 찾아갈 것을 다시 한 번 약속하고 집으로 돌아왔다.

형과 형의 친구들 몇 사람이 형의 방에 모여 있었다. 결국 무전여행은 연기되었나 보았다.

누군지가,

"아침에 출발했으면 지금쯤은 벌써……."

하고 말을 꺼내자,

"얘, 얘, 관둬. 시끄럽다."

하고 딴 사람이 말을 막아버렸다.

그들은 비스듬히 누워 있기도 하고 벽에 등을 기대고 다리를 뻗고 앉아 있기도 하고 엎드려 있기도 하고, 자세가 가지각색이었다. 지난 얼마 동안 내가 보아왔던 그런 진지한——무릎을 서로서로 대고 뼁 둘러앉아서 얼굴에 미소를 띠던 그런 자세는 조금도 찾아볼 수 없었다. 무슨 크나큰 음모라도 꾸미듯이, 얘 넌 나가 있어, 하고 으스대던 형도 그날은 모로 누운 채 내겐 조금도 관심을 주지 않고 종이를 질겅질겅 씹다가 그것을 맞은편 벽에 탁 내뱉곤 하고 있었다. 그러자 어쩐지 그들의 우울이 내게도 전해지는 듯했다. 내게는 그들의 우울을 방해할 만한 무슨 기쁜 감정이라거나 하는 것은 처음부터 없었으므로 그것은 보다 쉽게 내게 전해올 수 있었다. 나는 꾸중을 듣고 나가는 것처럼 슬며시 형의 방문을 열고 밖으로 나와버렸다.

내 눈 아래로 시가지가 전개되고 있었다. 시가지 위에는 잔잔한 햇살이 내리쬐고 있었지만 그러나 시가지를 싸고 있는 대기는 아침에 보던 것보다 더 흐릿하기만 했다. 너무나 너무나 조용했다.

아버지와 형과 형의 친구들과 함께 점심을 먹고 있는데 반장이 찾아왔다. 반장은 아버지의 술친구였다.

"허어, 밥먹고 있는 중이군."

반장은 무엇을 부탁하러 왔다는 눈치였다.

"무슨 일이 생겼어? 뭔가? 얘기해보게."

아버지가 물었다.

"어서 먹게. 식사 끝나면 얘기하지."
반장이 대답했다.
"괜찮아. 어서 얘기 해."
아버지.
"좀 구역질나는 얘기가 되어서……."
반장.
"괜찮으니 어서 얘기해봐."
"그렇지만 이건……저 시체 말이야."
"시체?"
"응, 벽돌공장에 뻗어 있는 놈 말일세."
"그런데?"
나는 벌써 숨을 죽이고 있었다.

반장의 얘기에 의하면, 시 당국에서는 그 시체의 처치를 시체가 있는 장소를 관할하는 동회로 의탁했고 동회에서는 마찬가지 태도로서 반에 의탁해왔는데, 반장의 의견으로서는 시체를 처치하는 데 약간의 보수가 딸렸으니 이왕이면 아버지가 그 돈을 받아보라는 것이었다. 아버지의 직업이 비록 식육조합원이지만 하필 아버지에게 와서 그런 부탁을 하는 반장이 몹시 밉살스러웠다. 그러나 아버지는 의외로 선선한 대답을 하는 것이었다.

"그러지. 그런데 묘자리는 어디로 한다?"
"어디 이 근처 산에 갖다가 파묻기만 하면 돼."
하고 반장은 대답했다.
"점심 먹고 나서 나갈게."

아버지가 완전히 승낙을 하자 반장은 한시름 놓은 표정이 되어, 그럼 잘 부탁한다는 말을 남기고 갔다.

나는 이 모든 대화를 심장의 고동이 멈춘 듯이 창백하게 되어 듣고 있었다. 형과 형의 친구들은 불평 같은 것을 수근거리고 있었지만 그들의 말소리가 내겐 마치 꿈속에서 듣는 것처럼 아득하게 들렸다.

그 시체가 눈앞에 떠올랐다. 문득 애착이 가는 환상. 시체가 손발을 쭉 뻗고 엎드린 그 자세대로 공중에 둥둥 떠서 팔을 벌리고 서 있는 아버지에게로 날아오고 있다. 공중을 느릿느릿 비행해오는 시체는 가느다란 바람에도 흔들린다. 우선 시체의 머리카락이 쉬임없이 흩날리고 그럼으로써 시체는 그가 지니고 있던 모든 잡된 요소를 바람에 실려 보내버리고 이제야 태어나기 전의 사람, 아니 모든 것을 살았기 때문에 가장 가벼워져서, 마치 병아리의 노오란 한 개의 깃털처럼 가벼워져서, 공중을 나는 것이다. 그건, 부모나 친척이 아무도 없는 한 고아가 자기를 맡아주겠다고 나선 사람들에게 약간 두려워하는 눈으로 한 걸음 한 걸음 다가오고 있는 어딘가 마음 한 구석이 따뜻해오는 그런 환상이었다.

시체는 이제 괴로운 표정을 씻고 입가에 웃음을 싣고 있었다. 시체다. 시체가 우리의 차지가 된다. 우리의 손이 닿으면 시체는 웃음을 띤 채 살아날 것이다. 나는 아버지를 흘깃 올려다보았다. 아버지는 묵묵한 자세로 입에 밥을 퍼넣고 있었다. 형들도 이제는 조용히 숟가락질을 계속하고 있었다. 나는 황급히 내 숟가락을 고쳐 쥐고 밥먹기를 계속했다.

얼마 후 식사가 끝났을 때도 아버지는 시체 일 같은 건 다 잊어버렸다는 듯이 방바닥에 비스듬히 몸을 눕히고 담배를 피우기 시작했다. 나는 아버지의 동작 하나하나를 살피고 있었다. 아버지는 오랫동안 그처럼 태평스러운 몸가짐이었다. 그러나 이윽고, 끽연(喫煙) 때문에 누렇게 물든 손가락으로 콧구멍을 한 번 후비고 나더니 이젠 자기 방에 가 있는 형을 우렁찬 목소리로 불렀다. 형이 우리가 있는 방으로 건너오자 아버지는 대뜸,

"너 이놈, 나하고 돈 벌러가자."

하고 말하더니 두말 않고 자리에서 벌떡 일어나서 밖으로 성큼성큼 나가는 것이었다. 형의 얼떨떨한 표정, 그리고 안질 때문에 새빨간 아버지의 눈에 그림자처럼 살짝 스치고 가던 미소. 아아, 나는 얼마나

즐거웠던가. 한숨이 나오도록 유쾌했다. 아버지가 시체를 다루러 가는 모습이 몹시 우울하지나 않을까 하는 걱정을 약간 하고 있던 나는 무거운 책임을 벗은 듯한 기분이었다.

아버지가 지게에 괭이와 삽 등속을 지고 앞서 가고 내가 그 뒤를 그리고 형과 형의 친구들이 떠들썩하게 주절대며 내 뒤를 따라오고 있었다. 우리는 황토가 햇빛에 반짝이는 내리막길을 걸어 내려갔다. 형들의 높은 목소리들이 대기 속으로 멀리 메아리쳐가고 있었다.

그러나 막상 벽돌공장 안에 있는 시체 곁에 서게 되자, 우리의 입은 모두 굳게 다물어져버렸다. 나로 말하자면 아침에 보았던 그 어설프고도 허망한 주황색 구도라고나 표현할 수밖에 없는 것이 똑같은 형태로 다시 나를 압박해옴을 느꼈다. 시체 곁에는 반장과 입회순경과 그리고 그 시체의 고모가 된다는 노파 하나가 구경꾼들이 돌아가 주었으면 하는 표정들로 우두커니 서 있었다. 우리가 구경꾼들을 헤치고 들어갔을 때, 반장이 순경과 노파에게,

"이 분이 파묻어주시기로 됐습니다."
하고 아버지를 소개했다.

아버지는 묵묵히 시체를 내려다보고만 서 있었다. 노파가,
"잘 부탁합니다……."
하고 말끝을 맺지 못하며 아버지에게 공손히 고개를 숙였다.
"저놈이 어디로 갔는가 했더니……글쎄 하필……빨갱이가 되어서……저 꼴로 돌아와서……폐를 끼쳐서 미안합니다."

노파는 아버지에게 다시 한 번 고개를 숙였다. 나무로 짠 관이 준비되어 있었다. 아버지는 새끼로 대충 시체의 염을 하고 그것이 끝나자 시체를 관 속으로 집어넣었다. 형 친구 중의 하나가 아버지를 도왔다. 관 뚜껑을 닫기 전에 노파는 관 옆에 쭈그리고 앉아서 시체의 누런 얼굴을 손바닥으로 하염없이 쓸어주고 있었다. 노파의 가죽만 빼빼 남은 손이 느리나마 쉬지 않고 움직였고 그러고 있는 노파의 눈은 무겁게 감겨져 있었다. 반듯이 누운 시체 위에 관 모서리의 그림자와 바람

이 하느적거리고 있었다.
 산으로 가는 도중에는, 아버지가 지게에 짊어진 관이 규칙적인 사이를 두고 내는 덜커덕거리는 소리를 나는 듣고 있었다. 나뿐만 아니라 모두들 그 소리에 정신을 빼앗기고 있음이 분명했다. 아버지는 관이 퍽 무거운지 숨을 가쁘게 쉬고 있었다. 나도 어느새 아버지의 호흡을 흉내내고 있었다.
 산비탈에서 우리는 순경이 지시하는 곳에 관을 내려놓고 땅을 파기 시작했다. 형의 친구들이 주로 나섰다. 관 하나가 들어갈 수 있을 만큼의 깊은 구덩이가 파지자 아버지와 형들은 관을 그 구덩이 속에 내려놓았다. 관이 내려지는 동안 노파는 가늘게 떨리는 목소리로 아마 그 시체의 이름인 듯한 것을 몇 번이고 부르고 있었다. 우리는 구덩이 속으로 근방에서 긁어모은 돌을 던져 넣었다. 돌들은 거칠게 모가 나고 한결같이 바싹 말라 있었다. 우리가 던지는 돌들이 관에 가서 맞는 소리가 딱딱하게 울려왔다. 나는 처음의 돌 몇 개는 남들처럼 천천히 던져 넣었지만 그러나 나중엔 힘껏 마치 돌팔매질 하듯이 던졌다. 내가 던지는 돌이 관에 맞는 소리는 딴 소리와 뚜렷이 구별되어 울렸다. 관 속에 누운 사람이 내가 던진 돌을 맞고 드디어 내지르는 비명이라는 환각을 나는 무진 애를 쓰며 찾고 있었다.
 나는 힘껏 힘껏 던졌다. 나는 돌을 던지면서 힐끗 노파를 훔쳐보았는데 노파가 원망스러운 눈초리로 나를 주시하고 있음을 알았다. 나는 내 오른팔에 더욱 세찬 힘을 느끼며 던지기를 계속했다. 그러자 나를 꽉 붙잡는 손이 있었다. 아버지였다. 아버지는 나를 홱 밀어젖혀 버렸다. 나는 엉덩방아를 찧으며 뒤로 나동그라졌다. 나는 목구멍을 욱하고 치받고 올라오는 울음을 간신히 삼키고 있었다. 가을이었다. 내가 넘어지는 바람에 산갈대 몇 개가 부러져 있었다. 나는 부러진 갈대를 한 개 집어들고 일어섰다. 나는 그것을 똑똑 부러뜨리며 이제는 삽으로 구덩이에 흙을 퍼넣고 있는 사람들을 보고 있었다. 시체도 그리고 그것을 묻고 있는 사람들도 나는 밉기만 했다. 관은 이미 나의 시야에서 사라져버리고 없었다. 아버지는 삽을 내던지고 이마의 땀을 훔치고 있었다.

　산을 내려오자 아버지와 순경과 반장은 노파가 이끄는 곳으로 따라가 버리고 나는 형들과 함께 터벅터벅 집으로 향하였다. 시가지는 아주 조용했다. 지난 사변 때 생긴 탱크의 캐터필러 자국이 마치 뱀이 기어간 자리처럼 길게 남은 아스팔트 길에는 가을 오후의 따가운 햇살이 번들거리고 있었다. 삽과 괭이를 질질 끌며 우리는 느릿느릿 걸었다.
　형 친구들 중의 하나가,
　"제기럴, 지금쯤은 남해의 파도 소리를 듣고 있을 텐데……"
하고 중얼거렸다. 형도,
　"재수 더럽다. 시체나 치워야 할 날인 줄은 꿈에도 몰랐지."
하며 투덜거렸다. 그러자 몇 명이 더 투덜댔다. 그들은 검정색 고등학생 제복의 윗도리를 벗어서 어깨에 메고 있었다. 그들의 볼에는 땀이 마른 자국이 있었다. 나는 그런 차림새로 망망한 바닷가에 서 있는 그들을 상상해보았다. 파도가 밀려오고 그러면 그들은 마치 늑대들처럼 우 하고 고함을 지르겠지. 그러나 나는 그 이상은 상상할 수 없었다. 머리가 깨어질 듯이 아팠다. 실컷 자고 싶은 생각뿐이었다.
　집으로 오는 중에 우리는 오르막길 골목의 입구에서 학교로부터 돌아오고 있는 윤희 누나를 만났다. 윤희 누나는 떼를 진 학생들을 만난 것에 당황했던지 얼굴이 빨개져서 그러자 마침 내가 무슨 구원이라도 되는 듯이 나를 보고 생긋 웃었다. 누나, 하고 부르고 싶은 충동을 나는 눌렀다. 웬일인지 여러 사람이 있는 곳에서 그런다면 부끄럽고 어색해질 것 같아서였다. 그러자 행동이 되지 못한 채로 그 충동은 나의 온 몸 속에 강하게 남아 있었다. 나의 피로를 윤희 누나만은 풀어줄 수 있을 것 같았다. 지금 그 빨치산의 시체를 치우고 오는 길이야, 라고 말하고 싶었다. 아주 간단했어, 라고도. 나는 누나가 나를 불러서 데려가 주었으면 하고 바라고 있었다. 어딘가 조용한 곳으로 날 데리고 가서 나의 뜨거운 이마에 손을 얹어주었으면. 누나가 준 그 굉장히 심이 굵은 도화연필을 사실은 별로 써보지도 못하고 도둑맞아버렸었노라고 오늘은 용감히 얘기할 수 있다. 그리고 어리광을 부리며, 나 그런 거 하나 더 받았으면, 하고 말하리라, 나는 그런 생각을 하고 있었다. 그러나 그때 누나는 총총 걸음으로 우리들의 훨씬 앞을 걸어가고 있었다. 나는 나도 모르는 사이에 내 입술이 삐죽이 비틀어지며 그 사이로 낮은 웃음소리가 나는 것을 들었다.
"쟤가 이윤희란 애지?"
하고 형의 친구 하나가 말했다. 형이 고개를 끄덕였다.
"즈이 학교에서 일등이라지?"
그 친구가 또 말했다. 형이 또 고개를 끄덕였다.
잠시 후에 다른 친구 하나가,
"몸 괜찮은데."
하고 말했다. 그러자 그들의 얼굴을 뒤덮고 오는 소리없는 웃음을 나는 보았다. 나는 가늘게 몸이 떨렸다. 그만큼 그들의 웃음은 어둠과 음란의 냄새를 내뿜고 있었다.
"응, 정말 괜찮은데."
다른 사람이 그렇게 응수했다. 그리고 잠시 동안 그들은 무엇을 생각하는 듯이 조용히 걸어가고 있었다. 나는 막연하나마 대단히 필연적인 어떤 분위기를 느끼며 그 뒤에 올 것은 무엇인가 하고 거의 기다리고 있는 형편이 되어 있었다. 그런데 그것이 뜻밖에도 형의 입에서 튀어나왔던 것이다.
"저거……우리……먹을래?"
와 하고 환호가 터졌다. 골목이 쩡 울렸다. 그러자 사태는 급속도로 발전해나갔다. 그들의 눈은 이미 생기를 되찾았고 삽들이 땅에 끌리는 소리가 더욱 요란스러워졌다.
집으로 돌아오자 그들은 형의 방에 들어박혀 쑤군거리기 시작했다.

나는 아버지와 내가 거처하는 방에 드러누워서 이따금씩 웃음소리와 낮은 외침이 터져나오는 것을 들을 수 있었다. 나는 온몸이 나른해지고 잠이 퍼붓는 걸 막아내려고 무진 애를 쓰고 있었다. 그러나 나는 잠이 깜박 들었나 보았다. 형이 나를 흔들어 깨워놓았다. 방문에 엷은 저녁 햇살이 하늘거리고 있었다. 내가 쓰린 눈을 비비며 일어나 앉자 형은 아주 다정한 목소리로,

"너 윤희한테 심부름 좀 갔다와, 응?"

하고 묻는 것이었다. 나는 얼결에,

"응."

하고 대답해버렸다. 얼결에가 아니라 나는 벌써부터 그런 부탁을 기대하고 있었는지도 몰랐다. 형은 예상 외로 내 대답이 수월함에 놀래었던지 잠시 눈을 둥그렇게 떠보이고 나서,

"너, 윤희한테 가서 이렇게 좀 전해줘, 응?"

하며, 형은 오늘 저녁 아홉시에 윤희 누나가 미영이네가 살던 그 빈집으로 나와주기를 기다리겠다는 부탁을 얘기했다.

바야흐로 나는 무서운 음모에 가담하고 있었다. 간단한 말을 전해주는 그런 책임이 희박한 행위로써 가담하는 것이 아니었다. 자, 미영아, 너의 집을 제공하라고 한다. 매가(賣家)라는 글이 적힌 너털너털한 종이 조각이 붙은 너의 집 대문 앞을 지나 칠 때마다 그러나 나는 그 집이 빈집이라는 생각을 해본 적이 한 번도 없었다. 적어도 그런 생각을 해본 적이 없었다고 고집하고 싶다. 미영아, 하고 부르면 곧 네가 뛰어나올 것 같았다. 아니라면, 어느 날엔가는 아름다운 일본의 크레용을 내게 대한 선물로 가지고 돌아와서 네가 다시 그 집에 살게 되리라는 기대를 간직하고 있었다. 너의 빈집이 내게는 용궁처럼 신비스러운 곳이었다. 나는 온갖 화려한 공상을 그곳에서 끄집어낼 수 있었다. 그런데 자, 미영아, 나는 이제 몇 분 안으로 이러한 모든 것 위에 먹칠을 해버리려고 하는 것이다.

아아, 모든 것이 항상 그렇지 않았더냐. 하나를 따르기 위해서 다른

여러 개 위에 먹칠을 해버리려 할 때, 그것이 옳고 그르고를 따지기보다 훨씬 앞서 맛보는 섭섭함. 하기야 그것이 '자라난다'는 것인지를 모른다. 미영아, 내게 응원을 보내라. 형들의 음모에 가담한다는 건 아주 간단한 일이다. 미영아, 내게 응원을 보내라. 그건 뭐 간단한 일이다. 마치 시체를 파묻듯이 그건 아주 간단한 일이다. 뭐 난 잘 해낼 것이다.

"형 혼자서 기다리는 것처럼 얘기할까?" 내가 물었다.

"물론 그래야지."

형은 나의 그런 질문이 아주 대견스럽다는 듯이 히쭉 웃었다.

나는 방바닥을 보고 있었다. 나는 장판이 해진 곳을 손가락으로 비집고 그 속에 있는 흙을 긁어내고 있었다.

"무엇 때문에 만나자 하느냐고 물으면 무어라고 대답할까?" 나는 손가락 끝에 묻어나오는 흙을 바라보며 형에게 물었다.

"그건 말이지……."

물론 형들은 그런 질문에 대한 대답을 준비해놓았을 것이다. 그러나 나는 그것을 듣기가 무서웠다. 나는 얼른 형의 대답을 가로채서,

"학교 일로 만나자고 하면 될 거야. 뭐 윤희 누나는 형을 믿고 있으니까.……틀림없이 나올 거야."

라고 말했다. 나는 '윤희 누나는 형을 믿고 있으니까.'라는 말에 힘을 주고 싶었다. 그러나 내 생각에도 너무나 무심히 지나쳐버린 말이 되고 말았다.

"그러면 될까?"

형은 미심쩍다는 듯이 그러나 나의 완전한 협조에 아주 만족한 태도로 내게 되물었다.

"그럼, 되고말고."

나는 자리에서 벌떡 일어났다.

섬돌 위에 놓인 신발을 신고 있을 때 형의 목소리가 내 등뒤에서 들려왔다. 불안이 형의 목소리를 지배하고 있었다.

"너 정말 잘할 수 있겠니?"

그럼, 잘할 수 있고말고, 나는 속으로 나 자신에게 다짐하고 있었다. 싸리문을 밀고 나서다가 문득 고개를 돌려보니 형의 친구들이 방문을 열어놓고 나를 바라보고 있었다. 나와 시선이 마주친 어떤 형 친구는 격려한다는 뜻으로 주먹쥔 팔을 올렸다내렸다하고 있었다. 그들은 내게 웃음을 보내주고 있었다. 나는 웃지 않았다.

하낫 둘, 하낫 둘. 나는 입속에서 구호를 붙여가며 골목길을 뛰어갔다. 골목에는 갈색의 그림자들이 누워 있었다. 하늘은 물빛이군. 나무는? 갈색. 지붕은? 보나마나 보라색이겠지. 나의 머리 속에 준비된 도화지는 중유(重油)처럼 진한 색으로 채워지고 있었다.

윤희 누나 앞에 서자, 나는 온 세상의 빙글빙글 도는 듯이 어지러워서 몸을 잘 가눌 수가 없었다. 억울한 일로 선생님한테서 꾸중을 들을 때 나는 그런 기분을 느껴본 적이 있었다. 누나는 아침에 보았던 그런 한복 차림을 하고 있었다. 나의 전언(傳言)을 듣고 나서 누나는 아주 명료한 음성으로 간단히 승낙했다. 바보 바보 바보. 그러나 또 어느새 나는 형에게 유리한 구실을 덧붙이고 있는 자신을 발견했다.

"아마 굉장히 중대한 학교 일인가봐. 아무도 모르게 누나 혼자만 와야 한대."

나는 눈을 감았다. 내 귀에 윤희 누나의 고맙다는 그리고 틀림없이 그 빈집으로 가겠다고 전해달라는 말소리가 먼 하늘의 우레 소리 처럼 웅웅거렸다. 끝났다. 아주 쉽게 끝났다. 돌아오는 길에 나는 미영이네 집 앞에서 걸음을 멈추었다. 회색의 대문에 누렇게 빛이 바랜 종이 조각은 여전히 붙어 있었다. 거미가 한 마리 그 종이 곁을 지나서 빠르게 위로 올라가고 있었다. 대문을 한 손으로 밀어보았다. 안으로 잠겨 있는지 열리지 않았다. 대문이 열리지 않자 집 안을 보고 싶은 생각이 더욱 끓어올랐다. 별로 높지 않은 흙담 위로 나는 올라갔다. 내가 기어 올라가는 서슬에 담 위의 기와가 몇 장 땅으로 떨어져서 깨어졌다. 나는 담 위에 마치 말 타듯 걸터앉아서 집 안을 내려다보았다. 황폐한 빈집을 초록색의 공기가 휩싸고 있었다. 마당가에 딸린 조그만 밭에는 누가 심었는지 가지나무가 있고 시들은 가지나무 잎 밑에 누런색으로 찌그러든 가지가 몇 개씩 달려 있는 게 보였다. 그것들은 정말 볼품없이 말라 있었다. 누가 빼어갔는지 창에는 유리가 한 장도 없었다. 나의 가슴은 한없이 조용하게 뛰고 있었다. 문득 내 동무와 시립병원의 폐허를 구경가기로 한 약속이 생각났다. 그러나 이젠 그럴 필요는 없어졌다. 방위대 본부인 그 저택으로 가봐야겠다고 나는 생각하고 있었다. 새까맣게 되어 있겠지, 아침까지도 그렇게 불길이 오르고 있었으니. 나는 담 위에서 골목으로 뛰어내렸다.

— 1962년

환상수첩(幻想手帖)

　이것은 나와 퍽 가까이 지내던 한 친우의 소설 형식으로 된 수기(手記)다. 하지만 소설이라 하기에는 너무 엉성한 데가 있고 그저 수기라고 해두자. 그는 문과대학생이었다. 아마 대단한 열등생이었던 모양이다. 우수한 대학생이라면 이처럼 비논리적인 수기는 부끄러워서도 차마 못 썼을 테니까. 이 수기 속에서는 나에 대한 얘기도 잠깐 나오지만 그리고 나를 퍽 증오하고 있는 태도로 쓰고 있지만 뭐 누가 옳았고 누가 글렀다고 얘기할 수는 없으리라. 그게 문제는 안 될 것이다. 중요한 것은 난 살아서 이 세상에 있고 그는 죽어서 이 세상에 없다는 게 아닐까?
　이 수기와 관계가 없는 사람들에겐 별 흥미가 없겠지만 그래도 여전히 전세기적(前世紀的)인 병을 앓고 있는 사람들이 있다고 하니까, 혹시 그러한 사람들에게는 납득이 가는 얘기인지 알아보고 싶어서 발표해보는 것이다. 요컨대 나로 말하자면 이 수기의 얘기들이 너무나 유치해서 관심에 두고 싶지 않다는 것을 명백히 해둔다.

1

　그 해 가을도 깊었을 때, 나는 마침내 하향(下鄕)해버리기로 결심했다. 더 견디어 내기 어려운 서울이었다. 남쪽으로, 고향이 있는 남해안으로 가면 새로운 생존방법이 있을지도 모른다는 기대로써였다.
 서울에서 나는 너무나 욕된 생활 속을 좌충우돌하고 있었다. 그리고 슬프게 미쳐버렸다고나 할까, 환상과 현실과의 거리조차 잊어버려서 아무것도 구별해낼 수가 없게 되었고 사람을 미워하는 법을 배우고 말았다. 아아, 그들을 죽이든지 그렇지 않으면 내가 떠나든지 해야 했다.

 "잘 가게."
 오영빈(吳英彬)은 서울역에서 그렇게 말하며 내게 손을 내밀었다.
 우정(友情). 그것도 문학하는 친구끼리라는 미명(美名) 아래 서로를 이용하고 서로를 파멸시켜가며 그러나 헤어지지도 않고 끈덕지게 붙어서 으르렁대던 친구 영빈이. 결국은 너도 좋은 놈인가? 형광등 불빛이 조금만 더 엷었던들 달빛이 밀려온 것이라고 생각하고 싶은 대합실에서 영빈은 쓸쓸한 미소를 지어보였던 것이다. 대합실 밖 포도 위로 어디서 날아온 것인지 낙엽이 하나 멎을 듯 멎을 듯 굴러가는 것을 무심히 바라보며,
 "응, 잘 있어."
하고 대답하고 있는 내가 오히려 아무 감동이 없는 편인 듯싶었다.
 내가 개찰구를 나설 때, 뒤에서 그는,
 "될 수 있는 대로 살아봐."
하고 외치듯 내게 말을 보내는 것이었는데 그 말에 나는 피식 웃음이 나왔다.
 며칠 전, 강의가 끝나서 한산한 캠퍼스의 잔디밭에 앉아, 누렇게 말라가고 있는 잔디를 쓰다듬으며 내가, 다 그만두고 시골에나 가서 박혀 있겠다는 뜻의 얘기를 했더니, 영빈은 도대체 내 말에서 무슨 냄새를 맡았다는 것인지 뛸 듯이 좋아하며,
 "너 죽으려는 거지? 응? 너 자살하러 가는 거구나."
하며 내가 무어라고 부정도 하기 전에,

"네가 그렇다니 이건 아까운 정보지만 제공하지."
하며 어처구니없게도 노트를 꺼내어 뒷표지에 약도를 그리기 시작하는 것이었다. 경주(慶州)의 토함산(吐含山)이었다. 석굴암(石窟庵) 가는 길을 따라 산을 오르다가 멀리 영지(影池)가 보이는 산 중턱에서 길을 버리고 오른쪽으로 숲을 헤치고 들어가면 낭떠러지가 나오는데, 거기서라면 뭐 금강산보다는 못하겠지만 약간은 기분 좋게 투신할 수 있으리라는 것이었다. 언젠가 그곳에 여행을 갔다가 자기가 발견한 장소인데, 몇 번이고 망설였지만 결국 못 뛰어내리고 말았는데, 나한테라면 그곳을 양도할 테니 꼭 그곳으로 가서 죽으라는 설명이었다.

기가 막혔지만, 나는 그의 어쩌면 성실하다고까지 생각키우는 표정 때문에 할 수 없이,

"그렇지만 바다 편이 낫겠어."
하고 대답했다. 그러자 그는 노발대발,

"바다? 바다에 투신한다는 건 너무나 문학적이다. 죽을 때만이라도 좀 생활인의 흉내를 내봐. 산이 좋아. 바다가 전연 보이지 않는 산이 좋아."
하고 우겨댔다. '자살하는 생활인'이라는 말을 생각하니 우스워서 나는 하하 웃었지만 그러나 결국 나는 이 엉뚱한 친구에게만은, 이번 나의 하향은 자살을 위한 것으로 낙착되었다. 그러나 그는 자기에게는 그런 용기가 없음이 무척 슬프다는 것이었다. 그리고 내가 거기서 뛰어내려주기만 한다면 어떠한 힘을 다해서라도 그 자리에 비석을 세우겠다는 것이었다.

"비명(碑銘)은?"
내가 묻자,

"글쎄, '우리 세대에도 용기있는 자가 있었다?' 아니 그 보담 '그대 드디어 생활을 알았구나.'가 좋겠군."
노트 위에 연필을 굴리며 그는 이렇게 천연스러운 대답을 하는 것이었다.

"제발 망설이지 말아. 눈 지끈 감고 뛰어내려버려."

그는 내가 당장 그 낭떠러지 위에서 주춤거리고 있기라도 하듯이 격려를 하기도 했다. 아마 자기불신(自己不信)이 저런 말을 하게 하는, 아니라면 나에 대한 마지막 우정표시란 말인지? 나는 한숨을 쉬었다.

그런데 내가 차표를 입에 물고 개찰구를 나설 때, 뜻밖에도 그는,

"될 수 있는 대로 살아봐."

라는 말을 외치듯 내게 해버린 것이었다.

실수였을까? 실수였겠지. 나는 혼자 중얼거렸다. 우기(雨期)의 기상처럼 위악(僞惡)의 구름이 뭉게뭉게 이는 우리의 생활 속에서 간간이 내미는 저 빼끔한 푸른 하늘——사람들이 질서라 하고 혹은 가치라고 하던 그런 순간은 적어도 영빈에게 있어서만은 실수의 소치인 것이다. 영빈이 지금쯤은 대합실 밖을 나서며 자기가 불쑥 그런 말을 했던 것을 후회하고 있으리라고 나는 장담할 수 있다. 영빈은 그런 친구였다.

기차에 올라서 그리고 기차가 움직이기 시작하자 나는 예기치 못했던 외로움이 밀려드는 것을 느꼈다. 여름 밤, 캠퍼스 내의 벤치 위에서 잠을 자다가 새벽 두시나 됐을까 세시나 됐을까 푸시시 잠이 깨어 일어나 앉아, 이슬이 내려 축축해진 옷 때문에 약간 한기를 느끼며 어둠 속을 내어다보고 우두커니 앉아 있을 때 밀려들던 그러한 외로움이었다.

누구나의 입에서 내뱉어지기 때문에 차마 입 밖에 내어 말하기가 머뭇거려지던 '외로움'이란 어휘가 그 기찻간에서는 아무 자책 없이 안겨오는 것이었다. 외롭구나, 라는 말 한 마디 하기에도 숨이 컥컥 막히었다니. 나는 기차의 유리창에 입김을 불어 뿌옇게 만들어서 거기에 손가락으로 '외롭다'라고 써보았다. 그러자 온갖 부담을 털어버리는 혹은 잊어버렸던 유희를 기억해낸 듯이 흐뭇해오는 느낌이 있었다.

창 밖은 벌써 캄캄한 밤이었다. 나의 헝클어진 머리카락과 움푹 그늘이 진 볼이 그 창에 비치고 있었다. 바깥의 풍경을 보여주지 못하는 것이 미안하다는 듯이 야행열차만이 주는 선물이었다. 나는 오랫동안 나의 표정없는 얼굴을 들여다보았다. 거기에는 하향한다는 기쁨도 그렇다고 불안도 없었다. 늙어버린 원숭이 한 마리가 어둠 속을 지켜보고 있는 모습일 뿐이었다. 새벽이 오면 습관에 따라 열매를 따러 나가겠다는 듯이 지극히 무관심한 표정. 그러자, 괴롭구나, 하는 생각이 들었다.

부글부글 끓어오르는 내부를 저런 무관심한 표정으로 가려버리는 법을 지난 몇 년 동안 서울에서 나는 마스터한 것이었다. 되도록 무관심한 척하라. 할 수 있으면 쌀쌀하게 웃기까지 하여라. 그제야 적은 당황한다. 제군, 표정을 거두어라. 그리고 오직 하나 무관심한 표정만을 남겨라. 그게 됐으면, 자 이번에는 거부하는 몸짓으로 쌀쌀하게 웃을 차례다. 하나 둘 셋.

기차는 한강 철교를 쿵쾅거리며 지나가고 있었다. 강 위에는 낚시꾼의 불빛이 몇 개인지 흐릿하게 떠 있었다.

남들의 무관심에 큰 충격을 받고 나도 저래야 되겠다고 허둥지둥 무관심의 탈을 써봤으나 아무래도 견디어 낼 수 없어서 바야흐로 기권을 하고 있는 내게 그러면 저 유리창 속에서 웅크리고 있는 얼굴은 지난 몇 년 동안의 잔상(殘像)이란 말인가?

나는 남쪽에 가서의 나의 처신을 기찻간에서 생각하기로 하고 있었다. 그러나 아무 생각도 충분히 하고 앉아 있을 수가 없었다.

무관심한 표정도 기술적으로 만들어내어야 한다. 그저 남의 흉내나 내다가는 단단히 속으니까. 선애(善愛)도 그렇게 해서 잃어버렸던 것이다.

며칠 동안 풀이 죽어 있는 나에게,

"왜 그래?"

하고 영빈이 물었는데, 남의 기분까지 살펴 물어주는 게 고마워서,

"선애가 자칫하면 아마 임신인가 본데⋯⋯."
하고 실토를 했더니,
"아직 확실히는 모른단 말이지?"
하고 물어서, 그렇다고 하니까, 설령 임신이라 하더라도 이제 얼마 안 되었으면 방법이 있다고 하면서 나를 약방으로 끌고 가더니 키니네를 한 움큼 사주며, 가지고 가서 적당히 태아가 떨어질 정도로만 먹여보라는 것이었다. 어떻게 해야 좋을지 갈팡질팡하고만 있던 나는 키니네 용법이 얼마나 위험하다는 것을 뻔히 알면서도 한 움큼이나 되는 키니네를 무모하게도 선애 앞까지 가지고 갔었다. 그러자 결국 호주머니에서 그 약봉지를 꺼내지 못하고 나는 말 한 마디 못 한 채 선애의 한 손만 쥐고 어린애처럼 홀짝거리며 울어버렸다.

오월 어느 날, 어둠이 내리고 있는 마포(麻浦) 강둑에서였다.

그때 선애는 기분 좋다는 듯이 생글거리며 웃고 있었는데 문득 청승맞구나, 하는 생각이 들어 내가 우는 것을 그치자 그녀는, 좀더 울어, 응? 조금만 더, 하며 어깨를 툭툭 치는 것이었다.

그리고 얼마 후, 바로 그 강둑에서 우리는 입장이 거꾸로 되어 있었다.

"나 어제부터 그거 있어요."

선애는 그렇게 말하며, 쓸쓸한 얼굴이다, 하고 내가 생각하기도 전에 금방 그 커다란 눈이 몇 번 껌벅이더니 얼른 돌아앉아 둑의 잔디 위에 엎드려 소리를 죽여 울기 시작했다. 멘스가 시작되었다면 임신은 아니다. 그러면 안심할 수가 있는 것이 아닌가. 안심하면 눈물이 나오는 법이냐? 그러나 눈물이 나오는 법이었다, 임신쯤 아무것도 아니라는 듯이 오히려 명랑한 척해보이던 표정 뒤에 저렇게 무섭도록 조용한 불안이 숨어 있었던 것이다.

선애를 처음 만난 것은 대학 2학년 겨울방학 때였다.

숭인동 산 기슭에 한 칸짜리 방을 얻어 자취를 하고 있을 때였다. 밤으로 나는 야경을 다녔다. 야경이란 통금시간 동안 딱딱이를 치며 지정된 마을의 코스를 돌면서 보안(保安)하는 것인데 그것을 반원(班員)들이 차례차례 돌아가며 해야 하는 것이었다. 그러나 추운 겨울 밤, 가장 잠이 퍼붓는 시간에, 추위로 발을 동동 구르며 골목을 돌아다닌다는 것은 여간 엄두로써는 할 수 없으므로, 어지간한 여유만 있으면 사람들은 자기 차례를 대신해줄 사람을 사서 시켜달라고 반장에게 돈을 주며 맡겨버리는 것이었다. 그 일을 내가 맡아 할 수 있었던 것이다. 하루 저녁에 오백 환의 수입이었다.

 그날 오후에도 나는 전날 저녁의 보수를 받기 위해서 반장 댁에 가 있었다. 전날 저녁의 당번인 집에서 아직 돈을 가져오지 않았으므로 반장과 나는 화로의 불을 쪼이면서 이것저것 잡담을 하며 그걸 기다리고 앉아 있는데 누가 밖에서 반장을 찾는 것이었다. 반장이 나갔다가 손님을 데리고 들어왔다. 눈이 놀란 듯이 유난히 크고 팔목과 다리가 가느다란 여대생 차림의 여자였다.

 "무슨 일로 오셨소?"
하고 반장이 물었으나 여대생은 말하기가 거북한 듯이 쭈뼛거리고 있었다. 나는 그들의 대화를 듣고 있지 않은 체해보이기 위해서 멍한 눈으로 방금 그 여자가 들어온 문을 바라보고 있었다. 문에 달린 유리 조각을 통하여 밖에 눈이 내리고 있는 것이 보였다. 결심한 듯이 여자가 찾아온 이유를 얘기했다. 그 여자의 얘기는, 딴 건 묻지 말고 그저 야경 일을 시켜달라는 것이었다. 말하자면 내가 그때 맡아 하고 있던 그런 일자리가 없겠느냐고 묻고 있는 것이었다. 그러자 반장은 어이없다는 듯이 한 번 웃고 나서 정색을 하여,

 "여자는 사지 않습니다. 그리고 지금 그걸 하고 있는 사람이 있기도 하구요."
하고 거절했다.

 "그럼 할 수 없군요." 하고 여자는 몹시 부끄러운지 얼굴이 새빨갛게 되어서 안녕히 소리도 제대로 하지 못하고 눈이 내리고 있는 밖으로 도망하듯이 나갔다. 그러자 나는 그 며칠 전, 가정교사를 구하고

있는 데가 있더라고 하며 전화번호와 주소를 적어주는 친구의 지시대로 그 집을 찾아갔더니 남학생은 안 되고 여학생이라야 되겠다는 주인 아주머니의 거절로 돌아온 적이 있었던 것이 생각났다. 혹시나, 하는 생각이 들어 나는 문 밖으로 뛰어나갔다. 여자는 얼음이 얼어서 미끄러운 비탈길을 주춤주춤 걸어 내려가고 있었다. 그렇게 만난 것이 선애였다.

그때 내가,

"왜 그런 일자리를……."

하고 묻자, 선애는 절망해버린 자들에게나 들을 수 있는 쉰 듯한 목소리로, 비탈길이 끝나는 곳에 시선을 박고,

"몸 파는 것보다 낫지 않아요?"

하고 반항처럼 대답했다.

그 아래 마을인 창신동(昌信洞)엘 가면 여자들이 오백 환에 몸을 판다는 얘기를 나는 들어 알고 있었지만 그렇다면 창녀란 선애와 같은 여자도 해낼 수가 있는 직업이란 말인지. 한 손을 반쯤 들어 무심한 표정으로 손바닥에 눈을 받고 서 있던 그때의 선애는 뭐랄까 요염하도록 순진한 창녀였다. 그러나 선애를 알아가는 동안, 그녀는 요염하지도 않고 순진하지도 않았다. 가난한 시골 어느 가족의 맏딸로서 생활에 부대껴서 닳아질 대로 닳아진 그래서 거세기 짝이 없는 여대생일 뿐이었다.

국민학교 다닐 때였다고 한다.

영양부족으로 노오란 얼굴을 하고 점심도 가지고 가지 않는 자기를 동정해서 반 아이들이 번갈아 도시락을 갖다주었다. 다정한 친구들이 아무 비웃음 없이 갖다주는 것이었으므로 별 고까움도 느끼지 않고 그걸 받아먹곤 했는데, 어느 날 신문에 그 사실이 미담으로 취급되어 커다랗게 나왔었다. '가난한 학우를 돕는 따뜻한 도시락'이라는 큰 활자로 찍힌 제목 아래에는 이름은 바꾸어 써주었지만 바로 자기가 취급되어 있었고 그리고 여러 가지 아름다운 어구(語句)로써 학급 애들

을 칭찬하고 있었다.

　그때까지 도시락 얻어먹는 사실을 묵인해오던 식구들도 일단 신문에 그 사실이 취급되자 무척 창피스럽게 여겨 특히 성격이 괄괄하던 아버지는 울면서 주먹으로 딸을 마구 때렸다. 소나기처럼 퍼붓는 아버지의 손길 밑에서 그녀는 죽어버리고 싶었었다고 했다.

　신문의 일이 있고 나자 애들은 더욱 경쟁하다시피 도시락을 날라왔지만 그녀는 하나도 받아먹을 수가 없었다. 신문도 그들의 편이었지 부끄러움에 목이 메게 된 그녀의 사정은 조금도 고려하고 있지 않았다.

　"그 후부터 전 세상에서 미담이라고 하여 내세우는 것은 믿지 않게 되었어요."

　"그렇지만 미담이란 아마……."

　"물론 있긴 있겠지요. 그러나 난 한 번도 진짜 미담을 본 적이 없는 걸요."

　"어디에 있을까, 미담은?"

　"글쎄요. 물론 있긴 있겠지만……하여튼 그런 건 미담이 아니었어요……사람들이 악이라고 하는 곳에 더 많은지도 모르죠."

　자기의 전체로써 그러한 시점(視點)을 만들어가고 있는 선애에게 비하면, 오영빈이라는 한 서울내기 친구에게 이끌려서 '죽지 않을 아이를 낳을 태를 가진 여자는 없는가'라는 시나 써내고 마실 줄도 모르는 소주병을 호주머니에 넣고,

　"이상(李箱) 짜아식, 자살을 했으면 더 멋있었을 텐데."

하고 강의실의 친구들 앞에서 고함이나 지르던 나는 말하자면 덜렁뱅이 가짜였다. 더구나 언젠가 선애가,

　"우리는 왜 대학에를 기어코 다니는 걸까요?"

하고 고맙게도 나까지 자기와 동급(同級)으로 취급해서 내게 그러한 질문을 했을 때, 내가,

　"글쎄……."

하며 깊이 생각해보는 체했더니 그녀는,
"난 이렇게 생각하는데요. 끈기를 시험하는 거죠. 얼마만큼 해낼 수 있나 하고요. 우리는 뭐랄까 용감해요."
하고 말하는 것이었다.
　세상의 선행이나 미담을 믿지 않고서도 저렇게 강한 힘이 나오는 것일까 하고 나는 도무지 믿어지지 않으면서도, 그럴 수도 있나 보다, 말하자면 진짜들은, 하고 생각하게 되자 선애가 갑자기 무서워지기도 했었다.
　선애에 대한 그러한 경원심(敬遠心)이 비겁하게도 선애를 육체적으로 정복하게 했던 것인지…….
　그녀가 꾸깃꾸깃해진 스커트를 가다듬고 있을 때, 내가,
"순전히 성욕 때문이었어. 미안해." 하고 말하자,
"알아요."
하고 그녀는 별로 불쾌하지도 않았다는 듯이 대답했다. 그러나 천만에, 순전히 성욕 때문만도 아니었다는 것을 영리한 그녀지만 모르고 있었다. 그리고 드디어 나의 계획은 성공했다고나 할까? 어둠이 내리는 마포 강둑에서 그녀는 마침내 엎드려 울었던 것이다. 나는 유리창 속을 들여다보았다. 나의 표정은 제법 정식으로 무관심한 표정을 유지하고 있었다. 영등포도 지났는지 창 밖으로 불빛이 드물게 흘러갔다. 멀리 비행장 있는 쪽에서 서치 라이트의 비단결 같은 빛살이 밤하늘을 스쳐가고 또 스쳐가고 있었다. 나는 또 한 번 입김을 불어 유리창을 뿌옇게 만들었다.
　그런 일이 있은 뒤로 갑자기 약해져가고 있는 선애 때문에 나는 뜻밖의 일이나 만난 듯이 당황해졌다.
"사랑을 성욕으로 간주해버리고 경계하는 여자도 밉지만 그러나 성욕을 사랑이라고 믿어버리고 달라붙는 여자도 여간 난처한 게 아니야."
　내가 제법 잔인한 웃음까지 띠어가며 이렇게 얘기하면,

"알아요."
라고 그녀는 대답하고 나서 한숨을 쉬었다. 그때 내가 만약, 우리는 왜 기어코 대학엘 다니는 것일까, 하고 물었다면 그녀는, 끈기를 시험하기 위해서죠, 라고는 반드시 대답하지 못했을 것이다.

어느 날, 나는 억지로 술을 잔뜩 마시고 그녀와 만나기로 한 장소에 가서 거의 부르짖듯이,

"선애, 옛날로 돌아가줘. 추워서 덜덜 떨며 반장집엘 찾아가던 그때의 용감한 선애로 돌아가줘. 난 아무 힘도 없는 놈이야. 내가 잘못했어."

하고 주정 비슷하게 아예 자신없는 권유를 했더니,

"제가 뭐 어쨌어요?"

하며 그녀는 재미있다는 듯이 조용히 웃어보였지만, 그러나 그녀는 그날 뼈에 사무친 얘기를 하는 것이었다.

"정우 씨는 가령 이럴 수가 있을 것 같아요? 한 번 불에 데어서 혼겁이 나간 적이 있는 어린애가 불은 무서운 게 아니라고 한들 곧이들을까요? 혹은 한 번 쾌락을 맛본 자가 쾌락이 무엇인지 모른다고 감히 얘기할 수 있을까요? 요즘 난 그런 것과 비슷한 경우에 있는 것 같아요. 어쩐지 뻥 뚫린 구멍을 보아버린 것 같아요. 아무리 발버둥쳐도 별수없이 눈에 보이는 구멍이지요. 찬바람이 술술 새어 들어오고……."

"그럼 전엔 그런 걸 못 느꼈단 말야?"

"희미하게 느끼긴 했어요. 그렇지만 아득바득 이를 악물고 해나가면 될 수 있을 것 같았어요. 그렇지만 이젠……."

"아아."

내가 여태껏 차마 입 밖에 내어 말할 수 없었던 것을, 그녀는 그때, 하늘도 무섭지 않은지 정확한 발음으로 표현하고 있었던 것이다.

"찬바람이 불어오는 뻥 뚫린 구멍, 찬바람이 불어오는 뻥 뚫린 구멍……."

나는 노래하듯 중얼거리고 있었다. 그 뒤 어느 날, 눈치 빠른 영빈이가,

"너 요새 타락해가고 있는 거 같아."

하고 내게 말했다. 타락, 내가 그까짓 따위의 약한 소리를 듣고 울먹거리고 있다는 것은 영빈의 입장으로 보면 분명히 하나의 타락이었다.

그러나 굳이 숨기고 싶지도 않아서, 내가 키니네 사건 이후로 갑자기 약해져버린 선애에 대한 얘기를 했더니 그는,

"허어. 자칫하면 플라토닉이 되겠군. 이거 르네상스가 왔어."

하며 히죽거리더니,

"야, 너 이렇게 하자."

하며 기상천외의 제안을 하는 것이었다.

선애를 자기에게 인계하라는 것이었다. 우선 소개만 시켜주면 그다음엔 넌 알 바가 아니라는 것이었다. 넌 선애에 대한 모든 것을 깨끗이 청산한 셈으로 하라. 그러면 넌 아무 부담도 느끼지 않을 게 아니냐. 아니 내가 그렇게 되도록 협력하는 거다. 그 대신 별 부담 없이 데리고 놀만한 계집애를 소개해주마. 내가 여태껏 데리고 놀던 앤데, 이름은 향자, 종삼(鍾三) 창녀지만 그러니까 부담을 느끼지 않을 것이다. 영빈의 얘기는 대강 이런 것이었다. 말하자면 내 것과 네 것을 바꾸자는 얘기였다.

거절할 수도 없었다. 거절하면 또 무슨 편잔을 받을지 몰랐다. 그리고 위대한 모험 속으로라도 뛰어드는 기분이기도 하였다. 스스로는 모험을 만들어 거기에 자신을 바칠 기운도 없었다. 어쩌면 이런 일이 저절로 일어나기를 기다리고 있었던 것인지도 몰랐다. 세상이 깜짝 놀랄 사건이나 일으키고 죽고 싶다. 선애고 뻥 뚫린 구멍이고 휩쓸어 버릴 사건이나 생겼으면 좋겠다. 그러고 있을 때였다.

나는 아주 선선한 태도를 꾸며 승낙했다.

"향자란 애, 미인이냐? 만일에 선애만 못하면 내가 본 손해만큼은

네가 돈으로 지불해야 한다?"
라고 농담까지 했다.
　영빈은 초조한 빛을 노골적으로 나타내며,
　"너, 이 약속 어겨선 안 된다."
고 내게 다짐시키며,
　"지금 향자한테 갈까?"
하며 서두르기도 했다. 그러나 나는 웃으며 만류하고, 향자라는 여자의 인상과 집의 위치만을 적어 받았다. 오히려 내가 선애를 소개시키는 일을 서두르고 있었다.
　그날 오후, 우리는 선애가 가정교사로 들어가 있는 집에 전화를 걸어 마침 집에 있는 선애를 다방으로 불러내었다. 아무것도 모르고 나와 영빈의 맞은편에 가냘픈 몸차림으로 말도 잘 하지 않고 별로 움직이지도 않고 단정히 앉아 있는 선애는 나를 속으로 끝없이 울리는 것이었으나, 금방 나는, 영빈의 빙글거리는 얼굴과 너무나 천진한 선애의 그 자세 때문에 문득 저 '운명'이라는 단어 —— 단어에도 빛깔이 있다면 아마 피와 흙이 범벅이 됐을 때 생기기나 할 어두운 색을 하고 있을 그런 단어가 생각났고 그래서 방향없는 반발이 무럭무럭 솟아나기 시작하는 것이었다.
　그 다방의 대면이 있고 한 달 가량 지난 어느 날, 강의실에서 영빈이 내게 휙 던져준 쪽지에는,
　'황홀하던 간밤이여. 선애는 백기(白旗)를 올리고.'
라고 적혀 있었다. 아아, 마침내 마침내.
　나의 눈에서는 불똥이 튀었다. 한참 신나게 떠들고 있는 교수의 말소리도 귓전에서 웅웅거릴 뿐, 나의 쪽지를 향하여 부릅뜬 두 눈에서는 눈물이 금방 쏟아질 듯이 마구 글썽거렸다. 입술을 씰룩거리며 간신히 웃고 나서 나는 다른 종이 쪽지에 '겨우 이제야? 하여튼 축하. 축하.'
라고 써서 영빈에게 휙 던졌다. 나는 내가 던지는 것이 날카로운 비수

(匕首)였으면 하고 바라고 있을 정도였다.

그러나 그런 결과를 납득할 수 없는 조마조마한 심정으로 어쩌면 기다리고 있었던 것은 바로 내 자신이 아니었던가. 누구에게도 호소할 수 없는 게 아닌가.

그날의 강의가 어떻게 끝난지도 모르게 끝났을 때, 나는 햇볕이 가득 찬 대낮인데도 영빈이 적어주었던 쪽지를 들고 달리다시피 하여 향자라는 창녀를 찾아갔다.

"절 찾으세요?"

하며 곰팡이 냄새라도 날 듯이 컴컴한 방에서 이불을 펴고 낮잠을 자다가 부시시 깨어 나오는 향자라는 여자는 부숙부숙하고 누런 얼굴에 목덜미가 때가 낀 듯이 시커먼 서른이 가까운 여자였는데 용모와는 달라서 목소리만은 앙칼졌다. 내 앞에서 괴상한 미소를 띠고 빨리 용무를 얘기하라는 듯이 파자마 자락을 손으로 쓰다듬으며 서 있는 짐승 같은 여자를 내려다보며 나는 영빈이라는 친구가 점점 더 따라갈 수 없는 거리를 아니 차라리 안개 저편으로 숨어버린 듯이 느껴졌고 선애도 나도 함께 단단히 속아버린 듯하여 선애에 대한 연민이 울컥 솟아나서 나는 비명이라도 지르고 싶었다. 아무 말 없이 비실비실 도망치듯 돌아서서 나오는 내 등뒤에서,

"별 쌍놈의 새끼 다 보겠네."

하는 그녀의 말소리가 예상보다는 힘없이 들려왔다.

선애의 자살을 안 것은 그 다음날 아침 신문에서였다.

그날, 나와 영빈은 아침부터 대학 앞 하꼬방 술집에 들어박혀 이단짜리 '여대생 염세자살'의 기사를 오려서 술상 위에 밥풀로 붙여놓고,

"선애를 위해서 건배!"

"아냐, 이 오영빈의 성공을 건배!"

"아냐, 짜식아. 선애를 위해서다."

"아냐, 날 위해서 건배!"

"뭐야, 이 짜식."

술잔을 그의 면상에 던지고 그러면 그는 안주 접시를 내 얼굴에 던지고 그러다가 다시 술을 불러서, 짤캉, 정다운 듯이 마시고 또 마시고, 마침내 나는 똥물까지 토해놓고 의식을 잃었었다.

유리창에 뿌옇게 서렸던 입김은 어느새 사라져버렸다. 나는 다시 입김을 내뿜어서 뿌옇게 만들었다. 그리고 손가락으로 거기에 '선애'라고 써보았다. '미안하다'라고도 써보았다. 미안하다니? 얼마나 무책임한 언어인가? 그렇다고 무엇이 책임있는 말이고 무엇이 책임없는 애기인지도 구별할 수 없었다. 원수를 사랑하라. 그러면? 그렇다. 마땅히 사랑해야 할 사람을 사랑하는데 등한하게 되었던 것이다. 그렇지만 내 편과 원수를 구별할 수가 없었던 게 아닌가.

국민학교 사학년 때였던가? 나는 토끼 사육장에서 아카시아 잎을 토끼들에게 먹이고 있었다. 사육장의 당번은 아니었지만, 토끼들이 마른 풀에 몸을 부비는 바시락 소리밖엔 아무 소리도 들리지 않는 사육장에서, 나는 하학 후의 낮시간을 거기서 보내는 게 아주 즐거웠다. 그러나 담임 선생님께서는 나의 그러한 행동이 대단히 염려스러웠던 모양이었다.

그날도 뒤에서 인기척이 있으므로 돌아봤더니 담임 선생님이었다.

"넌 도대체 무슨 애가 그 모양이냐?"

화가 나 계셨다.

"사내애가 기껏 그림 그리기나 좋아하고 토끼 사육장에나 드나들고······."

그리고,

"내일부턴 사육장에 들어오지 마. 그 대신 학교 파하면 해가 질 때까지 운동장에서 축구를 해야 한다. 내가 감독할 테니 잊어버리지 마. 사내 자식이 싸움도 하고 그래라, 원."

선생님이 말씀하시는 동안, 나는 고개를 숙이고 햇볕이 눈부시게 쨍쨍 비치는 땅바닥에 내가 들고 서 있는 아카시아 잎이 연초록색 그림자를 드리우고 있는 것만 보고 있다가 선생님이 나가시자, 저 귀여운 토끼들은 부드러운 아카시아 잎이나 먹고 새빨간 눈알로 푸른 하늘이나 바라보고 때때로 사랑이나 하고 살면 그만인데 난 난 주먹을 쥐고 싸움을 해야 하고……그런 생각을 하다가 토끼울의 나무 칸살에 이마를 대고 소리를 죽여 울어버렸었다.

그 뒤 선생님 덕분에 나는 악착스레 축구도 하고 열심히 싸움도 해 보았으나 얼굴에 상처가 훈장처럼 남고 엄지발가락이 피멍이 들었다가 빠지고 빠지고 했을 뿐 별로 변한 것 같지도 않다. 토끼와 축구를 한꺼번에 마스터할 수는 없는 모양이었다. 그러나 그래야 한다고 사람들은 내게 요구해오는 것이었다.

대학에서도 나는 실망의 연속이었다. 교수들은 강의를 하다가 틈틈이 유머를 얘기하는데 유머란 다름아닌 상대편을 어떻게 하면 꽈악 눌러버릴 수 있느냐 하는 공격방법이었다. 사르트르 카뮈가 논쟁을 했는데 그때 이긴 것은 누구고 진 것은 누구다. 이것이 교수들의 관심거리였다. 평단(評壇)에서 남을 공격하여 백전백승하는 실력파 교수 한 분의 강의를 나는 듣고 있었는데 그분의 얘기는 전제(前提)투성이었다. 우수한 학생이란, 교수의 이론에 반기를 들고 교수의 이론을 멋있게 때려눕히는 자라는 관습이 어느 대학에도 있다. 그래서인지 그 실력파 교수는 눈알을 이리저리 바쁘게 돌리며 혹시 누구로부터 까다로운 질문이 들어오지 않나 하며 내가 보기에는 아무래도 불안해 하는 표정으로 어떠한 공격에도 빠져나갈 수 있는 전제를 열거하기에 바쁜 것이었다. '코에 걸면 코걸이 귀에 걸면 귀걸이'라는 말이 있지만 그 교수의 이론이란 누구의 공격도 받을 수 없을 만큼 이도저도 아닌 것이었으나 공격을 막아낼 줄 안다는 사실만으로써 학생들로부터 인기를 얻고 있었다. 환멸뿐이었다.

그랬기 때문에, 어느 날 영빈이 그 교수의 연구실에서 두툼한 양서(洋書)를 다섯 권인가 훔쳐가지고 왔을 때 나는 허리가 꺾이도록 웃을 수 있었다. 우리는 무교동(武橋洞)의 빈대떡이 이름난 술집에서 그 책들을 담보로 약주를 불렀다가 소주를 불렀다가 실컷 마시고 토하고 하며 눈이 쓰리도록 웃고 또 웃었다. 생각하면, 서울에서의 몇 년 동안에 가장 신나던 날이 아닌가 생각된다.
　하기야 교수들 자신이 스스로, 교수란 인기없는 배우라고 생각하고 있었다. 그렇게 자처하면서, 보는 편이 얼굴이 붉어지도록 어색하게 자주 웃는 것이었다.
　새학기 등록을 할 때면 학생과에서 신상카드를 내주며 소정란을 기입해서 제출하라고 하는데, 그 카드엔 존경하는 인물을 쓰라는 난이 있었지만 그러나 우리 세대 중에서 존경하는 인물을 간직하고 있는 자가 과연 몇 명이나 될는지. 존경이란 말은 이미 없어진 것이었다. 있다고 하면 부러움의 대상이 있을 뿐이었다. 리즈의 수입, 케네디의 인기, 이브 몽땅의 매력, 슈바이처의 명예 혹은 카뮈의 행운. 이런 것들은 부러움의 대상일 뿐이지 그것 때문에 존경을 받고 있다고는 말할 수 없었다. 존경할 줄 모른다는 것이 다행인지 불행인지도 모르고 있는 것이었다.
　남은 것은 환상뿐이었다.
　영빈은 여러 차례 문예작품 현상모집 같은 데에 응모했다가 그때마다 낙선을 하고 나서는,
　"까짓거, 한국 문단 상대하게 됐나?"
　그러면 나는,
　"상대 안 하면 어쩔 테야? 고등고시 공부나 시작하실까?"
　"고시? 흥……까짓거 일본으로나 뜰까?"
　그러고 나서 그는 잔디에 벌렁 누우며 기묘한 목소리를 만들어가지고,
　"육십 년대에는 홀연히 바다 건너 대륙으로부터, 우리가 영원히 간직할 보석과 같은 작가가 밤의 배를 타고 건너와서 '긴자'에 웅거하며 그의 반짝거리는 사상을 치덕치덕한 문체로 감싸서 우리에게 욕심껏 산포해주고 있었다."
　그렇게 중얼거리고 나서,

"이게 무엇인 줄 알어? 일본의 평론계에서 지금 나를 한창 칭찬하고 있단 말이야."

하도 어처구니가 없어서 웃음조차 나오지 않는 망상을 그는 하고 있는 것이었다. 그러나 까놓고 보면 나 역시 영빈의 오십 보 백 보였다. 환상. 망상. 더구나 그 망상을 현실까지 끌어내려 그것으로써 자위해가며 살아가고 있기까지 했던 것이다.

더 버티어낼 수 없는 생활이었다. 어딘지 어긋나 있거나 선애의 말대로 구멍이 뻥 뚫어져 있거나 했다.

2

기차가 대전을 지나서부터 나는 초조해지기 시작했다. 심한 열병에 걸린 놈처럼 되어 있는 나를, 아무리 고향이지만 쉽사리 식혀줄 만한 일이라곤 없을 듯했다. 우선 아버지와 어머니를 어떻게 납득시켜야 하느냐가 문제였다.

비단을 싼 큰 보퉁이를 이고 시골의 장날을 찾아 돌아다니는 어머니는 집에 있는 시간이 적으니까 그럭저럭 넘겨버릴 수 있겠지만, 허구한 날 집 안에 틀어박혀 화초나 가꾸고 사군자(四君子)나 끄적거리고 있는 아버지를 나 역시 하는 것 없이 집 안에 박혀 있으면서 대하게 되리라는 것은 상상만 해도 우울한 것이었다. 하기야 아버지의 화초 감상법 강의에 귀를 기울이다가 가끔, 아버지 대단하십니다, 라는 소리로써 맞장구나 쳐주고 있으면 그럭저럭 얼마 동안은 지탱할 수 있겠지만 그것도 자라나면서 귀에 못이 박히도록 들어온 바니 이건 아무래도 이쪽의 강력한 인내심이 필요한 것이다. 다른 것은 모르지만, 아버지의 연두색에 관한 심미안은 엄청난 것이었다.

화분에 심겨진 어린 난초에서 볼 수 있는 연두색과 가을 오동잎의 갈색 저편에서 은은히 비쳐오는 연두색은 얼른 보기에는 아주 동떨어진 것 같지만 기실은 연두색 세계의 쌍벽으로서, 환희와 비애라고 상징할 수도 있고 어쩌면 만날 길이 없어서 먼 곳에서 서로 손짓만 하며 슬픈 사랑을 하는 한 젊은이와 처녀라고, 이건 엉뚱한 동화까지 만들어내기도 하는 것이었다. 내가 보기엔 아무래도 푸르거나 기껏 옥색이기만 한 먼 하늘가에서 연두색을 가려내는 정도였으니, 연두색 제련사(製鍊士)라고나 할까, 아니면 모든 것이 연두색으로밖에 보이지 않는 색맹이라고나 할까. 어머니도 집에 있을 때만은 반드시 연두색 저고리에 하얀 치마를 입어야 했고 어머니가 이고 다니는 비단 보통이 속에도 연두색 옷감이 유난히 많이 들어 있었다. 아버지의 권유 때문이었는데 말하자면 한복의 아름다움은 아무래도 연두와 하양의 콤비네이션에서 그의 극치가 생긴다는 미학이었다.

오십. 남의 아버지들 같으면 국장님도 되고 영감님도 될 나이지만 생활력은 조금치도 없었다. 그렇다고 신경질도 피우는 법없이 마치 남의 인생을 공짜로 얻어서 살아주는 것처럼 유유했다. 그러나 때때로 술이 들어가는 날이면, 나와 지금은 고등학교 삼학년에 다니는 내 동생을 꿇어앉혀 놓고,

"이놈들아, 내가 왜 너희들을 만든 줄 아느냐? 하, 이놈들, 외로워서 그랬다. 내가 외로워서 그랬어. 뭐 너희들, 이 알뜰한 세상 구경시키려고 만든 것은 아니고 그저 심심하고 외로워서……암. 날 좀 이해해줄 놈들을 만들고 싶어서 그랬지. 그나저나 하여튼 미안하다. 고생시켜서 미안해. 미안하니까, 에 또, 가서 공부해."

이런 식으로 한 마디씩 못 하는 것은 아니었다.

선애가 임신했는지도 모른다고 했을 때 나는 문득 아버지의 주정이 생각나서,

"애가 태어난다면 어떻게 길렀으면 좋겠어?"
하고 다소 어색한 익살을 했더니, 선애는,

"글쎄요. 난 어렸을 때부터 말하자면 여자는 어린애를 낳아야 한다는 생각이 들면서부터 늘 이런 아이를 낳았으면 하고 생각했지요. 남보다 영리하고 아주 예쁘고 그런 아이를 말이지요. 그렇지만 요 근래

엔……."
 "요 근래엔?"
 "……그저 밉상은 아니고……바보 비슷한 아이를 낳았으면 해요."
 "왜?"
 "고뇌가 무엇인지도 모르고 그저 영화나 보고 좋아하고 당구나 치고 만족할 수 있고 야구 구경이나 하며 시간을 보내고도 후회하지 않는 아주 속물로 만들고 싶어요."
 "그렇지만 애가 백치(白痴)가 아닌 이상 그럴 수 있을까?"
 "글쎄요. 하여튼 튼튼한 백치나 낳았으면. 호호호……."
 선애도 역시 익살로 대답을 했지만 선애다운 얘기였다. 선애의 논리에 의하면 아버지는 연두색의 백치가 되려고 노력하는 것이리라.
 아니 선애의 추억은 불러일으키지 말자. 고향에 가서 나는 어떻게 살아야 하느냐가 문제다. 서울에서 내 행동의 일체가 악이었다면 그러면 고향에서는 그와 정반대로의 행동을 하고 살면 선이 될 것인가? 그러나 정반대의 행동이란 도대체 어떤 것인가? 그러기 전에 내가 과연 서울에서의 나의 행동 일체를 부정하고 나설 수 있을까?
 우선 고향의 내 친구들이 생각났다. 분석해보면 영빈과 별 차이 없는 친구들이었다. 영빈보다는 좀 덜 들떠 있다고 하면 설명될 수 있는 친구들이었다. 고향에 가도 별수없겠다는 생각이 자꾸 드는 것은 내가 다정하다고 생각하고 있는 친구들의 무엇엔가 짓눌려버린 표정들이 눈앞에 보이는 듯했기 때문이다.
 김윤수(金允洙), 몸무게가 병적으로 가벼워서 징병 신체검사에 늘 무종을 받고, 시를 쓰는 친구. 어떤 문예지에 시 추천을 받았는데 그의 시를 추천해준 소위 대가시인(大家詩人)의 추천사가 걸작이었다.
 '김군. 그대는 드디어 생각하는 갈대가 되었도다. 운운.'
 그것을 보고 하도 우스워서 정색을 해버렸는데 지금도 괜히 갑갑증이 생기면 그 추천사를 펴보고 낄낄거리며 웃다가 갑갑증을 풀어버린다는 편지를 보내온 친구였다. 별로 크지 않은 키에 넓적한 얼굴. 눈가에 주름이 많이 잡히며 왼쪽 턱에 까만 사마귀가 있어서 '섹스어필' 하다고 기생들이 많이 따르는, 내게 가장 다정한 친구였다. 영빈에게 비하면 자학(自虐)이 심하다고나 할까 스스로를 파멸시키는 생활을 하고 있었지만 그러나 영빈보다는 훨씬 고급인 것이, 영빈이라면 '그렇지만 이건 내 탓이 아니야.'라고 말할 것도 윤수는 뭐 항의할 수도 없다는 듯이 묵묵한 것이었다. 자살문제만 해도, 영빈은 죽을 용기가 없어서 슬프다고 법석을 떨지만 그러나 위암이나 걸리지 않는 한 살아갈 친구였고 그에 비하면 윤수는 죽음이라는 말을 입 밖에 내어서 말하는 법은 없지만 언제 어떻게 되어버릴지 조마조마하기 짝이 없는 친구였다. 이제 와서 조화된 고향을 찾는 일이 망발이라면, 윤수는 아쉬운 대로 그럭저럭 '아직도 순박한 고향'이라고 말할 수 있었다.

그러나 내 눈앞에서 낄낄거리고 있는 윤수의 곁에 또 한 친구의 얼굴이 떠올랐다.

임수영(任壽永), 한 마디로 무시무시한 친구. 시골 고등학교를 나와 함께 졸업하고 법대(法大)에 진학했는데, 재작년 그러니까 이학년 때, 바람 한 점 없이 뜨거운 어느 여름날 오후, 대학가의 플라타너스에 기대어 피를 토하고 나서 대학병원의 폐침윤(肺浸潤) 2기의 진단을 받고 힘없이 고향으로 내려가 있는 친구였다. 홀어머니와 간신히 고등학교를 마친 누이동생과의 간단한 식구였지만 무척 가난하였다.

지난 여름, 나는 별로 소식이 없던 그로부터 난데 없는 등기우편을 받았었다. 위체(爲替) 천 환권과 다음과 같은 내용의 편지가 들어 있었다.

'……아시아짓드, 파스. 모두 고가액(高價額)의 약품들이다. 홀어머니의 삯바느질 수입으로써는 아무래도 나는 살아날 길이 없을 듯하다. 여기 보내는 천 환으로 돈어치만큼 춘화(春畫)를 사서 보내주기 바란다. 판로(販路)는 얼마든지 있을 듯하다…….'

다음날 그 편지를 영빈에게, 나는 자랑이라도 하는 기분으로 보였더니 영빈은 과연 감탄을 연발하는 것이었다.

"메시아가 탄생했군. 메시아가 탄생했어. 이거 한잔 마셔야겠는데."

둥실둥실 춤이라도 출 듯이 좋아하며 그는 자기의 돈 천 환을 더 보태어 어디선지 춘화 팔십 매를 구해다가 내 손에 쥐어주는 것이었다.

"임마, 특별히 도매가격으로 사온 거야. 메시아께 내 얘기도 몇 자 적어 보내."

그는 그렇게 말하기도 하였다.

얼마 후 수영에게서 소식이 왔는데 '일 매당 백 환 판매 대성황. 주문 속속 도래. 내 건강 회복에 축복 있을진저.' 라는 익살스러운 소식과 영빈을 자기의 사도(使徒)로 취임시키겠다는 농담에 자본금 이천 환을 보내어 춘화를 더 사서 보내달라는 것이었다. 그 후로 몇 차례 더 그런 일이 있고 소식이 끊어졌는데, 윤수 편의 소식에 의하면 수영은 시골에서 직접 그걸 만들어 판다는 것이었다. 건강도 별로 좋아진 것 같지 않다고 했다. 그리고 '죽여버리고 싶은 놈이다.'라고도 써 있었다.

그 외에 김형기(金亨基)라는 친구가 생각났다. 다소 어리석은 듯하지만, 그런 만큼 정직하고 욕심낼 줄 모르는 친구였는데 고등학교 다닐 때 나를 퍽 따랐다. 계집애처럼 예쁘장하고 키가 작아서 학교 친구들 사이에서는 형기가 나의 '각시'로 통해 있었다. 야 네 각시 저기 온다고 놀리곤 했는데, 악의는 없는 듯했으므로 나와 형기는 웃으며 받아넘길 수 있었다. 그러나 언젠가 한 번은 담임 선생님께서 우리들을 교무실로 불러놓고, 농담 반 진담 반으로, 너희들 심각한 사이는 아니겠지? 하고 물어보는 바람에 어색하고 창피하고 그렇다고 우물쭈물할 수도 없어서, 아뇨 굉장히 심각한 사이입니다, 라고 내가 농담으로 대답했지만, 그때 흘깃 곁눈질해보니 형기는 계집애처럼 새빨간 얼굴을 푹 숙이고 어쩔 줄 모르고 있었다.

그렇게 착한 형기가 고아가 된 뒤에 장님까지 되어버렸다는 소식이 있었다. 지난해 겨울, 꽤 큰 화재가 있었는데 그때 형기의 집도 불길에 휩싸여 형기의 식구는 모두 타서 죽고 형기는 겨우 빠져나왔으나 눈을 뜰 수가 없게 되었다는 믿을 수 없도록 놀라운 소식이었다. 지금은 친척집에 얹혀 살면서 안마술을 배워 그걸로써 푼돈이나마 벌어들이고 있다고 했다. 고향도 어두우리라. 사람이 미워졌고 더구나 사람을 미워하는 방법을 배워버린 내가 어두운 고향에서 또 어떠한 광태(狂態) 속에 휩쓸려버릴는지, 나는 벌써부터 울고 싶었다. 그러나 울고 싶은 만큼의 반작용이 없는 것도 아니라고 장담할 수도 있긴 했다. 해내는 거다. 세상이 당연하다고 내미는 것을 나 역시 당연하다고 생각하며 받아들이도록. 평범한 것을 흡족하게 생각하며 받아들이도록. '여보게 딴생각 말고 착실히 공부해서 좋은 데 취직하여 착한 여자 얻어서 아들 딸 낳고……' '네, 저도 그럴 작정입니다.'라고 대답하도록. '분수에 넘치도록 욕심이 많은 사람이 자살하는 법이야. 욕심을 줄이면 되지 않아?' '선생님, 참 그렇군요.'라고 생각하도록. '팔십이 다 되어가는 내가 끄덕없이 사는데 귓바퀴에 피도 안 마른 놈이 괴롭네 어쩌네 앓는 소리를 하다니……' '할아버지 존경하겠습니다.'

어쩌면 내게는 그럴 가능성이 얼마든지 있을 듯했다. 우선 철저히 파멸되는 것이 무서워서 서울을 도망이라도 하는 기분으로 떠나고 있는 내 행위가 그걸 증명해주고 있는 게 아닐까? 차창에 비친 나의 표정 잃은 얼굴에 나는 괴로워하고 있지 않은가? 그리고 무엇보다도, 사람이 밉다고 떠들고 있지만 고향의 벗들을 나는 연민이 가득한 마음으로 그리워하고 있는 것이 아닌가? 나의 이 연민이 배반만 당하지 않기를.

뻥 뚫린 구멍? 그러나 그것을 땜질할 만한 것이 존재하지 않는다고 아직은 단언할 수도 없는 것이 아닌가? 나는 고향이 가까워올수록 피어나는 희망을 보았다.

3

 기차는 날이 다 밝아서, 아침밥 먹을 무렵에 고향에 도착했다. 순천(順天). 고향에도 가을이 깊어 있었다. 조용하면서도 꽤 강렬한 아침 햇살에 눈이 부셔 다소 어지러움을 느끼며 내가 플랫폼을 나서자, 윤수가 내 앞을 막아 섰다. 얼굴은 온통 주름투성이로 웃고 있었다. 내가 띄운 엽서를 받고 마중을 나왔다고 했다. 그리고 그는 나의 한 손에 든 여행 가방을 받아들면서,
 "잘 왔다. 잘 왔어."
하고 말하는 것이었다. 진심에서인 듯했다.
 그는 낡은 흑색양복을 입고 때 낀 백색 와이셔츠를 안에 입고 있었는데 넥타이는 없었다. 옷차림부터가 어딘지 무너져가는 듯했지만 이 젊은 나이에 노인처럼 주름이 지고 주독이 올라 검붉은 빛깔을 하고 있는 그의 얼굴을 보자 나는 갑자기 허무한 생각이 들었다.
 역에서 시가지로 들어오는 한길을 걸어가며 잠시 동안 우리는 무슨 얘기를 해야 할지 몰라서 잠잠했다. 수많은 낙엽들이 길 위를 이리저리 굴러다니고 있었다. 차디차게 파아란 빛을 하고 있는 아스팔트 위에 낙엽들의 갈색은 꽃처럼 선명했다.
 "물론 계획은 없겠지?"
 윤수는 별로 대답이 필요없는 질문을 했다. 나는 빙긋 웃어보였을 뿐이었다. 한참 후에 내가,
 "시 많이 썼냐?"
고 물었더니,
 "아니, 통 못 썼어.……봄 여름엔 술만 마셨지. 글은 가을이 오면 쓰기로 했는데 가을이 다 가도록 써지지가 않아.……소설도 한 편 써 볼까 하고 있었는데 원고지로 두 장 쓰니까 막혀버려서……뭐 그걸로 다 써버린 느낌이기도 하고……."
 "생각하는 갈대께서?"

"글쎄. 시를 쓰는 것은 생각하는 갈대쯤이면 되겠지만 소설은……."

"소설은?"

"글쎄. 철면피? 돼지? 악마? 하여튼 여간 배짱 가지잖고선 그런 능청은 못 부리겠더라."

"양심을 걸고 쓰면……."

"양심? 소설에 양심을 걸고? 아하하하하……."

그러면서 그는 양복의 안 호주머니에서 다색(茶色) 봉투를 꺼내어 그 속에서 접어서 넣어두었던 원고지 두 장을,

"내 소설의 서두(序頭)지."

라고 말하면서 내게 건네주었다. 글은 먹물로 갈겨 씌어져 있었다.

'황(荒)이라고나 표현하고 싶은 친구. 태어날 때의 재산은 A형인 혈액뿐. 그나마 부족했던지 늘 빈혈증으로 비틀거리고. 아아 그렇지만 사람들은 이따위 상징적인 이력을 통 신용 안 한다. 그러면? 경주(慶州) 김씨 순은공파(派) 36대손. 항렬은 수(秀)자. 외가는 파평(坡平) 윤씨. 남원(南原) 지방에서 주거하다가 남하(南下)하여 그의 씨를 퍼뜨린 김○○의 5대 직손. 그러나 이런 고전적(古典的) 서사시(敍事詩)도 지금은 사라지고 없다. 무어라고 쓸까? 무어라고 쓸까? 나는 착한 놈입니다, 라고 그냥 우겨대어 나가보자. 그러나 과연 그래도 괜찮을는지.'

나는 웃으면서 그것을 도로 건네주며,

"모르긴 모르지만, 소설은 이렇게 쓰는 게 아닐 거야."

"글쎄."

하고 그도 웃었다.

"넌 역시 시를 써야만……."

하고 내가 말하자, 그는 다시 피식 웃으며,

"시? 그것도 능청을 좀 부려야 쓰지 이젠 못 쓰겠어. 시라고 써놓고 보면 기막힌 욕설이 되어버리니 참."

"술 많이 마시냐?"
"음. 많이. 지독하게 많이. 코가 비뚤어지도록……."
"뭔가……기생들하고?"
"음. 그렇지만 기생이란 칭호가 과분한 여자들이어서. 허긴 나도 시인이란 칭호가 과분한 놈이지만, 하여튼 그런 년놈들이 모이니까 판은 어울리지, 하하하하……."
그러다가 그는 문득 생각난 듯이,
"진짜 기생들과 술을 마셔봤으면 좋겠어. 그 뭔가 샤미셍[三味線]을 켠다는 일본 기생들과 말야."
"일본 기생까지 끌어들일 건 없지 않아? 우리 나라에도……."
"그렇지만 벌써 옛날이지. 우린 세상에 태어나기도 전에 멸망해버린걸. 물론 그 가야금을 켜는 기생들이 지금까지 내려온다면 샤미셍 네보다야 상품이겠지만. 아아, 아름다운 것은 일찍도 멸망하느니라."
"전쟁 탓이지."
"그 '전쟁' '전쟁'은 집어치워. 입에서 신물이 난다. 전쟁이 반드시 손해만 준 것은 아니잖느냐 말야."
"……."
"예컨대 내가 한꺼번에 여자를 서너 명씩 데리고 자는 것을 허용하든가."
우리는 함께 소리내어 웃었다.
"그런데 그 기생 아니 갈보들이 말야, 걸작이거든. 소월(素月) 시를 줄줄 외우고 게다가 내가 이상(李箱)을 읽어주면 다 알아듣겠다는 거야. 언젠가 내가 사전에서 어려운 말만 골라서 시랍시고 써가지고 갔더니, 대명작이라는 거야. 엄청나지. 진짜 문학은 걔들이 허나봐."
그는 낄낄거리며 웃었다.
나는 점점 험상궂은 구름이 나의 내부에서 피어나는 것을 느꼈다.
"변변찮은 철공소를 차려 놓고 망치로 쇠붙이를 두들기고 있어야 하는 아버지는 내 어머니라는 여자 하나만으로 참아야 하는데 아들인

나는 그 사람의 아들이라는 이유만으로 그 반대지. 요즘은 부쩍 아버지가 불쌍한 생각이 든다니까. 언제 기회가 생기면 내가 아는 기생들을 몽땅 데리고 집으로 가서 큰상이나 하나 차려놓고 아버지께 여자 맛이나 실컷 보여줄까 하는데. 뭐 내 처지에서 그것밖에 효도가 없을 것 같기도 하고."

이런 얘기를 하며 낄낄거리고 있는 윤수에게서 나는 내가 피해온 저 오영빈의 세계가 되살아오는 듯해서 고향에서 최초의 식은땀을 흘렸다.

규모가 작기는 하지만 고향도 도시였다. 도시이기 전에 저 사조(思潮)라는 맘모스와 그리고 그것이 찍고 가는 발자국에 고이는 구정물의 시간이었다. 그것을 긍정한다면 남이 나를 미워하듯이 나도 그들을 미워하는 것은 당연하지 않는가. 그러나 사람을 미워하는 감정 자체가 너무 괴로운 것이었다. 내 지난날의 그 평안, 토끼의 세계를 떨구어가듯이 ─ 그 세계가 잦아져버리는 게 아니라 내가 거기에서 막연한 필요성 때문에 도망하는 듯한 안타까움이 있었다. 게다가 시대의 핑계만으로는 단념할 수가 없다는 잡념이 거기에 곁들이고 있는 것이기도 하였다.

윤수에게는 대체 어떠한 안타까움이 있는 것일까? 어쩌면 내가 감히 이해할 수 없는 것인지도 모른다. 그러나 어찌 됐든, 윤수가 영빈과는 다르다는 나의 생각 ─ 영빈보다는 윤수 편이 훨씬 진실된 고뇌를 가졌다는 생각. 그들 둘의 어떤 결과된 행동이 꼭 같다 하더라도 내부의 충동은 윤수 편이 훨씬 옳았다는 생각. 이러한 나의 생각이 단순히, 윤수는 '고향의 친구'라는 어휘가 주는 어감의 장난이 아니기를! 그리고 사실, 춘화를 파는 친구 임수영을 '죽여버리고 싶은 놈'이라고 표현할 수 있었던 윤수는 나의 그러한 기대에 보답될 수 있는 사람이 아닐까? 아직 식은땀까지 흘릴 필요는 없는 것인지도 모른다. 젊은이 특유의 대화체라고 생각해도 무관할 것이다. 뭐 우리네의 대화란 태반이 하지 않아도 좋을 것들이니까.

형기에 대한 얘기를 해야 할 것 같다. 장님이 되어버린 나의 옛 '각시'. 집에 짐을 풀고 나서 오후에 나는 형기를 찾아갔다. 역에서 오는 길에, 윤수로부터 형기의 괴로움을 대충은 들었었다. 그러나 내가 직접 형기를 만났을 때 나는 형기 자신의 괴로움이 내게 전해올 뿐만 아니라 내 앞에서 울음이 금방이라도 터질 듯한 얼굴을 푹 숙이고 그러면서 무언가 말이 하고 싶은지 입을 쫑긋거리고 앉아 있는 그의 외모 때문에 나는 나대로의 괴로움을 얻고 있었다.

화상(火傷) 때문에 얼굴 근육들은 비틀어져버렸고 동글동글하고 자그마한 얼굴에 커다란 흑색 안경을 쓴 그는 아무래도 웃음이 나는 만화의 주인공 같았다. 더구나 그가 들어 있는 방이란 그의 숙부댁의 한 작은 골방인데 한쪽 구석을 쌀가마니 두 개가 차지하고 있고 천장은 낮고, 얼마나 오래 되었던지 회색으로 썩어가는 돗자리를 깐 방바닥에 홑이불처럼 얇은 이불을 이건 언제 펴두고 한 번도 개지 않았는지 걸레처럼 쭈글쭈글 깔아놓고 그 위에 형기는 서투르게 만들어진 부처님처럼 앉아 있었다.

나는 무슨 말을 해서 그의 불행을 위로해야 좋을지 몰라서 잠자코 그의 한 손만 쥐고 그걸 만지작거리며 앉아 있었다.

한참 후에 형기가 고개를 숙인 채 혼잣말처럼,

"날 바다로 데려다줘."

하고 말했다. 나는 그의 시커먼 안경 밑으로 눈물이 방울방울 흘러내리는 것을 보았다.

"바다는 왜?"

바다는 여기서 남쪽으로 삼십 리쯤 밖이었다.

"불 속에서 차라리 식구들과 죽었으면 좋았을 텐데."

"……"

"……"

"죽어버리고 싶냐?"

고 묻자 그는 고개를 끄덕였다.

"정우야."
그는 내가 쥐고 있는 자기의 손을 약간 흔들며 말했다.
"바다로 데려가줘?"
내가 물었다. 그는 또 고개를 끄덕여서 대답했다. 어딘지 어리광 같고 그러나 사실은 웃음으로 받아 넘겨버릴 수 없는 부탁이었다.

형기는 자기의 괴로움을 안으로만 간직하며 이때까지 나를 기다리고 있었던 게 아닐까고 나는 생각하고 있었다. 그는 나와 대면하고 나의 얘기에 귀를 기울이고 그리고 나의 도움으로 죽든지 그렇지 않으면 살든지 하겠다고 작정하고 있었던 게 아닐까. 어쨌든 내가 그를 사랑하고 있었던 것을 그는 알고 있었던 것이니까. 마치 남자가 여자를 사랑하듯이 사랑하고 있었다고 해도 나로서는 무어라고 부정할 말이 얼른 생각나지 않는다. 나에 대한 형기의 감정도 그랬으리라. 아니 더 했으면 했지 결코 뒤지지는 않았던 게 분명하다. 나는 이상스레 당황해지기 시작했다. 고등학교 때 저 담임 선생 앞에서 형기가 계집애처럼 새빨개진 얼굴을 푹 숙였던 이유를 오늘에야 이해할 수 있을 듯했다.

'내가 하행하지 않았다고 하면?'
아마 그는 자기의 괴로움을 껴안은 채 나와 저절로 대면하게 될 때까지 모든 결정을 유예시키고 있었을 것이다. 어쩌면 그는 나와 만나게 되는 것을 두려워하고 있었던 게 아니었을까. 십중팔구 나의 이런 생각은 옳을 것이다.

"임마, 쓸데없는 소리 말고……."
나는 이렇게 말을 시작했으나 더 이어지지가 않아서,
"나하고 천천히 생각해보자."
하고 말했다.
나는 그의 한 손을 붙잡고 바람을 쐬러 밖으로 나갔다.
구름이 끼고 음산한 바람이 불고 있었다. 나뭇잎도 다 져버린 나무들은 회색하늘 밑에서 앙상하게 서로를 의지하고 있었고 시(市) 주변의 산들은 어두운 갈색으로 칙칙하게 저녁을 맞이하고 있었다. 우리는 산 밑을 흐르는 강의 방죽으로 나갔다. 방죽에는 까만 벚나무가 줄을 지어 서 있었다. 봄이 오면 꽃들이 활짝 피어서 방죽은 꽃구경 나온 사람들로 화려했었다. 북쪽으로 먼 산간지방으로부터 눈이 녹아 내려온 맑은 봄물이 넘실거리던 강은 지금은 물이 말라버려서 한 줄기 가느다란 물줄기가 바싹 마른 자갈과 모래 사이를 근근이 비껴 흐르고 있었다. 물이 흐르는 쪽으로 눈을 돌리면 멀리 긴 다리가 그의 하얀 모습을 가물가물 보여준다. 이 쓸쓸한 풍경 속에서 난 계절의 아름다움을 느끼고 있었다. 나는 무심코,

"제법 어떤 분위기를 가진 풍경이지?"

하고 형기에게 물어버렸다.

"응."

하고 그가 대답하며 미안한 듯이 뻥긋 웃었을 때, 나는 그가 장님이라는 현실로 돌아왔고 그 현실이 얼마 전보다 훨씬 쓰라리게 생각되었다. 나는 호주머니를 뒤져 담배꽁초를 찾아내서 피웠다. 담배연기가 금방 금방 공중에 흩어져버리는 것에 주의를 집중시키며 내가 마음의 쓰라림에 어떤 방향을 주려고 애쓰고 있는데 형기가,

"담배 냄새란 참 좋구나."

하고 말했다. 나는 담배를 방죽 밑으로 던졌다. 담배는 모래밭에서 빨간 점이 되어 있다가 얼마 후에 꺼져버렸다. 어둠이 내리고 있는 강바닥에서 그 빨간 담뱃불은 무척 고왔다. 빗방울이 들기 시작했다. 바람도 퍽 쌀쌀하게 불어서 나는 형기의 손을 잡고 일어섰다.

이미 나는 형기와 나와의 관계를 깨닫고 있었다. 형기를 사랑할 수 있는 것도 반대로 학대할 수 있는 것도 세상에서는 나뿐이었다. 내가 그의 곁에 있는 한 그는 살아갈 것이다. 오직 내가 그의 곁에 있다는 사실만으로서도. 그리고 그것은 내 하향에 부여된 하나의 의미이기도 한 것이었다. 나는 그와 잡은 나의 손에 힘을 주었다. 얼마 후에 그의 손에서도 연인끼리의 그것처럼 조심스러운 반응이 왔다.

아버지와 어머니는 예상 이상으로 나의 하향을 슬퍼하고 계셨다. 아버지 편이 더 그랬다. 그날 저녁, 내가 아버지 앞에 꿇어앉아서 무어라고 변명을 시작하려고 하는데, 아버지는 나지막한 음성으로,
"안다. 안다."
고 말하며 고개를 숙이고 있었다. 아버지는 정말로 알고 있는 모양이었다. 그러나 어머니는 무언가 오해를 하고 있는 듯했다.
"얼마나 부대꼈으면······."
하고 말끝도 맺지 못하고 돌아앉아 울기 시작하면서 띄엄띄엄,
"자식 하나 편안히 못 가르치고······난 죽일년이지."
안으로 기어드는 목소리로 겨우 말하고 있었다.
그게 아니었습니다, 뭐 돈 같은 것 때문이 아니었어요, 하고 말하고 싶었으나 따지고 보면 다소 그런 괴로움이 없던 것도 아니었으므로 그러나 그보다는 나의 하향 이유를 들으면 어머니나 아버지는 더욱 슬퍼할 것이므로 나는 아무 말 하지 않기로 해버렸다. 나의 방으로 물러나오면서 내가,
"시청 같은 데 취직이라도 하겠습니다."
하고 말했더니, 아버지는 어이가 없다는 듯이,
"네가?"
하며 텅 빈 웃음을 허허 웃었다. 사실 이런 취직난 시대에 더구나 병역도 마치지 못한 놈이 취직할 데는 어디에도 없는 것이었다. 그리고 지금의 나로서는 취직을 했다고 한들 한 달도 못 견디어 낼 것이다. 고마우신 아버지. 아버지가 연두색에 미쳐버렸듯이 나도 무엇엔가 미쳐야겠다고 생각하며 나는 쓰게 웃었다.
고등학교 삼학년인 아우도 애매한 이유로써나마 실의에 차있는 듯했다.
"너 이렇게 공부해가지고 서울대학은 안 된다. 내가 수험공부를 할 때는······."
하고 제법 큰소리로 위협을 해보는 것이지만 사실 자신을 돌아볼 때

목이 컥 막히는 것이었다. 서울대학에 합격했다고 해서 무엇을 얻었던가. '예링'을 가르치는 구역질 나는 강의. 또 거기에서는 '헤겔'과 '쇼펜하우어'가 동시에 위대한 것이었다. 당사자들이 들었으면 펄펄 뛰었을 텐데도 순전히 보편적 진리란 이름으로 그들이 서로서로 상대편이 오류라고 하며 자기를 관철시키려던 얘기는 하나의 에피소드에 불과한 것이었다. 그리고 그 보편적 진리를 배웠다는 친구들의, 아아 날뛰는 꼴. 감색 교복에 은빛 배지를 빛내며 버스칸 같은 데서 가죽가방을 무릎에 세우고 영감님처럼 점잖게 앉아 있는 국립대학생. '헤겔'도 못 되고 '쇼펜하우어'도 못 된 것들이. 더구나 '예링'의 절규가 어디서 나온 것인 줄도 모르고 그 절규의 메아리만 배워서 실천하려고 드는 무리들. 그러나 그들은 행복해보였다. 아우도 그래주었으면 좋겠다고 나는 생각하고 있었다.

"임마, 너 합격만 하면 내가 입던 교복 너 줄게."
하며 나는 아우의 어깨를 툭툭 쳤지만 그러나 나의 교복은 술과 토해낸 것들로 하얗게 얼룩이 져서 대학 앞 어느 술집에 외상의 담보로 잡혀져 있는 것이었다.

며칠 후 저녁식사 때에 대학 교복 얘기가 나와서 어머니가 아우를 가리키며,

"애는 얼굴이 하야니까 감색 옷을 입으면 참 예쁠 거야." 하고 말하자 아우가 계집애처럼 해해 웃는 걸 보고, 나는 토끼를 쫓고 있는 내 자신의 재판(再版)을 거기서 보는 듯하여, 아우만은 버스칸에서 영감님처럼 앉아 있을 수 있어주었으면 하고 가슴 아프도록 바라고 있었다.

고향에 와서의 이튿날은 하루종일 비가 내렸다. 나는 우산을 받쳐 들고 춘화장수, 폐병쟁이 수영이를 찾아갔다. 그의 집은 작은 초가집인데 방이 두 칸, 하나는 그의 어머니와 누이동생이 삯바느질을 하며 거처하고 있고 다른 하나가 수영의 말하자면 병실이었다.

고생을 많이 해서 육십이나 되어보이도록 주름이 많고 핼쑥한 그의

어머니와 이 역시 한창 스물 나이답지 않게 핼쑥한 그의 누이동생에게 인사를 할 때 나는 자신도 모르게 눈물이 핑돌았다. 그러나 정작 병자인 수영은 그의 해골처럼 바싹 마른 용모에도 불구하고 의외로 명랑한 편이었다. 수영이 거처하는 방은 대낮에도 촛불이나 켜야 책을 읽을 수 있을 만큼 어두컴컴하고 사방이 책으로 싸여서인지 먼지가 많았다. 책상 위에는 진한 녹색의 사보뎅이 한 포기 화분에 심겨놓여 있었다. 사보뎅의 그 강렬한 빛깔은 어두운 방 안에서 환히 돋보이는 것이었다. 내가 사보뎅을 보고 있는 걸 알아채고 그는,

"사보뎅 좋지 응?"

하고 물었다.

"장엄하구나."

내가 그렇게 대답하자,

"장엄하다? 좋았어. 본인은 그처럼 장엄하게 살고 있지." 그렇게 말하며 그는 호호호 웃었다.

"곧 꽃이라도 필 것 같은데."

나는 웃으며 맞장구를 쳐주었다.

"그거 무얼 양분으로 하고 자라는 줄 알겠냐? 맞춰봐. 아주 상징적인 물건이지."

그가 물었다. 내가 의아한 눈초리로 화분을 보고 있노라니까 그는 다시 호호호 웃으며 화분을 가리키고,

"파봐. 거기 화분의 흙을 헤쳐봐."

나는 지시하는 대로 손가락으로 흙을 헤쳐보았다. 몇 개의 환약이 썩은 색을 하고 손가락에 잡혔다. 그 밑에도 몇 개 있을 듯했으나 파헤치는 걸 그치고 나는 드러난 약을 한 개 집어들어서 냄새를 맡았다.

"그거 무언 줄 알겠냐?"

하고 그는 웃음을 띤 채 물었다.

내가 무엇이냐는 듯이 고개를 그에게로 돌리자 그는 방바닥에 깔아놓은 이불 위로 깍지낀 손을 뒷머리에 대고 벌렁 나자빠지며,

"새코날이야."
하고 말했다.
"새코날이 사보뎅을 키운다. 좋지 않아?"
그는 또 흐흐흐 하고 웃었다.
"좋구나."
나는 손에 든 걸 화분 속으로 던지고 그의 옆에 앉았다. 그는,
"저만큼 비켜 앉아. 너도 폐병쟁이 될라."
하고 말하면서 나의 엉덩이를 밀었으나 나는 그대로 버티고 앉아서 방 안을 둘러보았다. 저 안편에 검정색 커튼이 드리워 있었다. 나는 짚이는 게 있어서 그 커튼 쪽을 가리키며,
"저거냐?"
하고 물었다. 그는 다 알면서도,
"무어?"
하고 되물었으나 그 다음에 씨익 웃는 것으로 보아 나의 상상대로 그곳에는 춘화를 만들어 파는 사진기구가 있는 모양이었다. 가서 들추어보았더니 과연 간이인화기(簡易印畫機)니 현상용(現像用) 비커니 약품이 든 병들이 있었다.
"수입은?"
하고 내가 묻자,
"내 약값엔 충분하지."
"몸은 많이 나았냐?"
"피는 안 토하기로 했지. 그러나 이따끔씩 심해질 때가 있어."
"경찰엔 안 걸리고?"
"다행히 거래상의 의리란 게 아직 남은 모양이어서 한 번도 걸리진 않았지."
"뭘로 시간 보내냐?"
"그럭저럭 잠이나 자고 책이나 읽고."
"책은 무슨 책을?"

그는 손가락으로 방 안을 한 바퀴 휘 가리켰다. 나는 손에 잡히는 대로 한 권을 빼서 그것의 제목을 보았다. 유행작가의 소설이었다.
"문학을?"
"응."
"법대생(法大生)이?"
"법대생?"
그는 또 그 흐흐흐 웃음을 터뜨렸다.
"법대생? 그러고 보니 다시 한 번 대학생이 되고 싶어지는구나."
"소설 많이 읽었냐?"
"글쎄. 닥치는 대로지 뭐."
"누가 좋았어?"
"글쎄.……앙드레 지드란 놈 알지?"
내가 고개를 끄덕이니까,
"그 자식 나하고 흡사하던데."
"천만에. 정반대일걸."
"아냐, 흡사해. 그 자식 일주일에 수음 몇 번 했는가를 알아맞히라고 하면 난 말할 수 있지."
"몇 번 했어?"
"네 번이지. 왜냐고? 나하고 흡사한 놈이니까. 흐흐흐."
나도 그를 따라 웃을 수밖에 없었다.
"생텍쥐페리는?"
내가 묻자 그는,
"읽었어."
"어때?"
"그 자식은 아무래도 믿을 수가 없어. 놈의 소설을 읽고 있노라면 무엇엔가 꼭 속고 있는 느낌이란 말야."
나는 덤덤한 심정으로 고개를 끄덕였다. 아마 수영의 얘기는 정당할 것이다. 나는 타인에 대하여 오랫동안 깊이 생각해본 적이 별로 없다. 타인의 소설이라든가에 대해서도. 그런데 수영이는 퍽 오랫동안 그리고 깊이 생각해본 자의 태도로 얘기하고 있는 것이었다. 어쩌면 그는 거기에서 구원의 길을 찾고 있었던 게 아닐까. 아무래도 그는 밑바닥까지 내려가 있으니까. 그런데 반추해보면 나의 위치는 퍽 애매한 것이었다. 밑바닥까지 내려가 있는 자를 부러워하고 그리고 그만큼의 강도로 그곳에 추락되는 것을 무서워하고 있는 것이었다. 가만있자, 이 얘기는 어찌 되는 것일까? 나는 문득 수영에 대하여 증오의 감정이 생기는 것을 느꼈다. 죽어줬으면 좋겠다는 생각이 갑자기 찾아왔다. 그러나 수영이 자신은 새코날로 사보뎅을 기르고 있는 것이 아닌가? 기어코 살아 내겠다는 의지로 뭉쳐 있는 것이었다. 수영이가 더욱 미워졌고 산다는 것이 던적스럽게 생각되었다.

"윤수는……."

내가 윤수를 빙자하여 나의 그런 감정을 표시하려고 할 때 그는 단 한 마디로 간단히 방어해버리는 것이었다.

"그 자식은 날 미워하고 있어."

그렇게 말하는 그의 말투가 어찌나 험악했던지 나는 움찔 움츠러들어버렸다.

"날 질투하고 있어."

그는 또 그렇게 말하였다. 질투? 그럼 지금 나의 수영에 대한 감정도 질투란 말인가?

"내게 여자를 제공해준 게 누군 줄 알아? 윤수야. 여자 위에 올라타고 있는 게 누군 줄 알아? 윤수지."

그는 벌떡 일어나더니 커튼 저편에 가서 춘화를 한 뭉텅이 가지고 와서 내 앞에 던졌다. 가지각색의 자세로 찍혀 있는 그것들은 너무나 기괴망측하였다. 내가 영빈을 통하여 사 보냈던 춘화에도 그처럼 괴상한 자세는 없었다. 춘화를 만들기 위한 춘화. 너무나도 돈을 만들기 위한 춘화. 약을 사기 위한 춘화. 살기 위해서는 저처럼 망칙한 자세가 유지되어야 한다는 그 사진들에서 다행히 윤수는 한결같이 고개를 돌려버림으로써 얼굴을 보이지 않고 있으므로 얼른 윤수라고 알아볼 수는 없었으나 어쨌든 윤수임에는 틀림없는 모양이었다. 윤수와 같이 찍혀져 있는 여자의 얼굴은 이쪽을 향하고 있었다. 눈썹이 짙은 얼굴이었다.

"서울에서 네가 보내준 것을 팔고 있을 때 어떻게 알았는지 윤수가 찾아와서 자기가 모델이 되어줄 테니 여기서 만들어 팔라고 권하였지. 짜아식의 그때 표정은 영 잊을 수가 없어. 아주 징그럽게 웃으면서 뭐랄까 나를 물어뜯을 듯했으니까. 나도 이를 갈면서 '오케이'했지. 허지만 내가 늘 선수(先手)지. 난 여자와 결코 가까이 하지 않거든. 몸이 나빠지니까 말야. 아마 짜식은 내가 죽기를 바랄지도 모르지. 그렇지만 내가 죽어?"

그는 억지로 짜내는 웃음을 쿡쿡 웃었다. 나는 고향에서 두 번째의 식은땀을 흘렸다. 수영의 그 말투 속에는 '이놈 너도 역시'하는 가시가 돋혀 있는 것만 같았다. 더구나 수영의 그 웃음 앞에서 나의 모든 괴로움은 한낱 허수아비의 가면처럼 무의미한 것이 되어버리고 쳇바퀴를 도는 다람쥐로 변신해버리는 듯하였다. 세상에는 무수한 위기가 있다고 하지만 그야말로 수영의 웃음은 중대한 위기였다. 그러나 나는 솔직히 고백하거니와, 수영이가 내 지난날의 생활에 대한 내 자신의 죄책감을, 마치 안개처럼 흐릿하나마 분명히 존재하고 있던 회오를 점점 불려보내고 있는 듯이 느끼고 있었다. 그리고 그것은 대단히 미묘한 평안이었다. 그렇다고 수영에 대한 증오가 사라졌다는 말은 아니다. 오직 그 증오란 게 내가 생각해도 내세울 만한 것이 못 된다는 얘기일 뿐이다.

그 해 가을이 다 가고 놉바람이 꽤 세게 불기 시작하는 동짓달을 맞을 때까지 내가 대부분의 시간을 보낸 곳은 수영의 방이었다. 윤수도 아침부터 출석이었다. 윤수가 수영을 미워하고 있는 것은 사실이었으나 그리고 수영의 표현대로 질투하고 있는 것도 사실이었으나 그것이 수영을 위한 것이 아니라 오직 윤수 자신의 에고이즘에서 튀어나오는 것이었으므로 드러내놓고 수영을 공격하거나 하는 행위는 없었다. 질투라고 해도 사실은 별게 아니었는지 모른다. 문학이라는 자기 영역을 침입받았다는 그리고 수영이 작품을 쓴다면 자기보다 우수하리라는 질투 정도였는지 모른다. 윤수는 은근히 수영를 골려줄 기회를 잡으려고 애쓰고 있긴 했으나 별로 큰 성과는 없었다. 수영은 병든 고슴도치처럼 웅크리고 앉아서 빈틈없이 자신을 보호하는 것이었다. 말하자면 감정의 장난이었다. 하여튼 겉으로는 서로 퍽 다정한듯이 굴었고 평온했는데 내가 사이에 끼어서 조정한 힘도 컸을 것이다. 내가 하향한 지 며칠후에 내가 손을 잡고 데리고 온 것을 계기로 형기도 우리들 틈에서 뒹굴었다. 그가 나날이 눈에 뜨이게 명랑해져가는 것이 내게는 커다란 위안이 되었다.

"적어도 난 너희들과는 다른 고차원의 세계에서 사는 사람이야. 난 너희들이 보지 못하는 어둠의 세계를 보고 살고 있으니 적어도 일차원은 더 너희보다 높은 거야. 저, 저것 봐라. 저기 천사가 날아가네."
라고 농담을 할 정도로 입심이 늘기도 하였다. 설령 그가 입에 담을 수 없는 욕지거리를 술술 했다고 해도 나는 웃으며 받아들였을 것이다. 아무래도 그는 순수한 슬픔의 덩어리를 붙안고 있는 사람이었으니까. 하기는 때때로 나와 단둘이 있게 되면,

"정우야. 날 바다로 데려가줘."
하고 고개를 숙이고 얘기하는 것이었지만 그러나 그것도 이제 와서는 한 가지 애교에 불과했다. 상대방의 사랑이 혹시 식어버리지나 않았나 근심이 되어 '우리 이제 그만 둘까?' 하고 짐짓 시험을 걸어보는, 연인들 사이에 흔히 있는 제스처와 흡사한 것이었다. 그리고 그러한 제스처에 속아 넘어가는 연인이 세상엔 없듯이 나도 형기의 애교에 속지 않았다.

그렇지만 아아 그 퉁소 소리. 늦가을의 밤바람이 쓸쓸한 소리를 내며 불어가는 것에 귀를 기울이고 있을 때 그 바람에 휘몰려가는 듯이 가냘프게 형기가 불고 다니는 퉁소 소리가 들려오는 것이었다. 안마

쟁이가 여기 지나갑니다, 라는 신호였다. 이불 속에 누워서 질주하는 바람에 모든 것이 불려가버리는 느낌으로 그 통소의 여운을 생각하고 있노라면 형기가 그의 시커먼 안경으로 우수(憂愁)를 가리고,
"정우야. 날 바다로 데려가줘."
하던 말은 견디어낼 수 없도록 절실한 것이었다. 그리고 진(眞)과 위(僞)의 차이를 구별해낼 수 없었던 서울에서의 나로 되돌아가는 자신을 발견하는 것이었다. 실상 고향에서도 나는 아무 결론을 얻지 못하였다. 생활을 빼어버린 나의 하루하루는 그렇다고 내세울 만큼 착한 것도 아니었다. 생활한다는 것, 좋든 나쁘든 생활한다는 것이 최고의 표현을 가진 예술이라면 내게는 어처구니없지만 예술조차도 사라져버린 것이었다. 세상의 위인이란 사람들이 입버릇처럼 얘기하는 '항상 새로 출발하라'의 지점으로 돌아와 있는 것이라고 생각하면 간단하겠지만 그렇게 생각하기에는 짊어져야 할 것이 너무 많은 듯했다.

수영의 어두운 방에서 우리는 아폴리즘 풍의 시를 써내거나 하는 일로 소일하고 있었다. 윤수는 종이에 우리가 한 마디씩 하는 것을 정리해내곤 했다.

우울한 날엔 편지를 써라.
아무에게나 생각나는 사람에게 편지를 써라.
그래도 우울한 날엔 책을 읽어라.
그래도 우울한 날엔 노래를 불러라.
아무쪼록 유행가를 낡은 기억 속에서 끄집어낸 유행가를
그래도 우울한 날엔 잠을 청해라.
잠도 오지 않도록 우울한 날엔 수음을 해라 눈을 부릅뜨고
그래도 우울한 날엔 울어보아라.
거울 앞에 목을 앞으로 빼내어
울음소리를 닮아 소리를 질러라.

그래도 우울한 날엔 그래도 우울한 날엔…….

"그 다음엔 '죽어라'인가?"
"아냐. 죽이지 않고 어떻게 해볼 방법은 없나?"
 수영은 그렇게 대답하며 계속시킬 어구를 찾느라고 입을 우물거리는 것이었다. 서글펐다. 그러한 서글픔을 나는 김빠진 웃음만 허허 웃으며 삭혀버렸다. 나도 그들을 따라서 입을 우물거려보았다. 입을 우물거리고, 그저 그러기만 하고 있었으면 나는 행복하다고나 할까?

4

 날이 갈수록 내 도피의 어리석음이 드러났다. 미워하는 데서 그치지 말고 반항하는 법을 배웠더라면 나의 괴로움은 진작 서울에서 무마될 수 있었을 것이다. 스스로 목숨을 끊은 결과를 가져왔다고 하더라도 그 편이 훨씬 정직한 것이었으리라.

 어느 날 아침, 내가 수영의 집에 출근했을 때 내가 좀 일렀던지 수영은 아침 산보에서 돌아오지 않고 출근자는 나 혼자뿐이었다. 수영의 방에 누워서 뒹굴고 있노라니 누가 방문을 똑똑 두드렸다. 수영의 동생 진영(眞永)이었다.
"어머니가 잠깐 건너오시래요."
라고 진영이 말했다. 스물 나이답지 않게 병자처럼 핼쑥한 그녀의 얼굴은 사뭇 엄숙한 표정이었다. 무슨 근거에선지 문득, 아 이제 심판이 시작되었구나, 하는 느낌이 들었다. 그리고 수영의 어머니가 어떠한 질문을 하더라도 나는 그것에 대답하지 못할 것 같았다. 불안. 죄인의 불안. 나는 잠시 동안 방바닥에 앉은 채 멀거니 진영의 얼굴만 보고 있었다. 나의 불안이 내 표정이 되어 있었던지 진영은 아무 일도 아니라는 듯이 생긋 웃어보였다. 그 미소 속에는 때묻지 않은 처녀가 있었다. 나는 용기를 내어 진영과 그녀의 어머니가 거처하는 방으로 건너갔다.

방은 손재봉틀과 낡은 궤짝 같은 농으로 차서 비좁았다. 방바닥에는 옷감 마름해놓은 것이 널려져 있고 벽에는 사진틀이 하나 걸려 있었다. 사진틀의 유리에 파리똥이 새까맣게 앉아 있고 그 속에서 누렇게 퇴색한 사진이 엿보이고 있었다. 사진은 구식 결혼의 사진이었다. 장삼을 입고 족두리를 쓰고 얌전히 눈을 내리깔고 서 있는 신부가 수영의 어머니였다. 퍽 고운 자태라고 나는 생각하고 있었다. 그리고 그때 내 앞에 옷감들을 주섬주섬 한쪽으로 밀어젖히며 무언가 간절한 얘기를 시작하고 싶어하는 이제는 늙어버린 수영의 어머니에게도 아직도 저 퇴색한 사진 속의 신부와 같은 우아함이 보존되어 있었다. 나는 수영의 어머니가 어떠한 얘기를 할지라도 고분고분히 들을 작정이었다.

그러나 수영 어머니의 얘기는 예상 외로 꾸지람이 아니라 하소연이었다. 수영은 일방적인 의사로서 자기의 밥값을 자기 어머니에게 지불하고 있는 것이었다. 수영은 자기를 아들이라고 생각지 말 것을 자기 어머니에게 선언했던 것이었다. 수영은 어머니가 당신의 수입으로 사들여준 약병을 어머니 앞에서 깨뜨려버렸던 것이었다. 수영은 윤수와 윤수의 기생을 자기방에 데려다놓고 미친 듯이 괴성(怪聲)을 연발하곤 했던 것이었다. 수영의 춘화 만드는 얘기는 어지간히 알려져버린 것이어서 수영의 어머니와 진영은 낯을 들고 거리를 다닐 수 없다는 것이었다.

수영의 어머니가 이러한 얘기를 하고 있는 곁에서 진영은 울먹거리는 목소리로,

"차라리 우리는 오빠가……오빠가 죽어줬으면 해요."

하고 나더니 엎드려서 어깨를 들먹이는 것이었다. 마침내 그의 어머니까지 울고 있었다. 이러한 모녀를 흙벽 하나 저편에 두고 악마의 주언(呪言) 같은 얘기들만을 쑥군거리고 있던 우리들은, 아아 죽을지어

다 죽을지어다.

　나는 슬그머니 자리에서 일어나 수영의 방으로 건너왔다. 수영은 언제 들어왔는지 방바닥에 벌렁 누워서 방문을 열고 들어가는 나를 보며 히쭉 웃었다. 내가 시무룩한 표정으로 그의 옆에 쓰러지듯 주저앉자 그는,
　"난 다 들었다. 난 다 들었다."
라고 흥얼거리기 시작했다.
　그는 천장을 올려보며 화난 표정이었다.
　"듣긴 무얼 들어?"
　내가 자신도 모르는 새에 소리를 꽥 지르자 그는,
　"임마, 그따위 넋두리에 넘어갔구나." 하며,
　"난 다 들었다. 난 다 들었다."
　다시 흥얼거리기 시작했다. 나는 책상 위에 있는 사보뎅 화분만 멍하니 보고 있다가 집으로 돌아와버렸다. 그 뒤로 나는 수영의 집에 다니는 것을 그만두었다. 윤수와 형기도 내가 나가지 않으니까 출입을 끊었다.
　그 대신 나는 윤수를 따라서 윤수의 단골 술집엘 다니기 시작했다. 윤수에게 얹혀서 값싼 안주에 소주를 마시고 술상 머리에 네 활개를 쭉 펴고 잠이 들었다가 저녁이 오면 찬물에 얼굴을 담그고 나서 집으로 돌아오곤 했다. 집에 오는 길에, 젖먹이를 버려두었다가 갑자기 생각이 나서 달려가는 어미의 심정이 들면 형기를 찾아가서 기껏 위로한다는 소리가,
　"오늘 밤은 추우니 안마 나가지 마라, 응?"
하거나,
　"어떻게 되겠지. 조금만 기다려보자. 어떻게 될 거야."
하고 자신이 생각해도 우스운 약속만 실컷 하고 그러면 쓸쓸함이 밀려와서 몸서리를 치거나 했다. 그러나 형기는 나의 허공에 뜬 대화에 진력도 내지 않고 조용히 귀를 기울이다가 이따금씩 밖에 찬비라도

내리는 날이나 혹은 바람이 유난히 거세게 부는 날에는,
"날 바다로 데려가줘."
하며 나의 등에 볼을 대고 슬퍼하곤 했다.

술집에는 기생이란 이름의 여자들이 네 명 있었는데 그들간에 윤수는 대인기였다. 여기야말로 나의 왕국이라는 듯이 윤수는 별의별 말, 별의별 짓을 다해서 여자들을 웃기었다. 그가 이른바 문학수업을 통해서 얻은 지식은 몽땅 그곳의 여자들을 웃기는 데 쓰이고 있었다. '카프카'의 작품들을 완전히 자기류의 유머 소설로 만들어서 떠들어대면 여자들은 배를 움켜잡고 방바닥을 굴러다니기도 했다. 점점 나도 거기에 동화되어가는 듯했다. 남에게 피해는 입히지 않는다. 죽어도 내가 죽을 테니 간섭을 말아라. 대강 이런 식이었다.

"기도(妓道)가 무엇인지도 모르는 기생과 세상에서 문학의 소재(所在)가 어디멘지를 모르는 문학청년이 왜 만들어졌는지 알 수 없는, 자아, 술을 들자."

윤수는 이렇게 소리를 지르다가도,

"제기럴. 이번 가을엔 꼭 시집을 한 권 낼려고 애써 모아두었던 돈 다 없어지네."

라고 중얼거리곤 하였다.

술집여자들로 말하자면 나는 그들에게 통 흥미가 없었다. 그들간에도 기막힌 우정이 있다. 모든 것을 잃어버린 자들이 갖는 생명에의 집착이 있다. 돈을 가장 바라는 걸로 세상에 인식되어 있으면서도 기실은 돈을 가장 경멸하는 부류. 겨우 이 정도의 선의적인 관찰로써 나는 그들에게 흥미를 느낄 수는 없었다. 술에 취하면 나는 곧잘 어느 여자의 무릎에나 머리를 얹고 잠이 드는 것이었지만 그렇다고 그것이 여자들에 대하여 사랑의 감정이 있어서는 아니었다. 따지고 보면 서울에서의 여대생 선애보다 몇 갑절 더 불행한 여인들이었다. 그런데 선애의 불행에 대해서는 그토록 마음 아파했으면서 그보다 더 불행한 여자들 앞에서 왜 나는 무감각한가. 선애와의 관계에는 사랑이 개재

했었으니까, 라고? 그러나 반드시 그런 것 때문만도 아닌 듯했다. 생각하면 선애는 치르고 나면 면역이 생기는 열병과 같은 존재였나보다. 첫서리만이 차가운 법이었다. 하나의 고된 시련을 치르고 나면 그 다음의 시련엔 별 고통이 없다는 이치 속에 나는 끼어 있는 것이었다. 아, 알 듯하다, 노인들에겐 놀랍도록 웃음도 없고 눈물도 없는 까닭을. 인간은 수많은 병기(兵器)로써 무장하고 있다. 사랑, 미움, 즐거움, 서러움, 자만, 회오……. 혹은 섬세한 연민, 섬세한 질투……. 그런데 살아가노라면 단지 살아가노라면 이것들은 하나씩하나씩 마비되어가나보다. 자신도 알지 못하는 사이에 미묘한 장점이 훼손되어 있기도 하리라. 아아 싫다. 마비시켜버리더라도 뚜렷한 의식 가운데서 그러고 싶다. 그러기 전에 그러한 병기들을 잃어버리고 싶지가 않다.

그러나 아무래도 그 술집여자들에게 마음의 밑바닥에서 우러나오는 태도는 거짓으로나마 지어보일 수가 없었다. 겨우, 같은 처지에 처한 사람들끼리의 우정 비슷한 것만이 생기고 있을 뿐이었다. 그러고 있을 때, 결정적인 타격이 왔다.

윤수가 형기를 술집으로 꾀어온 것이었다.

그날 아침, 나는 전날의 통음(痛飮)으로 머리가 띵하고 사뭇 어지러워서 창문을 열었더니 겨울을 알리는 바람이 휙 몰아쳐왔는데 그것이 머리의 진통을 가라앉혀주는 듯하여 한참 동안 창문턱에 이마를 대고 있다가 고개를 들었을 때 맞은편 문간채의 기와지붕 위에 서리가 햇빛을 받아 보석처럼 반짝이고 있는 게 보였다. 문득 계절에 생각이 미치어 달력을 보았더니 벌써 십일월도 중순으로 접어들고 있었다. 하향한 지 거진 한 달이 되어가고 있었다. 나는 아무런 잡념없이 순전히 초조함으로 가슴이 두근거리기 시작했다. 어떻게 해야 한다는 생각, 이대로 있어서는 안 된다는 생각만이 꽉 찼다. 나는 다시 이불 속으로 기어들어갔으나 정신은 또렷또렷해지기만 하고 그러나 무슨 판단력이 생기는 것은 아니었다. 얼마나 지났는지도 모르게 그런 상

태로 누워 있다가,

"위기다! 위기다!"

라고 중얼거리며 나는 자리에서 벌떡 일어나 옷을 주워입고 아침밥도 먹지 않은 채 윤수가 와 있을 술집으로 달려갔다. 그런데 형기가 거기에 있는 것이었다. 한 번도 데려오지 않았고 그리고 할 수 있으면 술집을 형기에게는 알리고 싶지 않았었다.

그런데 더욱 분한 것은, 형기를 방 한가운데 세워놓고 술집 여자들과 윤수가 그를 뺑 둘러싸고, '용용 날 잡아라'를 하고 있는 것이었다. 그들은 박수를 치며 깔깔대고 있었다. 그런데 형기 자신도 무척 즐거운 듯이 이마에 땀이 송글송글 맺히도록 열심이었다.

내가 들어서자 여자 하나가,

"이거 보세요. 이 눈먼쟁이 아주 걸작이에요."

나의 팔을 잡아 끌어들이면서 깔깔거렸다.

"약주를 한 되나 마시고도 끄덕 없어요. 저것 봐요. 얼굴이 붉어지지도 않았죠."

"게다가 저 꼴에 인자한테 반했는 모양이지요."

나는 인자라는 기생을 돌아보았다. 그녀도 재미난다는 듯이 양손으로 허리를 잡고 웃고 있었다. 형기는 내가 나타나자 당황해진 모양이었다. 얼굴이 새빨갛게 되어서 무안을 당한 사람처럼 멀어버린 눈을 껌벅거리며 어슬픈 웃음을 띠고 방 가운데 나무토막처럼 서 있었다.

윤수는 방바닥에 누워버리면서,

"내 탓은 아니로다. 내 탓은 아니로다."

라고 말했다. 그 말을 하면서 그는 가톨릭 신자들처럼 주먹으로 자기 가슴을 툭탁툭탁 치는 것이었다. 우선 윤수가 엄청나게 변했다는 사실로써 그랬다, 목구멍을 치받고 올라오는 것이 있었다. 나는 있는 힘을 다하여 엉뚱하게도 형기의 뺨을 갈기었다. 형기는 비틀거렸다. 그러더니 그 자리에 엎드려서 마신 것을 토하기 시작했다. 방바닥은 금세 오물로 가득 찼다. 인자가 걸레를 들고 달려와서 형기가 토해논 것들을 치우며 나를 흘겨보았다. 딴 여자들도 도대체 당신이 뭔데 그러느냐고 투덜대었다. 윤수만이 더욱 높아진 목소리로,
"내 탓은 아니로다. 내 탓은 아니로다."
라고 외치고 있었다. 나는 방바닥만 우두커니 내려다보며 서 있다가 형기가 겨우 자리에서 비척거리며 일어서자 그의 팔을 끌고 밖으로 나왔다. 울고 싶었다. 그러나 먼저 운 것은 형기 쪽이었다. 그는 느껴 대며 울었다. 인자가 방에서 형기의 검정 안경을 들고 나왔다. 내가 그것을 받아서, 눈물이 흐르고 있는 그의 멀어버린 눈을 손수건으로 훔쳐준 다음 그것을 씌워주었다. 나는 형기의 팔을 잡고 천천히 걸어서 그의 집에까지 데리고 와서 그의 방에 눕혔다. 그가 코를 골며 잠이 들 때까지 나는 그의 한 손을 쥐고 그의 옆에 잠자코 앉아 있었다.
  그러나 며칠 후, 형기가 부끄러운 웃음을 띠며,
  "인자라는 여자……좋은 여자지?"
하고 내게 물었을 때, 나는 그날 일의 중대함을 다시 한 번 느꼈다. 나도 웃으며,
  "왜? 어떻게 좋은 여자인지 아닌지 알았어?"
하고 묻자, 그는,
  "그냥. 뭐 그렇게 느껴졌어. 그 여자 나빠?"
  "아아니, 마음씨가 고운 여자지."
그는 고개를 끄덕이며,
  "그럴 것 같았어."
하고 안심한 듯이 말했다.
  형편이 별수없게 되었다고 나는 생각했다. 마침내 나는 그 술집 출입을 끊고 형기를 윤수에게 내맡겨버렸다. 형기가 인자에게 흠뻑 빠져버렸다는 얘기를 나의 집으로 찾아오는 윤수 편에서 듣고 있었다. 육체관계도 있는 모양이었다. 인자가 형기에 대하여 어느 정도인지는 알 수 없었다.
  그럴 무렵, 어느 날 저녁에 나는 아버지와 어머니 앞에 호출당했다.

그분들의 얘기는 아주 간단했지만 무척 어려운 것이기도 하였다. 내가 아버지 앞에 무릎을 꿇고 앉자, 아버지는 무거운 목소리로,
"네 소원이 무엇이냐?"
고 내게 묻는 것이었다.
소원. 소원? 소원? 나는 목이 메었다. 너무나 많기에 없느니만 못한 소원. 나는 무엇이 되고 싶습니다, 라고 꼭 한 가지를 분명하게 얘기할 수 있는 사람은 복받은 사람임에 틀림없으리라. 아버지, 모든 것이 다 되고 싶습니다, 모든 것이 다 갖고 싶습니다. 이런 대답은 있을 수 없었다. 그러나 솔직히 말하면 무엇을 맡겨도 감당해낼 자신이 없다고 얘기했어야 할 것이었다.
내가 아무 말이 없이 고개만 흔들고 있자, 아버지는,
"날씨가 좀 무리일는지 모르나 어디 여행이라도 한 번 하고 오너라. 여행중에 차분히 생각도 좀 해보고······다소 도움이 될 테니."
라고 말하면서 어머니가 건네주는 종이로 싼 뭉치를 받아서 내 앞에 밀어놓으며,
"돈이다. 오늘 저녁에 잘 생각해봐서 돈 자라는 데까지 돌고 오너라."
라고 말했다. 꽤 많은 듯했다. 어머니가 비단 보따리를 이고 다니며 간신히 끼니를 이어가는 살림에 내 앞에 놓인 부피의 돈이라면 굉장한 것이었다. 나는 지그시 눈을 감았다.
"정우야. 우리도 남들처럼 한번 살아보자. 여행하고 와선 마음 단단히 먹고 한번 살아보자."
어머니가 떨리는 목소리로 그런 말을 했을 때 나는 더 견디어낼 수 없었다.
"그렇게 하겠습니다."
라고 대답하고 나서 나는 내 방으로 도망치듯 건너와서 이불을 둘러썼다. 그러나 울고 싶은 마음과는 반대로 눈물이 나오지 않고 허허허 하는 웃음소리를 닮은 괴성이 목구멍에서 터져나왔다. 언젠가 수영이

가 '죽지 않고 어떻게 해결할 방법을 찾아야지'라던 물음을 나는 생각하고 있었다. 어쩌면 영원한 질문. 두고두고 써야 할 테마가 아닐는지? 나는 밤이 새도록 잠을 못 이루었다. 퍽도 긴 밤이었다. 다음날, 마침 집으로 찾아온 윤수에게 나는 여행에 관한 얘기를 했다. 윤수도 옛날부터 남해의 도서지방(島嶼地方)을 돌아보고 싶었다고 하면서 이 기회에 자기와 함께 그쪽 방면으로 여행을 가는 게 어떻겠느냐고 제안했다. 그렇지만 이번 나의 여행의 목적은 단순히 아름다움을 찾기 위한 것이 아니라고 내가 얘기하자 그는 잘 알겠다고 고개를 끄덕이며, 그러나 너무 기대는 걸지 말고 우선 출발해보자는 얘기를 하는 것이었다. 그렇게 얘기하는 윤수는 오래간만에 진실한 태도였다.

5

집을 나설 때 대문 밖까지 배웅을 나온 아버지와 어머니의 표정을 잊을 수가 없다. 두 분은 분명히 나를 불쌍히 여기고 있었다. 어쩌면 지난날의 자신들을 향하여 응원의 주먹을 휘두르는 기분이었는지도 모른다. 특히 아버지 편이 말이다. 이제 와서 나는 옴쭉달싹할 수 없음을 느꼈다. 애쓰다가 애쓰다가 안 되면 그만이다, 라던 얼마 전까지의 내 생각은 수정을 받아야 했다. 이제는 애쓰다가 애쓰다가 안 되면 아니 그렇지만 기어코 해내어야만 되었다. 저 덜컹거리던 야행열차의 유리창에 비친 나의 무표정한 얼굴을 들여다보며 세상이 내미는 모든 것을 고분고분히 받아들이자던 나의 약속을——뒤집어보면 그러한 나의 생각엔 일종의 비웃음이 섞여 있었지만——이제는 어쩔 수 없이 실천해야만 하게 되었음을 깨달았다.

세상의 모든 사람들이 나를 향하여 '너의 이른바 고뇌라는 것에서는 젖비린내가 난다'고 하며 웃어버릴지라도 아버지와 어머니만은 나만큼 아니 나보다도 더 절실하게 나의 번민을 앓아주고 있는 것이니 그런 분들이 요구하는 것이라면 무엇이든 되어주고 싶다는 생각이 들었다. 그런데 바로 그분들이 나더러 저 범속한 사람들 틈에 끼어달라고 요구하는 것이었다. 마치 내가 아우에게, 버스칸에서 영감님처럼 앉아 있을 수 있는 대학생이 되어주기를 그리고 선애가 차라리 튼튼한 백치를 낳기를 바라고 있던 것과 같은 심정으로써.

여행에 관해서 나는 좀 세세히 적고 싶다. 어쨌든 즐거운 여행이었으니까. 윤수와 나의 여장은 초라하도록 간단했다. 어깨에 걸치게 된 작은 백에 몇 가지 내의와 책 두어 권씩을 넣고 우리는 버스로 우선 여수(麗水)에 도착하였다. 동짓달의 엷은 햇살은 그나마 차가운 바닷바람이 쓸고 지나가버리는 것이어서 거리는 흙먼지가 날리고 무척 황량하였다. 시(市) 전체가 흙바람에 싸여 희빗한 게 도시의 신기루(蜃氣樓)를 보고 있는 느낌이기도 하여 만지(蠻地)에 온 것만 같았다. 바다를 보면, 수평선까지 백파(白波)가 성성하고 돛배가 몇 척 쓰러질 듯한 자세로 빠르게 항해하고 있었다. 우리는 시(市)의 동북쪽에 있는 긴 방파제에 웅크리고 앉아서, 올 데까지 왔다 더 가기가 싫다, 저 백파의 바다를 넘어서 섬으로 갈 이유가 무엇인가, 라는 얘기를 한마디씩 중얼거리고 그러나 짧은 해가 다 지도록 이상한 마력(魔力)으로써 우리의 마음을 한없이 설레게 하는 물결 높은 바다를 바라보고 앉았다가 숙소를 찾으러 시내로 돌아왔다. 밤이 와서 거리가 텅 빈 항구는 더욱 황량하였다. 우리는 입고 있는 낡은 코트의 깃을 세우고 꾸부린 자세로 발걸음을 빨리하여 큰 거리를 부두 쪽으로 걸어갔다. 여기서 한 마디 해두고 싶다. 이 쓸쓸한 풍경 속에서 그러나 나의 마음은 알 수 없이 따뜻해 있었던 것을. 무엇이었을까? 센티멘탈리즘? 센티멘탈리즘이라고 해두자. 그러나 몇십 년 후, 코트 깃을 세우고 이 바람 찬 항구의 겨울 거리를 비스듬한 자세로 걸어가는 센티멘탈리즘이 없다면, 아아, 그런 일은 없으리라, 단연코 없으리라. 아무런 속박도 욕망도 없이 볼을 스치고 가는 바람의 온도와 체온과의 장난을 즐기며 꾸부린 자세가 오히려 편안하다고 느끼며 그리고 내 구두가 아스팔트를 울리는 소리만을 들으며 어디론가 그저 걸어가는 일. 그 순간에 나는 죽어도 좋았다.

우리는 부두에서 가까운 여관 하나를 찾아 들어갔다. 손님이 많은 까닭인지 퍽 소란스러웠다. 사환애의 안내를 받고 방을 정한 뒤에 윤수가 찌푸린 얼굴로,

"여관이 조용하지 못하군."

하고 중얼거리니까, 사환애는 죄송스럽다는 듯이 해해 웃으며,

"서커스단이 투숙하고 있어서요. 그렇지만 오늘 밤까지만 있고 내일은 섬으로 떠난다니까 내일부터선 조용할 겝니다. 손님들은 오래 계실 분들이신가요?"

"글쎄, 오늘 밤 자고 나서 작정하지."

내가 얼버무려 대답했다. 윤수도 잠자코 고개만 끄덕이고 있었다. 사환애는 밖으로 나가더니 숙박계를 들고 와서 우리의 기입을 기다리었다. 기입하기 가장 곤란한 난은 직업이라는 난이었다. 나는 '학생'이라고 써 넣었지만 윤수는 잠시 고개를 기웃거리고 나서 무어라고 끄적거려 써 넣고 나더니 미친 사람처럼 방바닥으로 나둥그러지며 배를 움켜잡고 웃어대었다. 나는 숙박계를 들여다보았다. 윤수는 직업난에 지극히 엄숙한 자체(字體)로 '詩人'이라고 써 넣었던 것이다. 시인. 시 한 줄 못 쓰고 가을만 기다리다가 그 가을도 보내버리고 정신없이 섬으로만 가고 싶어하는 시인. 나는 웃음이 터져나왔다. 그리고 윤수에 대하여 여태껏 비록 조그마하나마 품고 있었던 불화(不和)의 감정은 그때 말끔히 사라져버리는 것이었다. 귀여운 시인.

사환애가 아무 사정도 모르면서 아첨하는 웃음을 해해 웃고 나서 숙박계를 거두어 밖으로 나가려고 할 때 윤수는 무슨 생각을 했던지 자리에서 벌떡 일어나 앉으며,

"얘, 서커스단은 내일 무슨 섬으로 떠나느냐?"

고 물었다.

"거문도로 간다고 하더군요."

사환애는 그렇게 대답하고 나서,
"원래 섬으로는 안 돌아다니는 법인데 금년엔 시험삼아 한 번 가본다나요."
하고 덧붙이었다. 사환애가 나가자 윤수는,
"야, 내일 서커스단과 함께 출발하자. 재미있을 거야."
하며 나의 어깨를 툭 쳤다. 우리는 사환애를 다시 불러서 거문도의 위치와 내일 출발시간을 알았다. 배를 타고 남쪽으로 여덟 시간쯤 가야 한다고 했다. 출발시간은 아침 아홉시. 내일 아침 필요하다면 자기가 배 타는 데까지 안내하겠다고 말하며 사환애는 또 해해 웃었다.

나는 변소엘 갔다오다가 아마 곡예단에 소속한 듯한 사내가 마루 끝에 얼빠진 자세로 앉아 있는 것을 보았는데, 사십이 넘어보이는 체구가 작은 그 사내는 촉수 낮은 전등 아래에서 무척 외로워보였다. 면도 자국이 파아란 볼이 인상적이었다. 내가 뚫어질 듯한 눈초리로 그를 보고 있었는데도 그는 못 본 척하고 땅바닥만 내려다보고 앉아 있었다. 방에 들어오자 윤수가 없었다. 나는 이불 속으로 발을 넣고 벽에 기대어 방금 보고 온 사내가 주던 분위기를 흉내내어 앉아 있는데 윤수가 네 홉들이 소주병 하나와 군 오징어를 사들고 들어왔다. 내가 술은 무엇하러, 하는 시늉으로 눈살을 찌푸리자 그는 변명하듯이,
"난 너하고는 여행 목적이 다르니까."
하며 낄낄거리며 웃었으나 웃음은 힘없이 그치었다. 미안한 생각이 들었다. 나도 자세를 바꾸어 허리를 쭉 펴고 그에게 다가앉아서,
"나도 한 잔."
하며 대들다가 문득 마루에 외롭게 앉아 있던 사내 생각이 나서 윤수에게 잠깐 기다려달라고 하며 밖으로 나가보았다. 사내는 여전한 자세로 앉아 있었다. 나는 조심스럽게 그의 곁으로 다가가서,
"선생님, 실례지만 저희들 술 한잔 받으시겠어요?"
하고 말했다. 그는 흘깃 나를 올려다보더니 아무 말 없이 고개를 도로 숙여버렸다. 내가 무안해서 돌아서려고 하는데 사내는 잠자코 일어서

더니 나를 따라왔다. 사내는 우리가 건네는 술잔을 받으며 묻는 말 외엔 말이 없었다. 어떻게 보면 퍽 싱거운 술좌석이었으나 나는 아주 편안한 기분이었다. 이씨라는 성을 가진 그 사내는 역시 곡예단원이었다.

"그럼 이 선생님, 몇 년 동안이나 서커스를 하셨어요?"

"그럭저럭 삼십 년쯤."

삼십 년. 놀랍고 그리고 부러운 시간이었다.

"어렸을 때부터 하셨겠어요?"

"아주 어렸을 때부터죠. 만주에 있을 때부터니까요."

윤수는 술 한 병을 더 사왔다. 사내는 술이 들어갈수록 얼굴이 샛노래졌다. 나는 석 잔을 마시고 곤드레가 되어서 어린애 같은 호기심으로 사내에게 이것저것 묻고만 있었다.

사내의 얘기에서 안 것은 이번 섬 공연을 마지막으로 그 곡예단은 운영난 때문에 해체하게 되었다는 것이었다. 삼십여 년 동안 곡예사 노릇을 해오면서 여러 곡예단이 해체하는 것을 보아왔지만 이번의 해체는 여간 마음 아픈 것이 아니라고 하면서 그는 술을 들었다.

"이젠 늙어서, 서커스쟁이는 더 할 수 없는 나이죠. 과부라도 하나 얻어서 살림이나 차리고 싶지만 그것도 밑천이 있어야지."

그는 파아란 턱을 손바닥으로 쓰다듬으며 멋쩍은 듯이 처음으로 웃었다.

"남들이야, 그까짓 거, 하며 웃을지 모르지만 그래도 반평생을 바친 것이고 보면 미련이 자꾸 남아서……정작 그만둔대도 무엇을 어떻게 해야 할지 막막하구먼요."

밤이 이슥하도록 그는 삼십 도짜리 소주를 주는 대로 받아먹고 나서,

"내일 동행하신다니 그럼 이걸로 실례합니다."

하고 비척거리며 밖으로 나갔다. 그리고 이내 마루 끝에선지 토하는 소리가 욱욱 들려왔다. 그때 밖에 나갔다가 돌아오는지 왁자지껄하며

여자들의 목소리 한떼가 들어오다가,
"어머, 훈련부장님이 토하고 계셔."
"저런, 술을 자셨나봐."
"기분 나쁜 일이 있나봐. 술을 잘 안 하시는데."
그런 대화와 토하고 있는 사람에게로 달려가는 급한 발자국 소리가 들려왔다. 윤수와 나는 눈을 동그랗게 뜨고 잠시 서로의 얼굴을 쳐다보았다.
재미있는 일이 그날 밤 우리가 잠자리에 들어가려고 할 때 일어났다.
사환애가 찾아와서 은근한 목소리로,
"색시 안 사시겠어요? 아주 미인들인데."
하고 묻는 것이었다. 윤수는 술이 올라 붉어진 얼굴에 장난꾸러기 같은 웃음을 띠고,
"만일 미인이 아니면 넌 없어."
하고 위협을 하자, 사환애는 해해 웃으며,
"내기 할까요?"
하고 장담하고 나더니 다시 은근한 목소리로,
"서커스하는 여자인데 그 중에서도 일등 미인들만 골라오죠."
하고 깜짝 놀랄 얘기를 했다. 윤수가 질겁했다는 목소리로,
"서커스하는 여자들이 갈보 짓도 하느냐?"
고 묻자 사환애는 그것도 몰랐느냐는 듯이,
"서커스해서 버는 수입이 수입인 줄 아세요?"
하며, 그럼 데리고 오겠습니다, 하고 나가는 것이었다. 내가 그럴 수가 있느냐는 얼굴로 윤수를 쳐다본 후에 나가는 사환애를 만류하려고 하자,
"가만 있어 봐. 구경이나 하자."
하며 윤수는 사환애에게 어서 데려오라는 눈짓을 해보였다. 나는 될 대로 되라는 심정으로 이불을 푹 뒤집어쓰고 누워버렸다. 이윽고 방

문 여닫는 소리가 들리고 여자들이 들어온 모양이었다. 윤수가, 능청 떨지 말고 일어나, 하며 이불을 거두어버리는 바람에 나는 할 수 없이 부시시 일어나 앉았다.

  여자는 둘 다 십팔구 세나 됐을까, 의외로 나이가 어려보였다. 둘 다 빼빼마른 체구에 사환애의 장담과는 좀 거리가 멀었지만 그럭저럭 귀여운 데가 있었다. 윤수는 안심했다는 듯이, 생글거리며 앉아 있는 여자들을 향하여 씨익 웃어보이고 나서 모두들 일어 서 하고 온 방에 차도록 이불을 깔았다. 우리는 그날 저녁, 사환애를 시켜서 사온 화투를 치며 밤을 새웠다. 여자들이 피곤하니까 그만 자자고 해도 윤수는 그들을 독려해가며 화투놀이를 강행하였다.

  그날 밤, 새벽 네시나 되었을까, 내가 졸음에 못 이겨 이불 위로 비스듬히 쓰러져 잠이 들면서 가슴 가득히 느낀 것은 윤수에 대한 신뢰와 여자들을 향한 자랑스러움이었다. 다음날 알았지만, 윤수는 그 여자들에게 하룻밤의 값을 정확히 주어서 보냈다고 했다.

  다음날은 초가을처럼 온화한 날씨였다. 윤수와 나는 늦잠을 잤기 때문에 세수도 하는 둥 마는 둥하고 사환애를 앞장 세우고 부두로 달려가서 배에 올랐다. 곡예단원들은 벌써 배에 올라 있었다. 배가 떠날 즈음에 알았는데 단원의 일부는 벌써 해체되어 섬으로 가지 않고 여수에 그대로 남아서 제 갈 데를 찾아 헤어지는 모양이었다. 그들은 떠날 준비의 뱃고동이 뿌우뿌우 울리자 남자고 여자고 서로 부둥켜안고 울음을 터뜨렸다. 무어라고 넋두리를 하며 몸부림치는 여자도 있고 조용히 눈물만 글썽이는 남자도 있었다. 볼에 면도 자국이 파아란 어제 저녁의 체구 작은 사내 이씨도 깡마르고 키가 훨씬 큰 한 사내와 서로 손을 맞잡고 고개를 끄덕여가며 눈물을 질금거리고 있었는데 윤수와 나는 뱃머리에 걸터앉아서 시종 미소를 띠고 그들을 보고 있었다. 뱃사람 하나가, 내릴 분은 빨리 내리라고 재촉을 하자 그들은 모두 우루루 부두로 내려가서 또 한 번 울음을 터뜨리며 작별 인사를 하고 있었다. 초겨울의 바다 위에서 그 진기한 이별은 이국인(異國人)들의 그것을 보듯이 퍽 낯설은 것이었다.
"먼 항해나 떠나는 것 같군."
윤수는 그렇게 중얼거렸는데 사실 그랬다. 전날 저녁에 우리와 놀던 여자들도 한 사람은 섬으로 한 사람은 육지에 그대로 남아 있는 모양이었다. 섬으로 가는 여자는 미아(美兒)라는 이름이었고 성심이란 이름의 딴 여자가 육지에 남는 모양이었다. 그리고 거기서 우리는 눈치로 알았지만 육지에 남는 성심이란 여자는 남편이 있었던 모양이었다. 한 사내가 줄곧 그 여자와 함께 행동하고 있었다.
"큰 죄를 질 뻔했구나."
하고 내가 턱짓으로 성심이를 가리키며 말하자 윤수는,
"남편이 있는 줄 알았으면 껴안고 자는 걸 그랬구나."
하고 농담을 했다.
섬으로 가는 곡예단원은 남녀 합해서 스물 남짓했다. 섬으로 가는 동안 미아는, 어제 저녁엔 고마웠습니다, 라고 말하고 그리고 자기를 배 안에서 사귄 것처럼 해달라고 우리에게 부탁하고 나서 내처 우리와 함께 있었다. 키 작은 사내 이씨도 우리의 곁에 서 있었다. 표정은 여전히 없었으나 우리에게 친절한 말씨로 얘기를 해주었다. 우리의 화제는, 아까 육지에 남은 사람들은 헤어져서 도대체 어디로 갈까, 하는 것이었다.
"절구 아저씨는 서울에 형님뻘 되시는 분이 사업을 하고 있다면서요?"
"그래 그래."
미아와 이씨와의 대화를 우리가 듣고 있는 편이었다. 누구는 고향에 가서 농사를 착실히 지어보겠다고 했고, 누구는 엿장수라도 하며 방랑벽을 만족시키겠다고 했고, 누구는 갈보 노릇밖에 더 할 게 있겠느냐고 말하며 울더라고 하였다. 그런 얘기를 하고 있는 미아와 이씨의 표정은 자신들의 앞날을 생각하는 것인지 쓸쓸했다.
"섬에서 한몫 잡으면 모두 다시 불러올 수 있는데요, 네? 아저씨."

하며 미아가 희망이 있다는 듯이 빠른 말씨로 얘기를 하면 이씨는,
 "어림없어."
하며 미아의 희망을 꺾어버리기도 하였다.
 바다 가운데로 나오자 바람이 불고 있어서 몹시 추웠다. 게다가 전날 밤의 수면 부족도 있고 해서 나는 갑판에서 선실로 내려와 한숨 잤다.
 내가 잠이 깨어 띵한 골치를 식히러 갑판으로 나갔을 때 모두들 선실에 있는 것인지 갑판 위에는 아무도 없고 선원들만이 이따끔씩 왕래하고 있었다. 바다는 여러 가지 푸른색의 띠를 두르고 아름답게 펼쳐져 있었다. 나는 기름처럼 빛나는 여름 바다를 보고 사랑을 느낀 적이 있지만 그러나 온화한 겨울 하늘 아래에서 비단처럼 숨쉬고 있는 겨울 바다도 비길 데 없는 아름다움이 있었다. 수평선까지의 변화 많은 푸른색 비단 위를 하얗고 긴 파도의 띠가 규칙적으로 누비며 달려가고 있었다. 작은 섬들 주변의 바다에는 까만 물오리떼가 둥실둥실 떠다니고 있었다.
 소변을 보러 배의 후미에 있는 변소엘 가다가 나는 윤수와 미아가 거기 난간에 나란히 걸터앉아 있는 것을 보았다. 그들은 퍽 다정하게 손을 잡고 있었다. 미아도 생글생글 웃으며 바람에 마구 흩날리는 머리카락을 손으로 매만졌다.
 그날 저녁, 거문도의 여관방에 누워서 윤수는 뜻밖의 결심을 얘기했다.
 "미아와 결혼해야겠어."
 나는 얼른 말이 나오지 않았다. 내가 아무 말이 없으니까 그는,
 "어차피 결혼은 해야 할 게고……미아 정도면 좋지 않아?"
하고 웃으며 말했다. 나는 미아를 좀더 관찰해보지 못했던 것을 후회하며,
 "글쎄, 무어라고 충고할 수는 없지만, 너 알고 보니 '센티멘탈 휴머니스트'로구나."

하고 별로 웃지도 않고 말했다. 그러나 그는 나의 그런 말에 대꾸도 않고,
"미아가 승낙했어."
하고 말했다.
"뭐?"
나는 어처구니가 없었다.
"난 진심이다. 아마 그게 통했던지 미아도 결혼해주겠대. 부모가 없는 모양이지만 결혼을 돌봐줄 만한 일가는 찾아보면 있을 거라고."
진심인 모양이었다. 나는 더 말할 필요를 느끼지 않았다.
"자기가 처녀가 아닌 게 가장 죄송스럽다는 거야. 그 애가 그런 말을 하는데 난 눈물이 날 것 같더군."
윤수와 나는 누워서 똑바로 천장을 쳐다보면서 얘기를 주고받았다. 그들의 결합은 세상에서 제일 착한 것인지도 알 수 없는 것이었다. 윤수의 그 얘기가 아름다운 겨울 바다가 준 일시적인 장난이 아니기를 나는 바랐다. 그리고 튼튼한 기적이기도. 나는 왠지 이번 여행에서 윤수에게 자꾸 빚을 지는 기분이었다.
다음날 아침, 나는 일찍이 잠이 깨었다. 여관의 부엌에서 식모가 달그락 소리를 내는 외엔 아무도 일어나지 않았다. 밖으로 나갔더니 싸락눈이 내리고 있었다. 사십쯤 되어보이는 식모는 부엌에서 나오다가 기쁜 음성으로,
"요 몇 년 구경 못 하던 눈이구먼요."
하고 내게 말하며 소리없이 웃었다. 여관의 작은 뒷마당으로 돌아가 봤더니 백동백(白冬柏)의 꽃이 몇 송이 피어 있었다. 약간 노란기가 도는 흰색의 꽃잎이 눈 속에서 아련하게 번져보였다. 가까이 다가가서 보았더니 노란 꽃술이 약간 엿보이며 하얀 꽃잎은 가늘게 떨고 있었다.
대문 밖으로 나와서 동백나무가 울창한 높은 언덕으로 올라갔다. 바다는 연회색이었다. 수평선이 눈을 싣고 온 구름 아래에서 둥글게

섬을 싸고 있었다. 해가 돋기 시작하자 눈은 그쳤는데 햇빛을 받고 일본식으로 지은 집들의 기와지붕이 반짝이기 시작했다. 섬의 새벽은 무척 아름다웠지만 너무 짧았다. 여관으로 내려오니 사람들은 대부분 깨어서 웅성거리기 시작했다.

그날 오전부터 나와 윤수는 곡예단이 공연할 장소에 천막치는 일을 도와주었다. 섬 사람들은 우리도 곡예단원인 줄로 알고 호기심에 찬 시선으로 바라보았다. 섬은 명절이나 만난 듯이 법석대었다. 섬의 장정들도 몇 명이 나와서 도와주었으나 천막 치는 일은 꼬박 이틀이 걸렸다. 그 일을 하는 동안, 윤수는 미아와 서로 눈짓을 하며 입을 빙긋거렸는데 곁에서 보고 있는 나의 얼굴이 간지러울 정도였다.

"단장한테 미아와의 관계에 대해서 미리 말해두는 게 좋지 않을까?"

나는 윤수에게 그렇게 권하였다.

"해체하면 어차피 단장도 뭣도 아닌걸, 뭐."

윤수는 그럴 필요 있겠느냐는 얼굴로 대답했지만 내가,

"그럼 그 이씨라는 사람에게라도 알려서 미아의 편의를 봐달라고 하는 게 좋지 않을까?"

하고 말하는 데는 그도 승낙을 하였다.

섬에 온 지 이틀째 되는 날 점심 때, 나와 윤수는 미아와 이씨를 우리의 방으로 불렀다. 내가 중간에서 자세한 얘기를 이씨에게 해주며 도움을 바란다고 부탁했다. 내가 이야기하는 동안 미아는 숫처녀처럼 얌전히 고개를 숙이고 있었는데 나는 자꾸 웃음이 나왔다. 이씨는 시종 근엄한 얼굴로 고개를 끄덕이며 얘기를 듣고 있다가 아주 조용한 음성으로,

"제가 무어라고 얘기하겠습니까만……미아……불쌍한 놈입니다."

라고 얘기하다가 자기 얘기에 스스로 감격했던지 손수건을 꺼내어 코를 한 번 풀고 나서는,

"한때 기분이 아니기만 바랍니다. 할 수 있다면 저라두 미아 결혼

식에는 참석하겠습니다."
하며 더 말을 잇지 못하고 손바닥으로 방바닥을 쓰다듬으며 묵묵히 앉아 있었다. 미아도 끝까지 얌전한 자세로였다.
　그날 오후 윤수는 '화촉(華燭)없는 혼례(婚禮)'라는 시의 한 연(聯)을 썼다.

　　산화(散華)하고 싶던 겨울
　　섬으로 가는 때 낀 항로(航路)는
　　'트럼펫'이 울려서
　　혼례(婚禮).
　　바다 위엔 가화(假花)가 날려도
　　나의 동정(童貞)은
　　한 치
　　한 치
　　움이 돋는다.

　그날 밤에 우리는 그 곡예단의 공연을 처음으로 보았다. 솔직히 말하면 나의 실망은 컸다. 그러나 나의 곡예단에 대한 관념이란 게 어린 날 품게 되었던 그것이 그대로 간직되어 있었기 때문인지도 몰랐다. 구슬픈 곡조가 흐르고 붉고 푸른 조명이 박수를 받으며 빙글빙글 돌아가며 예쁜 아가씨가 나와서 식은땀이 바짝바짝 솟는 그네타기를 하고, 그것은 즐거운 꿈과 같은 것이었다. 그러나 그날 밤, 바람에 펄럭이는 소리를 내는 천막 안에서는 피로에 지친 어른들이 철봉에서 혹은 막대를 들고 심심풀이 장난을 하는 것이었다. 어렸을 때 등을 오싹하게 하던 '엿!' 하고 기합 넣는 소리도 가끔 있기 했지만 옛날의 그 신비로운 음성은 아니었다. 미아네들이 입고 있는 아주 짧은 비단치마도 헐고 기운 자국이 있어선지 옛날의 찬란한 공주는 아니었다.
　그러나 미아가 한 손에 부채를 들고 줄타기를 할 때와 이씨가 천막

안의 가장 높은 곳에 있는 철봉그네에 발을 걸고 거꾸로 매달려서 한 어린애가 발을 걸고 매달린 띠를 입에 문 여자의 다리를 붙들고 곡예를 해보일 때는 나도 곡예단의 한 가족이 되어 그들이 무사히 그 프로를 이루어놓기를 빌고 있었다. 이씨는 가장 빠르고 영리하게 모든 프로를 끌고 나갔다. 그는 이미 전문가였다.

　요컨대 그날 밤의 공연은 적어도 내게는 화려한 구경거리가 아니라 가장 대표적인 생활형태였을 뿐이다. 나는 그 밤 이후로는 한 번도 공연장소엘 가지 않았다. 그런데 집요하게 머리 속에 남아 있는 것이 있었다. 여관에서의 이씨와 철봉그네 위에서의 이씨는 그리고 윤수 곁에서의 미아와 줄을 타고 있던 미아는 어쩌면 그렇게도 달랐던가! 생활하는 딴 얼굴은 슬프도록 서먹서먹했다. 그러나 그 서먹서먹하다는 느낌 속에 존경의 감정이 끼어들었다면 나는 어찌될까? 그런데 사정은 그런 것이었다. 나의 연민을 받고 있던 사람들이 나의 가족으로 그리고 나의 스승으로 되는 까닭을 알고 보면 그렇게도 단순한 것이었다. 내가 무서워하며 들어가기를 망설이고 있던 것은 실상은 아주 간단한 모습을 한 하나의 얼굴이었던가? 저 일상생활이란 대수롭지 않은 하나의 탈[假面]이란 말인가? 둘러써도 별 손해 없는, 과연 별 손해 없는? 철봉그네 위에서의 이씨의 표정처럼 위악(僞惡)도 없고 위선(僞善)도 없는 것이라면 한 번 둘러써보고 싶었다.

　그러나 나의 이런 생각이 색다른 것이긴 하지만 역시 망상이었다는 사실이 다행히 곧 밝혀졌다.

　섬에 와서 일주일인가 지나서, 곡예단이 이 섬에서는 더 있어보았자 별수없다는 얘기가 생길 즈음, 이씨가 공중비행의 곡예 도중에 추락하여 사망한 것이었다. 여수의 여관에서 이후로는 한 번도 면도를 하지 않았던지 수염이 가난뱅이답게 자라 있는 그의 죽은 얼굴을 들여다보며 나는 틀림없이 그가 자기의 몸을 스스로 죽음으로 던졌으리라고 생각했다.

　"그럭저럭 삼십 년쯤."

이란 말을 후회는 없다는 태도로 얘기하던 이씨는 나의 그런 생각에 자신을 주었다. 결국 한 가지 이상의 얼굴은 있을 수 없나보다. 일생을 걸고 목숨을 건다는 말이 좀 유치하게 들릴는지 모르나 그러나 일생을 걸고 목숨을 걸 얼굴은 아무래도 하나일 것이다. 그런 의미에서 이씨는 행복한 사람이었다. 그리고 이씨가 그런 행복을 맛본 최후의 사람인 것만 같았다. 어디에고 나의 일생과 나의 목숨을 기다리는 일은 없는 것이었으니까. 문학? 그렇지만 술집으로 추방당한 문학은 상상하기에도 싫었다. 서기? 대의원? 교수? 비행사? 오늘에 와서 그것들은 하나의 얼굴로서 견디어낼 수 있을는지?

이씨는 고향이 이북이니 시신을 육지로 운반해 가도 소용없다는 의견이 지배적이어서 섬의 서북쪽 산기슭에 묻혔다. 바람이 몹시 부는 날이어서 장례는 어수선하기만 했다. 이씨의 죽음이 큰 이유가 되어 곡예단의 천막은 다시 헐려졌고 여수로 일단 돌아가서 거기서 곡예단의 해체를 갖기로 했다. 날씨가 더 여행할 수 없도록 추워지기도 했지만 미아와의 일도 있고 해서 우리도 곡예단과 함께 여수로 돌아가기로 결정하고 배에 올랐다. 섬에서 멀어질수록 이씨의 음성이 환청(幻聽)으로 들려서 나는 가슴이 타버리는 듯했다.

여수에서는 또 한 번 울음 소동이 나고 곡예단은 완전히 해체되었다. 전에 투숙했던 여관에서 이별 잔치가 벌어졌는데 미아도 술이 몹시 취하여가지고 노래를 부르고 잉잉 울고 하다가 우리가 있는 방으로 와서 윤수 앞에 픽 주저앉으며,

"나 당신과 결혼한다는 말 거짓말이야."

하며 주정을 빌려서 윤수의 결혼 의사를 다짐해보는 것이었다. 윤수는 싱글벙글 웃으면서 찬물을 떠다가 미아에게 마시게 하며,

"술은 이걸로 마지막이다. 알았지?"

하고 부드러운 목소리로 나무라기도 하였다.

미아의 가까운 친척이 산다는 삼천포에 우선 미아를 데려다두기 위해서 우리는 또 한 번 배를 탔다. 나와 윤수와 미아 셋이었다.

배 안에서 어린애처럼 쫄랑거리다가는 금방 얌전한 처녀가 되고 하며 행복해서 어쩔 줄을 모르던 미아의 모습을 잊을 수가 없다. 그리고 미아의 등 뒤에 서서, 저 섬의 빛깔 멋있지, 하며 손짓을 하고 서 있던 윤수의 사랑스러운 모습도 잊을 수가 없다.

우리가 떠나올 때,

"꼭 기다리겠어요. 하루라도 빨리 데려가줘요, 네?"

라고 울 듯한 얼굴로 미아의 음성도, 그리고 돌아오는 버스에서,

"시는 그만두겠어. 이제부터 생활전선이다."

라던 윤수의 화려한 음성도 잊을 수가 없다.

여기에서 얘기가 끝이었으면 좋겠다.

윤수는 이른바 '밝은 세계' 속으로 아무 미련 없이 뛰어들어갔고 나로 말하더라도, 그 따스한 여행에서 생활의 안팎을 대강은 안 듯하여 이제는 흡족한 마음으로 작은 일이나마 시작할 수도 있을 듯했으니까. 외롭기는 마찬가지였지만 인간에 대한 포용력은 다소 자란 것이었다. 내가 부정해오던 '사랑'도 있는 듯했고 '운명'도 인간에게 의존하는 것 같았다. 덤벼들 수 없다고 생각했던 조건도 몇 가지는 나의 오해였으리라 생각될 정도였으니까. 고향에 돌아와서 생긴 사건을 생각하면 정말 더 써나가기가 싫다.

6

우선 윤수의 급작스런 죽음을 얘기해야 할 것 같다.

고향으로 온 다음날 오후에 나와 윤수는 그 동안 잊어버리고 내버려두었던 친구 수영을 찾아갔다. 나도 그랬지만 윤수도 역시, 이제는 수영이를 미워할 수가 없다는 우월감으로써였다. 수영의 투쟁하는 방법은 아무래도 값싼 것이라는 생각이었다.

"어어, 꿈자리가 사납더니."

하며 수영은 우리를 반겨주었다.

내가 그 동안 여행을 하고 돌아왔다는 애기와 윤수와 미아와의 약혼을 애기해주었더니 수영은,

"야아, 거 유치하다. 그렇지만 유치한 것 속에는 귀염성이 있어서 늘 다행이지."

하며 웃었다. 여전했다.

나는 저 우아한 부인인 수영의 어머니가 조금 전에 우리가 들어올 때, 방문만 빼꼼히 열어보며 반갑지 않은 태도로,

"응, 어서 오너라."

하던 것이 아무래도 마음에 걸려서, 그 동안 놀러오지 못했던 핑계를 내심 적당히 꾸미며,

"너의 어머니나 뵙고 올게."

하고 자리에서 일어나자, 수영은,

"뭐 갈 거 없어. 갈 거 없어. 또 넋두리지."

하고 만류하는 것이었다. 그러나 나는 수영의 어머니가 거처하는 방으로 건너갔다. 수영의 어머니는 좀 야릇한 웃음을 띠고 나를 맞아주었다. 진영이는 이불을 덮고 누워 있다가 내가 들어서자 나를 힐끗 올려보더니 자리에서 조용히 일어났지만 인사도 없이 멍한 표정으로 맞은편 벽만 보며 앉아 있었다. 병이 든 모양이었다.

"진영이가 어디 아픕니까?"

하고 내가 수영의 어머니에게 인사를 하자, 수영의 어머니는 당황할 때의 웃음을 웃으며,

"아니, 감기가 좀 들었지."

하고 나서 나더러 아랫목으로 앉으라고 권하였다.

내가 여행에 관한 애기를 하자, 수영의 어머니는, 그래서, 아 그래 애, 하며 재미있게 듣는 척해보였다. 십분쯤 앉아 있다가 더 할 애기도 없고 해서,

"진영이 몸조리 잘해라."

하고 나왔다. 문을 나오면서 돌아보았더니 진영은 이 편을 보고 있다

가 시선을 얼른 벽으로 돌려버렸다.
　수영의 방으로 건너와서,
　"진영이 감기가 심한 모양이구나?"
하고 수영에게 얘기했더니 수영은 갑자기 웃음을 터뜨리며,
　"감기?"
하고 말했다. 혼자서 한참 동안 쿡쿡거리고 나더니,
　"처녀막이 감기에 걸렸나?"
했다. 무슨 얘기인지 알 수가 없어서 내가 상을 찌푸리자 수영은 울분이 터질 얘기를 남의 스캔들을 얘기하듯이 줄줄 하는 것이었다.
　며칠 전에 진영이가 영화 구경을 하고 밤 늦게 집으로 돌아오다가 버스 정류소 부근에서 얼쩡대는 깡패들에게 납치되어 윤간을 당했다는 것이었다.
　윤수는 그 얘기에는 참지 못하고,
　"그걸……그걸……그래 어쨌어?"
　"어쩌긴 어째. 할 수 없는 일이지. 오히려 버얼써 그런 일 당하지 않았던 게 이상하지."
라고 대답하고 있는 수영은 뺨이라도 때려주고 싶도록 천연스러웠다.
　"뭣이 어째?"
　나도 얼결에 큰소리를 지르고 있었다.
　"내게서 춘화를 사간 놈들인 모양이야. 네 오빠가 그림 장수지, 하며 옷을 찢더라는 데야 난 뭐 분해서 씨근거릴 처지도 아니지 않아?"
　그는 입술을 삐죽 내밀었다. 반 죽어 돌아온 진영에게 할 말도 없고 해서, 그래 남자 맛이 어떻든? 하고 묻다가 자기 어머니에게 방망이로 죽어라 하고 얻어맞았다고 하며 우리를 제법 타이르는 목소리로,
　"뭐 다 그런 거야. 슬퍼해서는 안 되지, 제군."
하며 흐흐흐 웃다가,
　"내 대신 그놈들한테 복수라도 해줄 테냐, 그렇게 분해서 죽겠으면?"

하고 우리를 놀렸다.
 그날 저녁 윤수는 병원에서 죽은 것이었다. 울면서 나를 데리러 온 윤수의 어린 동생을 따라 달려갔더니 윤수는 온 얼굴에 붕대를 감고 곧 숨이 끊어져 가고 있었다. 진영을 범한 깡패들을 찾아냈었다고 하며 있는 힘을 다해서 그들과 싸웠다고 하며 진영이를 나더러 맡아보라고 권하며 윤수는,
 "미아……불쌍하다……미아……에게 미안하다고 전해."
하고 괴로워하다가 숨을 거두었다.

 윤수의 죽음은 아무리 생각해도 어슬픈 미덕이었다. 아무런 보상 없는 세상에서 윤수의 죽음은 아무리 생각해도 무의미한 것이었다. 윤수가 그것을 몰랐을 리 없는데. 아아 미친놈이었다.
 윤수의 장례식을 치르고 난 뒤, 심신이 한꺼번에 약해져서 이불을 둘러쓰고 끄응끄응 앓았다. 불면증에 걸려서 어지럽기만 했다. 모든 것을 지배하는 것이 무엇인 줄 알아채고 요리조리 미끄러 빠지며 처신해가는 수영에 대한 증오가 나의 혼미한 정신 속에서도 부글부글 끓었다. 신(神)이 있어 윤수를 죽인 자를 가리키라고 했다면 나는 수영이를 지적하고 싶을 정도였다. 울분의 시간과 울분의 공간. 깨끗이 속아 넘어간 윤수. 바보.
 그러고 있던 어느 날 저녁, 나는 형기의 퉁소 소리를 들었다. 자리에서 벌떡 일어나서 창문 쪽으로 다가가 귀를 기울였다. 낮부터 시작한 눈이 쉬지 않고 내리고 있었다. 상당히 먼 곳에서 들리는지 퉁소 소리는 약하게 울고 있었다. 삐이이 삐이이 하는 단조로운 퉁소 소리는 이내 들리지 않고 말았지만 그의 여운은 유리창에 이마를 대고 서 있는 내게 나의 어리석었던 고뇌를 깨우쳐주고 있었다.
 지상에 죄가 있을 리 없다. 있는 것은 벌뿐이다. 벌은 무섭지 않다. 무서운 것은 죄다라고 떠들며 실상은 벌을 피하기 위해서 이리저리 도망다니던 어리석은 나여. 옛의 유물인 죄란 단어에 속아온 아무리

생각해도 가련한 위선자여.

다음날도 눈이 내렸다. 오후에 나는 형기를 찾아갔다. 나의 목소리를 듣고 형기는 자리에서 일어나며 눈물을 방울방울 흘렸다.

"살기 재미있지?"

하며 내가 이죽거리자, 그는 도로 조용히 주저앉으며 고개를 숙여버렸다. 나는 내가 한 말의 반향이 차츰차츰 하나의 결로 되어가는 과정을 흥미있게 바라보고 있었다. 그 순간 나는 실험실의 기사(技師)가 아니었을까?

오오 드디어,

"정우야, 날 바다로 데려가줘."

하고 형기가 말했다. 애교라도 좋고 제스처라도 좋고 그리고 진심이었대도 좋다. 나는 순진하여 그 말을 받아들여도 책임이 있을 수 없는 어린애로다. 무구(無垢)한 어린애로다.

나는 형기의 손을 잡고, 눈을 온몸에 뒤집어쓰고 삼십 리 길을 비틀거리며 걸었다. 넓은 벌판 같은 염전(鹽田)을 가로질러 인가가 없는 바닷가로 갔다. 염전을 가로질러 갈 때 그는,

"여기가 어디쯤이야?"

하고 물었다.

"순천만(順天湾)의 염전이다."

하고 내가 떨리는 목소리로 대답하자 그는,

"으응, 그런 것 같았어."

하며 의미없는 말을 했다. 그러나 그의 목소리가 너무나 가라앉아 있었기 때문에 나는 그가 벌써 시체가 된 것이 아닌가 하는 생각이 들어 공포감이 엄습해왔다. 사방에 둘러보면 텅빈 벌판뿐. 눈은 펑펑 쏟아지고 산들도 눈발에 가리어 보이지 않았다. 얼음이 우리의 발 밑에서 깨어지는 쇳소리만 있었다. 나의 몸에서는 땀이 흐르고 있었다. 드디어 우리는 파도가 해변의 바위들에 부딪쳐 내는 무서운 소리를 들었다. 생명이 물러가는 소리가 있다면, 아아, 저 파도 소리와 흡사하리

라. 나의 시야는 흐려지고 몸을 가눌 수가 없었다. 그때 나의 뼈를 끌어내는 듯한 파도 소리〈 , 섞여서 형기가 마침내 미쳐서 쉴새없이 무어라고 중얼대는 소리를 들었다. 나는 형기와 잡고 있던 손을 놓아버렸다. 그는 그 자리에 웅크리고 앉으며 무슨 소리인지 알아듣기 힘든 말을 계속해서 웅얼거렸다. 나는 비명을 지르며 우리가 건너온 염전 벌판을 바라보았다. 아슴한 눈발 속에서 염전 벌판은 한없이 넓어져 가고 있는 듯했고 나는 아무래도 그 벌판을 건너가지 못하고 말 것 같았다.

 그의 수기는 여기서 끝나고 있는데 아마 그 눈이 내리는 벌판을 건너오긴 했던 모양이다. 그리고 곧장 이 수기를 썼던 모양이다. 그러나 무슨 생각이 들었던지 며칠 후 그는 자살해버렸다.
 다시 한 번 말하고 싶지만 중요한 것은 어떻게 해서든지 살아내야 한다는 문제일 것이라고 나는 확신한다. 더구나 그를 자살로 이끈 고뇌라는 게 그처럼 횡설수설하고 유치한 것이라면 아예 세상엔 사람이 하나도 없었으리라. 그는 마지막에 가서 엉뚱하게도 죄와 벌에 관한 얘기를 잠깐 꺼내고 있지만 죄란 게 있다고 한들 또 어떠한가? 불가피하게 죄를 짓게 되면 짓는 것이다. 그러나 죄의 기준이란 게 없어진 지금, 죄의 기준을 비단 죄뿐만 아니라 모든 것의 기준을 일부러 높여서 생각할 필요는 없다고 나는 생각한다. 그는 분명히 환상적인 기준을 만들어두고 거기에 자기를 맞추려고 애썼던 모양인데 참 바보 같은 놈이었다. 그가 고통하며 지낸 밤이 길었다면 내가 고통하며 지냈던 밤은 더욱 길었으리라. 산다는 것, 우선 살아내야 한다는 것. 과연 그것이 미덕이라고 까지는 얘기하지 않겠다. 그러나 그것은 이제야 출발하는 것이다. 죽음, 그 엄청난 허망 속으로 어떻게 하면 자기를 내던질 생각이 조금이라도 난단 말인가! 나의 건강이 회복되면 그때는 나도 죄의 기준이란 것을 좀 올려볼 생각이지만 뭐 꼭 그럴 필요도 없으리라고 믿는다. 이 수기의 처음에 나오는 오영빈이라는 친구나

찾아보고 그가 아직 살아 있다면 태초(太初)의 인간임을 자부하면서 술이나 들고 싶다.——임수영 씀

——1962년

누이를 이해하기 위하여

祝 電

"가하"오빠.

부호(符號)라는 걸 만든 이에게 평안 있으라. 엉망진창이 된 나의 감정을 감정의 뉘앙스라는 점에서는 완전히 인연없는 의사 전달수단으로써 표현할 수 있는 이 신기함이여. 그렇지만 고향의 누이는 꽃봉투 속에 든 전문(電文)── '축 순산(順產)'을 읽을 게 아니냐고? 맙쇼, 어때 한 번 으쓱하면 다 통해버리는 감정 표시를 서양 영화에서 나는 좀더 먼저 배운걸.

프로필

김형, 우리는 취하기 위해서 세상에 태어난 게 아닐까요? 그렇지만 자칭 소설가라는 그 작자는 술에 취해서 벌개진 얼굴을 제법 심각하게 찌그려뜨려가지고, 하지만 형씨, 우리는 그리워하기 위해서 태어난 게 아닐까요? 그렇게 대답하며 이 작자는 자기의 턱에 듬성듬성 난 수염을 손으로 슬슬 쓰다듬기까지 한다.

그러나 작자에 대해서라면 내가 잘 알고 있다. 그럴 리는 없지만 만약, 만약 제게서 치기(痴氣)가 조금이라도 엿보인다면, 그건 제가 사랑하던 여자를 잃고 나서부터일 겁니다, 라고 작자는 얘기하고 있지만 천만에, 작자가 치한(痴漢)이 된 것은 아주 오래 전부터——어쩌면 태어날 때부터였다고 생각된다. 천부(天賦)의 성격이라고나 할까. 그런데 작자는 사랑 어쩌고 하면서 핑계를 만들지 못해 안달인 것이다.

뻔뻔스러워서 어디든지 잘 나서고, 뭐든지 자기가 빠지면 안 될 듯이 생각하고 친구들의 우정에 대해서도 마치 노예가 주인 섬기듯이 대해주기를 기대하고 그나마 우정에 대한 보수(報酬)로서는 억지로 지어낸 엉터리 음담패설이다.

세상의 여자들이, 아니 모든 사람들이 모두 자기 소유인 양 불쌍해하고——불쌍해 하는 척하고, 그래서 내가, 취하기 위해서, 라고 말하면, 아니지요, 그리워하기 위해서죠, 라고 엉뚱한 응수를 해오는 놈이다. 남에게 대단히 관대한 척하며 그러나 만일 상대편에서 작자를 비난하는 얘기라도 한 마디 하는 경우엔 차마 정면으로 상대를 욕하지는 못하지만 내심 끙끙 앓으면서 그 사람을 영원한 적으로 돌려버리고 그렇게 하여 생긴 적이 많은 탓인지 작자는, 내게 기관총이 하나 있었으면 좋겠어, 대낮에 한길 가운데서 드르륵드르륵 해봤으면, 하고 정신박약자 같은 소리를 이따금씩 중얼대는 것이다.

술이라고는 활명수만 마셔도 취하는 놈이 친구만 만나면 마치 인사라도 하는 것처럼, 여보게 술 한잔 사, 졸라대고 그래서 정작 친구가 술집으로 작자를 데려가주면 기껏 막걸리 한 사발을 들이켜고서도 얼굴이 시뻘개져가지고 나 변소에 좀, 그리고는 뺑소니거나 뺑소니에 실패할 경우엔 술잔 받을 기회를 만들지 않기 위해서 시시한 유행가만 계속해서, 그것도 여자 목소리에 가까운 방정맞은 목소리로 불러대는 것이다. 그러면서도 결국 작자는 한길의 저편을 걸어가는 행인들 중에서 아는 여자를 발견하기라도 하면, 여보세요, 술 한잔 사주시오, 하고 외치고 만다. 비럭질. 아니면 일종의 추파. 술 마시기보다는 자기의 존재를 알리려는 데 목적이 있는 듯하다.

성실한 데라고는 도시 찾아볼 수가 없고 성실한 척해보이려는 노력만이 일종의 고통의 표정으로서 작자의 얼굴에 나타나 있을 뿐, 그나마도 작자 자기와 흡사한 친구들 앞에서나이다. 마치 자기네들에게만 고뇌가, 작자가 곧잘 사용하기 좋아하는 고뇌가 있는 것처럼 얘기하고 정식으로 살아가고 있는 사람들이 부딪쳐서 투쟁하고 있는 고뇌에 대해서는 작자는 일부러 눈감으려고 하는 듯하다. 작자가 그 자기류의 고뇌라는 것에 대해서 얘기할 때는, 웩, 정말 구역질이 난다.

작자는 가난하다는 게 무슨 자랑이라도 되는 것처럼, 자기 맘에 드는 여자가 있으면 좌우간 가서 붙들고는, 제겐 돈은 없지만 순정은 있습니다, 고 말하며 아마 상대편의 '순정'을 구걸하는 모양인데 작자의 그런 태도란 만약 작자에게 쇠푼이라도 있었더라면, 저희 집엔 자가용도 피아노도 텔레비전도 있으니 저와 결혼해주세요, 라고 틀림없이 말할 놈인 것이다. 그런가 하면 때로는 마치 백만장자의 손자나 되는 것처럼 바, 술집, 다방에서도 비싼 차(茶)로, 자기에게 아무 소용 없는 피리나 풍선을 한꺼번에 열 개씩이나 사고, 버스표 파는 아주머니들께 푹푹 인심쓰고……그렇게 하여 오랜만에 좀 두둑했던 호주머니를 하루 아니 불과 서너 시간 안에 다 써버리고 나서는 또, 제게는 돈은 없지만……, 이다. 자기가 지금 얼마나 쩨쩨한 말을 하고 있는가를 작자 자신도 잘 알고 있는 모양인지 이젠 그걸 마치 장난하듯이 마구 써먹으며 즐기고 있는 것이다. 하나에서 열까지 동정할 데라고는 한 군데도 찾을 수가 없어서 좀 가엾다고나 할까. 어지간히 살고는 싶은 것인지 급작스런 죽음을 당할 경우에 대비해서 품속에 늘 유서(遺書)를 품고 다닌다. 딴은 그 유서가 한 번 보고 싶기도 하다. 거기에만은 다소 진실에 가까운 얘기가 씌어 있을는지. 그러나 모르긴 해도 아마 그것을 보지 않는 편이 다행스러울지도 모른다. 왜냐하면 작자의 거짓말은 지나칠 정도로 능숙하니까. 약속 어기는 것쯤은 예사인 모양이다. 그리고 작자에게 있는 것이라고는 과거뿐이기 때문에―그것도 지금 여기에 그가 있다는 사실을 무시할 수가 없기 때문에 작자에게도 과거가 있나보다고 짐작할 정도지, 그렇잖았더라면 그나마 못 믿었을 것이다——항상 과거만 얘기한다. 몇 살 때에 나는……, 이런 식으로. 가만히 듣고 앉아 있을 수밖에 별도리 없지만, 그 얘기도 대부분이 조작이리라는 건 뻔하다. 어떠한 조작된 과거라도 그것을 몇 번 반복하면 마치 사실인 것처럼 작자에게는 생각되는 모양이다. 그런 의미에서라면 작자의 과거는 굉장히 다행했고 풍성했고 진실한 것이었고 그래서 작자의 말대로 태어나지 말든지 혹은 태어나서 곧 죽었어야 했든지, 요컨대 과거 속에서 사라져버렸어야만 행복했을 터이다. 그렇지만 조작된 과거, 더구나 진짜였던 것처럼 되어버린 과거——나는 그걸 상상할 수조차 없다. 지금의 자기를 수년 후엔 또 무어라고 장식할는지. 진실하지 못하다는 점에서, 어느 것이 옳은지 모른다는 점에서, 만약 작자가 전쟁터의 군사라면 틀림없이 자진하여 이중간첩(二重間諜)이 되었을 것이다. 어쩌면 총살형의 법령을 알면서도 할는지 모를 놈이다.

  사랑. 사랑받지도 못하고 사랑을 주기도 무서워져서 치한이 되었다니, 뻔뻔스러운 얘기다. 저 고귀한 사랑이 작자와 같은 사람에 의해서 더럽혀지는 것은 아닐까. 사랑을 무슨 금전거래로 알고 있는 건 아닌지. 사랑이라고 해도 작자의 사랑은 치사하기 짝이 없다. 언젠가 나와 함께 버스를 타고 가던 작자는 우리가 손잡이를 잡고 서 있는 바로 앞 좌석에 앉은 어느 청년 하나에게 이상한 눈치를 보내더니 급기야 험상궂고, 증오하는, 금방 잡아먹을 듯한 눈초리를 그 청년에게 쏘아대는 것이었다. 천만다행으로 그 청년이 작자의 그 시선을 못 느꼈기 때문에 큰 일은 나지 않고 우리는 버스를 내렸지만 알고 보니 그 청년과는 전연 알지 못하는 사이. 길을 가다가 이따금씩 버스칸 같은 데서 작자는 누구나 한 사람을 작자의 옛 여자를 빼앗아간 남자——실제의 그 남자를 작자는 모르기 때문에——로 가정해두고 혹은 어떤 여자가 옛 여자와 코가 닮았다든가 입이 닮았다든가 웃음소리가 닮았다든가 하는 것을 발견하면 작자는 그 사람들에게 그와 같은 험악한 시선을 보내는 것이었다. 사랑치고는 치사한, 치사하다기보다는 만일 천치(天痴)들이 사랑을 한다면 아마 그런 식으로 할 사랑이면서 주제에 작자는, 사랑이 어쩌니, 하는 것이다. '사랑은 주는 것. 가장 아름다운 것은 슬픔이라는 감정'——이러한 사랑의 ABC도 작자는 들어보지 못한 게 분명하다.

작자는 또한 거만하고 동시에 쩨쩨해서, 자기가 거리를 지나가면 길 가던 사람들이 다시 한 번 돌아보아주는 인물이 됐으면, 하고 바라고 그래서 영화배우나 됐더라면 만족했겠지만 그러나 용모에는 자신이 없었던지 소설가라고 스스로 칭호를 붙여놓고 으스대기만 하는 놈이다. 소설가라야 얄팍한 소설책 한 권을 출판해놓았을 뿐이다. 나는 작자가 항상 호주머니에 넣고 다니는 그 저서(著書)라는 걸 언젠가 본 적이 있지만 책이라야 획수도 제대로 붙지 않은 낡아빠진 활자로 찍혀져서 우선 보고 싶은 맘이 내키지 않는데다가 잠깐만 훑어봐도 '사랑, 오뇌, 회오, 연민, 죄, 벌, 자세, 인간, 미덕, 신, 악마, 종교, 사회, 정신의 후진 후진……' 그리고 다시 '사랑, 오뇌, 회오, 연민, 죄, 벌, 자세, 인간, 미덕, 신, 악마, 종교, 사회, 정신의 후진 후진……' 등의 단어들이 제멋대로 툭툭 튀어나온다. 남들이 옛날에 써버린 걸 주워모아 들고 낑낑대고 있는 작자는 어쩌면 불쌍하기조차 하지만 게다가 작자 자신과는 거의 인연이 없는 단어들이라 보면 웃음밖에 더 나오지 않는다. 그야말로 '후진 후진'이다.

내가 잘 알고 있거니와, 작자는 빚이라도 진 기분으로 하루 저녁쯤 '고뇌' 하고는 그걸로써 이젠 체면은 섰다는 듯이 열흘을 배짱 편하게 사는 놈인 것이다. 하룻밤 벌어서 열흘을 살 수 있다면 오오, 세상 어디에 가난뱅이가 있겠는가?

치한(痴漢). 작자의 뻔뻔스러움에 대해서는 좀전에도 얘기했지만 그것은 작자의 용모에서도 나타난다. 작자의 머리는 도대체 몇 달 동안이나 이발을 하지 않은 것인지 앞머리의 머리털 끝을 늘어뜨리면 유난히 기다란 그의 코 끝에 머리털의 끝이 닿는다. 목욕도 얼마 동안에 한 번씩이나 하는지 —— 나는 그가 무슨 자랑이라도 하듯이, 나 어제 목욕했어. 7개월 만이지, 하며 히쭉거리던 걸 본 일이 있다 —— 작자의 곁에 가면 짜릇한 냄새가 난다. 옷도 너털너털. 이런 것들은 만약 작자가 조금만 노력하면 고쳐질 수 있는 게 아닌가. 그러면서도 작자가 자기의 그러한 용모를 우겨댈 수 있는 것은, 그의 친구들이, 저 자는 소설가니까 저런 용모가 당연하고 또 어울리기도 해, 말하자면 체하는 건데 괜찮거든, 이라고 얘기해주기 때문이다. 사실은 작자의 성미가 천성적으로 게으르고 더러워서 목욕도 이발도 하기를 죽자고 싫어하는 터인데 친구들이 그렇게 자기들 나름으로 변명을 해주니까, 얼씨구 잘됐다 싶은지, 그렇고말고, 소설가란 다 이런 거야, 헤헤 웃음으로써 얼렁뚱땅 넘겨 그 용모를 유지해버리는 것이다.

작자는 시시한 일로도 곧잘 웃는다. 즐거워서 웃는 게 아니라 남의 비위를 맞추려고 웃는 것이다. 그러면서도 내가, 취하기 위해서, 라고 얘기하면, 아니지요, 그리워하기 위해서, 라고 엉뚱한 응수를 해오는 놈이다. 잘 웃고 그리고 그리워하기 위해서 태어났다고 말하고 있는 작자를, 처음 만나는 사람들은 굉장히 착한 사람을 보는 눈초리로 보지만 그런 사람들이 다음의 이야기를 들으면 작자를 착한 놈으로 보았던 자기 자신이 창피해서 얼마나 얼굴이 새빨개질까.

언젠가, 무슨 용무로써였던지는 잊었지만, 작자와 함께 어느 여학교엘 간 적이 있었다. 교무실에서 용무를 마치고 나서 우리가 그 교사(校舍)의 현관을 통해 나올 때였다. 현관에는 학생들에게 오는 편지를 꽂아두는 우편함이 설치되어 있었고 마침 수업중이어서 현관에는 아무도 없었다. 그런데 작자는 그 우편함에서 손에 잡히는 대로 편지 하나를 냉큼 집어서 호주머니에 쑤셔넣어버리는 것이었다. 그런 짓 하는 데에는 길이 들어버린 탓인지, 편지를 집어넣는 그 속도라든가 태도는 내가 무어라고 말릴 틈도 없이 순간적으로 그리고 거의 무의식적이라고나 얘기해야 할 것이었다. 작자의 치기(痴氣)에 대해서는 알

대로 다 알고 있기 때문에 그때 나는 좋다 그르다 한 마디 안 해버리기로 했지만 그가 호주머니에 쑤셔넣은 편지에 자꾸 신경이 쓰였다. 그런데 작자는 편지 같은 건 다 잊어버렸다는 듯이, 아니 편지를 훔쳐넣은 일도 없었다는 듯한 얼굴로 걸어가다가 결국 내가 궁금증을 참다 못하여, 그 편지, 하고 주의를 주자 정말로 잊어버리고 있었던 모양인지, 아 그랬지, 하며 그제서야 편지를 꺼내들고 봉투의 앞뒤를 뒤척여보며, 흠 글씨 참 못썼군, 설상가상으로 편지봉투에 연필글씨야, 하며 혀를 끌끌 차는 내 참 그 어처구니없는 꼴.

작자는 봉투를 북 찢고 안에서 편지를 꺼냈다. 편지만이 아니었다. 그 편지 안에 꼼꼼하게 싸인 돈이 2백 원──우체법 규정의 법망을 용케 빠져나와서 바야흐로 수취인(受取人)의 손에 안착(安着)하려던 백 원짜리 지폐 두 장이 들어 있었다. 편지 내용은 홀어머니가 딸에게 보내는 것으로 되어 있고 대강 이런 내용이었다고 기억한다. '납부금과 하숙비는 있는 힘을 다하여 장만하고 있으나 여의치 않다. 좀더 기다려보아라. 우선 구한 돈 보내니 이걸로 그 동안 견디어보기 바란다.' 있는 힘을 다하여 구한 돈이 2백 원. 그 어머니의 철자법에 무식한 글은 그러나 거의 울음으로 찬 느낌을 주고 있었다. 딸은 틀림없이 초조한 기대를 갖고 고향에서의 편지를 기다리고 있으리라. 만일 이 편지가 딸의 손에 들어갔더라면 딸은 어머니의 글이 풍겨주는 것에서 자기 신분의 분수를 생각하고, 그리고 학교를 그만두고 그 2백 원을 여비로 하여 고향으로 돌아가서 그리고 어머니와 얼싸 안고 울고 그리고……. 뜻밖의 수확인걸, 공짜로 얻은 건 얼른 써버려야지 그렇잖으면 도로 잃어버린다오, 하며 작자는 그 지폐 두 장을 내게 흔들어보이는 것이었다. 과연 작자는 싫다는 나를 억지로 끌고 술집으로 데리고 가더니 죽이고 싶도록 기분좋은 태도로 술을 마셔대는 것이었다. 그러고 나서는, 그리워하기 위해서, 라고 말하는 바인데 도대체 무엇이 그립다는 것일까.

고향이 그립다는 것인지? 작자는 나로서는 생전 이름도 들어보지 못한 시골에서 올라와서 서울을 빙빙 돌아다니며 사는 놈인데 그러고 보니 작자의 저 광증(狂症)에 가까운 생활 태도는 무전여행자의 그것 아니면 촌놈이 서울에 와보니 모든 게 신기하기만 해서 어쩔 줄을 몰라, 아니 무턱대고 우쭐대고 싶은 저 촌뜨기 의식에 가득차서 괜히 심각한 체해보았다가 시시하게 웃어보았다가 술 사달라고 조르고 사랑이 어쩌니 하고 있는 게 분명한 것이다. 고향이 그립다는 것인지? 그러나 고향이 그리운 것 같지도 않다. 작자의 고향에는 자기의 어머니와 누이가 살고 있다고 얘기하는 것을 들은 적이 있지만 작자는 그들에게 대해서 별 애착을 갖고 있는 것 같지도 않은 것이다. 나는 작자에게 보낸 그의 어머니의 편지를 한 번 읽은 적이 있는데 내가 보기에는 세상에서 그처럼 다정하고 착하고 그리고 내가 그 편지 속에서 받은 느낌을 상상해보건대 그처럼 아름다운 용모를 가진 어머니가 좀처럼 있을 것 같지 않았다. 성모 마리아의 하얀 석상(石像)을 볼 때 받는 느낌 같았다고나 할까, 요컨대 작자에게는 분에 넘치기 짝이 없이 훌륭한 어머니인 것이다. '아들아, 먼 곳에 너를 보내놓고 마음 한시도 놓지 못하고 있다. 하느님께 기도드리면 내 아들이 아무리 먼 곳에 가 있더라도 심신 평안하다 하여 지난 주일부터는 읍내에 있는 성당에 다니기로 하였다. 어느 곳에 있든지, 무슨 일을 하든지······.' 내가 읽은 그의 어머니의 편지 한 구절이다.

내가 그 편지를 읽고 있는 동안에 작자는, 우리 마을에서 성당이 있는 읍내까지는 꼬박 30리 길인데······왕복 60리,······미친 짓하고 계셔, 라고 투덜대더니 괜히 화가 나가지고 내가 그 편지를 돌려주자 북북 찢어서 팽개쳐버리는 것이었다. 그처럼 착하신 어머니께 '미친'이라는 차마 입에 담을 수 없는 욕을 하는 그야말로 미친 바보, 멍텅구리, 촌놈, 얼치기, 치한.

작자의 객기(客氣) 중의 하나는 이따금씩 쉽사리 속아넘어가 줄 만큼 순진한 사람을 만나면 어울리지 않게 심각한 얘기를 끄집어내서 상대의 환심을 사려는 그 버르장머리이다. 내가 작자의 그러한 못된 버르장머리를 알고 있다는 것을 눈치챈 모양으로 그러기 때문에 그는 나를 되도록 피하려고 애쓰며 또한 아무리 예수님처럼 순진한 사람이 작자의 앞에 앉아 있더라도 내가 함께 있는 자리에서는 그 사람에게 잘 보이려고 심각한 얘기를 꺼내는 것 같은 짓은 감히 하지 않는다. 그러나 그것도 더 참을 수가 없었던지 며칠 전에는, 창을 통해서 황혼을 맞고 있는 거리가 내려다보이는 어느 다방에서 내 앞에 고개를 숙이고 심각한 투로 작자는 말을 꺼내는 것이었다.

―― 만일 신(神)이 계시다면……

염병할 자식, 난데없이 신은 왜 들추어내는 거냐. 오오, 명작(名作)이라면 대부분이 반드시 신을 붙들고 어쩌구저쩌구 하고 있으니까, 짜아식 아아쭈, 흉내를 내보려구. 작자의 다음 말을 듣지 않기 위해서 나는 두 손으로 귀를 막아버렸다. 그러나 귀가 완전히 막힐 수는 없는 모양이다. 결국 나는 작자의 말소리를 ―― 먼 곳에서 들려오는 듯하긴 했지만 별수없이 작자의 말소리를 들어버렸다.

―― 내게도 다소 인간적인 데는 있다고 말씀하실 거야.

그렇지만 이 얼치기, 가짜, 흰수작만 하는 소설가여, 슬픈 목소리로 솔직히 이렇게 중얼거리실지어다. 심각한 체라도 하지 않고서는 살 수가 없다고.

갈대들이 들려준 이야기

온 들에 황혼이 내리고 있었다. 들이 아스라하니 끝나는 곳에는 바다가 장식처럼 붙어보였다. 그 바다가 황혼녘엔 좀 높아보였다. 들을 건너서 해풍이 불어오고 있었지만 해풍에는 아무런 이야기가 실려 있지 않았다. 짠 냄새뿐, 말하자면 감각만이 우리에게 자신을 떠맡기고 지나갈 뿐이었다. 우리는 모두 그것에 만족하고 있었지만 그래서 오히려 우리들은 좀 신경이 날카로워져 있었던 것일까. 설화(說話)가 없어서 우리는 좀 우둔했고 판단하기를 싫어하는 사람들이 누구나 그렇듯이 세상을 느끼고만 싶어했다. 그리고 그들이 항상 종말엔 패배를 느끼고 말듯이 우리도 그러했다. 들과 바다——아름다운 황혼과 설화가 실려 있지 않은 해풍 속에서 사람들은 영원의 토대(土臺)를 장만할 수가 없다. 그래서 사람들은 도시(都市)로 몰려갔다. 그리고 더러는 뿌리를 가지게 됐고 그렇지만 많은 사람들이 처참한 모습으로 시들어져갔다는 소식이었다. 차리리 이 황혼과 해풍을 그리워하며 그러나 이 고장으로 돌아오지는 못하고 차게 빛나는 푸른색의 아스팔트 위에 그들의 영혼과 육체를 눕혀버리고 말았다는 안타까운 소식이었다. 한낱 자연의 현상에 불과한 저 황혼과 해풍이 그리하여 내게는 얼마나 깊고 쓰라린 의미를 가졌던가! 숱한 사람들에게 인간의 의미를 깨닫게 해주고 동시에 보다 깊은 패배감을 안겨주고 무심히 지나가버리는 저것들.

그날 황혼녘에 나는 누이를 마을에서 좀 떨어져 있는 작은 강의 둑으로 불러내었다. 강은 이 들의 한복판을 꾸불꾸불 가르며 흐르고 있었다. 대개의 강들과는 반대로 이 강의 수원(水源)은 바다였다. 바다가 썰물일 때면 따라서 이 강의 물도 빠지고 바다가 밀물일 때면 이 강도 함께 부풀어오르는 것이었다. 이 강가의 무성한 갈대밭 사이에 매여 있는 작은 돛배들은 밀물일 때를 기다려서 떠나고 혹은 돌아올 수밖에 없었다. 이 강이 들의 농업수(農業水)가 되어 있는 건 아니지만 연안(沿岸)의 고기잡이라든가에는 퍽 친절한 수로(水路)가 되어 있었다. 우리가 사는 마을은 이 강과 그리고 이 들에 매달려 있었다.

밀물 시간이어서 강물은 바다 쪽으로부터 빠르게 흘러오고 있었다. 갈대숲 사이에는 부리가 긴 물새들이 날아다니며 먹이를 찾고 있었다. 간간이 고기들이 강물 위로 펄쩍 뛰어오르곤 해서 주위의 정적을 돋우어주고 있었다. 강물은 황혼 속에서 금빛이었다. 해풍이 퍽 세게 불어와서 내 곁에 말없이 앉아 있는 누이의 머리칼을 흩날리고 있었다. 결국 이 황혼과 이 해풍이 누이의 침묵을 만들어버렸던 것이다.

누이는 도시로 갔었다. 어머니와 내가 누이를 도시로 보냈었다. 그리고 며칠 전 갑자기, 거진 2년 만에 이곳으로 다시 돌아왔었다. 누이가 도시에 가 있던 그 2년 동안 나는 얼마나 지금 우리 앞에서 지상을 포옹하고 있는 이 자연 현상들에게 누이의 평안을 빌었던가. 그러나 도시에서는 항상 엉뚱한 일이 일어나는 모양이었다. 어떠한 일들이 누이를 할퀴고 지나갔었을까, 어떠한 일들이 누이를 빨아먹고 갔었을까, 어떠한 일들이 누이를 찢고 갔었을까, 어떠한 일들이 누이에게 저런 침묵을 떠맡기고 갔었을까. 누이는 도시에서의 이야기를 나와 어머니의 간절한 요청에도 불구하고 한 마디 하려 들지 않았었다. 우리는 누이가 지니고 왔던 작은 보따리를 헤쳐보았다. 그러나 헌옷 몇 벌과 두어 가지의 화장도구를 발견할 수 있을 뿐이었다. 그걸로써는 누이에게 침묵을 만들어준 2년의 내용을 측량해볼 길이 없었다. 누이의 침묵은 무엇엔가의 항거(抗拒)의 표시였다. 우리를 향한 항거였을까, 도시를 향한 항거였을까. 그렇지만 우리를 향한 것이라면 그것은 분명 누이에게 잘못이 있는 것이다. 침묵으로써가 아니라 높은 목소리로 누이는 우리를 질책했어야 하는 것이다. 높은 목소리로 질책하는 방법이 침묵의 질책보다 더 서툴렀다는 것을 결국 도시에서 배워왔단 말인가?

반대로, 도시를 향한 항거라면——아마 틀림없이 이것인 모양이었는데——그렇다면 누이의 저 향수와 고독을 발산하는 눈빛, 사람들이 두고 온 것들에게 보내는 마음의 등불 같은 저 눈빛을 우리는 무엇으로써 설명해야 할 것인가?

누이가 돌아오고, 누이가 도시에서의 기억을 망각하려고 애쓰는 듯한 침묵 속에 빠져드는 것을 보고 우리는 아마 누이가 도시에서 묻혀온 고독이 병균처럼 우리 자신들조차 침식시켜 들어오는 것을 느끼게 되었다.

이 황혼과 이 해풍. 그들이 우리에게 알기를 강요하던 세계는 도대체 무엇이란 말인가. 미소를 침묵으로 바꾸어놓는, 만족을 불만족으로 바꾸어놓는, 나를 남으로 바꾸어놓는, 요컨대 우리가 만족해 있던 것을 그 반대로 치환(置換)시켜버리는 세계였던 것인가. 누이는 적어도 우리가 보낼 때에는, 훈련을 받기 위해서 그곳에 간 것이 아니라 완성되기 위해서 간 것이었다. 그런데 침묵의 훈련만을 받고 돌아오다니.

어제 저녁, 어머니는 당신이 우리에게 마음을 쓰고 있다는 표시로 되어 있는 밀국수를 끓여서 저녁 식사를 하는 자리에서 당신이 할 수 있는 가장 부드러운 말씨와 정성어린 손짓으로 누이의 어깨를 쓰다듬으며 도시에서 무슨 일을 했던가, 어떤 곤란을 겪었던가, 무엇이 재미있었던가, 남자를 사귀었던가, 그렇다면 어떤 남자였던가, 고 얘기해주기를 간청했다. 그런데 그것이 짐작컨대 누이의 쓰라린 추억을 불러일으킨 모양이었다. 누이는 어머니를 붙들고 소리없이 울었다. 석유 등잔불의 펄럭이는 빛이 그들의 그림자를 더욱 쓸쓸해보이게 했다. 왜 저를 태어나게 했어요, 라고 누이는 말했다. 어머니도 소리없이 울고 있었다. 누이는 어머니의 얼굴을 올려다보며 새삼스럽게 울음을 터뜨렸다. 미안해요, 어머니, 라고 누이는 말하고 싶었던 거다. 하루는 아무렇지 않다는 듯이 무서운 사건이 세계의 은밀한 곳에서 벌어지고 그리고 다음날은 희생자들이 작은 조각에 몸을 기대고 자기들의 괴로움을 울며 부유(浮遊)하는 것이다.

강물이 빠르게 밀려오고 금빛 하늘이 점점 회색으로 변해가는 이 시각에 내게는 아직도 신비한 힘을 보여주는 자연 속에서 나는 누이로 하여금 도시의 모든 기억을 토해버리게 할 생각이었다. 나를 위해서가 아니라 누이를 위해서였다. 2년 동안을 씻어버리고 다시 이 짠 냄새만을 싣고 오는 해풍으로 목욕시키고 싶었다. 숲속의 짐승들이 감각만으로써 살아갈 수 있듯이 그렇게 살아가게 하고 싶었다. 인간이란 뭐냐, 인간이란? 저 도시가 침범해오지 않는 한, 우리는 한 고장을 지키기에 충분한 만족을 가지고 있는 것이다. 영원의 토대를 만든다는 것, 의지(意志)의 신화(神話)들을 배운다는 것, 우는 법을 배운다는 것, 침묵을 배운다는 것, 그것만이 인간인 것이냐? 인간의 허영이 아닌가, 라고 나는 누이에게 말해주고 싶었다.

  세상은 넓은 것이다. 불만이고자 하는 사람들을 포용하고 동시에 만족하고자 하는 사람들을 포용한다. 세상이 거절만 하지 않는다면 우리가 만족해 있다는 것을——이 작으나마 고요한 풍경 속에서 만족해 있다는 사실을 과시해도 좋은 것이다. 도시에 갔던 사람들이 이곳으로 여간해선 돌아오지 못하고 마는 이유는 어디 있는 것일까. 나는 알 수가 없었다. 다행히 누이는 돌아왔다. 그러나 옷에 먼지를 묻혀오듯이 도시가 주었던 상처와 상처의 씨앗을 가지고 돌아왔다. 무수히 조각난 시간과 공간, 무수히 토막난 언어와 몸짓이 누이의 기억을 이루고 있으리라는 건 알 수 있었다. 그리고 그 무수한 것들, 별들처럼 고립되어 반짝이는 그 기억들이 누이의 가슴에 박혀서 누이의 침묵을 연장시키고 혹은 모든 것을 썩어나게 하는 것이다. 무엇이냐, 그 파편들은 무엇이냐? 그리하여 나는 동화 속의 인물처럼 말하였던 것이다——이번엔 내가 가보지.

  내가 사랑하고 만족해 있던 황혼과 해풍에 꿋꿋한 맹세조차 했었던 것 같다.

누이의 결혼

  퍽 오래 전에 고향으로부터 소식이 왔다. 누이가 결혼을 한 것이다. 해풍 속에서 살결을 태우며 자라난 젊은이와. 만일 그때 누이가 내 곁에 있었더라면, 그 애가 알아듣든 못 알아듣든 이런 얘기를 하고 싶었다. 그러나 사람들에게 제각기의 밤이 있듯이 제각기의 얘기가 있는 것이다. 도시에 있어서도 마찬가지이다. 사랑하고 동시에 배반하고 그러면 한편에서도 사랑하고 동시에 배반하고 요컨대 심판대(審判臺)를 세울 수가 없는 것이다. '최후 심판의 날'을 상상해보지만 얼마나 난해(難解)한 순환일까. 황혼과 해풍 속에서 사는 사람들도 그리고

'안녕하십니까' 속에서 사는 사람들도 누구나 고독했다.

또 하나의 소식. 누이가 어린애를 낳았다고, 사람 하나를 탄생시켰다고.

日誌抄

절망이란 단순히 감정상의 문제가 아니다. 모든 논리가 꺾이고 지성(知性)이 힘을 잃고 최악(最惡)의 감정, 예컨대 증오조차 사라져버리는 저 마구 쓰리기만한 감촉의 시간. 도회(都會)를 떠난다고 해도 이미 갈 곳은 없고 죽음으로써도 해결될 것 같아 보이지 않아서 불더미 속에 싸이기나 한 듯이 안절부절못하는 사나이여, 유희(遊戲)의 기록이라도 하라.

멀고 깊은 산속으로 왕릉(王陵)을 보러가던 길에, 길 옆에 피어 있는 작은 패랭이꽃 한 송이를 보고 그 꽃 곁에서 놀며 하루를 보내버리고 돌아오다. 흐린 날씨. 바람이 꽤 세게 불고 있었다고 기억된다.

변소에 가서 뒤를 보며 울었다. 드디어 내게도 변비(便秘)가 생겼구나고.

영원과 순간의 동시적(同時的) 구현(俱現) —— 인간. 으흥. 그래서 모호하군.

"한국시(韓國詩)엔 운(韻)이 없어서 맛이 없어." 어느 친구의 말.
"그렇고말고. 불란서 시의 그 운의 맛이란……헤헤." 나여, 나여, 말끝을 흐려버리는 헤헤는 왜 나왔느냐. 실력이 없다는 증거. 시시한 의견은 삼가하라. 함부로 떠들다가는 헤헤가 나오고 그러면 자기의 무식을 개탄하고 동시에 열등감을 느끼고 그래서 똑똑한 의견을 가진 사람을 미워하게 되고……. 결과는 의외로 나빠진다.

"저 노형, '다스라니스키'라는 노서아 소설가를 아시는지요?" 내가 묻는다.

"저 《죄와 벌》의 작가 말씀인가요?" 친구는 대답한다.

"아니지요. 그건 '도스토예프스키'고요."

"모르겠는데요." 친구는 당황한다. 진작 이럴걸. 간단하잖으냐 말이다. 항상 질문하는 편이 되고 그러면 상대는 얼떨떨해져서 열등감을 약간은 느끼고 나는 그걸 보고 약간은 우쭐대고. '다스라니스키'라는 이름은 방금 내가 지어낸 것, 따라서 그런 소설가란 없었던 것이다.

'운명(運命)과 우연(偶然)을 생각해본다. 그리고 둘 다 부정해본다.'

증명 : 거울 앞에 서라. 거기에 비추인 네 얼굴을 보라. 웃는가? 아니 그 반대다. 그럼 네 선조로부터 시작되어 반복되는 저 위대한 실험을 생각하라 —— 그러나 그것도 또렷한 불확실.

위대한 사상과 위대한 파괴와는 어쩔 수 없는 관계인 모양이다. 무엇인가를 발굴해가는 예지(叡知)는 신(神)의 나라를 허물어버리고 있다. 저 하늘에 있던 나라의 모든 건물이 지상(地上)에 끌려 내려와 세워지고 그리고 마지막으로 신의 옥좌(玉座)마저 지상에 놓일 때 그 의자 위에는 '나'가 앉을까? '남'이 앉을까?

'아아쭈'라는 유행어. 없었으면 좋겠다.

여자는 사랑하는 남자에게 무엇인가를 자꾸만 주고 싶어한다. 빨간 표시의 수첩을, 목도리를, 비누를, 사진을, 그렇게 하여 과거를 떠맡기고 여자는 떠나는 것이다. 남자는 그 물건들에 둘러싸여 '사랑하는 이'라고 불러본다. 여자는 내게 자살을 요구하고 있는 건 아닐까, 라고도 생각해본다. 히히, 18세기로군. 또는 유행가.

　내게는 비평 능력이 없다. 세상에 태어나서 꼭 한 번 비평해보았다. 그 여자가 나와 헤어지자고 말할 때.

　나의 비평 —— 옳은 말이다. 아니다. 옳은 말이다. 아니다.

　※'두 사람을 존경하리로다'라는 제목이 붙은 꿈 이야기

　問 "선생님, 잃어버린 한 여자를 잊는 데 얼마의 시간이 필요하셨습니까?"

　答 "십 년이 넘는 지금까지도 아직……."

　　(선생님은 병신이군요.)

　問 "선생님은?"

　答 "일 년. 그리고 때때로 생각날 정도."

　　(선생님도 병신.)

　問 "선생님, 당신은?"

　答 "삼개월. 그러자 여자의 얼굴조차 희미해지더군."

　　(선생님도 병신.)

　問 "선생님, 당신은?"

　答 "일주일. 요컨대 술이 깨고 보니 잊어버렸더군."

　　(선생님도 병신.)

　問 "선생님, 당신은?"

　答 "여자가 헤어지자는 말이 끝나자마자 바로."

　　(선생님도 병신.)

　問 "선생님, 당신은?"

　答 "글쎄, 난 여자를 많이 주무르기는 해보았지만서두 그러면서 뭐 사랑 같은 건……글쎄 주어본 적이 없으니까."

　　(앗! 선생님, 선생님 당신을 존경하겠습니다.)

　이 문답 곁에 앉아 있던, 곧 죽어가는 어느 파파 영감이 나를 부르

더니,
"여보게 젊은이, 나는 한평생을 젊은 날 잃어버린 한 여자 생각만 으로 살아왔는데 그럼 나도 병신이란 말인가?"
'앗!'
나는 기절해버렸다.
아직도 저런 분이 남아 있다니.
너무나 너무나 기뻐서.

정(正)
반(反)
그러면 다시
정(正)──내 감정의 변증법(辨證法).

장미 곁에서 방귀를 뀌다. 어느 쪽의 냄새가 더욱 강했던가?

벗들아, 너희들의 이성(理性)을 과시하며 나를 조롱하지 말아다오.
벗들은 교과서의 가르침대로 한 번쯤은 내게 충고를 하고 그리고 내가 우물쭈물하고 있는 사이에 그들은 토라진 계집애처럼 홱 돌아서서 어깨를 아주 나란히 하고 총총히 떠나버린다.

너의 의견과 나의 의견이 있을 뿐──우리들이 합의한 공통된 의견.

딱한 친구를 보는 것은 내 자신을 보는 것보다 더 괴롭다. 내게 점심을 사준 어느 친구에게 답례로 음담(淫談)을 하나 들려주었더니 내게 잘 보이려고 그 순진하기 짝이 없는 친구, 자기도 그쯤은 예사라는 듯한 태도로 기상천외의 음담을 이마에 힘줄을 세워가며 하는 그 모습. 억지로 따라 웃어주긴 했지만 서글퍼서 나는 죽고만 싶었다.

안색(顔色)을 팔고 국화를 사는 노인을 보았다. 저렇게 늙고 싶은데.

"당신네 같은 처녀들보다는 닳아진 창녀를 난 더 좋아합니다."라고 말하여 한 처녀를 울려 보냈다.
 왜 나는 거짓말을 했을까? 창가(娼家)는 구경도 못 한 놈이.

경계하면서 사랑하는 체, 시기하며 친한 체, 기뻐하며 슬퍼해주는 체. 저는 너그럽습니다, 라고 표시하기 위하여 웃으려는 저 입술의 비뚤어져가는 저 선(線)이여. '모나리자' 같은 선생님, 만수무강하십쇼.

"이걸 안 하면 넌 굶어 죽어, 알겠어?"
"네."
"이걸 안 하면, 넌 동지를 배반하는 거야, 알겠어?"
"네."
"남들이 그걸 할 때 그걸 구경하고 있는 네가 아무렇지도 않은 심정으로 그들을 구경하듯이, 이번엔 네가 한다고 해서 거리를 지나가는 너를 특별히 너만 바라보며 웃거나 할 사람은 없어, 알겠어?"
"네."
'데모'에 한 번 참가하는 데 자신에게 몇 번이나 다짐해야 했던가. 알고 보니 '데모크라시'가 팽개쳐버릴 도련님이었구나.
 천 번만 먹을 갈아보고 싶다. 그러면 내 가슴에도 진실만이 결정(結晶)되어 남을까?──한 '카타르시스' 신봉자의 독백.

어느 날, 고향의 어머니께 보내고 싶은 마음 간절했던 편지의 한 구절──'실은 의사가 되고 싶었는데 병자가 되어버렸어, 라고 힘없이 말하며 병들어 죽어간 친구를 오늘 보고 왔습니다.'
 누이에게 쓰고 싶던 편지의 한 구절──'도시에 가서 침묵을 배워

왔던 네가, 도시에서 조리에 맞지 않는 감정의 기교만을 배운 나보다 얼마나 훌륭했던가.'

별도 보이지 않는 밤에, 고향의 논두럭이 그리워서 중랑교 쪽 어느 논두럭에 가서 서다. 개구리들이, 거꾸러져라거꾸러져라거꾸러져라, 고 내게 외쳐대다.

다시 祝電

"가하" 오빠.

부호라는 걸 만든 이에게 평안 있으라. 엉망진창이 된 나의 감정을 감정의 뉘앙스라는 점에서는 완전히 인연이 없는 의사 전달의 수단으로써 표시할 수 있는 이 신기함이여. 그렇지만 고향의 누이는 꽃봉투 속에 든 전문(電文)──'축, 순산(順產)'을 읽을 게 아니냐고? 그래도 좋다. 나의 착한 누이가 만일 '우리의 이 모든 괴로움 속에서 태어난 네 자식은 우리가 그것을 겪었었다는 이유로써 구원받을 미래인이 아니겠는가'라는 나의 기도를 제대로 읽어주기만 한다면 누이도 나의 축전을 받아들고 과히 당황하거나 부끄러워하지도 않으리라. 제발 지금 나의 이 뒤얽힌 감정 중에서도 밑바닥을 이루고 있는 이 한 가지의 기도가 실현된다면 그러기만 한다면 얼마나 좋겠는가?

── 1963년

염소는 힘이 세다

염소는 힘이 세다. 그러나 염소는 오늘 아침에 죽었다. 이제 우리 집에 힘센 것은 하나도 없다.

나는 때때로 홍수(洪水)의 꿈을 꾼다. 오늘 아침에도 나는 홍수의 꿈을 꾸었다. 황톳빛 강물이 부글부글 끓듯이 거품을 일으키고 무서운 소리를 내며 빠르게 흐르고 있었다. 나는 강변에 있는 마을의 폐허 위에 서 있었다. 간밤의 폭우(暴雨) 때문에 집들은 더러운 판자더미가 되어 있었고, 강물이 흐르며 내는 소리 — 그 무겁고 한 순간도 휴지(休止)가 없는 쭈욱 이어서 들리는, 그래서 그 소리에 귀를 기울이고 있는 사람은 처음엔 그 소리가 끝날 때를 기다리지만 차츰 그 소리가 음악이나 사람의 울음소리와는 달라서, 결코 언젠가 끝날 수 있는 소리가 아니라는 것을 확신하게 되고 그러자 그것이 생명과 의지를 가진 괴물처럼 생각되어 온몸에 식은땀이 흐르는 그러한 강물 소리가 울려서인지, 그 비에 젖어 시꺼멓게 된 판자더미는 덜덜덜 떨리고 있었다. 나는 그 소리로부터 도망치려고 몸을 돌렸다. 그때 판자더미 속에서 '매애애 ——' 하는 염소의 울음소리가 약하게 들려왔다. 나는 판자더미를 헤쳤다. 하얀 털을 가진 염소 새끼 한 마리가 그 속에 있었다. 나는 그놈을 가슴에 안았다. 새끼 염소에 정신이 팔려 있는 동안은 내 귀에 들리지 않던 무서운 강물 소리가 내가 그놈을 가슴에 안고, 어디서 이놈의 임자가 나타나지 않을까, 하고 사방을 두리번거리는 동안에 다시, 나를 휩쓸고 갈 듯이 달려들었다. 나는 새끼 염소를 안은 채 도망쳤다. 그 무서운 강물 소리, 그것은 소리라기보다는 소리의 메아리라고나 하는 편이 좋을 만큼 귀신 같은 데가 있는데, 그 웅웅거림이 끝없이 나를 쫓아오고 있었고 그리고 내 가슴에 안긴 새끼 염소는 나의 달음박질을 독려하듯이 쉬임없이 그 곱게 떨리는 소리로 울고 있었다. 나는 잠이 깨었고 눈을 떴다. 그것은 내가 우리 집의 염소를 처음 얻던 때의 바로 그 사정인 꿈이었다.

염소는 힘이 세다. 그러나 염소는 오늘 아침에 죽었다. 이제 우리 집에는 힘센 것은 하나도 없다. 나는 때때로 홍수의 꿈을 꾼다. 오늘 아침에도 나는 홍수의 꿈을 꾸었다.
꿈이 깼을 때 나는 자리에서 발딱 일어나 앉았다. 무서운 강물의 웅웅거림과 염소의 슬프고 끊임없는 울음소리는 꿈이 깨었음에도 여전히 내 귀에 들려오고 있었다.
내 할머니는 조금 귀머거리다. 그래서 할머니는 산골에서 살아도 무방하고 자동차들과 전차들이 잇달아 달리는 도시의 한길가에 살아도 별로 괴로움을 느끼지 않는다. 할머니는 이 집에서 살 자격이 충분히 있다. 그러나 내 어머니와 누나는 눈도 맑고 귀도 밝다. 그래서 항상 어머니는 이렇게 말한다. "아아, 깨끗하고 조용한 곳으로 이사갔으면! 저 차소리들 때문에 난 죽고 말거야." 그러면 "나두 그래, 엄마." 하고 누나가 말한다. 나는 어머니와 누나를 깨끗하고 조용한 곳으로 보내드리고 싶다. 그러나 나는 깨끗하고 조용한 곳이 어디 있는지를 모른다. 내가 알고 있는 곳으로서 깨끗하고 조용한 곳은 우리 학급 반장네 집의 변소뿐이다. 그러나 어머니와 누나를 남의 집 변소로 보내드릴 수는 없다. 나는 깨끗하고 조용한 곳이 어디 있는지도 모르지만 이사를 어떻게 하는지도 모른다. 나는 우리 집 앞 한길가에서 수레나 오토바이, 트럭이 살림살이를 잔뜩 싣고 달리는 것을 자주 본다. 내가 알고 있는 이사는 그것이다. 살림살이를 실은 차들이 유난히 많이 지나다니는 날엔 할머니는 "오늘이 손(損)이 없는 날인 모양이군." 하시곤 한다. "저 차들은 멀리 가?" 하고 내가 할머니에게 소리쳐서 묻는다. "아아니."라고 할머니는, 거기에서 곧장 집 안에서 날아오는 먼지들 때문에 항상 쉬어 있는 목소리로 대답하신다. "기껏해야 서울 시내겠지."

내 귀에 여전히 들려오고 있는 강물 소리가 집 바로 밖의 거리를 자동차들이 달리며 내는 소리의 혼합체인 것이 점점 뚜렷해졌다. 나는 집 밖의 거리 쪽으로 귀를 기울이며 꼼짝하지 않고 누워 있었다. 여러 소리들이 범벅이 되어 마치 범람하는 강물 소리 같은 그 소리 속에서 버스가 내는 소리와 택시가 내는 소리와 트럭이 내는 소리와 전차가 내는 소리를 나는 차츰 구별해낼 수가 있었다. 그러나 그러고도 여전히 내 귀에는 한 가지 이상한 소리가 남아 있었다. 그것은 염소의 슬픈 울음소리였다. 우리 집 뒤안에서 나야 할 소리가 거리에서 들려오고 있는 것이었다. "우리 집 염소 소리지?" 병들어 쭈욱 누워 계신 어머니가 근심스런 음성으로 말씀하셨다. 나는 자리에서 빠르게 일어나서 이른 아침인 밖으로 뛰어나갔다.

염소는 힘이 세다. 그러나 염소는 오늘 아침에 죽었다. 이제 우리 집에는 힘센 것은 하나도 없다. 나는 염소가 죽는 순간까지도 힘이 세었던 것을 보았다.

우리 집의 오른편으로는 시멘트 벽돌로 지은, 좀 길다는 느낌을 주는 단층집이 있다. 그 건물의 한길로 향하고 있는 면은 더러운 유리가 끼어 있는 미닫이문과 커다란 간판으로만 이루어져 있다. 그 긴 건물이 세 칸으로 나뉘어져 있으므로 간판도 각각 다른 내용으로서 세 개다. 그 중 한 개는 초록색의 길고 굵은 구렁이가 숲속을 헤치며 달리고 있는 그림이다. 그 간판이 달린 집에서는 미닫이문 밖의 인도(人道)에, 비오는 날을 제외하고는 항상 화로를 내어놓고 그 위에 항상 김이 새어 오르는 약단지를 올려놓고 있다. 그 화로는 겉은 쇠로 되어 있고 안은 황토를 두껍게 발라서 만든 크고 높은 것으로서, 그 안에는 수많은 뱀들이 저주하기 위해서 혀를 날름거리는 듯한 연탄불의 작고 파란 불꽃이 수없이 있다. 그 불꽃 위에 올려진 약단지 속에는 진짜 뱀들이 담겨져 있고 끓는 물이 그 뱀들의 형체를 풀어헤치며 뱀 속에 있던 가지가지의 맛과 양분을 빨아들이고 있다. 새파란 불꽃과 끓는 물과 그 속에서 요동치다가 점점 형체가 녹아버리는 뱀떼와. 그래서 내게는 그 화로 전체가 내가 상상할 수 있는 최악의 지옥이었고 그래서 그 화로의 무게는 나로서는 짐작도 안 되는 것이었다. 집 안이 들여다보이지 않도록 하얀 페인트칠을 해버린 유리창에 붉은 글씨로 '생사탕(生蛇湯)'이라고 써놓은 그 집에서, 지옥 바로 그것인 그 화로를 유리창의 안──집 안에 두지 않고, 유리창 밖──행인들이 오고 가는 한길에 내어놓고 있는 이유도 내게는 연탄가스 때문이라고는 조금도 생각되지 않고 오직 그 화로, 지옥의 무게를 감당해낼 수가 없어서인 것만 같다.

 오늘 아침, 그 화로가 차도와 인도의 경계가 되는 곳에 굴러 넘어져 있었고 빨갛게 단 연탄은 산산조각이 되어 길 위에 흩어져 있었고 약단지는 금이 가서 김이 나는 물이 그 금 사이로 새어나와 길바닥 위에 뱀처럼 기어가고 있었다. 그리고 생사탕(生蛇湯) 집의 뚱뚱보 영감이 한 손으로는 우리 염소의 목고리를 쥐고 기다란 나무토막을 쥔 다른 손으로는 염소의 머리를 사정없이 내리치고 있었다. 염소는 약하게 울고 있었다. 그것은 울음이 아니라 이젠 죽어가는 신음이었다. "우리 염소예요. 왜 때려요?" 하고, 나는, 길에 굴러 넘어진 지옥의 주인인 그 영감의 팔에 매달리며 소리쳤다. 분노 때문에 나는 울먹거렸다. 나는 다시 집으로 달려가서 할머니를 끌고 나왔다. 염라대왕과 만나서 싸울 수 있는 것이, 우리 할머니라면 가능했다. 할머니는 비로소 사태를 아셨다. 우리 할머니는 비명 같은 고함을 지르며 염라대왕에게 달려들었다. 염라대왕이 염소를 때리던 매질을 멈추고 할머니를 상대하기 위해서 그가 쥐고 있던 목고리에서 손을 떼자 염소는 맥없이 쓰러졌다. 나는 염소를 부둥켜안았다. 할머니와 염라대왕은 말다툼을 하고 있었다. "요 할미야, 고삐를 단단히 매어두지 않고 왜 풀어놨느냔 말야, 약단지값하고 뱀값을 물어내란 말야, 저놈의 염소 한 번만 더 밖에 나왔다간 봐라, 아주 죽여버릴 테니……." 그러나 염소는, 우리 식구들 모르게 고삐를 말뚝에서 슬쩍 떼어내고, 우리 집 뒤안 변소와 헛간이 붙은 판잣집 속에 있는 자기의 우리로부터 거리로 뛰어나올 기회를 영영 갖지 못하고 말았다. 벌써 숨이 넘어가 버렸던 것이었다.

　염소는 힘이 세다. 그러나 염소는 오늘 아침에 죽었다. 이제 우리 집에는 힘센 것은 하나도 없다.
　머리칼이 하얗고 입속에는 어금니 세 개밖에 남아 있지 않은 귀머거리 할머니는 목소리를 제외하면 힘이 세지 않았다. 목소리는 아무리 커도 힘이 될 수 없으니까 할머니는 완전히 힘이 세지 않았다. 달포 전까지는 종로 거리를 오락가락하며 꽃장수를 하다가 마지막 가을비가 내리던 날부터 쭈욱 끙끙 앓으며 이불을 둘러쓰고 누워 있는 어머니도 힘이 세지 않았고 그리고 누나──이젠 어머니 대신, 새벽 네 시에 일어나서, 교외(郊外)에서 수레에 꽃을 실어가지고 온 꽃 도매상에게서 꽃을 받으러 청계로로 갔다가 바구니에 두서너 종류의 꽃을 받아가지고 집으로 돌아와서 아침을 지어 먹고 다시 꽃바구니를 머리에 이고 종로의 어머니가 나가 앉아 있던 빌딩의 벽 밑, 빌딩과 빌딩 사이의 골목 속으로 가는 누나도 "열일곱 살이면 힘도 좀 쓰게 됐는데……." 하시는 할머니의 말씀만 없다면 힘이 세지 않았다. 그렇지만 나로서는 열일곱 살이 힘인지 아닌지를 분명히 모르니까 누나도 완전히 힘이 세지 않았고 그리고 여름철의 폭풍이 부는 밤이면 우리 집으로부터 떨어져 나가버리고 싶다는 듯이 쿵쾅 소리를 내며 날뛰는 우리 집의 양철지붕도 힘이 세지 않았고 집 앞 한길에 교외의 도로포장 공사장으로 가는 불도저가 지나갈 때면 덜덜덜 떨고 있는 우리 집의 썩어가는 판자담과 판자로 된 쪽대문도 힘이 세지 않았고 염소가 그럴 생각만 있었으면 간단히 고삐를 떼고 거리로 도망칠 수 있었던 말뚝도 힘이 세지 않았고 미닫이를 사이에 둔 우리 집의 방 두 개도, 아무리 밝은 날에도 저녁때처럼 어두컴컴하기만 해서 힘이 세지 않았고 좁은 마당도 그것이 좁아서 힘이 세지 않았고 아니 우리 집 전체가, 그것이 날이 갈수록 키가 자라나는 벽돌 건물들 틈에 끼어 있기 때문에 힘이 세지 않았다. 그리고 나, 바로 나도 열두 살짜리의 힘없고 키 작은 "아유, 우리 예쁜 고추야!"일 뿐이다.

염소는 힘이 세다. 그러나 염소는 오늘 아침에 죽었다. 이제 우리 집에 힘센 것은 하나도 없다. 힘센 것은 모두 우리 집의 밖에 있다.
아저씨는 우리 집에 살고 있지 않았다. 따라서 아저씨는 힘이 세었다. 할머니가 나에게 아저씨를 데려오라고 말씀하셨다. 아저씨는 키가 작지만 턱과 볼에 수염이 많고 매부리코를 가지고 있고 사람과 얘기할 때는 조그만 눈으로 상대방을 흘겨보며 얘기한다. 나는 상대방을 흘겨보면서 얘기하는 아저씨의 그 모습이 부러워서 나도 동무들과 얘기할 때는 상대방을 흘겨본다. 언젠가 나보다 힘이 센 아이가 진짜로 나를 흘겨보면서 말했다. "애, 넌 왜 날 째려보지?" "아아냐." 하고 나는 말했다. "째려보지 않았어." 그리고 나는 정말 그 애를 흘겨보지 않고 시선을 밑으로 떨구어버렸다. 그때 나는 서투르게도 아저씨 흉내를 낸 나 자신이 부끄러웠다.
"염소가 죽었다? 염소를 파묻어 달란 말이지? 알았어." 하고 아저씨는 이부자리 속에 누운 채 여전히 잠들어 있는 듯한 얼굴로 말했다. "이따가 가겠다구 할머니한테 말해. 제기럴, 파묻다니, 미련하게." 아저씨는 여전히 눈을 감고 누운 채 혀를 쯧쯧 찼다. "애, 국수 한 그릇 먹고 가련?" 하고 아주머니가 말했다. 나는 고개를 저였다. 아저씨 집에서 파는 돼지기름 냄새가 나는 국수를 나는 싫어했다. 그것은 정말 비위에 거슬리는 냄새였다. 지게꾼들은 그러나 그 냄새 역겨운 국수를 맛있게 먹곤 했다. 지게꾼들은 힘이 세다. 아마 그 돼지기름 냄새가 나는 국수를 먹기 때문인지 모른다. 그러나 나는 정말 그 냄새가 싫다. 나는 고기기름 냄새가 나는 거리를 지날 때면 항상 뜀박질을 했다. 나는 많은 거리를 뜀박질로 지나가야 한다. 서울엔 고기기름 냄새가 나는 거리가 너무나 많다고 나는 생각한다. 그러나 나의 고기기름에 대한 혐오감 속에는 그것에 대한 부러움도 섞여 있다. 고기기름을 먹을 수 있으면 힘이 세어질지도 모른다는 생각이 늘 내 머리 속 한 구석에 있기 때문이다.

염소는 힘이 세다. 그러나 염소는 며칠 전에 죽었다. 이제 우리 집에 힘센 것은 하나도 없다. 힘센 것은 모두 우리 집의 밖에 있다. 아저씨는 우리 집의 밖에서 살고 있다. 따라서 아저씨는 힘이 세다. 힘이 약한 사람은 힘이 센 사람에게 복종할 수밖에 없다.
아저씨는 말했다. "미련하게 염소를 왜 파묻어요? 그걸 이용해보도록 하세요. 꽃 파는 것보담야 훨씬 나을걸요." 할머니도, 병을 앓고 누워 계신 어머니도 아저씨의 의견에 고개를 끄덕거리셨다. 나는 어쩐지 할머니와 어머니께서 고개를 끄덕거리시는 것이 조마조마했다. 고개를 끄덕거려서는 안 될 것처럼 문득 생각되었지만 아저씨의 의견이 눈에 보이는 일과 물건들로 나타나기 시작했을 때엔 명절날처럼 신나기만 하였다. 마당가 장독대 곁에 큰 가마솥이 놓여졌다. 우리 집의 죽어버린 힘센 염소가 털이 벗겨지고 여러 조각으로 잘려져서 그 가마솥 속에 들어가 앉았다. 부엌에 뚝배기가 많아졌고 누나는 추운 날씨임에도 불구하고 이마에 땀이 송글송글 돋을 만큼 뚝배기 속에서 뛰어다니지 않으면 안 된다. 어머니는 길 건너편에 있는 내과병원의 하꼬방 같은 입원실로 옮겨가셔서 그 입원실의 우리 집 쪽으로 향한 벽만 바라보며 누워 계신다. 할머니는 이따금 외치지 않으면 안 된다. "뭐요? 뭐라구요? 난 귀가 잘 안 들린다우. 뭐? 외상으로 하겠다구? 안 돼요, 안 돼. 자기 몸 좋아지라구 고깃국 먹구서 외상으로 하자니

말이 되나?" 나는 때때로 힘없이 썩어가는 우리 집의 판자 담과 판자로 된 쪽대문에 '정력 보강 염소탕'이라는 광고지를 새로 써서 갖다 붙이곤 한다. 염소 고깃국에서는 돼지기름보다 더 고약한 냄새가 났다. 처음 며칠 동안 나는 매일 한 번씩 식구들 몰래 뒤안에 있는 변소에 가서 토했다. 그러나 그 고약한 냄새는 점점 더 부풀어서 마당을 채우고 마루를 채워버리고 두 방을 채워버리고 심지어 뒤안의 이젠 비어버린 염소 우리도 채워버렸다. 벽에서도 그 냄새가 났고 이불에서도 그 냄새가 났고 누나의 옷에서도 할머니의 머리칼에서도 났고 밤늦게 방문을 안에서 잠그고 난 후 할머니와 누나와 내가 손가락에 침을 발라가며 차례차례 셈해보는 돈에서도 그 냄새가 났다. "아유, 기름 냄새!" 하며 내과 병원의 여드름 많은 간호사는 내가 어머니를 만나기 위하여 병원 안에 들어서면 손바닥으로 코를 막았고 "고기기름 냄새가 별루 좋지 않구나."라고 어머니가 그 하얗고 가죽만 남은 손으로 내 등을 쓰다듬으며 말씀하셨다. 그러나 그 냄새는 이젠 나조차도 휩싸버렸다. 이제 나는 그 냄새가 좋지도 않고 싫지도 않다.

    염소는 힘이 세다. 그러나 우리 집 염소는 보름쯤 전에 죽어버렸다. 이제 우리 집에 힘센 것은 하나도 없다. 힘센 것은 모두 우리 집의 밖에 있다. 염소 고깃국을 사먹으러 오는 사람들은 모두 우리 집의 밖에서 우리 집으로 들어왔다. 따라서 그 사람들은 기운이 세다.
    기운 센 그 사람들은 사흘 만에 염소 한 마리씩 삼켜버린다. "겨울철엔 뭐니뭐니해도 염소 고깃국이 제일이거든. 한 그릇 먹고 나면 얼굴이 불그스름해지고 사타구니가 뜨뜻해진단 말야." 손님 중의 한 사람이 말한다. "요즘 자네 마누라는 볼이 홀쭉해졌겠군." 하고 다른 사람이 말한다. "예끼, 이 사람. 아닌게 아니라 마누라도 가끔 데려와서 이걸 먹여야겠어." "동네가 요란해지겠군." 그들은 난 알 듯 말 듯 한 얘기를 주고받으며 높은 소리로 웃어댄다. 나는 그들이 좀더 기운이 세어서 염소를 하루에 한 마리씩 뱃속으로 삼켜버리기를 원한다.

"염소 고기에 소주 한 잔이 없어서 될쏘냐?" 하고 어떤 손님이 말했다. "할머니, 술도 가져다놓구 파시라우요." 하고 그 손님이 외쳤다. 많은 손님들이 술을 찾았다. "손님들이 술을 팔라구 해요."라고 나는, 어머니의 저녁밥을 바구니에 넣고 병원에 갔을 때 어머니께 얘기했다. "얘, 그건 안 된다. 술은 팔지 말라구 꼭 할머니한테 말씀드려라." 어머니는 손까지 내저으며 성나신 음성으로 말씀하셨다. 나는 정말 그래야 할 것 같았다. 할머니께 내가 말했다. "엄마가 술은 절대로 팔지 말라구 하셨어." "오냐, 오냐. 술은 팔지 말아야지. 너 이젠 엄마한테 그런 얘긴 하지 말아야 돼. 엄마 병이 더해진단다."라고 할머니는 말씀하셨다. 그러나 할머니는 푸른색의 작은 술병들을 부엌 선반에 줄지어 세워놓고 손님들에게 술을 판다. 나는 할머니와 어머니가 마치 싸움이라도 할 것 같아서 서러웁다. 나는 어머니에게 술을 팔고 있다는 얘기는 하지 않았다. 나만 알고 있기로 하였다.

"이젠 단골 손님이 좀 생겼니?" 어머니가 내게 물으셨다. "조금씩 생기는 것 같아요." 내가 대답했다. "장사를 하려면 단골 손님을 많이 가져야 한단다." 어머니는 내 손을 만지작거리며 말씀하셨다. "광화문에서 꽃을 팔 때 내게 오는 단골 손님이 꽤 많았단다. 그 중에서 거의 날마다 내 꽃을 팔아주는 사람이 있었단다. 내가 그 앞에 꽃바구니를 놓고 앉아 있는 건물은 은행인데 그 사람은 그 은행에서 일하고 있는 젊은 남자였지. 머리를 깨끗이 빗어 넘기고 동그란 안경을 쓴 사람이었어……." "엄마, 나도 한 번 봤어." 하고 내가 말했다. "언제더라? 내가 엄마한테 학급비 타러 갔을 때 그 사람이 우리 앞을 지나가면서 엄마에게 절했잖어? 저 사람이 내 꽃을 많이 팔아준다구 그때 엄마가 그랬잖어?" "그랬던가?" 어머니는 말씀하셨다. "아마 그랬을지도 몰라, 내 앞을 지나갈 때 항상 인사를 했으니까. 난 한 번 물었지, 꽃을 거의 날마다 사가지고 가서 어디에 쓰느냐구 말야. 그랬더니 자기 약혼자가 꽃을 아주 좋아한다는 거 아니겠니?" "약혼자는 색시지?" "맞았다. 결혼하기로 약속한 사람이란 뜻이야. 나도 한 번 그 분의 약혼자를 보았지. 아주 이쁘고 키가 날씬한 여자였단다. 한번은 그 분의 심부름으로 어느 다방으로 그 여자를 만나러 간 적이 있지 않았겠니! 그 두 사람이 시간 약속을 했는데 남자에게 급한 일이 생겼기 때문에 내가 남자의 부탁으로 여자에게 간 거야. 한 시간쯤 기다려 줬으면 좋겠다고 내가 말하니까 그 여자가 방긋 웃으면서 말하더라. 아주머니, 몇 시간이고 기다리겠단다고 좀 전해주세요, 라고. 참 좋은 사람들이었어."

염소는 힘이 세다. 염소는 죽어서도 힘이 세다. 가마솥 속에서 끓여지는 염소도 힘이 세다. 수염이 시꺼멓고 살갗이 시꺼멓고 가슴이 떡 벌어졌고 키가 크고 손이 큰 남자들도 가마솥 속의 염소에게 끌려서 우리 집으로 들어온다. 염소는 우락부락하게 생긴 사람만 일부러 골라서 우리 집으로 끌어들일 만큼 힘이 세다.

우리 집 쪽대문에서 스무 발짝쯤 떨어진 곳에 합승 정류장이 있다. 한 남자 어른이 항상 거기에 서 있다. 그 사람은 어떠한 합승이 올지라도 타지 않는다. 다만 그 사람은 항상 거기에 서서, 합승의 여차장이 내미는 종이 조각에 무언가 적어주고 있기만 한다. 그 사람은 합승 회사에서 내보낸 사람으로서 운전수들이 회사에게 정해준 시간을 잘 지키고 있나 없나 조사하러 나와 있는 사람이라고 한다. 마흔 살쯤 먹은 사람이다. 방한모자를 쓰고 있고 낡은 오바를 입고 있고 두껍고 커다란 가죽 장갑을 끼고 있다. 코가 납작하고 턱이 뾰족하고 두터운 입술이 바나나만큼이나 크다. 그 사람도 우리 집 단골 손님이다. 이젠 고깃국을 먹지 않더라도 틈틈이 우리 집에 들어와서 불을 쬐며 할머니와 큰소리로 얘기를 주고받는다. "할머니, 영감님은 언제 돌아가셨소?"하고 그 남자는 소리쳐서 묻고 낄낄댄다. "늙은이를 놀리면 죽어서 지옥에 가는 거야." 할머니가 외치신다. "술 한잔 주슈." 하고 그 남자가 외친다. "술값을 내야만 주지." 할머니가 외치신다. "아, 월급 나오면 어련히 드리겠수. 소주 한잔 살짝 덥혀서 줘요." "이 선생은 너무 술을 좋아해서 망할 거야."라고 할머니는 말씀하시면서 술을 준다. 나는 그 남자가 기분 나쁘다. 그러나 그 남자는 내가 귀여운 모양인지 이따금 내 머리를 주먹으로 툭 치며 히이 웃는다. 내 누나의 엉덩이를 손바닥으로 탁 치기도 한다. 그럴 때 누나는 손에 들고 있던 것 이를테면 물이 든 바가지든가 국자라든가 연탄집게를 그 남자를 향하여 내던지며 소리지른다. "제발 좀 그러지 마세요." 그러면 사내는 온몸에 물을 뒤집어쓰고도 끄떡없이 히이 웃으며 "선아 중매는 내가 서야지."라고 말한다. 눈이 많이 내려서 집 앞 한길을 달리는 차들이 바퀴에 쇠줄을 감고 찍찍거리며 달리던 날, 나는 뒤안에 있는 헛간——우리 집 염소가 살아 있을 때엔 염소의 우리로 쓰던 곳으로 갔다. 그곳으로 연탄을 가지러 간 누나가 오지 않아서 누나와 연탄을 가지러 갔던 것이다. 나는 헛간 문 앞에서 갑자기 덜덜 떨리는 몸을 움직일 수가 없게 되어버렸다. 가마니로 문을 가린 헛간 속에서 끼익끼익하는 무서운 소리가 났기 때문이다. "괜찮아, 괜찮아, 이러지 말아, 오오 귀엽지, 자아 자아……."라는 굵고 낮은 사내의 목소리가 들렸고 횃대에서 닭이 쥐를 보고 놀라서 푸다닥거리는 듯한 소리도 들렸다. 나는 누나에게 큰 변이 생긴 것을 직감했다. 그러나 무서워서 몸을 움직일 수가 없었다. 한참에야 겨우 몸을 움직여서 가마니와 헛간 문의 기둥 틈으로 안을 들여다보았다. 합승 정류장의 사내가 아랫도리를 반쯤 벗은 채 한 손으로 누나의 입을 틀어막고 누나의 몸 위에 엎드려져 있었다. 누나의 발이 힘없이 허공을 차고 있었다. 나는 어찌해야 좋을지 몰랐다. 할머니에게 알려야 한다는 생각밖에 들지 않아서, 뛰어서 방으로 들어왔다. 할머니는 이제 막 나간 손님들이 앉아 있던 식탁을 행주로 닦고 계셨다. 나는 할머니에게 어서 알려야 한다는 마음과는 반대로 입이 영 열리지 않았다. 목구멍 속이 뜨겁기만 했다. 결국 아무 소리도 못 하고 마루로 나와버렸다. 그때 합승 정류장의 사내가 집 모퉁이를 돌아 나오고 있었다. 나는 있는 힘을 모두 내 두 눈 속에 모으고 그놈을 쏘아보았다. 그놈은 핏발이 선 눈을 묘하게 오그리며 히이 웃고 아무 말 없이 대문 밖으로 나가버렸다. 나는 헛간으로 달려갔다. 누나는 더러운 짚더미에 머리를 처박고 어깨를 들먹이며 울고 있었다. 누나의 치마가 조금 걷어 올려져서 드러나보이는 하얀 허벅다리에 피가 조금 묻어 있었다. "누나아!" 하고 나는 고함질렀다. 누나는 퍼뜩 고개를 들어 나를 올려다보았다. 온 얼굴이 눈물로써 범벅이 되어 있었다. 누나가 내 다리를 감싸 안으며 다시 소리를 죽여 울었다. 그놈은 그 후로도 뻔뻔스럽게 우리 집에 드나들었다. 매일 서너 차례씩 들렀다. 그놈이 대문으로 들어서기만 하면 누나는 얼른 부엌 속으로 들어가서 그놈이 다시 대문 밖으로 나갈 때까지 밖에 나오지 않았다. 나는 누나와의 약속대로 할머니에게도 병원에 누워 계시는 어머니에게도 그 얘기는 하지 않는다. 나와 누나는 가끔 둘이서만 있게 되면 그놈을 어떻게 죽여버릴 수 있을까 하고 작은 소리로 의논하였다. 그러나 그 방법은 전연 생기지 않는다.

    염소는 힘이 세다. 염소는 죽어서도 힘이 세다. 가마솥 속에서 끓여지는 염소도 힘이 세다. 수염이 시꺼멓고 살갗이 시꺼멓고 가슴이 떡 벌어졌고 키가 크고 손이 큰 남자들도 가마솥 속의 염소에게 끌려서 우리 집으로 들어온다. 염소는 우락부락하게 생긴 사람만 일부러 골라서 우리 집으로 끌어들인다.

    그 사람은 키도 작고 우락부락하게 생기지도 않았지만 힘이 센 듯했다. 그 사람과 함께 온 검은 유니폼을 입은 순경보다 더 힘이 센 듯했다. 염소가 왜 그 사람조차 우리 집으로 끌어들였는지 모르겠다. 염소는 힘 자랑이 몹시 하고 싶었던 모양이다. 그 사람이 할머니에게 말했다. "허가도 내지 않고 술을 팔고 음식을 팔면 어떻게 되는지 정말 몰랐단 말요." 할머니는 벌벌 떨며 말씀하셨다. "몰랐습니다. 정말 몰랐습니다. 허가를 어떻게 하면 내는 줄도 몰랐습니다." 누나는 부엌 속에서 벌벌 떨고 있었고 나는 방 속에서 이불을 뒤집어쓰고 벌벌 떨고 있었다. "누가 이 집 주인이오?" 순경이 말했다. "우리 며느리가 주인입니다. 저두 주인이구……." "며느님은 어디 있어요?" 순경이 말했다. "병을 앓아서 요 앞 병원에 입원해 있어요." "남자는 없어요?" 순경이 말했다. "왜, 있지요." "어디 갔어요?" 할머니가 방 안에 숨어 있는 나를 부르셨다. 나는 무서움에 질려서 비틀비틀 마루로 나갔다. "남자 어른 말예요, 어른." 하고 세무서에서 온 사람이 할머니의 귀에 대고 소리쳤다. "어른은 없어요. 전쟁통에 모두 죽었어요." 할머니가 울먹거리며 대답하셨다. "며느님한테 갑시다." 순경이 말했다. "우리 며느리는 아무것도 몰라요. 제발 빕니다. 우리 며느리는 죽어요. 며느리한테는 가지 마세요." 할머니가 손을 비비며 말씀하셨다. 두 남자는 무어라고 수군거렸다. 한참 동안 수군거렸다. 그리고 할머니에게 순경이 말했다. "오늘부터 당장 그만두시오, 할머니. 그렇잖으면 징역 삽니다. 꼭 장사를 하시려면 구청에서 허가를 받구 해야 됩니다. 아시겠어요! 할머니?" 할머니는 고개를 여러 번 끄덕거리며 대답하셨다. "알았습니다, 나으리." 그 사람들은 돌아갔다. 누나와 나는 병원의 어머니한테로 달려갔다. "우리가 잘못한 거야."라고 어머니가 말씀하셨다. "이젠 그만 집어쳐요, 엄마. 우리 그 장사는 그만 집어쳐요."라고 말하면서 누나는 어머니 무릎에 얼굴을 대고 울었다. "무서워요. 무서워 죽겠어요." 계속해서 누나가 말했다. "살기란 힘든 거란다." 어머니가 힘없이 말씀하셨다. 나는 아무 말도 하지 않았다. 할머니가 나를 아저씨에게 보내셨다. 아저씨는 말했다. "세금을 내면서 그 장사를 하려면 음식값을 많이 받아야 한다. 음식값을 많이 받으면 누가 그걸 사먹으러 오겠니? 순경 말은 못 들은 체하구 그냥 계속하라구 할머니한테 그래라." 그러나 우리는 아저씨의 말을 따를 수가 없었다. 우리는 문을 닫았다. 어머니는 아직 덜 나으신 몸을 집으로 다시 옮겼다. 누나가 새벽 네시에 일어나서 청계로에 나가서 꽃을 받아왔다. 누나는 아침부터 꽃바구니를 들고 종로(鍾路)로 나갔고 어머니는 오후에 누나의 것보다는 작은 꽃바구니를 들고 소공동(小公洞) 쪽으로 나가셨다.

염소는 힘이 세다. 죽어버린 염소도 힘이 세다. 앓는 어머니를 소공동 쪽으로 밀어 보낼 만큼 힘이 세다.
　나는 학교가 파하면 소공동으로 간다. 어머니 곁에 앉아서 책을 읽는다. 책을 읽다가 심심해지면 종로에 있는 누나에게로 간다. 누나는 자기 곁에 앉아 있는 사탕장수 아주머니에게서 사탕 한 알을 얻어 나를 준다. 어느 날 누나가 말했다. "그놈이 오늘 점심때 나를 찾아왔어." 누나의 음성은 무서움으로 떨고 있는 듯했다. "뭐라구 그랬어?" 내가 물었다. "난 암말도 않고 있었어. 미안하다구 나한테 그러지 않겠어!" "그래서?" "암말두 안 했어. 그랬더니 나한테 점심 사줄 테니 따라오래." "그래서?" "난 안 따라갔어." "잘했어." 하고 내가 말했다. "그놈은 그냥 갔어?" "응, 그냥 갔어." "누나, 무섭지?" "응." 누나는 내 손을 꼬옥 쥐며 말했다. "내게 권총 한 개만 있으면 그놈을 그저……" "그러면 감옥살이 하니까 그건 안 돼." 누나는 근심스런 눈빛으로 나를 보며 말했다. 그런데 누나는 거짓말쟁이였다. 어느 일요일 오후에 나는 누나를 찾아갔다. 항상 앉아 있던 자리에 누나가 보이지 않았다. 사탕장수 아주머니에게 물어보았지만 누나가 어디 갔는지 모른다고 그 아주머니는 대답했다. 나는 종로 2가에서 동대문까지 천천히 걸으며 누나를 찾았다. 길가의 장사꾼들 틈을 살펴보았지만, 땅콩장수가 가장 많다는 사실밖에 발견하지 못했다. 건물과 건물 사이에 있는 지저분하고 좁은 골목들도 모두 살펴보았지만, 그 골목들 속엔 '여관'이라는 간판이 가장 많다는 것밖에 발견하지 못했다. 동대문을 지나서 저쪽으로 갔을 리는 없었다. 그쪽에 꽃을 살 만한 사람들은 없는 것이다. 그래도 혹시나 하고 나는 교통순경의 눈을 피하여 동대문의 쇠창살을 넘어 들어가서 돌계단을 밟고 올라가 숭인동 쪽 거리와 서울운동장 쪽 거리를 내려다보았다. 사람들이 너무 많아서 아무것도 보이지가 않는 형편이었다. 동대문 건물 속의 음산한 마루에만, 거기에 귀신이 숨어 있는 것 같은 느낌이 자꾸 들어서, 신경이 쓰였다. "이놈!" 하고 성벽(城壁) 아래에서 누가 외쳤다. 내려다보니 교통순경이 나에게 내려오라는 손짓을 했다. 나는 겁이 나서 다른 쪽으로 도망갈 수가 없을까 하고 사방을 두리번거렸다. "빨리 내려오지 못해?" 순경이 다시 고함을 질렀다. 도망갈 길은 아무 데도 없었다. 나는 후들거리는 다리를 간신히 가누며 밑으로 내려왔다. 순경이 따귀를 철썩 때렸다. 불이 번쩍 하며 눈앞이 캄캄해졌고 바지에 오줌을 질금 싸버렸다. "이놈, 정신 차려. 다시는 올라가지 마, 알았어?" 순경이 말했다. "네." 하고 나는 울음이 터질 듯해서 입술을 깨물며 겨우 대답했다. "다시 한 번 큰소리로 대답해. 알았어?" "넷." 동대문까지 오던 길을 다시 거슬러가며 길가를 살폈지만 누나는 어디에도 없었다. 차라리 광화문 쪽으로 먼저 가볼 걸 잘못했다고 생각하면서도 나는 좌우로 눈을 열심히 돌렸다. 파고다 공원 앞에 왔을 때 나는 길 건너 저쪽에 누나 같은 여자를 보았다. 걸음을 멈추고 자세히 보았더니 틀림없는 나의 누나였다. 그러나 놀랍게도 누나 곁에는 그놈이 붙어서서 누나와 나란히 걷고 있었고 누나의 꽃바구니는 어디 있는지 보이지 않았다. 누나는 고개를 조금 숙여 길바닥을 내려다보며 걷고 있었고 그놈은 마치 자기 딸이라도 데리고 가는 듯이 거만한 걸음걸이로 걸어가고 있었다. 나는 그들이 혹시라도 나를 발견할까 봐 얼른 파고다 공원 안으로 뛰어들어갔다. 그리고 쇠창살 틈으로 길 저편의 그들을 바라보았다. 그놈이 누나에게 무어라고 말을 하는 모양이었다. 놀랍게도 누나는 웃는 얼굴로 그놈에게 무어라고 말을 했다. 그들의 모습이 건물에 가려진 내 시야의 밖으로 나가버렸다. 나는 쇠창살에 이마를 댄 채 오랫동안 가만히 서 있었다. 쇠창살은 무척 차가워서 내 이마는 금방 꽁꽁 얼어버렸다. 이윽고 나는 느릿느릿 공원 밖으로 나섰다. 길의 어느 곳에서도 그들의 모습은 보이지 않았다. 나는 고개를 힘껏 숙이고 주먹으로 자꾸 샘솟는 눈물을 닦으며 천천히 걸었다. 내 가슴이 무섭게 뛰고 있는 것을 느꼈다. "정민아!" 하고 누가 내 이름을 부르는 소리가 들렸다. 누나의 목소리라는 것을 금방 알아채었다. 고개를 돌려보니 누나는 사탕장수 아주머니의 옆 자기 자리에 꽃바구니를 천연스럽게 놓고 앉아서 나를 부르고 있는 것이었다. 나는 언젠가 그놈을 향하여 그랬었던 것처럼 온 힘을 두 눈에 모으고 입을 꼭 다물고 누나를 쏘아보며 서 있었다. 누나의 얼굴이 하얘지며 후닥닥 자리에서 일어섰다. 그리고 나에게로 빠른 걸음으로 걸어와서 말했다. "너 왜 그러니?" 누가의 입에서 짜장면 냄새가 풍겨 나왔다. "더러워." 하고 나는 말했다. "더러워, 저리 가!" 누나가 내 양쪽 어깨를 자기의 두 손으로 아플만큼 눌러 쥐었다. "아무것도 아냐. 나도 취직할 수 있을 뿐인걸." 누나의 목소리는 떨고 있었다. 나는 힘차게 어깨를 흔들어 누나의 손을 뿌리쳤다. 그리고 사람들을 비켜가며 빨리 빨리 걸었다.

 누나가 타고 있는 합승이 처음으로 우리 집 앞을 지나는 날, 나는 집 앞의 길에서 누나의 차가 오기를 기다리고 서 있었다. 할머니도 쪽 대문을 열고 밖으로 나오셔서 나에게 "아직 안 오니?" 하고 내게 물으셨다. "아직 안 와요."라고 내가 대답하면 할머니는 다시 집 안으로 들어가셨다가 얼마 되지 않아서 또 나오셔서 "아직 안 오니?" 하시는 것이었다. 아무것도 모르는 할머니는 항상 합승 정류장에 서 있는 그 놈에게 "고마워요, 이 선생!" 하고 말하시지만 나는 그놈의 얼굴도 쳐다보지 않는다. 나는 우리 염소를 생각해본다. 그놈은 무척 힘이 세었다. 그놈이 죽어버리니까 우리 집에 힘센 것은 하나도 없게 되어버렸다. 그러나 염소는 죽어서도 힘이 세다. 어쨌든 누나를 힘 세게 만들어주었다. 누나가 타고 있는 합승의 번호가 거리의 저쪽에 나타났다. 내 가슴은 갑자기 뛰기 시작했다. 얼굴이 아무리 그러지 않으려고 해도 뜨겁게 달아올랐다. 나는 길가에 서 있기가 힘들었다. 나는 집 안으로 뛰어들어갔다. "할머니이." 하고 나는 집 안을 향하여 고함쳤다. "누나 차가 왔어. 빨리 빨리──." 할머니는 어금니가 세 개밖에 남아 있지 않은 합죽한 입에 웃음을 가득 담고 허둥지둥 뛰어나오셨다. 나와 할머니는 썩어가는 우리 집의 판자 담 틈에 눈을 붙였다. "오라잇!" 하고 누나의 목소리가 들린 듯했다. 분홍색 합승이 우리 집 쪽대문 앞 한길을 부르릉거리며 지나갔다. 차창(車窓) 그 안에서 누나가 승객들을 향하여 무어라고 말하며 손짓을 하고 있는 게 보였다. "정민아!" 하고 할머니가 내게 말씀하셨다. 나지막하게 말씀하시려고 했던 모양이지만 그러나 우리 귀머거리 할머니의 음성은 항상 힘이 세다. "할머니!" 하고 나도 중얼거렸다. 누나의 차가 남기고 간 푸르스름한 연기가 길 위에서 어지럽게 감돌고 있었다.

—— 1966년

무진기행(霧津紀行)

《무진으로 가는 버스》

　버스가 산모퉁이를 돌아갈 때 나는 '무진 Mujin 10km'라는 이정비(里程碑)를 보았다. 그것은 옛날과 똑같은 모습으로 길가의 잡초 속에서 튀어나와 있었다. 내 뒷좌석에 앉아 있는 사람들 사이에서 다시 시작된 대화를 나는 들었다. "앞으로 십 킬로미터 남았군요." "예, 한 삼십분 후엔 도착할 겁니다." 그들은 농사 관계의 시찰원들인 듯했다. 아니 그렇지 않은지도 모른다. 그러나 하여튼 그들은 색무늬 있는 반소매 셔츠를 입고 있었고 데드롱 직(織)의 바지를 입었고 지나쳐오는 마을과 들과 산에서 아마 농사 관계의 전문가들이 아니면 할 수 없는 관찰을 했고 그것을 전문적인 용어로 얘기하고 있었다. 광주(光州)에서 기차를 내려서 버스로 갈아탄 이래, 나는 그들이 시골사람들답지 않게 낮은 목소리로 점잔을 빼면서 얘기하는 것을 반수면(半睡眠) 상태 속에서 듣고 있었다. 버스 안의 좌석들은 많이 비어 있었다. 그 시찰원들의 말에 의하면 농번기이기 때문에 사람들이 여행을 할 틈이 없어서라는 것이었다. "무진엔 명산물이……뭐 별로 없지요?" 그들은 대화를 계속하고 있었다. "별게 없지요. 그러면서도 그렇게 많은 사람들이 살고 있다는 건 좀 이상스럽거든요." "바다가 가까이 있으니 항구로 발전할 수도 있었을 텐데요?" "가보시면 아시겠지만 그럴 조건이 되어 있는 것도 아닙니다. 수심(水深)이 얕은데다가 그런 얕은 바다를 몇백 리나 밖으로 나가야만 비로소 수평선이 보이는 진짜 바다다운 바다가 나오는 곳이니까요." "그럼 역시 농촌이군요?" "그렇지만 이렇다 할 평야가 있는 것도 아닙니다." "그럼 그 오륙 만이 되는 인구가 어떻게들 살아가나요?" "그러니까 그럭저럭이란 말이 있는 게 아닙니까!" 그들은 점잖게 소리내어 웃었다. "원, 아무리 그렇지만 한 고장에 명산물 하나쯤은 있어야지." 웃음 끝에 한 사람이 말하고 있었다.

무진에 명산물이 없는 게 아니다. 나는 그것이 무엇인지 알고 있다. 그것은 안개다. 아침에 잠자리에서 일어나서 밖으로 나오면, 밤 사이에 진주해온 적군들처럼 안개가 무진을 뼁 둘러싸고 있는 것이었다. 무진을 둘러싸고 있는 산들도 안개에 의하여 보이지 않는 먼 곳으로 유배당해버리고 없었다. 안개는 마치 이승에 한(恨)이 있어서 매일 밤 찾아오는 여귀(女鬼)가 뿜어내놓은 입김과 같았다. 해가 떠오르고, 바람이 바다 쪽에서 방향을 바꾸어 불어오기 전에는 사람들의 힘으로써는 그것을 헤쳐버릴 수가 없었다. 손으로 잡을 수 없으면서도 그것은 뚜렷이 존재했고 사람들을 둘러쌌고 먼 곳에 있는 것으로부터 사람들을 떼어놓았다. 안개, 무진의 안개, 무진의 아침에 사람들이 만나는 안개, 사람들로 하여금 해를, 바람을 간절히 부르게 하는 무진의 안개, 그것이 무진의 명산물이 아닐 수 있을까!

버스의 덜커덩거림이 좀 덜해졌다. 버스의 덜커덩거림이 더하고 덜하는 것을 나는 턱으로 느끼고 있었다. 나는 몸에서 힘을 빼고 있었으므로 버스가 자갈이 깔린 시골길을 달려오고 있는 동안 내 턱은 버스가 껑충거리는 데 따라서 함께 덜그럭거리고 있었다. 턱이 덜그럭거릴 정도로 몸에서 힘을 빼고 버스를 타고 있으면, 긴장해서 버스를 타고 있을 때보다 피로가 더욱 심해진다는 것을 알고 있었지만 그러나 열려진 차창으로 들어와서 나의 밖으로 드러난 살갗을 사정없이 간지럽히고 불어가는 유월의 바람이 나를 반수면상태로 끌어넣었기 때문에 나는 힘을 주고 있을 수가 없었다. 바람은 무수히 작은 입자(粒子)

로 되어 있고 그 입자들은 할 수 있는 한 욕심껏 수면제를 품고 있는 것처럼 내게는 생각되었다. 그 바람 속에는 신선한 햇살과 아직 사람들의 땀에 밴 살갗을 스쳐보지 않았다는 천진스러운 저온(低溫) 그리고 지금 버스가 달리고 있는 길을 에워싸며 버스를 향하여 달려오고 있는 산줄기의 저편에 바다가 있다는 것을 알리는 소금기, 그런 것들이 이상스레 한데 어울리면서 녹아 있었다. 햇빛의 신선한 밝음과 살갗에 탄력을 주는 정도의 공기의 저온, 그리고 해풍(海風)에 섞여 있는 정도의 소금기, 이 세 가지만 합성해서 수면제를 만들어낼 수 있다면 그것은 이 지상(地上)에 있는 모든 약방의 진열장 안에 있는 어떠한 약보다도 가장 상쾌한 약이 될 것이고 그리고 나는 이 세계에서 가장 돈 잘 버는 제약회사의 전무님이 될 것이다. 왜냐하면 사람들은 누구나 조용히 잠들고 싶어하고 조용히 잠든다는 것은 상쾌한 일이기 때문이다.

그런 생각을 하자 나는 쓴웃음이 나왔다. 동시에 무진이 가까웠다는 것이 더욱 실감되었다. 무진에 오기만 하면 내가 하는 생각이란 항상 그렇게 엉뚱한 공상들이었고 뒤죽박죽이었던 것이다. 다른 어느 곳에서도 하지 않았던 엉뚱한 생각을 나는 무진에서는 아무런 부끄럼 없이, 거침없이 해내곤 했었던 것이다. 아니 무진에서는 내가 무엇을 생각하고 어찌고 하는 게 아니라 어떤 생각들이 나의 밖에서 제멋대로 이루어진 뒤 나의 머리 속으로 밀고 들어오는 듯했었다.

"당신 안색이 아주 나빠져서 큰일 났어요. 어머님의 산소에 다녀온다는 핑계를 대고 무진에 며칠 동안 계시다가 오세요. 주주총회에서의 일은 아버지하고 저하고 다 꾸며놓을게요. 당신은 오랜만에 신선한 공기를 쐬고 그리고 돌아와보면 대회생제약회사의 전무님이 되어 있을 게 아니에요?"라고, 며칠 전날 밤, 아내가 나의 파자마 깃을 손가락으로 만지작거리며 나에게 진심에서 나온 권유를 했을 때 가기 싫은 심부름을 억지로 갈 때 아이들이 불평을 하듯이 내가 몇 마디 입 안엣소리로 투덜댄 것도 무진에서는 항상 자신을 상실하지 않을 수 없었던 과거의 경험에 의한 조건반사였었다.

내가 나이가 좀 든 뒤로 무진에 간 것은 몇 차례 되지 않았지만 그 몇 차례 되지 않은 무진행이 그러나 그때마다 내게는 서울에서의 실패로부터 도망해야 할 때거나 하여튼 무언가 새출발이 필요할 때였었다. 새출발이 필요할 때 무진으로 간다는 그것은 우연히 결코 아니었고 그렇다고 무진에 가면 내게 새로운 용기라든가 새로운 계획이 술술 나오기 때문도 아니었었다. 오히려 무진에서의 나는 항상 처박혀 있는 상태였었다. 더러운 옷차림과 누우런 얼굴로 나는 항상 골방 안에서 뒹굴었다. 내가 깨어 있을 때는 수없이 많은 시간의 대열이 멍하니 서 있는 나를 비웃으며 흘러가고 있었고, 내가 잠들어 있을 때는 긴 긴 악몽들이 거꾸러져 있는 나에게 혹독한 채찍질을 하였었다. 나의 무진에 대한 연상의 대부분은 나를 돌봐주고 있는 노인들에 대하여 신경질을 부리던 것과 골방 안에서의 공상과 불면(不眠)을 쫓아보려고 행하던 수음(手淫)과 곧잘 편도선을 붓게 하던 독한 담배꽁초와 우편배달부를 기다리던 초조함 따위거나 그것들에 관련된 어떤 행위들이었었다. 물론 그것들만 연상되었던 것은 아니다. 서울의 어느 거리에서고 나의 청각이 문득 외부로 향하면 무자비하게 쏟아져 들어오는 소음에 비틀거릴 때거나, 밤 늦게 신당동(新堂洞) 집 앞의 포장된 골목을 자동차로 올라갈 때, 나는 물이 가득한 강물이 흐르고 잔디로 덮인 방죽이 시오리 밖의 바닷가까지 뻗어나가 있고 작은 숲이 있고 다리가 많고 골목이 많고 흙담이 많고 높은 포플라가 에워싼 운동장을 가진 학교들이 있고 바닷가에서 주워온 까만 자갈이 깔린 뜰을 가진 사무소들이 있고 대로 만든 와상(臥床)이 밤거리에 나앉아 있는 시골을 생각했고 그것은 무진이었다. 문득 한적이 그리울 때도 나는 무진을 생각했었다. 그러나 그럴 때의 무진은 내가 관념 속에서 그리고 있는 어느 아늑한 장소일 뿐이지 거기엔 사람들이 살고 있지 않았다. 무진이라고 하면 그것에의 연상은 아무래도 어둡던 나의 청년(靑年)이었다.

그렇다고 무진에의 연상이 꼬리처럼 항상 나를 따라다녔다는 것은 아니다. 차라리, 나의 어둡던 세월이 일단 지나가 버린 지금은 나는 거의 항상 무진을 잊고 있었던 편이다. 어제 저녁 서울역에서 기차를 탈 때에도, 물론 전송나온 아내와 회사 직원 몇 사람에게 일러둘 말이 너무 많아서 거기에 정신이 쏠려 있던 탓도 있었겠지만, 하여튼 나는 무진에 대한 그 어두운 기억들이 그다지 실감나게 되살아오지는 않았다. 그런데 오늘 이른 아침, 광주에서 기차를 내려서 역 구내를 빠져 나올 때 내가 본 한 미친 여자가 그 어두운 기억들을 홱 잡아 끌어당겨서 내 앞에 던져주었다. 그 미친 여자는 나일론의 치마저고리를 맵시있게 입고 있었고 팔에는 시절에 맞추어 고른 듯한 핸드백도 걸치고 있었다. 얼굴도 예쁜 편이고 화장이 화려했다. 그 여자가 미친 사람이라는 것을 알 수 있는 것은 쉬임없이 굴리고 있는 눈동자와 그 여자를 에워싸고 서서 선하품을 하며 그 여자를 놀려대고 있는 구두닦이 아이들 때문이었다. "공부를 많이 해서 돌아버렸대." "아냐, 남자한테 채여서야." "저 여자 미국말도 참 잘한다. 물어볼까?" 아이들은 그런 얘기를 높은 목소리로 하고 있었다. 좀 나이가 든 여드름쟁이 구두닦이 하나는 그 여자의 젖가슴을 손가락으로 집적거렸고 그럴 때마다 그 여자는 여전히 무표정한 얼굴로 비명만 지르고 있었다. 그 여자의 비명이 옛날 내가 무진의 골방 속에서 쓴 일기의 한 구절을 문득 생각나게 한 것이었다.

그때는 어머니가 살아계실 때였다. 6·25사변으로 대학의 강의가 중단되었기 때문에 서울을 떠나는 마지막 기차를 놓친 나는 서울에서 무진까지의 천여 리 길을 발가락이 몇 번이고 불어 터지도록 걸어서 내려왔고 어머니에 의해서 골방에 처박혀졌고 의용군의 징발도 그 후의 국군의 징병도 모두 기피해버리고 있었다. 내가 졸업한 무진 중학교의 상급반 학생들이 무명지(無名指)에 붕대를 감고 '이 몸이 죽어서 나라가 산다면······.'을 부르며 읍 광장에 서 있는 트럭들로 행진해가서 그 트럭들에 올라타고 일선으로 떠날 때도 나는 골방 속에 쭈그리고 앉아서 그들의 행진이 집 앞을 지나가는 소리를 듣고만 있었다. 전선이 북쪽으로 올라가고 대학이 강의를 시작했다는 소식이 들려왔을 때도 나는 무진의 골방 속에 숨어 있었다. 모두가 나의 홀어머님 때문이었다. 모두가 전쟁터로 몰려갈 때 나는 내 어머니에게 몰려서 골방 속에 숨어서 수음을 하고 있었다. 이웃집 젊은이의 전사통지가 오면 어머니는 내가 무사한 것을 기뻐했고, 이따금 일선의 친구에게서 군사우편이 오기라도 하면 나 몰래 그것을 찢어버리곤 하였었다. 내가 골방보다는 전선을 택하고 싶어해 가는 것을 알고 있었기 때문이다. 그 무렵에 쓴 나의 일기장들은, 그 후에 태워버려서 지금은 없지만, 모두가 스스로를 모멸하고 오욕(汚辱)을 웃으며 견디는 내용들이었다. '어머니, 혹시 제가 지금 미친다면 대강 다음과 같은 원인들 때문일 테니 그 점에 유의하셔서 저를 치료해보십시오……' 이러한 일기를 쓰던 때를 이른 아침 역 구내에서 본 미친 여자가 내 앞으로 끌어당겨주었던 것이다. 무진이 가까웠다는 것을 나는 그 미친 여자를 통하여 느꼈고 그리고 방금 지나친, 먼지를 둘러쓰고 잡초 속에서 튀어나와 있는 이정비를 통하여 실감했다.

"이번에 자네가 전무가 되는 건 틀림없는 거구, 그러니 자네 한 일주일 동안 시골에 내려가서 긴장을 풀고 푹 쉬었다가 오게. 전무님이 되면 책임이 더 무거워질 테니 말야." 아내와 장인 영감은 자신들은 알지 못하는 사이에 퍽 영리한 권유를 내게 한 셈이었다. 내가 긴장을 풀어버릴 수 있는, 아니 풀어버릴 수밖에 없는 곳을 무진으로 정해준 것은 대단히 영리한 것이었다.

버스는 무진 읍내로 들어서고 있었다. 기와지붕들도 양철지붕들도 초가지붕들도 유월 하순의 강렬한 햇볕을 받고 모두 은빛으로 번쩍이고 있었다. 철공소에서 들리는 쇠망치 두드리는 소리가 잠깐 버스로 달려들었다가 물러났다. 어디선지 분뇨(糞尿) 냄새가 새어들어 왔고 병원 앞을 지날 때는 크레졸 냄새가 났고 어느 상점의 스피커에서는 느려빠진 유행가가 흘러나왔다. 거리는 텅 비어 있었고 사람들은 처마 밑의 그늘에 쭈그리고 앉아 있었다. 어린아이들은 빨가벗고 기우뚱거리며 그늘 속을 걸어다니고 있었다. 읍의 포장된 광장도 거의 텅 비어 있었다. 햇볕만이 눈부시게 그 광장 위에서 끓고 있었고 그 눈부신 햇살 속에서, 정적 속에서 개 두 마리가 혀를 빼물고 교미를 하고 있었다.

《밤에 만난 사람들》

저녁식사를 하기 조금 전에 나는 낮잠에서 깨어나서 신문지국들이 몰려 있는 거리로 갔다. 이모님 댁에서는 신문을 구독하고 있지 않았다. 그렇지만 신문은 도회인이 누구나 그렇듯이 이제 내 생활의 일부로서 내 하루의 시작과 끝을 맡아보고 있었던 것이다. 내가 찾아간 신문지국에 나는 이모님 댁의 주소와 약도를 그려주고 나왔다. 밖으로 나올 때 나는 내 등 뒤에서 지국 안에 있던 사람들이 그들끼리 무어라고 수근거리는 소리를 들었다. 아마 나를 알고 있는 사람들이었던 모양이다. "……그래애? 거만하게 생겼는데…….""……출세했다지?…….""……옛날……폐병…….." 그런 속삭임 속에서, 나는 밖으로 나오면서 은근히 한 마디를 기다리고 있었다. 그러나 결국 '안녕히 가십시오.'는 나오지 않고 말았다. 그것이 서울과의 차이점이었다. 그들은 이제 점점 수군거림의 소용돌이 속으로 끌려 들어가고 있으리라, 자기 자신조차 잊어버리면서. 나중에 그 소용돌이 밖으로 내던져졌을 때 자기들이 느낄 공허감도 모른다는 듯이 그들은 수군거리고 수군거리고 또 수군거리고 있으리라. 바다가 있는 쪽에서 바람이 불어오고 있었다. 몇 시간 전에 버스에서 내릴 때보다 거리는 많이 번잡해졌다. 학생들이 학교에서 돌아오고 있었다. 그들은 책가방이 주체스러운 모양인지 그것을 뱅뱅 돌리기도 하며 어깨 너머로 넘겨들기도 하며 두 손으로 껴안기도 하며 혀 끝에 침으로써 방울을 만들어서 그것을 입바람으로 훅 불어 날리곤 했다. 학교 선생들과 사무소의 직원들도 달그락거리는 빈 도시락을 들고 축 늘어져서 지나가고 있었다. 그러자 나는 이 모든 것이 장난처럼 생각되었다. 학교에 다닌다는 것, 학생들을 가르친다는 것, 사무소에 출근했다가 퇴근한다는 이 모든 것이 실없는 장난이라는 생각이 든 것이다. 사람들이 거기에 매달려서 낑낑댄다는 것이 우습게 생각되었다.

　이모댁으로 돌아와서 저녁을 먹고 있을 때, 나는 방문을 받았다. 박(朴)이라고 하는 무진 중학교의 내 몇 해 후배였다. 한때 독서광(讀書狂)이었던 나를 그 후배는 무척 존경하는 눈치였다. 그는 학생시대에 이른바 문학소년이었던 것이다. 미국 작가인 피츠제럴드를 좋아한다고 하는 그 후배는 그러나 피츠제럴드의 팬답지 않게 아주 얌전하고 매사에 엄숙했고 그리고 가난하였다. "신문지국에 있는 제 친구에게서 내려오셨다는 얘길 들었습니다. 웬일이십니까?" 그는 정말 반가워 해주었다. "무진엔 왜 내가 못 올 덴가?" 그렇게 대답하며 나는 내 말투가 마음에 거슬렸다. "너무 오랫동안 오시지 않았으니까 그러는 거죠. 제가 군대에서 막 제대했을 때 오시고 이번이 처음이시니까 벌써……." "벌써 한 사 년 되는군." 4년 전 나는, 내가 경리(經理)의 일을 보고 있던 제약회사가 좀더 큰 다른 회사와 합병되는 바람에 일자리를 잃고 무진으로 내려왔던 것이다. 아니 단지 일자리를 잃었다는 이유만으로 서울을 떠났던 것은 아니다. 동거하고 있던 희(姬)만 그대로 내 곁에 있어 주었던들 실의(失意)의 무진행은 없었으리라. "결혼하셨다더군요?" 박이 물었다. "흐응, 자넨?" "전 아직. 참 좋은 데로 장가드셨다고들 하더군요." "그래? 자넨 왜 여태 결혼하지 않고 있나? 자네 금년에 어떻게 되지?" "스물아홉입니다." "스물아홉이라. 아홉수가 원래 사납다고 하데만. 금년엔 어떻게 해보지그래?" "글쎄요." 박은 소년처럼 머리를 긁었다. 4년 전이니까 그 해의 내 나이가 스물아홉이었고 희가 내 곁에서 달아나버릴 무렵에 지금 아내의 전 남편이 죽었던 것이다. "무슨 나쁜 일이 있었던 건 아니겠죠?" 옛날의 내 무진행의 내용을 다소 알고 있는 박은 그렇게 물었다. "응. 아마 승진이 될 모양인데 며칠 휴가를 얻었지." "잘 되셨군요. 해방

후의 무진중학 출신 중에선 형님이 제일 출세하셨다고들 하고 있어요." "내가?" 나는 웃었다. "예, 형님하고 형님 동기 중에서 조형하고요." "조라니 나하고 친하게 지내던 애 말인가?" "예, 그 형이 재작년엔가 고등고시에 패스해서 지금 여기 세무서장으로 있거든요." "아, 그래?" "모르셨어요?" "서로 소식이 별로 없었지. 그 애가 옛날엔 여기 세무서에서 직원으로 있었지, 아마?" "예." "그거 잘됐군. 오늘 저녁엔 그 친구에게나 가볼까?" 친구 조는 키가 작았고 살결이 검은 편이었다. 그래서 키가 크고 살결이 창백한 나에게 열등감을 느낀다는 얘기를 내게 곧잘 했었다. '옛날에 손금이 나쁘다고 판단받은 소년이 있었다. 그 소년은 자기의 손톱으로 손바닥에 좋은 손금을 파가며 열심히 일했다. 드디어 그 소년은 성공해서 잘 살았다.'

조는 이런 얘기에 가장 감격하는 친구였다. "참 자넨 요즘 뭘 하고 있나?" 내가 박에게 물었다. 박은 얼굴을 붉히고 잠시 동안 머뭇거리다가 모교에서 교편을 잡고 있다고, 그것이 무슨 잘못이라도 되는 것처럼 우물거리며 대답했다. "좋지 않아? 책 읽을 여유가 있으니까 얼마나 좋은가? 난 잡지 한 권 읽을 여유가 없네. 무얼 가르치고 있나?" 후배는 내 말에 용기를 얻었는지 아까보다는 조금 밝은 목소리로 대답했다. "국어를 가르치고 있습니다." "잘했어. 학교측에서 보면 자네 같은 선생을 구하기도 힘들 거야." "그렇지도 않아요. 사범대학 출신들 때문에 교원자격고시 합격증 가지고 견디기가 힘들어요." "그게 또 그런가?" 박은 아무 말 없이 쓸쓸한 미소만 지어보였다.

저녁식사 후, 우리는 술 한 잔씩을 마시고 나서 세무서장이 된 조의 집을 향하여 갔다. 거리는 어두컴컴했다. 다리를 건널 때 나는 냇가의 나무들이 어슴푸레하게 물 속에 비춰 있는 것을 보았다. 옛날 언젠가 역시 이 다리를 밤중에 건너면서 나는 저 시커멓게 웅크리고 있는 나무들을 저주했었다. 금방 소리를 지르며 달려들 듯한 모습으로 나무들은 서 있었던 것이다. 세상에 나무가 없다면 얼마나 좋을까 하고 생각하기도 했었다. "모든 게 여전하군." 내가 말했다. "그럴까요?" 후배가 웅얼거리듯이 말했다.

조의 응접실에는 손님들이 네 사람 있었다. 나의 손을 아프도록 쥐고 흔들고 있는 조의 얼굴이 옛날보다 윤택해지고 살결도 많이 하얘진 것을 나는 보고 있었다. "어서 자리로 앉아라. 이거 원 누추해서……. 빨리 마누랄 얻어야겠는데……." 그러나 방은 결코 누추하지 않았다. "아니 아직 결혼 안 했나?" 내가 물었다. "법률책 좀 붙들고 앉아 있었더니 그렇게 돼버렸어. 어서 앉아." 나는 먼저 온 손님들에게 소개되었다. 세 사람은 남자로서 세무서 직원들이었고 한 사람은 여자로서 나와 함께 온 박과 무언가 얘기를 주고받고 있었다. "어어, 밀담들은 그만 하시고. 하(河) 선생, 인사해요, 내 중학동창인 윤희중이라는 친굽니다. 서울에 있는 큰 제약회사의 간사님이시고 이쪽은 우리 모교에 와 계시는 음악 선생님이시고. 하인숙 씨라고, 작년에 서울에서 음악대학을 나오신 분이지." "아, 그러세요. 같은 학교에 계시는군요?" 나는 박과 그 여선생을 번갈아 가리키며 여선생에게 말했다. "네." 여선생은 방긋 웃으며 대답했고 내 후배는 고개를 숙여버렸다. "고향이 무진이신가요?" "아녜요. 발령이 이곳으로 났기 땜에 저 혼자 와 있는 거예요." 그 여자는 개성있는 얼굴을 가지고 있었다. 윤곽은 갸름했고 눈이 컸고 얼굴색은 노리끼했다. 전체로 보아서 병약한 느낌을 주고 있었지만 그러나 좀 높은 콧날과 두터운 입술이 병약하다는 인상을 버리도록 요구하고 있었다. 그리고 카랑카랑한 목소리가 코와 입이 주는 인상을 더욱 강하게 하고 있었다. "전공이 무엇이었던가요?" "성악 공부 좀 했어요." "그렇지만 하 선생님은 피아노도 아주 잘 치십니다." 박이 곁에서 조심스런 목소리로 끼어들었다. 조도 거들었다. "노래를 아주 잘 하시지. 소프라노가 굉장하시거든." "아, 소프라노를 맡으시는가요?" 내가 물었다. "네, 졸업 연주회 땐 〈나비 부인〉 중에서 〈어떤 개인 날〉을 불렀어요." 그 여자는 졸업 연주회를 그리워하고 있는 듯한 음성으로 말했다.

방바닥에는 비단 방석이 놓여 있고 그 위에는 화투짝이 흩어져 있었다. 무진(霧津)이다. 곧 입술을 태울 듯이 타들어가는 담배꽁초를 입에 물고 눈으로 들어오는 그 담배연기 때문에 눈물을 찔끔거리며 눈을 가늘게 뜨고, 이미 정오가 가까운 시각에야 잠자리에서 일어나서 그날의 허황한 운수를 점쳐보던 그 화투짝이었다. 또는, 자신을 팽개치듯이 끼어들던 언젠가의 노름판, 그 노름판에서 나의 뜨거워져가는 머리와 손가락만을 제외하곤 내 몸을 전연 느끼지 못하게 만들던 그 화투짝이었다. "화투가 있군, 화투가." 나는 한 장을 집어서 딱 소리가 나게 내려치고 다시 그것을 집어서 내려치고 또 집어서 내려치고 하며 중얼거렸다. "우리 돈내기 한 판 하실까요?" 세무서 직원 중의 하나가 내게 말했다. 나는 싫었다. "다음 기회에 하지요." 세무서 직원들은 싱글싱글 웃었다. 조가 안으로 들어갔다가 나왔다. 잠시 후에 술상이 나왔다.

"여기엔 얼마쯤 있게 되나?" "일주일 가량." "청첩장 한 장 없이 결혼해버리는 법이 어디 있어? 하기야 청첩장을 보냈더라도 그땐 내가 세무서에서 주판알 튀기고 있을 때니까 별수도 없었겠지만 말이다." "난 그랬지만 넌 청첩장 보내야 한다." "염려말아. 금년 안으로는 받아볼 수 있게 될 거다." 우리는 별로 거품이 일지 않는 맥주를 마셨다. "제약회사라면 그게 약 만드는 데 아닙니까?" "그렇죠." "평생 병걸릴 염려는 없겠습니다그려." 굉장히 우스운 익살을 부렸다는 듯이 직원들은 방바닥을 치며 오랫동안 웃었다. "참 박군, 학생들한테서 인기가 대단하더구먼. 기껏 오분쯤 걸어오면 될 거리에 살면서 나한텐 왜 통 놀러오지 않나?" "늘 생각은 하고 있었습니다만……." "저기 앉아 계시는 하 선생님한테서 자네 얘긴 늘 듣고 있지. 자, 하선생, 맥주는 술도 아니니까 한 잔 들어봐요. 평소엔 그렇지도 않던데 오늘 저녁엔 왜 이렇게 얌전을 피우실까?" "네 네, 거기 놓으세요. 제가 마시겠어요." "맥주는 좀 마셔봤지요?" "대학 다닐 때 친구들과 어울려서 방문을 안으로 잠궈놓고 소주도 마셔본걸요." "이거 술꾼인 줄은 몰랐는데.""마시고 싶어서 마신 게 아니라 시험삼아서 맛 좀 본 거예요.""그래서 맛이 어떻습디까?""모르겠어요. 술잔을 입에서 떼자 마자 쿨쿨 자버렸으니까요." 사람들이 웃었다. 박만이 억지로 웃는 듯한 웃음이었다. "내가 항상 생각하는 바지만, 하 선생님의 좋은 점은 바로 저기에 있거든. 될 수 있으면 얘기를 재미있게 하려고 한다는 점, 바로 그거야.""일부러 재미있게 하려고 하는 게 아녜요. 대학 다닐 때의 말버릇이에요.""아하, 그러고 보면 하 선생의 나쁜 점은 바로 저기 있어. '내가 대학 다닐 때'라는 말을 빼놓곤 얘기가 안 됩니까? 나처럼 대학엔 문전에도 가보지 못한 사람은 서러워서 살겠어요?""죄송합니다아.""그럼 내게 사과하는 뜻에서 노래 한 곡 들려주시겠어요?""그거 좋습니다.""좋지요.""한번 들어봅시다." 사람들이 박수를 쳤다. 여선생은 머뭇거렸다. "서울 손님도 오고 했으니까……그 지난번에 부르던 거 참 좋습디다." 조는 재촉했다. "그럼 부릅니다." 여선생은 거의 무표정한 얼굴로 입을 조금만 달싹거리며 노래를 부르기 시작했다. 세무서 직원들이 손가락으로 술상을 두드리기 시작했다. 여선생은 〈목포의 눈물〉을 부르고 있었다. 〈어떤 개인 날〉과 〈목포의 눈물〉 사이에는 얼마큼의 유사성이 있을까? 무엇이 저 아리아들로서 길들여진 성대에서 유행가를 나오게 하고 있을까? 그 여자가 부르는 〈목포의 눈물〉에는 작부(酌婦)들이 부르는 그것에서 들을 수 있는 것과 같은 꺾임이 없었고, 대체로 유행가를 살려주는 목소리의 갈라짐이 없었고 흔히 유행가가 내용으로 하는 청승맞음이 없었다. 그 여자의 〈목포의 눈물〉은 이미 유행가가 아니었다. 그렇다고 〈나비부인〉 중의 아리아는 더욱 아니었다. 그것은 이전에는 없었던 어떤 새로운 양식의 노래였다. 그 양식은 유행가가 내용으로 하는 청승맞음과는 다른, 좀더 무자비한 청승맞음을 포함하고 있었고 〈어떤 개인 날〉의 그 절규보다도 훨씬 높은 옥타브의 절규를 포함하고 있었고, 그 양식에는 머리를 풀어헤친 광녀(狂女)의 냉소가 스며 있었고 무엇보다도 시체가 썩어가는 듯한 무진의 그 냄새가 스며 있었다.

 그 여자의 노래가 끝나자 나는 의식적으로 바보 같은 웃음을 띠고 박수를 쳤고 그리고 육감으로서랄까, 나는 후배인 박이 이 자리에서 떠나고 싶어하는 것을 알았다. 나의 시선이 박에게로 갔을 때, 나의 시선을 받은 박은 기다렸다는 듯이 자리에서 일어났다. 누군지가 그에게 앉아 있기를 권했으나 박은 해사한 웃음을 띠며 거절했다. "먼저 실례합니다. 형님은 내일 또 뵙지요." 조는 대문까지 따라 나왔고 나는 한길까지 박을 바래다주러 나갔다. 밤이 깊지 않았는데도 거리는 적막했다. 어디선지 개 짖는 소리가 들려왔고 쥐 몇 마리가 한길위에서 무엇을 먹고 있다가 우리의 그림자에 놀라 흩어져버렸다. "형님, 보세요. 안개가 내리는군요." 과연 한길의 저 끝이, 불빛이 드문드문 박혀 있는 먼 주택지의 검은 풍경들이 점점 풀어져가고 있었다. "자네, 하 선생을 좋아하고 있는 모양이군?" 내가 물었다. 박은 다시 그 해사한 웃음을 띠었다. "그 여선생과 조군과 무슨 관계가 있는 모양이지?" "모르겠습니다. 아마 조형이 결혼대상자 중의 하나로 생각하는 거 같아요." "자네가 그 여선생을 좋아한다면 좀더 적극적으로 나가야 해. 잘해 봐." "뭐 별로……." 박은 소년처럼 말을 더듬거렸다. "그 속물들 틈에 앉아서 유행가를 부르고 있는 게 좀 딱해보였을 뿐이지요. 그래서 나와버린 거죠." 박은 분노를 누르고 있는 듯이 나직나직 말했다. "클래식을 부를 장소가 있고 유행가를 부를 장소가 따로 있다는 것뿐이겠지. 뭐 딱할 거까지야 있나?" 나는 거짓말로써 그를 위로했다. 박은 가고 나는 다시 '속물'들 틈에 끼었다. 무진에서는 누구나 그렇게 생각하는 것이다. 타인은 모두 속물들이라고. 나 역시 그렇게 생각하는 것이다, 타인이 하는 모든 행위는 무위(無爲)와 똑같은 무게밖에 가지고 있지 않은 장난이라고.

 밤이 퍽 깊어서 우리는 자리에서 일어났다. 조는 내가 자기 집에서 자고 가기를 권했다. 그러나 다음날 아침에 잠자리에서 일어나서 그 집을 나올 때까지의 부자유스러움을 생각하고 나는 기어코 밖으로 나섰다. 직원들도 도중에서 흩어져가고 결국엔 나와 여자만이 남았다. 우리는 다리를 건너고 있었다. 검은 풍경 속에서 냇물은 하얀 모습으로 뻗어 있었고 그 하얀 모습의 끝은 안개 속으로 사라지고 있었다. "밤엔 정말 멋있는 고장이에요." 여자가 말했다. "그래요? 다행입니다." 내가 말했다. "왜 다행이라고 말씀하시는 줄 짐작하겠어요." 여자가 말했다. "어느 정도까지 짐작하셨어요?" 내가 물었다. "사실은 멋이 없는 고장이니까요. 제 대답이 맞았어요?" "거의." 우리는 다리를 다 건넜다. 거기서 우리는 헤어져야 했다. 그 여자는 냇물을 따라서 뻗어나간 길로 가야 했고 나는 곧장 난 길로 가야 했다. "아, 글루 가세요? 그럼……." 내가 말했다. "조금만 바래다주세요. 이 길은 너무 조용해서 무서워요." 여자가 조금 떨리는 목소리로 말했다. 나는 다시 여자와 나란히 서서 걸었다. 나는 갑자기 이 여자와 친해진 것 같았다. 다리가 끝나는 바로 거기에서부터, 그 여자가 정말 무서워서 떠는 듯한 목소리로 내게 바래다주기를 청했던 바로 그때부터 나는 그 여자가 내 생애 속에 끼어든 것을 느꼈다. 내 모든 친구들처럼, 이제는 모른다고 할 수 없는, 때로는 내가 그들을 훼손하기도 했지만 그러나 더욱 많이 그들이 나를 훼손시켰던 내 모든 친구들처럼. "처음 뵈었을 때, 뭐랄까요, 서울 냄새가 난다고 할까요, 퍽 오래 전부터 알던 사람처럼 느껴졌어요. 참 이상하죠?" 갑자기 여자가 말했다. "유행가." 내가 말했다. "네?" "아니 유행가는 왜 부르십니까? 성악 공부한 사람들은 될 수 있는 대로 유행가를 멀리하지 않았던가요?" "그 사람들은 항상 유행가만 부르라고 하거든요." 대답하고 나서 여자는 부끄러운 듯이 나지막하게 소리내어 웃었다. "유행가를 부르지 않으려면 거기에 가지 않는 게 좋다고 얘기하면 내정간섭이 될까요?" "정말 앞으론 가지 않을 작정이에요. 정말 보잘것없는 사람들이에요." "그럼 왜 여태까진 거기에 놀러다녔습니까?" "심심해서요." 여자는 힘없이 말했다. 심심하다, 그래 그게 가장 정확한 표현이다. "아까 박 군은 하 선생님께서 유행가를 부르고 계시는 게 보기에 딱하다고 하면서 나가버렸지요." 나는 어둠 속에서 여자의 얼굴을 살폈다. "박 선생님은 정말 꽁생원이에요." 여자는 유쾌한 듯이 높은 소리로 웃었다. "선량한 사람이죠." 내가 말했다. "네, 너무 선량해요." "박군이 하 선생님을 사랑하고 있다고 생각을 해본 적은 없었던가요?" "아이, '하 선생님 하 선생님' 하지 마세요. 오빠라고 해도 제 큰 오빠뻘이나 되실 텐데요." "그럼 무어라고 부릅니까?" "그냥 제 이름을 불러주세요. 인숙이라고요." "인숙이 인숙이." 나는 낮은 소리로 중얼거려보았다. "그게 좋군요." 나는 말했다. "인숙인 왜 내 질문을 피하지요?" "무슨 질문을 하셨던가요?" 여자는 웃으면서 말했다. 우리는 논 곁을 지나가고 있었다. 언젠가 여름 밤, 멀고 가까운 논에서 들려오는 개구리들의 울음소리를, 마치 수많은 비단조개 껍질을 한꺼번에 맞부빌 때 나는 듯한 소리를 듣고 있을 때 나는 그 개구리 울음소리들이 나의 감각 속에서 반짝이고 있는 수없이 많은 별들로 바뀌어져 있는 것을 느끼곤 했었다. 청각의 이미지가 시각의 이미지로 바꾸어지는 이상한 현상이 나의 감각 속에서 일어나곤 했었던 것이다. 개구리 울음소리가 반짝이는 별들이라고 느낀 나의 감각은 왜 그렇게 뒤죽박죽이었을까. 그렇지만 밤하늘에서 쏟아질 듯이 반짝이고 있는 별들을 보고 개구리의 울음소리가 귀에 들려오는 듯했던 것은 아니다. 별들을 보고 있으면 나는 나와 어느 별과 그리고 그 별과 또 다른 별들 사이의 안타까운 거리가, 과학책에서 배운 바로써가 아니라, 마치 나의 눈이 점점 정확해져가고 있는 듯이 나의 시력에 뚜렷이 보여오는 것이었다. 나는 그 도달할 길 없는 거리를 보는데 홀려서 멍하니 서 있다가 그 순간 속에서 그대로 가슴이 터져버리는 것 같았다. 왜 그렇게 못 견디어 했을까. 별이 무수히 반짝이는 밤하늘을 보고 있던 옛날 나는 왜 그렇게 분해서 못 견디어 했을까. "무얼 생각하고 계세요?" 여자가 물었다. "개구리 울음소리." 대답하며 나는 밤하늘을 올려봤다. 내리고 있는 안개에 가려서 별들이 흐릿하게 떠보였다. "어머, 개구리 울음소리. 정말예요. 제겐 여태까지 개구리 울음소리가 들리지 않았어요. 무진의 개구리는 밤 열두시 이후에만 우는 줄로 알고 있었는데요." "열두시 이후에요?" "네, 밤 열두시가 넘으면 제가 방을 얻어 있는 주인댁 라디오 소리도 꺼지고 들리는 거라곤 개구리 울음소리뿐이거든요." "밤 열두시가 넘도록 잠을 자지 않고 무얼 하시죠?" "그냥 가끔 그렇게 잠이 오지 않아요." 그냥 그렇게 잠이 오지 않는다. 아마 그건 사실이리라. "사모님 예쁘게 생기셨어요?" 여자가 갑자기 물었다. "제 아내 말씀인가요?" "네." "예쁘죠." 나는 웃으면서 대답했다. "행복하시죠? 돈이 많고 예쁜 부인이 있고 귀여운 아이들이 있고 그러면……." "아이들은 아직 없으니까 쬐금 덜 행복하겠군요." "어머, 결혼을 언제 하셨는데 아직 아이들이 없어요?" "이제 삼 년 좀 넘었습니다." "특별한 용무도 없이 여행하시면서 왜 혼자 다니세요?" 이 여자는 왜 이런 질문을 할까? 나는 조용히 웃어버렸다. 여자는 아까보다 좀더 명랑한 목소리로 말했다. "앞으로 오빠라고 부를 테니까 절 서울로 데려가주시겠어요?" "서울에 가고 싶으신가요?" "네." "무진이 싫은가요?" "미칠 것 같아요. 금방 미칠 것 같아요. 서울엔 제 대학동창들도 많고……아이, 서울로 가고 싶어 죽겠어요." 여자는 잠깐 내 팔을 잡았다가 얼른 놓았다. 나는 갑자기 흥분되었다. 나는 이마를 찡그렸다. 찡그리고 찡그리고 또 찡그렸다. 그러자 흥분이 가셨다. "그렇지만 이젠 어딜 가도 대학시절과는 다를걸요. 인숙은 여자니까 아마 가정으로나 숨어버리기 전에는 어느 곳에 가든지 미칠 것 같을걸요." "그런 생각도 해봤어요. 그렇지만 지금 같아선 가정을 갖는다고 해도 미칠 것 같은 생각이 들어요. 정말 맘에 드는 남자가 아니면요. 정말 맘에 드는 남자가 있다고 해도 여기서는 살기가 싫어요. 전 그 남자에게 여기서 도망하자고 조를 거예요." "그렇지만 내 경험으로는 서울에서의 생활이 반드시 좋지도 않더군요. 책임, 책임뿐입니다." "그렇지만 여긴 책임도 무책임도 없는 곳인걸요. 하여튼 서울에 가고 싶어요. 절 데려가주시겠어요?" "생각해봅시다." "꼭이에요, 네?" 나는 그저 웃기만 했다. 우리는 그 여자의 집 앞에까지 왔다. "선생님, 내일은 무얼 하실 계획이세요?" 여자가 물었다. "글쎄요. 아침엔 어머님 산소엘 다녀와야 하겠고, 그러고 나면 할 일이 없군요. 바닷가에나 가볼까 하는데요. 거긴 한때 내가 방을 얻어 있던 집이 있으니까 인사도 할겸." "선생님, 내일 거긴 오후에 가세요." "왜요?" "저도 같이 가고 싶어요. 내일은 토요일이니까 오전 수업뿐이에요." "그럽시다." 우리는 내일 만날 시간과 장소를 약속하고 헤어졌다. 나는 이상한 우울에 빠져서 터벅터벅 밤길을 걸어 이모댁으로 돌아왔다.

내가 이불 속으로 들어갔을 때 통금 사이렌이 불었다. 그것은 갑작스럽게 요란한 소리였다. 그 소리는 길었다. 모든 사물이 모든 사고(思考)가 그 사이렌에 흡수되어갔다. 마침내 이 세상에선 아무것도 없어져버렸다. 사이렌만이 세상에 남아 있었다. 그 소리도 마침내 느껴지지 않을 만큼 오랫동안 계속할 것 같았다. 그때 소리가 갑자기 힘을 잃으면서 꺾였고 길게 신음하며 사라져갔다. 내 사고(思考)만이 다시 살아났다. 나는 얼마 전까지 그 여자와 주고받던 얘기들을 다시 생각해보려 했다. 많은 것을 얘기한 것 같은데 그러나 귓속에는 우리의 대화가 몇 개 남아 있지 않았다. 좀더 시간이 지난 후, 그 대화들이 내 귓속에서 내 머리 속으로 자리를 옮길 때는 그리고 머리 속에서 심장 속으로 옮겨갈 때는 또 몇 개가 더 없어져버릴 것인가. 아니 결국엔 모두 없어져버릴지도 모른다. 천천히 생각해보자. 그 여자는 서울에 가고 싶다고 했다. 그 말을 그 여자는 안타까운 음성으로 얘기했다. 나는 문득 그 여자를 껴안고 싶은 충동에 사로잡혔다. 그리고⋯⋯아니, 내 심장에 남을 수 있는 것은 그것뿐이었다. 그러나 그것도 일단 무진을 떠나기만 하면 내 심장 위에서 지워져버리리라. 나는 잠이 오지 않았다. 낮잠 때문이기도 하였다. 나는 어둠 속에서 담배를 피웠다. 나는 우울한 유령들처럼 나를 내려다보고 있는 벽에 걸린 하얀 옷들을 흘겨보고 있었다. 나는 담뱃재를 머리맡의 적당한 곳에 털었다. 내일 아침 걸레로 닦아내면 될 어느 곳에. '열두시 이후에 우는' 개구리 울음소리가 희미하게 들려오고 있었다. 어디선가 한시를 알리는 시계 소리가 나직이 들려왔다. 어디선가 두시를 알리는 시계 소리가 들려왔다. 어디선가 세시를 알리는 시계 소리가 들려왔다. 어디선가 네시를 알리는 시계 소리가 들려왔다. 잠시 후에 통금해제의 사이렌이 불었다. 시계와 사이렌 중 어느 것 하나가 정확하지 못했다. 사이렌은 갑작스런 요란한 소리였다. 그 소리는 길었다. 모든 사물이 모든 사고가 그 사이렌에 흡수되어갔다. 마침내 이 세상에선 아무것도 없어져버렸다. 사이렌만이 세상에 남아 있었다. 그 소리도 마침내 느껴지지 않을 만큼 오랫동안 계속할 것 같았다. 그때 소리가 갑자기 힘을 잃으면서 꺾였고 길게 신음하며 사라져갔다. 어디선가 부부들은 교합(交合)하리라. 아니다. 부부가 아니라 창부와 그 여자의 손님이리라. 나는 왜 그런 엉뚱한 생각을 하고 있는지 알 수 없었다. 잠시 후에 나는 슬며시 잠이 들었다.

《바다로 뻗은 긴 방죽》

그날 아침엔 이슬비가 내리고 있었다. 식전에 나는 우산을 받쳐들고 읍 근처의 산에 있는 어머니의 산소로 갔다. 나는 바지를 무릎 위까지 걷어올리고 비를 맞으며 묘를 향하여 엎드려 절했다. 비가 나를 굉장한 효자로 만들어주었다. 나는 한 손으로 묘 위의 긴 풀을 뜯었다. 풀을 뜯으면서 나는 나를 전무님으로 만들기 위하여 전무 선출에 관계된 사람들을 찾아다니며 그 호걸웃음을 웃고 있을 장인 영감을 상상했다. 그러자 나는 묘 속으로 들어가고 싶었다.

돌아가는 길은 좀 멀긴 하지만 잔디가 곱게 깔린 방죽길을 걷기로 했다. 이슬비가 바람에 뿌옇게 날리고 있었다. 비를 따라서 풍경이 흔들렸다. 나는 우산을 접어버렸다. 방죽 위를 걸어가다가 나는 방죽의 경사 밑, 물가의 풀밭에 읍에서 먼 촌으로부터 등교하기 위하여 오던 학생들이 모여서 웅성거리고 있는 것을 보았다. 나이 많은 사람들이 몇 사람 끼어 있었고 비옷을 입은 순경 한 사람이 방죽의 비탈 위에 쭈그리고 앉아서 담배를 피우며 먼 곳을 바라보고 있었고 노파 한 사람이 혀를 차며 웅성거리고 있는 학생들의 틈을 빠져나와서 갔다. 나는 방죽의 비탈을 내려갔다. 순경 곁을 지나면서 나는 물었다. "무슨 일입니까?" "자살 시쳅니다." 순경은 흥미없는 말투로 말했다. "누군데요?" "읍내에 있는 술집 여잡니다. 초여름이 되면 반드시 몇 명씩 죽지요." "네에." "저 계집애는 아주 독살스러운 년이어서 안 죽을 줄 알았더니, 저것도 별수없는 사람이었던 모양입니다." "네에." 나는 물가로 내려가서 학생들 틈에 끼었다. 시체의 얼굴은 냇물을 향하고 있었으므로 내게는 보이지 않았다. 머리는 파마였고 팔과 다리가 하얗고 굵었다. 붉은색의 얇은 스웨터를 입고 있었고 하얀 스커트를 입고 있었다. 지난 밤의 새벽은 추웠던 모양이다. 아니면 그 옷이 그 여자의 맘에 든 옷이었던가보다. 푸른 꽃무늬 있는 하얀 고무신을 머리에 베고 있었다. 무엇인가를 싼 하얀 손수건이 그 여자의 축 늘어진 손에서 좀 떨어진 곳에 굴러 있었다. 하얀 손수건은 비를 맞고 있었고 바람이 불어도 조금도 나부끼지 않았다. 시체의 얼굴을 보기 위해서 많은 학생들이 냇물 속에 발을 담그고 이쪽을 향하여 서 있었다. 그들의 푸른색 유니폼이 물에 거꾸로 비쳐 있었다. 푸른색의 깃발들이 시체를 옹위하고 있었다. 나는 그 여자를 향하여 이상스레 정욕이 끓어오름을 느꼈다. 나는 급히 그 자리를 떠났다. "무슨 약을 먹었는지 모르지만 지금이라도 어쩌면……." 순경에게 내가 말했다. "저런 여자들이 먹는 건 청산가립니다. 수면제 몇 알 먹고 떠들썩한 연극 같은 건 안 하지요. 그것만은 고마운 일이지만." 나는 무진으로 오는 버스칸에서 수면제를 만들어 팔겠다는 공상을 한 것이 생각났다. 햇빛의 신선한 밝음과 살갗에 탄력을 주는 정도의 공기의 저온, 그리고 해풍(海風)에 섞여 있는 정도의 소금기, 이 세 가지를 합성하여 수면제를 만들 수 있다면……. 그러나 사실 그 수면제는 이미 만들어져 있었던 게 아닐까. 나는 문득, 내가 간밤에 잠을 이루지 못하고 뒤척이고 있었던 게 이 여자의 임종을 지켜주기 위해서가 아니었을까 하는 생각이 들었다. 통금해제의 사이렌이 불고 이 여자는 약을 먹고 그제야 나는 슬며시 잠이 들었던 것만 같다. 갑자기 나는 이 여자가 나의 일부처럼 느껴졌다. 아프긴 하지만 아끼지 않으면 안 될 내 몸의 일부처럼 느껴졌다. 나는 접어든 우산에 묻은 물을 휙휙 뿌리면서 집으로 돌아왔다. 집에는 세무서장인 조가 보낸 쪽지가 기다리고 있었다. '할 일 없으면 세무서로 좀 들러주게.' 아침밥을 먹고 나는 세무서로 갔다. 이슬비는 그쳤으나 하늘은 흐렸다. 나는 조의 의도를 알 것 같았다. 서장실에 앉아 있는 자기의 모습을 보여주고 싶은 거다. 아니 내가 비꼬아서 생각하고 있는지 모른다. 나는 고쳐 생각하기로 했다. 그는 세무서장으로 만족하고 있을까? 아마 만족하고 있을 게다. 그는 무진에 어울리는 사람이다. 아니, 나는 다시 고쳐 생각하기로 했다. 어떤 사람을 잘 안다는 것 —— 잘 아는 체한다는 것이 그 어떤 사람의 입장에서 보면 무척 불행한 일이다. 우리가 비난할 수 있고 적어도 평가하려고 드는 것은 우리가 알고 있는 사람에 한하는 것이기 때문이다.

조는 러닝셔츠 바람으로, 바지는 무릎 위까지 걷어붙이고 부채를 부치고 있었다. 나는 그가 초라해보였고 그러나 그가 흰 커버를 씌운 회전의자 위에 앉아 있는 것을 자랑스러워하는 듯한 몸짓을 해보일 때는 그가 가엾게 생각되었다. "바쁘지 않나?" 내가 물었다. "나야 뭐 하는 일이 있어야지. 높은 자리라는 건 책임진다는 말만 중얼거리고 있으면 되는 모양이지." 그러나 그는 결코 한가하지 않았다. 여러 사람들이 드나들면서 서류에 조의 도장을 받아갔고 더 많은 서류들이 그의 미결함(未決函)에 쌓여졌다. "월말에다가 토요일이 되어서 좀 바쁘다." 그는 말했다. 그러나 그의 얼굴은 그 바쁜 것을 자랑스럽게 여기고 있었다. 바쁘다. 자랑스러워할 틈도 없이 바쁘다. 그것은 서울에서의 나였다. 그만큼 여기는 생활한다는 것에 서투를 수 있다고나 할까? 바쁘다는 것도 서투르게 바빴다. 그리고 그때 나는, 사람이 자기가 하는 일에 서투르다는 것은, 그것이 무슨 일이든지 설령 도둑질이라고 할지라도 서투르다는 것은 보기에 딱하고 보는 사람을 신경질 나게 한다고 생각하였다. 미끈하게 일을 처리해버린다는 건 우선 우리를 안심시켜준다. "참, 엊저녁, 하 선생이란 여자는 네 색시감이냐?" 내가 물었다. "색시감?" 그는 높은 소리로 웃었다. "내 색시깜이 그 정도로밖에 안 보이냐?" 그가 말했다. "그 정도가 뭐 어때서?" "야, 이 약아빠진 놈아, 넌 뺀 좋고 돈 많은 과부를 물어놓고 기껏 내가 어디서 굴러온 줄도 모르는 말라빠진 음악선생이나 차지하고 있으면 맘이 시원하겠다는 거냐?" 말하고 나서 그는 유쾌해 죽겠다는 듯이 웃어대었다. "너만큼만 사는 정도라면 여자가 거지라도 괜찮지 않아?" 내가 말했다. "그래도 그게 아닙니다. 내편에 나를 끌어줄 사람이 없으면 처가 편에서라도 누가 있어야 하는 거야." 그가 대답했다. 그의 말투로는 우리는 공범자였다. "야, 세상 우습더라. 내가 고시에 패스하자마자 중매쟁이가 막 들어오는데……. 그런데 그게 모두 형편없는 것들이거든. 도대체 여자들이 성기(性器) 하나를 밑천으로 해서 시집 가보겠다는 고 배짱들이 괘씸하단 말야." "그럼 그 여선생도 그런 여자 중의 하나인가?" "아주 대표적인 여자지. 어떻게나 쫓아다니는지 귀찮아 죽겠다." "퍽 똑똑한 여자일 것 같던데." "똑똑하기야 하지. 그렇지만 뒷조사를 해보았더니 집안이 너무 허술해. 그 여자가 여기서 죽는다고 해도 고향에서 그 여자를 데리러 올 사람 하나 변변한 게 없거든." 나는 그 여자를 어서 만나보고 싶었다. 나는 그 여자가 지금 어디서 죽어가고 있는 것처럼 생각되었다. 어서 가서 만나보고 싶었다. "속도 모르는 박군은 그 여자를 좋아한대." 그가 말하면서 빙긋 웃었다. "박군이?" 나는 놀란 체했다. "그 여자에게 편지를 보내어 호소를 하는데 그 여자가 모두 내게 보여주거든. 박군은 내게 연애편지를 쓰는 셈이지." 나는 그 여자를 만나보고 싶은 생각이 싹 가셨다. 그러나 잠시 후엔 그 여자를 어서 만나보고 싶다는 생각이 되살아났다. "지난 봄엔 그 여잘 데리고 절엘 한 번 갔었지. 어떻게 해보려고 했는데 요 영리한 게 결혼하기 전까지는 절대로 안 된다는 거야." "그래서?" "무안만 당하고 말았지." 나는 그 여자에게 감사했다.

시간이 됐을 때 나는 그 여자와 만나기로 한, 읍내에서 좀 떨어진, 바다로 뻗어나가고 있는 방죽으로 갔다. 노란 파라솔 하나가 멀리 보였다. 그것이 그 여자였다. 우리는 구름이 낀 하늘 밑을 나란히 걸어갔다. "저 오늘 박 선생님께 선생님에 관해서 여러 가지 물어봤어요." "그래요?" "무얼 제일 중요하게 물어보았을 거 같아요?" 나는 전연 짐작할 수가 없었다. 그 여자는 잠시 동안 키득키득 웃었다. 그리고 말했다. "선생님의 혈액형을 물어봤어요." "내 혈액형을요?" "전 혈액형에 대해서 이상한 믿음을 가지고 있어요. 사람들이 꼭 자기의 혈액형이 나타내주는──그, 생물책에 쓰여 있지 않아요?──꼭 그 성격대로이기만 했으면 좋겠어요. 그럼 세상엔 손가락으로 꼽을 정도의 성격밖에 없을 게 아니에요?" "그게 어디 믿음입니까? 희망이지." "전 제가 바라는 것은 그대로 믿어버리는 성격이에요." "그건 무슨 혈액형입니까?" "바보라는 이름의 혈액형이에요." 우리는 후텁지근한 공기 속에서 괴롭게 웃었다. 나는 그 여자의 프로필을 훔쳐보았다. 그 여자는 이제 웃음을 그치고 입을 꾹 다물고 그 커다란 눈으로 앞을 똑바로 응시하고 있었고 코 끝에 땀이 맺혀 있었다. 그 여자는 어린 아이처럼 나를 따라오고 있었다. 나는 나의 한 손으로 그 여자의 한 손을 잡았다. 그 여자는 놀란 듯했다. 나는 얼른 손을 놓았다. 잠시 후에 나는 다시 손을 잡았다. 그 여자는 이번엔 놀라지 않았다. 우리가 잡고 있는 손바닥과 손바닥 틈으로 희미한 바람이 새어나가고 있었다. "무작정 서울에만 가면 어떻게 할 작정이오?" 내가 물었다. "이렇게 좋은 오빠가 있는데 어떻게 해주겠지요." 여자는 나를 쳐다보며 방긋 웃었다. "신랑감이야 수두룩하긴 하지만……. 서울보다는 고향에 가 있는 게 낫지 않을까요?" "고향보다는 여기가 나아요." "그럼 여기 그대로 있는 게……." "아이, 선생님. 절 데리고 가시잖을 작정이시군요." 여자는 울상을 지으며 내 손을 뿌리쳤다. 사실 나는 내 자신을 알 수 없었다. 사실 나는 감상이나 연민으로써 세상을 향하고 서는 나이도 지난 것이다. 사실 나는 몇 시간 전에 조가 얘기했듯이 '빽이 좋고 돈 많은 과부'를 만난 것을 반드시 바랐던 것은 아니지만 결과적으로는 잘 되었다고 생각하고 있는 사람인 것이다. 나는 내게서 달아나버렸던 여자에 대한 것과는 다른 사랑을 지금의 내 아내에 대하여 갖고 있었다. 그러면서도 나는 구름이 끼어 있는 하늘 밑의 바다로 뻗은 방죽 위를 걸어가면서 다시 내 곁에 선 여자의 손을 잡았다. 나는 지금 우리가 찾아가고 있는 집에 대하여 여자에게 설명해주었다. 어느 해, 나는 그 집에서 방 한 칸을 얻어들고 더러워진 나의 폐(肺)를 씻어내고 있었다. 어머니도 세상을 떠나간 뒤였다. 이 바닷가에서 보낸 일 년. 그때 내가 쓴 모든 편지들 속에서 사람들은 '쓸쓸하다'라는 단어를 쉽게 발견할 수 있었다. 그 단어는 다소 천박하고 이제는 사람의 가슴에 호소해오는 능력도 거의 상실해버린 사어(死語) 같은 것이지만 그러나 그 무렵의 내게는 그 말밖에 써야 할 말이 없는 것처럼 생각되었다. 아침의 백사장을 거니는 산보에서 느끼는 시간의 지루함과 낮잠에서 깨어나서 식은땀이 줄줄 흐르는 이마에 손바닥으로 닦으며 느끼는 허전함과 깊은 밤에 악몽으로부터 깨어나서 쿵쿵 소리를 내며 급하게 뛰고 있는 심장을 한 손으로 누르며 밤바다의 그 애처러운 울음소리에 귀를 기울이고 있을 때의 안타까움, 그런 것들이 굴껍데기처럼 다닥다닥 붙어서 떨어질 줄 모르는 나의 생활을 나는 '쓸쓸하다'라는, 지금 생각하면 허깨비 같은 단어 하나로 대신 시켰던 것이다. 바다는 상상도 되지 않는 먼지 낀 도시에서, 바쁜 일과 중에, 무표정한 우편배달부가 던져주고 간 나의 편지 속에서 '쓸쓸하다'라는 말을 보았을 때 그 편지를 받은 사람이 과연 무엇을 느끼거나 상상할 수 있었을까? 그 바닷가에서 그 편지를 내가 띄우고 도시에서 내가 그 편지를 받았다고 가정할 경우에도 내가 그 바닷가에서 그 단어에 걸어보던 모든 것에 만족할 만큼 도시의 내가 바닷가의 나의 심경에 공명할 수 있었을 것인가? 아니 그것이 필요하기나 했었을까?

그러나 정확하게 말하자면, 그 무렵 편지를 쓰기 위해서 책상 앞으로 다가가고 있던 나도, 지금에 와서 내가 하고 있는 바와 같은 가정과 질문을 어렴풋이나마 하고 있었고 그 대답을 '아니다'로 생각하고 있었던 듯하다. 그러면서도 그는 그 속에 '쓸쓸하다'라는 단어가 쓰여진 편지를 썼고 때로는 바다가 암청색으로 서투르게 그려진 엽서를 사방으로 띄웠다. "세상에서 제일 먼저 편지를 쓴 사람은 어떤 사람이었을까요?" 내가 말했다. "아이, 편지. 정말 편지를 받는 것처럼 기쁜 일은 없어요. 정말 누구였을까요? 아마 선생님처럼 외로운 사람이었겠죠?" 여자의 손이 내 손 안에서 꼼지락거렸다. 나는 그 손이 그렇게 말하고 있는 듯한 느낌이 들었다. "그리고 인숙이처럼." 내가 말했다. "네." 우리는 서로 고개를 마주보며 웃음지었다.

우리는 우리가 찾아가는 집에 도착했다. 세월이 그 집과 그 집 사람들만은 피해서 지나갔던 모양이다. 주인들은 나를 옛날의 나로 대해 주었고 그러자 나는 옛날의 내가 되었다. 나는 가지고 온 선물을 내놓았고 그 집 주인 부부는 내가 들어 있던 방을 우리에게 제공해주었다. 나는 그 방에서 여자의 조바심을, 마치 칼을 들고 달려드는 사람으로부터, 누군지가 자기의 손에서 칼을 빼앗아주지 않으면 상대편을 찌르고 말듯한 절망을 느끼는 사람으로부터 칼을 빼앗듯이 그 여자의 조바심을 빼앗아주었다. 그 여자는 처녀는 아니었다. 우리는 다시 방문을 열고 물결이 다소 거센 바다를 내려다보며 오랫동안 말없이 누워 있었다. "서울에 가고 싶어요. 단지 그거 뿐예요." 한참 후에 여자가 말했다. 나는 손가락으로 여자의 볼 위에 의미없는 도화를 그리고 있었다. "세상에 착한 사람이 있을까?" 나는 방으로 불어오는 해풍 때문에 불이 꺼져버린 담배에 다시 불을 붙이며 말했다. "절 나무라시는 거죠? 착하게 보아주려는 마음이 없으면 아무도 착하지 않을 거예요?" 나는 우리가 불교도(佛敎徒)라고 생각했다. "선생님은 착한 분이세요?" "인숙이가 믿어주는 한." 나는 다시 한 번 우리가 불교도라고 생각했다. 여자는 누운 채 내게 조금 더 다가왔다. "바닷가로 나가요, 네? 노래 불러드릴게요."여자가 말했다. 그러나 우리는 일어나지 않았다. "바닷가로 나가요, 네? 방은 너무 더워요." 우리는 일어나서 밖으로 나왔다. 우리는 백사장을 걸어서 인가가 보이지 않는 바닷가의 바위 위에 앉았다. 파도가 거품을 숨겨가지고 와서 우리가 앉아 있는 바위 밑에 그것을 뿜어놓았다. "선생님." 여자가 나를 불렀다. 나는 여자 쪽으로 고개를 돌렸다. "자기 자신이 싫어지는 것을 경험하신 적이 있으세요?" 여자가 꾸민 명랑한 목소리로 물었다. 나는 기억을 헤쳐보았다. 나는 고개를 끄덕이며 말했다. "언젠가 나와 함께 자던 친구가 다음날 아침에 내가 코를 골면서 자더라는 것을 알려 주었을 때였지. 그땐 정말이지 살맛이 나지 않았어." 나는 여자를 웃기기 위해서 그렇게 말했다. 그러나 여자는 웃지 않고 조용히 고개만 끄덕거렸다. 한참 후에 여자가 말했다. "선생님, 저 서울에 가고 싶지 않아요." 나는 여자의 손을 달라고 하여 잡았다. 나는 그 손을 힘을 주어 쥐면서 말했다. "우리 서로 거짓말은 하지 말기로 해." "거짓말이 아니에요." 여자는 방긋 웃으면서 말했다. "〈어떤 개인 날〉 불러드릴게요." "그렇지만 오늘은 흐린걸." 나는 〈어떤 개인 날〉의 그 이별을 생각하며 말했다. 흐린 날엔 사람들은 헤어지지 말기로 하자. 손을 내밀고 그 손을 잡는 사람이 있으면 그 사람을 가까이 가까이 좀더 가까이 끌어당겨주기로 하자. 나는 그 여자에게 '사랑한다'고 말하고 싶었다. 그러나 '사랑한다'라는 그 국어의 어색함이 그렇게 말하고 싶은 나의 충동을 쫓아버렸다.

우리가 바닷가에서 읍내로 돌아온 것은 저녁의 어둠이 밀려든 뒤였다. 읍내에 들어오기 조금 전에 우리는 방죽 위에서 키스했다. "전 선생님께서 여기 계시는 일주일 동안만 멋있는 연애를 할 계획이니까 그렇게 알고 계세요." 헤어지면서 여자가 말했다. "그렇지만 내 힘이 더 세니까 별수없이 내게 끌려서 서울까지 가게 될걸." 내가 말했다.

집으로 돌아와서 나는 후배인 박이 낮에 다녀간 것을 알았다. 그는 내가 '무진에 계시는 동안 심심하시지 않을까 하여 읽으시라'고 책 세

권을 두고 갔다. 그가 저녁에 다시 오겠다고 하더라는 얘기를 이모가 내게 했다. 나는 피로를 핑계로 아무도 만나기 싫다는 뜻을 이모에게 알려두었다. 이모는 내가 바닷가에서 아직 돌아오지 않았다고 대답하겠다고 말했다. 나는 아무것도 생각하고 싶지 않았다, 아무것도. 나는 이모에게 소주를 사오게 하여 취해서 잠이 들 때까지 마셨다. 새벽녘에 잠깐 잠이 깨었다. 나는 이유를 집어낼 수 없이 가슴이 두근거렸는데 그것은 불안이었다. "인숙이." 하고 나는 중얼거려보았다. 그리고 곧 다시 잠이 들어버렸다.

《당신은 무진을 떠나고 있습니다》

나는 이모가 나를 흔들어 깨워서 눈을 떴다. 늦은 아침이었다. 이모는 전보 한 통을 내게 건네주었다. 엎드려 누운 채 나는 전보를 펴보았다. '27일회의참석필요, 급상경바람 영.' '27일'은 모레였고 '영'은 아내였다. 나는 아프도록 쑤시는 이마를 베개에 대었다. 나는 숨을 거칠게 쉬고 있었다. 나는 내 호흡을 진정시키려고 했다. 아내의 전보가 무진에 와서 내가 한 모든 행동과 사고(思考)를 내게 점점 명료하게 드러내 보여주었다. 모든 것이 선입관 때문이었다. 결국 아내의 전보는 그렇게 얘기하고 있었다. 나는 아니라고 고개를 저었다. 모든 것이, 흔히 여행자에게 주어지는 그 자유 때문이라고 아내의 전보는 말하고 있었다. 나는 아니라고 고개를 저었다. 모든 것이 세월에 의하여 내 마음속에서 잊혀질 수 있다고 전보는 말하고 있었다. 그러나 상처가 남는다고, 나는 고개를 저었다. 오랫동안 우리는 다투었다. 그래서 전보와 나는 타협안을 만들었다. 한 번만, 마지막으로 한 번만 이 무진을, 안개를, 외롭게 미쳐가는 것을, 유행가를, 술집 여자의 자살을, 배반을, 무책임을 긍정하기로 하자. 마지막으로 한 번만이다. 꼭 한 번만. 그리고 나는 내게 주어진 한정된 책임 속에서만 살기로 약속한다. 전보여, 새끼손가락을 내밀어라. 나는 거기에 내 새끼손가락을 걸어서 약속한다. 우리는 약속했다.

그러나 나는 돌아서서 전보의 눈을 피하여 편지를 썼다. '갑자기 떠나게 되었습니다. 찾아가서 말로써 오늘 제가 먼저 가는 것을 알리고 싶었습니다만 대화란 항상 의외의 방향으로 나가버리기를 좋아하기 때문에 이렇게 글로써 알리는 것입니다. 간단히 쓰겠습니다. 사랑하고 있습니다. 왜냐하면 당신은 제 자신이기 때문에 적어도 제가 어렴풋이나마 사랑하고 있는 옛날의 저의 모습이기 때문입니다. 저는 옛날의 저를 오늘의 저로 끌어다놓기 위하여 갖은 노력을 다하였듯이 당신을 햇볕 속으로 끌어놓기 위하여 있는 힘을 다할 작정입니다. 저를 믿어주십시오. 그리고 서울에서 준비가 되는 대로 소식 드리면 당신은 무진을 떠나서 제게 와주십시오. 우리는 아마 행복할 수 있을 것입니다.' 쓰고 나서 나는 그 편지를 읽어봤다. 또 한 번 읽어봤다. 그리고 찢어버렸다.

덜컹거리며 달리는 버스 속에 앉아서 나는 어디쯤에선가 길가에 세워진 하얀 팻말을 보았다. 거기에는 선명한 검은 글씨로 '당신은 무진읍을 떠나고 있습니다. 안녕히 가십시오.'라고 쓰여 있었다. 나는 심한 부끄러움을 느꼈다.

───1964년

차나 한 잔

　오늘 아침에도 그는 설사끼 때문에 일찍 잠이 깨었다. 자리에서 일어나기가 싫어서 참을 수 있는 데까지 참아보려고 했다. 그러나 배가 뒤끓으면서 벌써 항문이 옴찔거려서 견디어낼 수가 없었다. 휴지를 챙겨들고 변소로 갔다. 어제 저녁에 먹은 구아니딘이 별로 효과를 내지 못한 모양이다. 변소에 쭈그리고 앉아서 그는 자기의 배앓이에 대해서 생각해보았다. 과식을 했다거나 기름진 것을 먹은 적도 요 며칠 안엔 없었다. 있었다면 좀 심한 심리의 긴장 상태뿐이었다. 신문에서 자기의 연재만화가 요 며칠 동안 이따금씩 빠져 있었기 때문에 그는 나쁜 예감으로 불안해 있었던 것이다. 재미가 없었던 것일까, 하고 생각하며, 그래도 여전히 그날 분의 만화를 그려서 가지고 가면, 문화부장은 여느때와 똑같은 태도로 만화를 받아서 여느때와 똑같이 열심히 그것을 보고 나서 여느때와 똑같이 아주 우스워서 못 견디겠다는 듯이 오랫동안 고개를 끄덕이며 낄낄거리고 나서,
　"좋습니다. 아주 걸작입니다."
라고 말하는 것이었다. 그러면 그는, 문화부장의 태도에 다분히 과장이 섞인 것을 보면서도, 역시 겨우 안심을 하고 묻는 것이었다.
　"오늘치는 빠졌더군요."
　그러면 문화부장은 안경을 벗어서 양복 깃에 닦으면서,
　"아, 기사폭주 관계입니다."

라고 간단히 대답하는 것이었다. 그 이상 더 물을 수가 없어서 그는 자신을 안심시켜가며 데스크 위에 흐트러져 있는 경쟁지(競爭紙)들과 일본에서 온 신문들 그리고 통신사에서 배달된 유인물(油印物)을 대강 훑어보고 나서 나오는 것이었고 그 다음날 아침 신문을 보면 또 만화가 빠뜨려진 채 배달되곤 했다. 오늘도 기사폭주 때문일까, 하고 문화면을 살펴보는 것이지만 썩 대단한 기사들이 실린 것도 아닌데다가, '그렇다면, 그 전, 만화가 꼬박꼬박 나올 때엔 한 번도 기사폭주가 없었단 말인가?' 하는 의혹이 생기는 것이었다.

그런 이유로 그는 며칠 전부터 긴장되어 있었는데, 어제 새벽부터는 설사가 시작되었다. 그는 자기의 배앓이가 낭패해가고 있는 자기의 심리상태에서 결과된 것이라고 믿게 되었다.

그는 똥이 더 나올 듯한 개운치 않음을 느끼며 방으로 돌아와서 이불 속으로 들어가서 아직도 잠들어 있는 아내와 나란히 누웠다. 그는 머리맡에 풀어놓은 팔목시계를 누운 채, 한 손만 뻗쳐 더듬어 집었다. 그리고 미닫이의 방문을 비추고 있는 새벽의 희미한 빛에 시계를 비추어보았다. 여섯시가 좀 지나고 있었다. 시계를 다시 머리맡에 놓고 그는 이불을 턱 밑까지 끌어올려 덮고 왼손을 아내의 사타구니에 밀어넣었다. 그리고 천장을 올려다보며 오늘분의 만화를 구상하기 시작했다.

그러나 얼른 애깃거리가 생기지 않는다. 삼분폭리(三粉暴利)를 깔까? 한일회담을 취급하자. 아니 그건 지난번에도 그려가지고 갔었다. 신문엔 나지 않고 말았지만. 평범한 가정물(家庭物)로 하나 생각해보자. 그러나 얼른 애깃거리가 생기지 않는다. 대통령으로 약속하는 검정 안경을 쓰고 볼이 홀쭉한 인물과 '아톰×군'의 얼굴만이 그의 눈앞에 어른거렸다.

'아톰×군'은 어린이를 상대로 하는 어느 주간신문에 그가 연재하고 있는 우주의 용사였다. 꼭대기에 안테나가 달린 산소투구를 머리에 쓰고 등에는 산소탱크와 연료탱크를 짊어지고 만능의 고주파총(高

周波銃)을 들고 눈알이 동글동글하고, 화성인을 상대로 용감무쌍하게 투쟁하는 소년 용사였다. 검정 안경을 쓴 대통령 각하와 탱크를 둘씩이나 짊어진 '아톰×군' 그리고 어쩌다가 생각난 듯이 청탁이 들어오는 몇 군데 잡지의 만화가 그와 그의 아내에게 밥을 먹여주고 있는 것이었다. 주수입(主收入)은 아무래도 대통령이 많이 나오는 신문의 연재만화 쪽이었다. 그러나 주수입이라고 해도, 끼니를 제외하고 담배와 차를 마시고 가끔 당구장엘 드나들고 나면 이따금 아내와 함께 영화를 보러갈 수 있을 정도였다. 그렇지만 그 수입 원천이 흔들리는 불안을 그는 느끼게 된 것이었다. 설사가 나올만도 하지, 라고 스스로 꼬집어 생각하자 잠깐 웃음이 나왔다가 사그라졌다.

그는 어쩌다가 내가 만화를 그리기 시작했나 하고 자신의 이력을 검토해보기 시작했다. 이른바 일류 대학을 지망했다가 실패하자, '나만 열심히 하면 어느 대학이고 어떠랴' 하고 들어간 정원미달의 어느 삼류대학 사회학과를 마치고, 입대하여 훈련을 마치자 어쩌다가 떨어진 게 정훈(政訓)이었고 정훈에서 어쩌다가 맡은 게 군내(軍內) 신문 편집이었고 그리고 어쩌다가 보니까 거기에서 만화를 그리고 있었고 제대하여 취직할 데를 찾던 중 어느 회사의 굉장한 경쟁률의 입사시험에 응시했다가 떨어지고 그러나 거기에서 함께 응시했다가 함께 미역국을 먹은 여자와 사랑하게 되어 사랑하는 이를 위해서는 모험이라도 불사(不辭)하겠다는 각오로 군대에 있을 때의 어설픈 경험으로써 대학 동창 하나가 기자로 들어가 있는 신문에 그 친구의 소개로 만화를 연재하게 되었고, 밥값이 생기자 그 여자와 결혼식은 빼어버린 부부가 되어, 한 지붕 밑에 여러 세대가 살고 있는 이 집의 방 한 칸을 세내어 들고 오늘에 이르렀음.

그야말로 '어쩌다가'의 연속이었다. 그는 자기가 지난 날 우연 속에 자신을 맡겨버린 것이 갑자기 역겨워졌다. '거지 같은 자식이었다.' 하고 그는 자신을 욕했다. 손톱만큼이라도 좋으니 나의 주장이 있었어야 할 게 아닌가. 그러나 다시 한 번 자기의 이력을 검토해보면 그

망할놈의 군대 생활이 끼어 있었기 때문에 사실 어쩔 도리가 없었다고 생각하게 되었다. 군대 속에서 자기의 희망대로 생활할 수 있단 말인가. "좌향 앞으로 갓!" 하면 왼쪽으로 돌아야 되고 "포복!" 하면 엎드려서 기어야 했다. 마치 그의 만화 속의 인물들이 자기들의 표정과 운명을 그의 펜 끝에 맡겨버릴 수밖에 없듯이. 우연 속에 자신을 맡겨버리는 습관을 가르쳐준 게 그놈의 군대였었다. 그런데, 하고 그는 생각했다. 허긴 그것이 평안했어. 적어도 신경쇠약에 걸릴 염려는 없었거든. 그는 여전히 천장을 올려다보며 생각했다. 이제 와서 대학에서 배운 것을 팔아먹고 싶다고 앙탈하지는 않겠다. 만화일만이라도 계속할 수 있어야겠다.

그는 잡념을 없애기 위해서 베개에서 머리를 약간 위로 들어 머리를 몇 번 흔들었다. 오늘분의 만화를 구상해야 했다. 엊저녁에 그려놓았어야 하는 건데, 아니 구상만이라도 해놓았어야 하는 건데, 하고 그는 자신을 나무랐다. 엊저녁엔 도대체 무얼했었나? 그제야 그는 엊저녁에 자기가 술을 마시고 들어왔던 것을 기억해내었다. 선배 만화가 한 분에게 끌려가서 마신 게 퍽 취했었나 보다. 몇 시쯤 집에 돌아왔는지가 생각나지 않을 정도니까. 퍽 취했던 셈치고는 잠을 깨고나도 머리 속이 맑다. 좋은 술이었던 모양이지. 그러나 그는 자기의 긴장상태 때문이라고 할 수 없이 생각했다. 이렇게 배가 끓고 거기에다가 만취 후인데도 머리가 무겁지 않을 수 있는 것은 그런 이유가 아니면 무엇일까. 그건 그렇고 그는 오늘분의 만화를 구상해야 하는 것이었다. 담배가 피우고 싶어졌다. 자유로운 한쪽 손으로 머리맡을 더듬어 담배를 한 대 빼서 입에 물고 성냥을 집어들었다.

그런데 담배의 매운 연기가 잠들어 있는 아내의 코로 스미면 아내의 잠을 깨게 하리라. 그는 단잠을 자고 있는 아내를 깨우고 싶지가 않았다. 도루 담배를 머리맡으로 던져두고 시선을 아내의 얼굴로 돌렸다. 언제 보아도 귀여운 얼굴이었다. 이렇게 옆으로 누워서 보면 마치 전연 알지 못하는 사람의 얼굴처럼 보이는데 그것이 그에게는 꽤 재미있고 야릇한 흥분조차 느끼게 하는 것이었다. 그는 이른 아침의 희미한 빛 속에서 엷은 명암(明暗)을 지닌, 전연 알지 못하는 사람의 얼굴 같은 아내의 얼굴을 시선으로써 찬찬히 더듬기 시작했다. 그러자 아무래도 알지 못하는 사람의 얼굴 같았다. 그리고 여느때와 달라서 오늘은 그 전연 남의 얼굴 같은 아내의 얼굴이 그에게 야릇한 흥분을 일으켜주는 것이 아니었다. 오히려 그는 문득 조바심이 나고 불안해져서 고개를 들고 아내의 얼굴 바로 위에서 정면으로 아내를 내려가 보았다. 틀림없는 자기의 아내였다.

속눈썹이 가늘게 떨고 있는 걸 보아서 아내는 잠이 깨어 있었던 모양이다. 남편이 만화 구상을 하고 있는 태도일 때면 아내는 언제나 없는 듯이 침묵을 지켜주었다. 낮일지라도 흔히 잠 자고 있는 시늉을 해버리는 것이었다.

그는 천천히 고개를 숙여서 아내의 입술에 가벼운 키스를 했다. 그제야 아내는 눈을 뜨고 눈으로 웃음을 지어보였다.

"일찍 깨셨군요."

아내가 속삭이듯이 말했다.

그는 미소를 띠운 채 고개를 끄덕이고 나서, 아내의 사타구니에서 자기의 왼손을 빼내어 아내의 팔베개로 해줬다. 그러자 그는 좀 전에 느꼈던 조바심과 불안이 가셔진 것을 느꼈다.

"엊저녁에 나 늦게 들어왔지?"

그도 속삭이듯이 말했다.

"별루요. 여덟시 반쯤 들어오셨어요."

아내는 방긋 웃고 나서,

"굉장히 취하셨댔어요. 주정도 하시구……."

"주정? 어떻게 했지?"

"사람이란 시새움이 많아야 잘 사는 법야 하셨죠. 그 말만 자꾸 하셨어요. 천장을 보시면서요. 천장에 그 말을 박아놓을 듯이 말예요."

아내는 그에게 엊저녁의 그를 일러놓고 나서 소리를 죽여서 키득키득 웃었다.
 그는 자기가 왜 그런 주정을 했을까 알 수 없었다. 평소에 맘에 먹고 있던 말도 아니었다. 아마 우연히 한 마디 했는데 그게 마음에 들어서 자꾸 반복했었던 것이겠지.
 "내가 엉뚱한 주정을 했던 모양이군."
 그는 쑥스러워 피시시 웃었다.
 갑자기 아내가 그의 입을 자기의 손가락으로 막고 고갯짓으로 옆방을 가리켰다. 옆방과 이 방을 가르는 벽이 옆방에 사는 아주머니와 아저씨의 높은 숨소리를 이쪽으로 통과시키면서 규칙적으로 그리고 조용히 흔들리고 있었다.
 "난 또 뭐라고."
하며 그는 장난꾸러기 같은 웃음을 눈에 담고 있는 아내를 내려다보며 또 한 번 피시시 웃었다.
 "엊저녁에도 한바탕 싸워서 아주머니는 울고불고 야단했었는데……부부 싸움이란 정말 칼로 물베기인가 봐."
 아내는 여전히 장난스런 눈을 하고 속삭였다.
 "또 싸웠어? 난 잠들어서 몰랐었는데……. 그리고는 재봉틀을 돌렸겠지."
 "그럼요. 한바탕 싸우고 나서도 다시 재봉틀을 돌렸어요. 제가 잠들 때까지 재봉틀 소리를 들었으니까요. 하여튼 지독한 아주머니예요."
 "저 아저씨도 나쁜 사람은 아닌데……."
 "그러게요. 술만 안 마시면 조옴 얌전한 분이에요?"
 "허긴 흔히 아주머니가 먼저 시비를 걸더군. 며칠 전에 저 아저씨가 날더러 그러더군. 술을 마시고 들어가면 아내가 앙탈을 하는데 말야, 사실 염치도 없고 그래서 별수없이 주먹질을 한다는 거야."
 "그렇긴 해요. 그렇지만 아주머니도 그럴 만하잖아요? 부인이 팔이 빠지도록 밤 열두시가 넘도록 재봉틀을 돌려서 번 돈으로 술을 마시면 어떡해요. 애들이 넷이나 있는데 벌어오진 못할망정 말예요."

"뭐 가끔이던데."

"하여튼 지독한 아주머니예요. 전 이젠 달달거리는 재봉틀 소리 땜에 미칠 것 같아요."

"정말이야."

사실 옆방 아주머니의 삯바느질의 재봉틀 소리는 좀 과장하면 이쪽을 비웃는다고 할 정도로 밤낮없이 달달거렸다. 제법, 제법이 아니라 진짜로, 진짜 정도가 아니라 무지무지하게 생활을 아끼며 순종하고 있다는 듯했다. 그 재봉틀 소리가 그들의 안면을 유난히 방해하는 저녁이면 때때로 그들은 이불 속에서 입을 삐죽거리며 속삭이곤 했다.

"어지간히 성실하게 사는 척 하지?"

"정말예요."

아내는 잽싸게 대답하며 키득거리곤 했다.

"그래도 별수없는 셋방살인데요, 네?"

저 정도의 열심으로써라면, 하고 그는 이따금 생각하는 것이었다. 다른 일을 말하자면 시장에 가서 장사라도 한다면 수입이 더 나을 텐데.

"오늘 치, 다 생각하셨어요?"

아내가 걱정스러운 표정으로 그에게 물었다.

"아니, 아직……."

"아이! 그럼 어서 생각하세요."

아내는 자기가 베개삼아 베고 있던 그의 팔을 자기의 손으로 빼내고 나서 그를 살짝 밀면서 말했.

"저 조용히 하고 있을게요."

아내는 반듯이 누워서 눈을 감았다가 다시 떠서 그의 쪽으로 얼굴을 돌리고,

"담배 피우세요."

라고 말하고 나서 다시 고개를 반듯이 하고 눈을 감았다.

그는 아까 던져두었던 담배를 집어서 입에 물었다. 막 성냥을 켜려고 할 때 그는 대문께에서 들려오는 배달원의 "신문이요오." 하는 소리와 신문이 땅에 떨어지는 찰삭 소리를 들었다. 아내도 들었는 모양인지 자리에서 일어났다.

대문간에 배달된 신문을 가지러 가는 일은 항상 아내가 해왔었다.

"아니 내가 가져오지."

그는 아내에게 말하면서 일어났다. 그러자 갑자기 부끄러움 비슷한 느낌이 들었다. 다시 누워버리면서 그는 아내에게 말했다.

"당신이 가져오구려."

그는 신문을 들고 방으로 들어오는 아내의 표정에서 오늘도 만화가 나지 않았음을 알았다.

"요즘은 매일 기사가 넘치나 봐요."

아내는 신문을 그에게 건네주면서 조심스럽게 말했다.

"글쎄."

그는 신문을 받아서 1면부터 훑어보기 시작했다. 자기의 만화가 실리는 5면부터 펼치던 여느때의 습관을 누르고서. 아내는 옷을 갈아입고 아침 밥을 지을 준비를 하기 시작했다. 그는 한 면 한 면을 천천히 그러나 실상은 아무 기사도 보지 않은 채 넘겼다. 5면에서 자기의 만화가 들어갈 자리에 오늘은 영국의 어느 '보컬·그룹'에 대한 소개 기사와 그들이 입을 쩍 벌리고 찍은 사진이 버티고 있는 것을 보고 그는 눈앞이 캄캄해졌다.

아내는 바가지에 쌀을 담아가지고 밖으로 나가려다가 생각난 듯이 그의 머리맡에 쭈그리고 앉으며 말했다.

"오늘은 그리시지 않아도 되잖아요? 그 동안에 밀려 있는 만화가 많지 않아요?"

"그렇지만 그때그때의 시사성에 따르는 거니까 말야⋯⋯또 그려 가지고 가야 해."

그는 생각하며 말하듯이 일부러 느릿느릿 대답했다.

"한달분 스물여섯일곱 장은 채워야 월급을 줄 게 아니야?"

아내는 생긋 웃으며 일어나서 밖으로 나갔다. 그는 방금 아내의 웃음이 아마 알았노라는 대답이려니 생각하면서도 자꾸만 마음에 걸렸다. 그는 천천히 담배를 빨면서 소재를 찾기 위해서 신문을 뒤적거렸다. 그러다가 그는 문득 생각이 나서 밖을 향하여 말했다.

"난 흰죽을 좀 쒀줘요."

그는 열시 가까이 되어서 집을 나섰다. 여느때와 같이 서류용 봉투 속에 아직 먹물이 마르지 않은 만화를 조심스럽게 넣어서 옆구리에 끼었다. 오늘분의 만화도 독자를 웃기기에 별로 자신이 없었다. 항상 그렇듯이.

"화장지 좀 넣고 가세요."

그가 방을 나설 때 아내는 둘둘 말린 휴지뭉치에서 얼마간 찢어내어 차곡차곡 접어서 그의 호주머니에 넣어주었다. 세심한 주의력을 가진 아내에게 감사와 귀여움이 섞인 느낌이 울컥 솟아나서 그는 손을 들어 아내의 볼을 쓰다듬었다. 아내의 볼 위에 눈물자국이 남아 있었다. 아침식사 때, 밥상 위에 기어올라오는 이름 모를 작은 벌레를 그는 무심코 엄지손가락으로 문질러버렸는데 그것이 아내를 울게 만든 이유였다. 아내가 더듬거리며 말하는 내용을 종합하면, 그가 요즘 이상해지고 있다는 것이었다. 뚜렷이 이상해진 증거를 댈 순 없지만 느낌으로써랄까, 말하자면 조금 전 벌레를 잔인하게 눌러버릴 때의 그는 확실히 좀 변해버린 사람 같다는 것이었다. 그 전 같았으면 "에잇, 더러운 게 있군." 하고 중얼거리면서 종이를 달라고 하여 거기에 벌레를 싸서 밖으로 던졌을 거라는 것이었다. 묵과하려고 했지만 요즘 좀 당황해 하고 있는 당신을 보니까 자기마저 이상스레 불안하고 허둥거려진다고 하고 나서 "울어서 미안해요." 하며 방긋 웃으면서 눈물을 닦았던 것이다.

"혼자 심심할 텐데 영화구경이나 갔다 와요."

그는 집을 나서며 아내에게 말했다.
그가 버스 정류장으로 나가는 골목을 빠져나오는데, "이 선생, 이 선생." 하고 누가 그를 불렀다. 골목의 입구에는 판잣집 하나가 가게와 복덕방으로 나뉘어져 있는데 그를 부르는 사람은 복덕방의 영감이었다. 그 영감이 그가 지금 들어 있는 방을 소개해준 사람이었다. 그는 자기를 부르고 있는 사람 앞으로 걸어갔다.

"영감님, 안녕하세요?"
그가 인사했다.
"안녕하슈? 어째 안색이 좋지 않습니다."
영감은 안경 너머로 그를 노려보며 말했다.
"예, 배가 좀 아파서요."
"허어, 요샌 배앓이쯤은 병두 아닌데. 약 사잡숫구려."
"먹었는데 별루……."
"허긴 요샌 가짜 약도 흔해서. 참 곶감을 다려 먹어보우. 뭐 금방 나을걸."
"그래요?"
그는 신기한 처방을 들었다는 듯한 말투를 꾸며서 대답했다.
"암, 그만이지요. 그런데 이 선생……."
그러면서 영감은 무슨 비밀히 할 얘기가 있다는 얼굴로 그의 한 팔을 붙잡고 그를 복덕방 안으로 데리고 들어갔다.
"요즘 신문에서 왜 이 선생 '망가'(漫畵)를 볼 수가 없수?"
영감은 그의 턱 앞에 자기의 얼굴을 바싹 들이대며 물었다.
"아, 그건……."
그러자 영감은 고개를 쩔레쩔레 흔들면서 추궁하듯이 말했다.
"아아아, 난 절대루 이 선생 지지자요. 나한텐 솔직히 얘기해두 염려할 거 하나두 없어요. 심하게 정부를 까더니 그에 당했구려?"
그제야 그는 영감이 묻는 의도를 알았다.
"그게 아니라……."

"뭐가 그게 아니야. 그렇잖고서야 그렇게 꼬박꼬박 나오던 '망가'가 갑자기 나오지 않을 리 있수? 이야기해보아요."

영감은 술 때문에 항상 핏발이 서 있는 눈으로 그를 노려보면서 기어코 자기의 예상을 만족시키고 말겠다는 듯이 물어대었다.

"그게 아니라 제가 직업을 바꿨어요."

그는 얼떨떨해서 그렇게 대답해버렸다.

"아니 이젠 '망가'를 그만두었다구?"

영감은 예상이 어긋나서 맥이 빠졌다는 음성으로 말했다. 그렇다고 대답하면서 그는 정말 자기는 만화 그리기를 그만둘지도 모른다는 생각이 문득 들었다.

"무슨 까닭이 있겠지. 암, 있구말구. 틀림없이 있어."

영감은 자기 좋을 대로 한 마디 해댔다.

버스에 흔들거리며 신문사로 가면서, 그는 영감의 의견과 같이 정부측의 압력 때문에 만화 연재를 중단할 수 있다면 얼마나 행복할까 하고 생각했다. 그렇게만 된다면 그것은 필화사건이 된다. 그리고 그렇게만 된다면 그는 영웅이 될 수도 있다. 사실 옛날 자유당 시절에는 그런 사례(事例)가 있기도 했었다. 그러나 위정자가 바뀌고 보니 그런 경우를 당하기가 힘들어졌다. 만화가를 건드리면 손해보는 건 자기들이라는 걸 알아버린 모양이지. 허긴 어떤 선배 만화가의 얘기에 의하면 지금도 그런 경우가 전연 없지 않다는 것이었다. 방법이 바뀌어져서 간접적인 압력이 있기도 하다는 것이었다. 그러나 그것도 차라리 행복한 편이라고 그는 생각하고 있었다. 자기의 경우는 아마, 아마가 아니라 거의 틀림없이 자기 만화 자체 속의 어떤 결함, 말하자면 '웃기는' 요소가 부족했다든가 하는 결함에서 당하고 있는 일이라는 것을 그는 짐작하고 있었기 때문이다. 정부가 자기 만화 때문에 노해주었으면 얼마나 좋을까. 그런 생각을 하자 그는 자신이 우스꽝스러워져서 눈을 감아버렸다.

편집국 안에 들어섰을 때, 그가 두려워하고 있던 예측이 이젠 어쩔 수 없게 된 것을 최초로 그에게 느끼게 해준 것은 국내(局內)에서 심부름하는 계집애의 표정에서였다. 여느때 그 계집애는 만화가를 만화 속의 인물과 똑같이 생각하고 있는 탓인지 그를 보기만 하면 웃음을 참지 못하고 고개를 돌리며 휭 가버리곤 하는 것이었는데, 그날은 제법 나붓이 "안녕하세요."를 하고 나서 미소를 띠운 채 그의 얼굴을 똑바로 올려다보는 것이었다.

그것이 극히 잠깐 동안이었지만 신경을 곤추세우고 있던 그에게 모든 걸 알 수 있게 해주었다. 계집애가 자기를 올려다보던 맑은 눈 속을 살짝 스치고 가던 게 어쩌면 연민(憐憫)이 아니었을까 하고 생각하자 분노보다도 오히려 전신에서 맥이 빠져나가는 것을 그는 느끼면서 굳어진 얼굴로 문화부를 향하여 갔다.

자기들의 데스크 앞에 앉아 있던 몇 명의 기자들이 여느때와 달리 유별나게 반갑게 인사할 때는 그는 이미 알고 있다는 듯이 자기도 덩달아서 지금 작별을 하듯이 정중하게 인사를 하고 있었다. 그리고 나서 잠시 동안 그는 자기가 어떻게 처신해야 될지 알 수 없었다. 흐르던 시간이 갑자기 끊어지면서 공백이 생기는구나 하는 생각이 알 수 없는 부끄러움과 함께 그를 엄습했다. 그러고 있는 그를 문화부장이 구해줬다.

"오늘치 만화 좀……."
하면서 문화부장은 손을 내밀었던 것이었다. 그는 당황해졌다. 그는 짐작하고 있던 사태 속에서는 문화부장의 지금 얘기는 불필요한 게 아닌가. 그는 옆구리에 끼고 있던 서류봉투를 살그머니 좀더 힘을 주어 끼면서 땀이 송글송글 맺히고 빨개진 얼굴을 손바닥으로 닦으며 말했다.

"그려오지 않았는데요."
말하고 나서 그는 금방 후회했다. 어쩌면 자기의 짐작이란 게 얼토당토 않은 게 아닐까……자기의 신경과민으로 자기는 지금 큰 실수를 저지르고 있는 건 아닌지……. 그러나 문화부장의 다음 말은 그의 그러한 희망에 찬 기대를 산산이 부숴버렸다.
"그럼 알고 계셨군요."
문화부장은 자리에서 일어서면서 그에게 말했다.
"차나 한 잔 하러 가실까요?"
할 얘기가 있다는 암시를 그에게 주면서 문화부장은 그의 앞장을 서서 걸어가기 시작했다.
"아주 섭섭하게 됐습니다. 퍽 오랫동안 함께 일해 왔었는데……."
다방에 들어가서 자리에 앉자 문화부장은 그에게 말했다.
"저는 이형(李兄)을 두둔했습니다만……국장님도 이형의 만화에는 항상 칭찬을 하셨댔는데……그……독자들이 자꾸 투서를……."
"아니 사실 재미가 없었지요. 제 자신이 잘 알고 있었습니다만."
그는 문화부장이 우물쭈물하고 있는 게 미안해서 얼른 말을 받았다.
"아니지요. 독자들이 이형의 유머를 이해할 수 없었던 것 뿐이지요."
문화부장은 주문을 받으러 온 레지에게 말했다.
"난 커피. 이형은?"
"저도 그걸로……."
"그런데 말썽이 난 것은 지난 주일의 만화들 때문인 것 같았습니다. 솔직히 말씀드리자면, 그 일주일 동안에 히트가 하나도 없었다는 게 아마 독자들을……하여튼 그 주일의 독자 투서 때문에 저나 국장님이 좀 애를 태웠지요."
그러나 가장 애가 탔던 사람은 만화를 그리는 바로 그였었다.
"예, 사실 재미가 없었어요."
"어디 컨디션이 좋지 않으셨던가요?"
"예, 배가 좀……배가 퍽 아파서……."
그러나 배앓이는 어제 새벽부터 시작했던 것이다.
"아, 그거 야단났군요. 크로로마이신 잡숴보셨어요?"

"뭐 이젠 다 나왔습니다."
"아, 다행이군요."
찻잔이 그들 앞에 놓여졌다.
"자, 듭시다."
문화부장이 말했다. 그들은 뜨거운 차를 홀짝거리면서 마셨다. 예의상 찻잔을 탁자 위에 잠시 놓았다가 다시 들어서 마시곤 했다.
"이상하게도 이형과는 차 한 잔 같이 나눌 기회가 없었군요. 이게 아마 처음이지요?"
"예, 처음인 것 같습니다."
"어떤 까닭인지 요즘 우리 신문의 기고가(寄稿家)들 컨디션이 저조한 모양예요. 지금 연재중의 소설에 대해서도 매일 거의 대여섯 통씩 투서를 받고 있습니다. 재미가 없으니 중단시켜버리라는 거지요. 우리 신문에 수난이 닥친 모양입니다."
문화부장은 아마 그를 위로하느라고 그런 얘기를 하는 모양이었다. 그러나 그에게는 노여웁게 들리었다. 아마 저 재미없는 소설을 쓰는 사람에게 연재 중단을 통고하러 가서는 이 만화가의 예를 들겠지. 그리고 역시 말하겠지. 우리 신문에 수난이 닥친 모양입니다. 그의 뱃속에서 꾸르륵하는 소리가 꽤 길게 났다.
"보는 사람은 잠깐 웃어버리고 말지만 만화를 그리는 사람은 퍽 힘들 거야."
문화부장은 혼잣말 하듯이 말했다.
"하여튼, 이형, 참 용하십니다. 어디서 만화를 배우셨던가요?"
"뭐……그저……어쩌다가 그리게 되었지요."
그리고 어쩌다가 당신네 신문에서 밥을 얻어먹게 되었구요, 라고 말하고 싶었으나 물론 그 말은 입 안에서 사라져버렸다.
"사람을 웃긴다는 게 쉬운 일이 아니거든. 이형, 무슨 비결 같은 게 없습니까? 만화를 그리는데 말예요. 말하자면 만화 그리는 걸 배울 때 이렇게 하면 사람이 웃는다 라는 법칙 같은 게 있어요?"

문화부장은 마치 아주 무식한 사람처럼 얘기하고 있었다. 그는 문화부장이 지금 무식을 가장하고 있다는 걸 알고 있었다. 그것은 바꾸어 말하자면 이쪽을 무식한 자로 취급하고 나서 자기가 이 무식한 자의 수준만큼 내려가 주겠다는 의도임이 틀림없다고 그는 생각했다. 그래서 그는 문화부장이 괘씸해지기 시작했다.

"아시겠지만."

그는 약간 숙이고 있던 고개를 천천히 들어서 문화부장을 똑바로 보면서 말했다.

"사람이 웃음을 웃게 되는 데는 몇 가지 메카니즘적인 과정이 있습니다. 프로이드는 사람이 웃게 되는 과정을 분석하기를……."

그러자 문화부장은, 이 사람이 도대체 누굴 보고 무슨 강의를 시작할 작정이냐는 듯이 얼른 그의 말을 가로챘다.

"아, 프로이드가 그것에 대해서 분류해놓은 정도라면 누구나 알고 있겠지요. 그렇지만 유머가 성립되는 몇 가지 패턴을 알고 있다고 해서 누구나 금방 우스운 만화를 그릴 수 있는 건 아니잖습니까? 이형도 그 패턴들에 대해서는 잘 알고 계시지만 이따금 우습지 않은 만화가 나온다는 경우가 있잖습니까?"

문화부장은 그를 괘씸하게 여긴다는 말투로 얘기하고 있었기 때문에 그는 좀 전의 분노가 쑥 들어가 버리고 기가 죽어버렸다.

"그……사실 그렇죠."

그는 의미없는 말을 중얼거렸다.

그러자 그는 이상스럽게도 이제야 자기가 그 신문사로부터 해고당했다는 사실을 뼈저리게 느꼈다. 조금 전까지도 그는 자기 자신의 내부에서 생긴 혼미 속에 갇혀서 지나치게 당황했다가, 지나치게 부끄러워 했다가, 기가 죽었다가, 노여워했다가 하고 있었던 것이다.

"그럼……제대신 누가 그리기로 되었습니까?"

그는 문화부장을 향하여 처음으로 사무 냄새가 나는 질문을 했다. 그리고 그는 누구와도 항상 사무적인 대화를 하기 싫어했던 자신을 발견하는 것이었다. 왜 사무적인 대화를 싫어했을까? 줘야 할 것과 요구해야 할 것을 떳떳이 서로 얘기하고 필요하다면 소리를 높여 다투기라도 해야 했을 게 아닌가? 생각이 비약하는 것인지 모르지만, 하고 그는 자신에게 말했다. 그랬기 때문에 나는 만화가밖에 될 수 없었던 것인지 몰라.

"이형대신 누가 그렸으면 좋을 것 같습니까? 추천해보시지요."

문화부장은 자신은 의식하지 못하는 새에 또 한 번 이쪽의 부아를 돋구는 말을 했다. 그는 대답하고 싶었다. 글쎄요, 참 이 사람은 어떨까요, 바로 저 말입니다. 그리고 나서 소리 높이 좀 웃어보았으면. 그러나 그는 자기의 그런 엉뚱한 생각을 눌러버리고 그가 가입하고 있는 만화가협회 회원들의 이름을 하나씩 속으로 체크해나갔다. 이 사람은 지금 어떤 신문에 연재를 얻고 있다. 이 사람도 역시 이 사람은 ······글쎄, 나의 재판(再版)이 되고 말걸. 이 사람은······그러고 있는데 문화부장이 웃으면서 말했다.

"실은 반쯤 내정이 되어 있습니다."

"누구로······."

그는 문화부장의 '반쯤'이라는 말이 '결정적'이라는 뜻과 맞먹는다는 걸 경험으로써 알고 있었기 때문에 또 속았구나 하는 느낌이 들어서 화가 났다.

"이형의 만화를 중단시킬 정도일 때야 국내에서 이형 대신 그릴 사람이 있지 않을 거라는 건 짐작하실 수 있지 않습니까?"

"그럼······."

그는 한창 해외에까지 손을 뻗치고 있는 미국 만화가들의 신디케이트가 얼른 생각났다.

"누구가 될는지는 확실치 않지만 미국 만화가들 중에서 한 사람이 되는 건 틀림없습니다."

"역시 그렇군요."

그는 고개를 끄덕이며 생각했다. 이렇게 되면 이번 해고당하는 것이 내 개인의 문제에서 그치는 게 아니다. 그것은 국내 만화가들의 소멸을 의미하게 되는 것이다. 한 장의 만화를 여러 장으로 복사해서 세계 각곳에 싼값으로 팔아먹는 미국 만화가들의 신디케이트에 국내 신문이 걸려들기 시작했다면 이건 큰일이다. 오래지 않아서 모든 국내 신문들은 미국 가정의 유머를 팔아먹고 있게 되리라. 미국 만화가들의 복사된 만화는 사는 편에서만 생각한다면 값이 싸니까 그리고 문명인들답게 유머가 세련되어 있으니까. 그는 언젠가 한국을 방문했던 미국의 한 뚱뚱보 만화가를 생각하고 있었다. 그 양반은 자기 복사가 열 몇 군데나 팔린다고 했다. 스위스에 별장을 가지고 있다는 자랑도 했다. 그때 국내의 협회회원들은 그 뚱뚱보를 부러운 듯이 쳐다보고 있었던 것도 그는 생각났다. 그렇지만, 하고 그는 생각했다. 한탄을 한들 내가 어쩔 수 있단 말인가.

"역시 그렇군요."

그는 또 한 번 말하며 고개를 끄덕였다.

"그러니까 이형한테는 내가 아주 면목이 없는 건 아니지요."

그렇게 말하고 나서 문화부장은 껄껄 웃었다.

"국내에서 꼭 찾겠다면 왜 이 선생님께 이런 괴로움을 드리겠어요."

"아니 별루……괴롭게 생각지는 않습니다."

"날 원망하시진 마시기 바랍니다. 나 역시 거기서 밥 얻어먹고 있는 놈에 불과하니까요. 자 그럼 가보실까요. 도장 가지고 경리부에 들러가세요, 뭐가 좀 있을 겁니다."

그들은 자리에서 일어섰다.

그는 신문사 정문의 계단 위에 서서 어디로 갈까 망설이고 있었다. 경리부에서 여자 직원이 내주는 봉투를 받아서 윗도리의 안주머니에 넣을 때, 그는 문득 '이걸로써 내가 그 속에서 살아왔던 한 가지 우연이 끝장났구나.' 하는 느낌이 들었다. 그래서 그는 여자 직원에게,

"미스 신은 볼의 까만 사마귀가 항상 매력적이야. 그 사마귀만 믿고 살아봐요. 앞으로 행복할테니까. 자 그럼 잘 있어요." 하고 농담을 해서 그 여자 직원을 놀라게 해줄 수조차 있었다. 그러나 이렇게 계단 위에 서서 사람과 자동차들이 밀려가고 밀려오는 거리를 내려다보고 있으려니 그는 겁이 나기 시작했다. 어서 또 무엇을 붙들어야 한다. 오늘 중으로 무언가 확실한 걸 붙들어둬야 한다. 어제와 오늘과 그리고 내일을 순조롭게 연속시켜주는 것을 붙잡아둬야 한다.

"안녕하십니까?"

누군지가 계단을 올라오며 말소리를 길게 빼면서 그에게 인사했다.

"예, 안녕하십니까?"

그는 황급히 인사를 돌려주었다. 알 만한 사람이었다. 당구장에서 늘 만나는 사람이었다. 아마 흔해빠진 예술가들 중의 하나일 것이다. 이름은 모른다. 그에게는 그런 친구들이 많다. 때로는 밤 늦도록 술집에 앉아서 함께 술을 마시면서도 지금 자기와 함께 술을 마시고 있는 그 친구의 이름을 모르고마는 경우는 흔해빠진 것이었다. 아무개 신문의 기자입니다, 시도 씁니다만. 아무 학교에서 그림을 가르쳐주고 빌어먹고 있습니다. 옛날에 아무 출판사에서 일보고 있었지요. 지금 그 출판사가 망해버려서 저도 요 모양이 되어버렸습니다만. 혹은 그에게 만화 청탁을 하러 온 적이 있던 정부기관이나 제약회사나 은행의 기관지들의 기자들……

"요즘 재미가 좋으시다더군요."

계단을 다 올라온 그 사람은 지금의 그에게는 터무니없는 인사를 했다. 그러나 그는 이런 서울식의 인사에는 익숙해져 있었다.

"예, 그런데 배가 좀 아파서……."

"크로로마이신을 잡숴보시죠……."

"예, 그래야겠습니다."

"자, 실례하겠습니다."

그 사람은 건물 안으로 들어가 버렸다. 다시 그의 앞에는 사람들과 자동차들이 밀려가고 밀려오는 거리가 나타났다. 이렇게 멍청한 자세로 이곳에 더 서 있을 수는 없다고 그는 생각하며 좀 차분히 생각해볼 수 있는 장소를 찾아서 그는 계단을 떠나 걷기 시작했다. 좀 걷다가 그는 신문사의 건물을 돌아보았다. 자기가 여기에 관계를 갖고 있던 그 동안 타인들로 하여금 자기를 볼 때에 몇 점 더 놓고 보게 해주던 그 회색빛 괴물을. 이 회색빛 괴물의 덕분으로 그는 생전 처음 만나는 사람에게도 긴 설명이 필요없이 자기를 신용해버리게 할 수 있었다. 만일 이 괴물이 없었다면 평생을 두고 설명해도 신용해줄지 말지 모를 사람들로 하여금 말이다.

여태까지는 꾸르륵거리기만 하던 배가 살살 아파오기 시작했다. 그는 광화문 쪽으로 걸어갔다. 우선 조용한 다방으로 가자. 그는 느릿느릿 걷고 있었으므로 빠르게 걷는 사람들이 그를 뒤로 떨어뜨렸다. 어떤 사람들은 그와 어깨를 부딪치기도 하였다. 조용한 다방으로 가자. 그러나 손님은 몇 사람 없고 레지도 우울한 얼굴로 전축만 지켜보는 그런 다방에 가서 앉아 있기는 싫었다. 지금 자기가 그런 다방의 딱딱한 의자 위에 앉아 있으면 아마 최고로 몰골이 추해보일 것이다. 어쩌면 하루 종일을 멍하니 앉아 있다가 나오게 되어버릴 것 같아서 그는 좀 조용한 다방으로, 좀 조용한 다방으로를 뇌이면서 '초원(草原)'이라는 아주 번잡한 다방으로 들어가 버렸다. 다방의 이름이 가리키듯이 상록수들로써 가득 장식되어 온실 같은 실내가 무척 넓었다. 카운터만 해도 네댓 개나 되는 모양이었다. 그 어둑신하고 넓은 실내에 사람들이 꽉 차 있고 스피커들이 운동회 때처럼 음악을 내지르고 있었다. 겨우 자리를 차지하고 앉자 그는 마음이 좀 놓인 것 같았다. 미국 만화가들의 신디케이트 같은 다방이로군, 하고 그는 생각했다. 그때 그는 누가 자기에게 말하는 소리를 들었다.

"좋은 게 좋아요."

"그럼요. 좋은 게 좋지요."

그는 소리가 난 방향으로 고개를 돌렸다. 그의 오른쪽으로 놓은 좌석에 앉아 있던 젊은이 한떼가 높은 목소리로 자기들끼리 얘기하고 있었다. 자기에게 한 거라고 그가 착각했던 말은 그들의 대화에서 튀어나온 것이었다. 그는 자기가 생각하고 있던 것과 그들의 대화가 우연히 들어맞아버린 것에 짜증이 났다. 사람이 많은 곳에는 우연이 많은 모양이군.

"......이 년. 군대 삼 년. 오 년만 기다려줘. 기다릴 수 있어?"

그의 맞은편 자리에 앉아 있는 대학생 차림의 남자가 자기 곁에 앉아 있는 역시 대학생 차림의 여자에게 나직이 얘기하고 있었다. 그가 만일 친한 친구와 같이 들어왔더라면 그 친구에게 "저 여자 굉장히 색이 강하겠는데."라고 했을 얼굴을 가진 여자였다.

"기다릴게요. 그렇지만 딱 서른 살까지만 기다리다가 서른 살에서 하루만 더 지나도 다른 데로 가버리겠어요." 여자는 대답하고 나서 재미있어 죽겠다는 듯이 웃었다.

'서른 살이 되기까지. 그래, 정말 지루하지.'라고 그는 생각했다.

"무얼 드시겠어요?" 레지였다.

"커피. 그리고 성냥 좀 갖다주시오."

그는 담배 한 대를 꺼내어 한쪽 끝을 탁자 위에 톡톡 두드리면서 궁리하기 시작했다. 오늘 중으로 반드시 오늘 중으로 붙잡아야 한다. 그런데 무엇을 무엇을 말인가? 레지가 커피를 가져오고 그가 그것을 다 마시고 그리고 담배를 두 대 계속해서 피우고 나서 그는 답을 얻었다. 만화다. 아직 연재 만화가 실려 있지 않은 신문에 자기 만화를 연재해달라고 하자. 그런데 그런 신문이 있던가? 글쎄 잘 생각해보자. 그러나 그의 머리 속에서 빙빙 돌고 있는 건 이때까지 그가 그려왔던 만화 속의 가지가지 유형(類型)들이었다. 돼지를 닮은 사장님, 고양이를 닮은 여비서, 고슴도치를 닮은 룸펜청년, 불독 같은 탐관오리......명청하나 순직한 돌쇠, '아톰×군', 대통령 각하....... 그는 담배를 계속해서 피웠다. 담배 세 대를 더 태우고 났을 때 그는 드디어 한 신문을 생각해내었다. 그가 알기로는, 보수가 적다는 이유 외에 인쇄가 더럽다는 이유까지 곁들여서 만화가들이 아무도 만화를 그리려고 하지 않는다는 신문이었다. 아마 어느 개인회사에서 자기네의 선전용으로 만들어놓은 신문이었다. 따라서 신문 자체에 큰 비용을 들이지 않기 때문에 그런 현상이 생겼다는 얘기를 그는 들은 듯했다. 그렇지만 그 신문에도 만화가들의 이름쯤은 외우고 있는 사람이 있겠지. 가보자.

그는 밖으로 나와서 버스를 탔다. 버스에서 그는 앉고 싶었지만 자리가 없었다. 배가 꾸르륵거리며 살살 아파왔기 때문에 손잡이를 붙잡고 서 있기가 고되었다. 그의 앞에 눈을 얌전히 내리깔고 앉아 있던 여대생이 역시 얌전하게 일어서서 자리를 양보했다. 그러나 그를 위해서가 아니라 그의 옆에 서 있던 영감을 위해서였다. 차의 진동이 심했다. 그리고 그의 배는 점점 뒤끓고 있었다. 금방 설사가 나올 듯해서 그는 다리를 꼬았다. 손에 힘을 주어서 손잡이에 거의 매달리다시피 하여 차의 진동에 몸을 맡겨버렸다. 이마에 진땀이 솟아나고 입술이 바싹 말랐다. 그는 눈을 감았다.

"젊은이, 멀미를 하나베."

그는 눈을 떴다. 여대생의 양보로 자리에 앉은 영감이 그를 올려다보며 말하고 있었다.

"안색이 좋지 않구려."

"예, 배……배수술 받은 지가 얼마되지 않아서요."

그는 대답하고 나서 깜짝 놀랐다. 왜 이렇게 간사해져버렸을까. 자기는 영감에게 자리를 양보해달라고 한 셈이었다.

과연 영감은 자리에서 일어서면서 말했다.

"여기에 앉구려."

"앉아 계세요. 괜찮습니다."

"앉구려."

영감은 그의 팔을 잡아서 자리에 앉혔다. 그는 얼굴이 달아올랐다.

"무슨 수술을 받았댔소?"

"뭐 대단찮은 거였습니다."

"맹장 수술이었소?"

"예, 맹장이었습니다."

그는 이 영감이 설마 이 버스칸에서 배를 좀 보여달라고 하지는 않으려니 생각하면서 대답했다.

"내 손주녀석도 맹장수술을 받았댔지."

"아, 그랬습니까?"

"옛날엔 없던 병이 요즘은 많이 생겼단 말야. 세상이 험하니까 병도 새로운 게 자꾸 생기나부지?"

"그럴 리가 있을라구요? 옛날에도 있었지만 몰랐었던 것 뿐이겠지요."

"그럴까?……그럼 젊은이도 방귀 때문에 꽤 걱정했겠구려."

"예?"

"내 손주녀석은 수술을 받고 나서도 사흘 동안이나 방귀가 나오지 않아서 큰 걱정들을 했었지. 젊은이는 며칠 만에 방귀가 나옵디까."

"예, 글쎄요. 그게……."

"하여튼 의사선생이 하루에도 몇 차례씩 와서 묻는 거였지. '방귀 나왔습니까? 방귀 나왔습니까?' 방귀가 나와야만 수술이 성공한 것이래나? 세상을 오래 살다가 보니까 방귀가 안 나온다는 애를 다 태워 봤군."

영감은 어허허허허 하고 요란스럽게 웃어제꼈다. 차에 타고 있던 사람들도 모두 영감을 따라서 웃었다. 그의 배는 계속해서 꾸르륵거렸다. 똥이 조금 밖으로 나와버린 듯했다. 그는 입속으로 하느님 하느님, 하고 있었다. 버스에서 내리는 대로 크로로마이신이란 걸 사먹자. 내리는 대로 당장. 그러나 그는 버스에서 내리자마자 자기가 찾아온 신문사의 건물 안으로 빠르게 들어갔다.

마침 2층으로 올라가는 층계를 막 밟기 시작한 사람이 있어서 그는,

"변소가 어딥니까?" 하고 물었다. 키가 작달막하고 안경을 쓴 그

사람은,

"에또, 여기서 가장 가까운 변소가 가만있자……아, 1층에 있군요."

하고 그를 변소 앞까지 안내했다. 그가 막 변소문을 열고 들어가려고 할 때 그를 안내해준 사람이 싱긋 웃으면서 농담을 했다.

"그럼 배설의 쾌감을 많이 즐기시기 바랍니다."

그는 그 사람을 향하여 웃어보이려고 했는데 그게 잘 안 되어서 얼굴이 찡그려져버렸다.

변소 안에서 그는 아내가 넣어준 휴지를 만지작거리며 아내에 대해서 생각하고 있었다. 영화구경을 갔을까? 갔겠지. 아마 최무룡이와 김지미가 사람을 울리는 영화겠지. 세상엔 참 별 직업도 많다. 나는 사람을 웃겨야 하고 최무룡이는 사람을 울려야 하고……. 그리고 나서 그는 상표가 되어버린 몇 사람의 이름들을 생각해보았다. 이름이 신용있는 상표가 되면 그러면 되는 것이다. 어설픈 만화가 이 아무개 정도 가지고는 아무리 너그럽게 생각해도 좀 곤란하다. 나를 이 신문사가 신용해줄까? 지금 자기네의 변소 안에 쭈그리고 앉아 있는 거의 기도하는 심정으로 자기네에게 구원을 부탁하려는 이 사람을 그들은 알고 있을까? 이 사람은 한 2년 동안 어떤 신문에서 만화를 그렸던 사람이다. 탄압받기를 바랐던 것은 아니지만 그러나 잡혀가게 될 경우엔 얼씨구나 하고 잡혀가 줄 용의가 없었던 것도 아니어서 그러나 그보다는 국민된 자의 공분(公憤)으로써 때로는 겁나는 줄 모르고 정부를 공격하고 사회악을 비꼬던 만화가 이 아무개다.

그러나 그는 아무래도 부탁하러 들어갈 용기가 나지 않았다. 그 이상 더 필요가 없었지만 그러나 그는 용기를 돋구기 위해서 변소 안에 그대로 쭈그리고 앉은 채였다. 담배가 피우고 싶었지만 성냥이 없었다. 크로로마이신을 사먹자. 그리고 성냥도 한 갑 사자고 그는 좀 엉뚱한 생각만 되풀이하고 있었다. 그는 지금 될 수 있는 대로 좀 엉뚱한 생각만 되풀이하기로 하고 있었다. 엉뚱한 생각들이 포화되어 그의 머리 속에서 '취직 부탁하러 간다'는 생각을 쫓아내버릴 때 그는 이 신문사의 편집국 문을 밀 수 있을 것 같았다. 말하자면 저돌적으로 일단 문 안에만 들어서고 나면 그때는 할 수 없다는 생각으로 아마 문화부장을 찾겠지. 천만다행으로 혹시 아는 사람이 있다면 그 사람을 통하여 교섭을 부탁해보자. 그는 다리가 저려서 더 이상 쭈그리고 앉아있을 수가 없을 때에야 일어섰다. 그는 바지를 추켜입고, 곧 변소 문을 나오자 바쁜 일이라도 있는 듯이 곧장 편집국 문으로 향하여 빠르게 걸어갔다. 도중에서 멈칫거리다간 영영 들어가지 못하고 말 것을 그는 알고 있었다. 마침내 그는 편집국 문을 열고 그 안에 들어섰다.

실내가 예상 외로 좁고 지저분했기 때문에 그는 당황했다. 그는 마침 자기와 가까운 곳에 책상을 놓고 앉아 있는 계집애에게, 문화부장이 계시느냐고 물었다. 저깁니다 하면서 계집애가 가리키는 곳에 아까 그를 변소로 안내해준 사람이 이쪽을 보며 빙글거리고 있었다.

"저 안경 쓰고 키가 작은 분 말입니까?" 그가 계집애에게 물었다.

"네, 바로 그분예요."

그는 돌아서서 나와버릴까 하고 잠시 망설였다. 그러나 창피하다는 느낌보다는 더 큰 것이 그를 끌고 가서 그를 문화부장 앞에 세워놓았다.

"문화부장님이세요?"

그가 말했다.

"그림 그리시는 이 선생님이시죠? 일루 앉으세요."

문화부장님은 그에게 의자를 권하면서 말했다.

"용무를 꽤 오래 보시는군요. 그걸 오래 보면 오래 산다는데, 축하합니다."

그에게는 문화부장의 농담이 귀에 들어오지 않았다. 이 사람이 나를 알고 있었다. 내가 만화가 이 아무개라는 것을 전연 인사한 적도 없는데 알고 있었다. 환희(歡喜)!

"그런데 웬일이십니까? 전 변소에 용무가 급해서 들어오신 줄로 알았는데요."

"예, 실은 좀 부탁드릴 게 있어서……. 저어, 나가서 차나 한 잔 하실까요." 그는 더듬거리며 말했다.

"그럴까요?" 문화부장은 선뜻 자리에서 일어섰다.

"누구한테나 그렇게 농담을 잘 하십니까?"

층계를 내려오면서 그가 물었다.

"천만에요. 이 선생님을 제가 알고 있었으니까 그럴 수 있던 거죠. 노여우셨댔어요?"

"아니요. 실은 갑자기 배탈이 나서……."

"설사였군요. 그 정도야 빨가벗고 여자를 끼고 하루 저녁만 자고 나면 거뜬히 나아버리지요."

그들은 함께 소리내어 웃었다. 다방에 들어가서도 그는 오랫동안 화제를 공전(空轉)시키고 있었다.

마침내 문화부장이 시계를 들여다보면서 물었다.

"아까, 제게 부탁할 일이……?"

"예." 그는 얼른 말을 받았다.

"실은 이번에 제가 관계하던 신문과 관계가 끝났습니다."

"그렇게 됐어요? 요즘 이 선생님 그림을 볼 수가 없어서 짐작은 했습니다만. 다투기라도 했던가요?"

"아닙니다. 미국 만화가들의 작품이 실릴 계획인 모양이더군요."

"아, 그거군요? 요전번에 저의 신문에도 교섭이 왔더군요."

"미국 만화가측에서요?"

"네, 중개인이라는 사람이 찾아왔었지요. 물론 한국 사람이었습니다만."

"그래서 어떻게 하셨습니까?"

"아유, 말씀 마십시오. 우리 사장이 만화에 원고료 한 푼 내놓을 사람인 줄 아십니까? 지금 문화면을 몇 사람이 만들고 있는 줄 아십니까? 세 사람입니다. 단 세 명이 매일 몇십 장씩 남의 것을 훔치고 번역해내고 해야 합니다. 만화연재는 엄두도 못 내고 있지요."

"그렇습니까?"

그는 절망을 느끼면서 말했다.

"이 선생님께서 절 찾아오신 이유를 조금은 짐작하겠습니다만 거의 백 퍼센트 불가능한 일입니다."

"예, 그렇습니까?……그런 곳에서 일하시려면 속 좀 상하시겠습니다."

"그런 신문사에서 견뎌낼 사람은 저 같은 사람이 아니면 안 됩니다. 불만이 있으면 큰소리로 외쳐대고 화가 나면 잉크병도 내던져버려야만 견딜 수 있지요. 만일 꽁생원처럼 참고만 있으면 자기 속이 썩어버려서 하루도 못 참고 달아나버리게 돼요."

"그럴 것 같군요."

"그럴 것 같은 게 아니라 사실이 그렇습니다. 아까 보셔서 아시겠지만 우리 신문사 기자들 표정들 좀 보세요. 누가 좀 자기를 건드려주지 않나, 사흘이고 나흘이고 물고 늘어지겠다는 표정들이 아닙디까?"

"몰랐는데요."

"다음에라도 좀 보세요."

그는 이 수다쟁이 문화부장의 농지거리에 진력이 나기 시작했다. 신경의 한 올 한 올이 곤추서서 그는 작은 소리에도 깜짝깜짝 놀래었다. 보통의 경우에는 의식하지 못하는 모든 소음들——다방 안에서 나는 소리들과 거리에서 들려오는 소음들이 모두 한꺼번에 살아서 그의 귀 속으로 밀려들어 그의 머리는 터져버릴 듯했다.

"만화연재 할 계획이……그러니까 없으시겠군요?"

"네, 지금으로서는 그렇습니다."

"혹시……."

그는 주저하면서 말했다.

"요담에 기회가 생기면 절……제게……."

"그럭허지요. 꼭 그럭허겠습니다."
문화부장은 선선히 대답하고 나서,
"그럼 저도 한 가지 부탁드리겠는데."
"예, 말씀하세요."
그는 부탁받는 게 기뻐서 큰소리로 대답했다.
"혹시 예수 믿으시거든, 우리 사장이 좀 빨리 뒈져달라고 기도해주십시오."
문화부장은 하하하하 웃었지만 그는 이 헐리웃 식의 농담에 씁쓸한 미소만 띠었다.
"바쁘실 텐데 실례 많았습니다. 잘 부탁하겠습니다. 나가실까요."
그가 먼저 자리에서 일어나면서 말했다.
"네, 그럼 저도 단단히 부탁드렸습니다."
문화부장도 일어서면서 말했다. 그리고 재빨리 카운터를 향하여 갔다. 그는 당황하여 자기의 서류용 봉투도 탁자 위에 그대로 둔 채 카운터를 향하여 가고 있는 문화부장의 뒤를 뛰다시피 쫓아갔다.
"아니 제가 모시고 왔는데요……."
그는 문화부장의 팔을 잡았다.
"다음에 술이나 한잔 사주십시오."
문화부장의 손에서 돈이 벌써 마담의 손으로 넘어가 버렸다.
그들은 밖으로 나왔다. 곧이어 레지가 그가 잊고 온, 잃어버려도 좋은 서류용 봉투를 들고 쫓아나왔다.
"이거 가져가세요."
레지가 소리쳤다.
"감사합니다."
그걸 받아들 때 그는 살며시 서글퍼졌다.
문화부장과 헤어지자 그는 더 이상 갈 데가 없어서 잠시 동안 길 가운데 마치 누구를 기다리는 자세로 서 있었다. 크로로마이신. 그는 문득 생각이 나서 사방을 두리번거렸다. 길 저편에도 그리고 자기의 바로 근처에도 '약'이라는 간판이 얼마든지 있었다. 그는 자기에게서 가장 가까운 곳에 있는 약방을 향하여 걸어갔다.
 아마 대학을 갓 나왔을 듯싶은 젊은 여자는 설사라는 한 마디에 약을 네 가지나 번갈아 내보였다. 그리고 약 한 가지마다 긴 설명을 덧붙였다. 약 자체의 값보다 설명값이 더 많겠군 하고 그는 생각하며 '크로로마이신!' 하고 짜증이 나서 투덜대는 목소리를 말했다.
 "크로로마이신하고 이것을 함께 잡수세요."
 "여기서 좀 먹어야겠는데요."
 캡슐에 든 크로로마이신과 새까만 가루약을 입에 털어넣고 여자가 건네주는 컵의 물을 마셨다. 그는 컵을 받을 때 컵을 잡은 여자의 손에 큰 흉터가 있는 것을 보았다.
 "손에 흉터가 있군요."
 그는 컵을 돌려주며 무심코 말했다. 여자의 얼굴이 금세 빨개졌다.
 "실험하다가……대학 다닐 때……."
 그는 목 안으로 자꾸 기어드는 여자의 목소리를 듣고 있으려니까 콧등이 시큰해졌다. 얼른 계산을 해주고 그는 허둥지둥 쫓기듯이 밖으로 나왔다.
 "어딜 그렇게 급히 가세요?"
 그는 맞은편에서 걸어오던 키가 큰 사람이 여전히 걸음을 계속하면서 그에게 말했다. 그가 관계하고 있던 신문사의 카메라맨이었다.
 "어디 가세요?"
 그는 반가워서 빠른 말씨로 인사를 했다.
 카메라맨은 벌써 그를 지나치면서,
 "이형, 다음에 좀 봅시다."
라고 말하고 가버렸다.
 그는 그네들의 말투를 알고 있었다. 저 도회(都會)의 어법(語法)을. 그리고 그는 항상 그 어법에 잘 속았었다. 방금 카메라맨이 말한 '다음에 좀 봅시다'는, 그 뜻을 따라서 정확히 표기하자면 '그럼 다음에 또 만납시다. 안녕히 가십시오.'이다.

그런데 그들은 '좀'이라는 부사를 집어넣어서 듣는 사람을 환장하게 만들어버린다. "다음에 좀 만납시다." 어쩌면 당신에게 일자리를 얻어줄 수도 있을지 모르니까요 인가? 생각해보라. 그렇게밖에 들리지 않지 않는가? 그는 아침 나절에 그가 관계하던 신문사에서 문화부장에게 속히우던 일이 생각났다.

그가 해고당한 것을 알리기 전에 문화부장은 먼저 "오늘치 만화 좀……." 했던 것이다. 그래서 자기가 해고당할 것을 예측하고 있던 그를 당황하게 했던 것이다. "오늘치 만화……."라고 했으면 그는 자기가 해고당하지 않았음을 알았으리라. 또는 "오늘부터는 그리실 필요는 없게 됐습니다."라고 하면 유감스럽긴 하지만 그것도 뜻은 분명하다. 그런데 "오늘치 좀……." 했던 것이다. 오늘치의 만화를 보아서 재미가 있으면 계속하겠고 그렇지 않으면 해고다, 라고밖에 들리지 않던 그 말투. 그는 갑자기 꽥 소리치고 싶은 충동을 느꼈다.

그런 충동을 눌러가면서 그는 느릿느릿 걸었다. 거리의 모퉁이에서 공중전화가 눈에 띄었다. 집에 전화가 있다면 아내를 불러내었으면 좋겠다. 아내와 함께 밤 늦도록 거리를 쏘다닌다면 좋겠다. 쇼윈도라도 보면서, 그래 쇼윈도라도 보면서.

그는 누구에게라도 좋으니 전화를 걸어서 이야기해보고 싶었다. 얼른 생각난 사람이 엊저녁에 술을 사주던 선배 만화가 김 선생이었다. 김 선생은 자기가 근무하고 있는 신문사의 자리에 있었다.

"김 선생님, 결국 목 잘렸습니다."

저쪽에서는 잠시 침묵이었다.

"제기럴, 또 한잔 할까?"

"그럽시다. 나오세요. 아니 제가 선생님께 지금 가죠."

"오게. 제기럴, 한잔 하세."

수화기를 놓고 나올 때 그는 마음이 조금 가벼워진 걸 느꼈다.

그는 김 선생이 따라주는 술을 빨리빨리 마셨다.

"좀 천천히 마시게."

김 선생은 걱정이 되는 모양이었다.

"괜찮아요."

그는 손등으로 입가를 닦으며 싱긋 웃었다.

"우리 나라 만화가들의 그 단순하면서도 회화적(繪畫的)인 선이 얼마나 훌륭한 걸 우리 나라 사람들은 모르고 있단 말야."

김 선생은 술잔 속을 들여다보며 중얼거렸다.

"기계로 그린 것 같은 양키들의 만화가 진짜인 줄로 알고 있거든."

"만화가 우스우면 그만이지 쥐뿔나게 회화적이고 아니고를 찾게 됐어요?"

그는 또 술을 들이켰다. 김 선생은 그를 힐끗 쳐다보았다.

"제가 군대 있을 때 말입니다." 그는 말했다. "남들은 제가 정훈으로 떨어졌다고 부러워했거든요. 편할 거라는 거죠. 그렇지만 전 말예요, 총대를 쥐지 않으니까 말이지요, 군인 기분이 안 났거든요." 그는 취해오는 것을 느끼며 말했다. "아마 그때 총대를 쥔 사람들이 지금은 안정된 직장에들 앉아 있겠지요? 저는 항상 만화만 붙들고, 남들은 편하려니 부러워하지만 실상은 불안해서 어쩔 줄 모르고 말입니다."

"그럴까?" 김 선생이 말했다.

"술이 없으면 말야……." 그들의 뒤쪽에 앉아 있는 패들의 하나가 소리쳤다. "인생이란 말야……." "허, 또 나오시는군." "허, 저 소리 듣기 싫어서 이젠 술 끊어야겠어." 누군지가 소리쳤다.

"문화부장이 차나 한 잔하자고 하더군요."

그는 속으로는, 자기가 만화연재를 부탁하러 갔던 문화부장을 생각하면서 말하고 있었다.

"다방에 가서 그 양반이 그러더군요. 사람 웃기는 방법의 몇 가지 패턴을 안다고 곧 만화가가 되는 것이 아니다. 바로 그 양반이 그랬어요. 두꺼비 같은 눈알을 부라리면서 말입니다."

찻값을 앞질러 내버리던 그 키가 작달막한 문화부장. 날 무척 무안하게 해줬었지.

"그러면서 말입니다. 너는 미역국이다, 이거죠."

자기네 사장이 얼른 뒈져달라는 기도를 하라던 그 사람. 난 참 면목이 없어서 혼났지.

"차나 한 잔. 그것은 일종의 추파(秋波)다. 아시겠습니까, 김 선생님?" 그는 혀가 잘 돌아가지 않았다. "그것은 내가 그 속에서 성실을 다했던 하나의 우연이 끝나고……." 그는 술을 한 모금 꿀꺽 마셨다.

"새로운 우연이 다가온다는 징조다. 헤헤, 이건 낙관적이죠, 김 선생님?" 그는 김 선생이 방금 비어낸 술잔에 취해서 떨리는 손으로 술을 따랐다. "차나 한 잔. 그것은 이 회색빛 도시의 따뜻한 비극이다. 아시겠습니까? 김 선생님, 해고시키면서 차라도 한 잔 나누는 이 인정. 동양적인 특히 한국적인 미담……말입니다."

"그, 어린이 신문에 그리고 있는 거라도 열심히 하고 있게. 기다리면 또 뭐가 생길 테지."

김 선생이 술잔을 들면서 말했다.

"자, 드세."

그는 자기의 술잔을 잡으려고 했다. 잘못해서 술잔이 넘어져버렸다. 그는 손가락 끝에 엎질러진 술을 찍어서 술상 위에 '아톰×군'의 얼굴을 그리기 시작했다.

"자, '아톰×군', 차나 한 잔 하실까? 군과도 이별이다. 참 어디서 헤어지게 됐더라." 그는 그림을 그리고 있지 않는 다른 손으로 자기의 이마를 한 번 찰싹 때렸다. 골치가 쑤셨기 때문이다. "오, 화성인들의 계략에 빠져서 군이 포로가 되어……바야흐로 생명이 위험해져 있는 데서 '다음 호에 계속'이었군……. 미안하다, '아톰×군'……사람들은 항상 그런 걸 요구하거든. 아슬아슬한 데서 '다음 호에 계속'." 그는 다 그려진 '아톰×군'의 얼굴을 다시 손가락 끝에 찍어서, 지우기 시작했다. "미안하다. '아톰×군'. 어떻게 군의 힘으로 적진을 뚫고 나오기 부탁한다. 이제 난……힘이 없단 말야. 나와 헤어지더라도……여보게, 우주의 광대하고." 그러면서 그는 양쪽 팔을 넓게 벌렸다. "어두운 공간 속에서 영원한 소년으로 살아 있게."

그들은 밤 늦도록 그런 식으로 술집에 앉아 있었다.

김 선생이 부축해서 태워준 택시를 타고 그는 집으로 왔다. 택시 안에서 그는 술이 좀 깨어 있었다. 그는 택시에 탈 때 김 선생이 쥐어준 서류용 봉투를 택시에서 내릴 때 그대로 두고 내렸다.

"또 술을 먹고 와서 미안하오."

그는 방문을 열면서 아내에게 말했다.

"퍽 취하셨네요."

아내는 남편이 반가워 깡충거리듯이 뛰어나왔다.

"배 아프시던 건 좀 어떠세요?"

"크로로마이신을 먹었어. 크로로마이신을 말야. 흉터가 있더군."

"어디에 흉터가 있어요?"

"어디긴 어디겠어? 크로로마이신에지."

"정말 취하셨어요."

아내는 그를 이불 위로 눕혔다. 옆방에서 재봉틀 돌아가는 소리가 들려오고 있었다.

"어지간히 성실하게 사는 척하지?"

그가 말했다.

아내는 자기의 손으로 남편의 머리카락을 쓸어넘기고 있었다. 그때 옆방에서 방귀 소리가 둔하게 벽을 흔들며 들려왔다.

"그래도 별수없이 보리밥만 먹는 신센데요, 네?"

아내가 킬킬거리며 그의 귀에 대고 속삭였다. 그만해두자, 아내야, 그는 갑자기 웃음이 터졌다. 하하하하……꽤 오랫동안 웃었나 보다. 아주머니가 지금 무안해 하고 있나 보다. 재봉틀 소리가 그쳐 있었다. 돌려요, 아주머니, 어서 재봉틀 돌려요. 웃음소리가 잠꼬대였던 것처럼 할 수는 없나, 고 그는 생각했다. 그러면서 아까 낮에 버스칸에서 자기에게 자리를 내주던 영감이 생각났다. 아주머니, 그건 건강한 증거입니다. 돌려요, 어서 돌려요. 그 사이에 재봉틀이 다시 돌아가는 소리가 들리고 있었다. 흥, 방귀 좀 뀌었기로소니, 하며 입술을 삐죽 내민 아주머니의 얼굴이 보이는 듯하다. 그럼요, 아주머니, 방귀 좀 뀌었기로소니 재봉틀 소리를 죽여야 할 거까지는 없습니다. 돌려요, 어서요.

그는 두 팔로 아내의 상반신을 껴안았다. 그러면서, 앞으로 자기도 아내를 때리게 될는지 알 수 없다는 생각이 문득 들었다. 그러자 앞으로 다가올, 아직 확인되지 않은 수많은 날들이 무서워져서 그는 울음이 터질 뻔했다.

그는 아내를 껴안고 있는 자기의 팔에 힘을 주었다.

— 1964년

서울의 달빛 0장(章)

형님한테서 전화가 왔다.
"너, 차를 샀다면서?"
이 기사한테서 들었을 게 틀림없다. 고용인으로서 몇 시간이나마 자리를 비우려면 외출 이유를 주인에게 말하지 않을 수도 없었을 것이다. 주문했던 차가 오늘 공장에서 나오기로 되어 있었고 나는 형님의 운전사인 이 기사에게 인수해다 주기를 부탁해놓고 있었던 것이다. 나는 운전에는 자신이 있었지만 아직 차가 내는 미세한 이상음(異常音)을 판별할 만큼 차에 익숙해 있지는 않았다. 나에게 운전을 가르쳐준 이 기사는 차(車)를 느낄 줄 알았다. 운전석에 엉덩이를 대는 순간 타이어의 탄력을 잴 수 있었고 내게는 정상적으로 들리는 엔진 소리에서 실린더의 이상을 발견하곤 했다. "그런 것쯤은 한 차만 쭈욱 몰면 금방 알게 되니까요." 이 기사는 그렇게 말하지만 솔직히 말해서 나는 차에 대하여 그렇게 자질구레한 신경을 쓰게 되는 것은 싫었다. 항상 완전하여 그냥 몰아대기만 하면 되는 차가 내가 바라는 차였다.
"그런 차가 어디 있겠어요? 쇠로 되고 바퀴가 달렸다뿐이지 살아 있는 말이라고 생각해야 돼요. 좋은 사료를 먹여주고 과로시키지 말고 병이 났나 살펴봐주고 외양도 항상 깨끗하게 해줘야 되고……."
이 기사는 말에다 비유하며 말하고 있었지만 나는 여자에다 비유하며 들었다. 문득, 결국 나는 여자를 필요로 하고 있었던가 하는 생각이 들었다. 뚜렷이 내세울 만한 용도도 없이 어쩐지 자꾸만 차가 갖고 싶더라니, 생각하며 나는 픽 웃었다. 팔개월 동안 내 아내였던 여자는 우리가 살던 아파트만이라도 위자료로서 자기한테 줬으면 하고 기대하는 눈치였고, 나 역시 재산따위 모두 처먹어라, 하고 아내에게 던져줘버리고 싶었지만 물론 아내는 위자료 같은 걸 입 밖에 내어 요구할 처지가 아니었고 한편 결혼 선물로 그 아파트를 사준 어머니는 내가 이혼하는 여자한테 일 원 한 푼 줄까 봐 독이 오른 눈으로 감시하고 있었다. 결혼 때 해준 패물들도 모두 돌려 받으라는 게 어머니의 고집이었지만 그것만은 나는 못 들은 체해버렸다. 돌려받을 수도 없었다. 아내는 벌써 그 패물들을 팔아서 이혼 후에 자기가 살 조그만 아파트를 사놓고 있었던 것이다. 친정집으로 들어가 살 줄로만 생각하고 있었던 나는 아파트에서 혼자 살 계획을 하고 있는 아내에 대하여, 이혼에 임박하자 나를 사로잡기 시작한 그 여자에 대한 연민이 사라져버리며, 이전 어느 때보다도 강한 증오, 여러 경우의 여러 증오를 모두 묶어놓은 것보다 더 강한 증오를 느꼈다. 그 동안 나를 조롱한, 나로서는 얼굴도 모르는 수많은 사내들이 이제부터 그 여자 혼자 살 아파트를 맘놓고 드나들 거라는 상상 때문에 나는 차라리 아내를 죽여버리고 싶다는 충동에 시달렸다. 그러나 아내가 나에게 위자료 청구를 할 수 없듯 내가 아내의 미래에 참견할 권리는 없는 것이었다. 가장 침착한 얼굴로, 가지고 나갈 짐을 차근차근 정리하고 있는 아내를 나는 다만 핏발 선 눈으로 바라보기만 할 뿐이었다. 그 여자가 떠나버린 아파트에서 나 혼자 살 수도 있었다. 어머니와 형수가 재빨리 옷장이니 찬장이니 침대, 화장대 따위를 사들여 빈자리를 메워 마치 여자와 함께 살고 있는 집인 듯 꾸며주었다. 그 가구와 집기(什器) 따위가 주로 형수의 취향과 안목에 따라 골라진 것들이었기 때문에 나는 마치 새로운 여자와 함께 살게 된 듯한 느낌을 받았다. 새로운 도배질, 새로운 가구들은 실내에서 아내에 대한 어떤 기억들을 몰아내는 데 확실히 효과가 있었다. 그러나 결과는 더 나빴다. 그 여자가 가장 주부다웠던 집 안에서의 세세한 기억들만 몰아내버린 것이었다. 그 기억들은 그 여자를 위해서가 아니라 나 자신을 위해서 간직해두고 싶었던 것들이었다. 그것들이 아내에 대한 증오를 중화시켜주는 건 결코 아니지만 가령 길에서 스쳐 지나가는 어린이의 얼굴에서 밝은 웃음을 볼 때 얻어질 수 있는 무용(無用)한 윤기(潤氣)의 노릇을 나한테 할 수 있었을 것이다. 그런데 그 여자는 그야말로 그 집 밖으로 나가버린 것이었다. 바깥에서의 그 여자란 나를 의혹과 질투와 증오, 썩은 감정의 늪 속으로 밀어넣는 요물에 지나지 않았던 것이다. 그러나 그 때문에 그 아파트를 팔아버린 것은 아니었다. 팔아서 내 마음대로 할 테다, 하는 충동으로 팔아버렸던 것이다. 나는 모든 타인들에게 그들이 나의 타인임을 분명히 해두고 싶었다. 아니 그들이 나를 자기네의 타인임을 분명히 밝히고 있었다. 아내는 말할 것도 없고, 어머니와 형님까지도 나로서는 타인이 아닐 수 없었다. 한 여자와 결혼을 하면서부터 내가 그들로부터 분리되는 것을 나는 온 몸으로 느꼈다. 그들은 얼마간의 재산과 함께 나를 자기들로부터 떼어버린 것이었다. 결혼 이후 그들이 나에게 묻는 것은 돈과 관계된 것만이었다. 내 얼굴에 버짐이 피더라도 그건 이제 나 자신과 아내가 책임질 일이지 어머니나 형님이 걱정해선 안 될 일이었다. 내가 아내와 이혼할 결심과 그 이유를 얘기했을 때야 나는 옛날처럼 나의 마음 세세한 움직임까지 알아두지 못해 안달하는 어머니와 형님을 다시 만날 수 있었다. 그러나 찢어진 종이처럼 그들과 나를 다시 연결시킨 것은 이혼이라는 풀칠이라는 걸 나는 알고 있었다. 나는 그들과 한 마디 의논도 없이 아파트를 팔았고 그 판 돈의 일부로 작은 아파트를 샀고 자동차를 주문했고 나머지를 아내였던 여자한테 주기 위해 예금통장으로 만들어 가지고 있었다. 내 맘대로 할 테다, 라고 한 것은 결국 어머니와 형님이 싫어하는 짓을 하겠다는 것이라고 해야 할 것이다. 자동차는 나한테 가장 불필요한 물건들 중의 하나일 것이고 불필요한 물건을 사는 데 적지 않은 돈을 쓰는 일은 어머니와 형님이 가장 싫어하는 것이었다. 나는 아무 일도 안 하기로 작정한 사람이었다. 이혼하자마자 대학의 교양학부 국어강사 자리도 집어치웠다. 어머니가 내 소유로 해준, 영등포에 있는 중국 음식점에서 들어오는 수입으로 생계는 충분할 것이고 그 동안 지키려고 애쓰고 있던 학문의 사명감 같은 것은 깨끗이 사라져버렸다. 운전을 열심히 배웠던 이유는 아내를 방송국까지 태워다주고 데리러 가고 싶다는 꿈 때문이었지 나 자신을 위해서는 아니었다. 나한테 왜 자동차가 필요할 것인가! 그런데 이 기사의 이야기를 들으며 자동차를 여자에 비유해보고 있으려니, 그 구매동기(購買動機)를 무작정이라고 스스로 여기고 있던 차가 실은 아내의 대체물(代替物)이라고 문득 깨달아지며 내 속에 굴을 파고 둥우리를 틀어 앉아버린 여자라는 독충(毒虫)에 대하여 짓이겨주고 싶은 혐오감이 드는 것이었다. 기껏해야 어머니와 형님이 펄펄 뛰며 싫어할 것이기 때문이라고 이유를 만들 수 있다고 생각한 통장 건은 그렇다면 무슨 벌레가 마음의 어느 굴 속에서 나왔기 때문인가? 나는 알 수 없었다.

"너한테 차가 왜 필요하니?"

"그냥……자동차로 지방 여행이나 다녀볼까 하구요."

대답하며 나는, 이 기사에게 차를 인수해다 줄 것을 부탁했을 때 무의식중에 내가 차를 산 사실을 이 기사를 통하여 형님에게 알리고 싶어했던 것인지 모른다고 생각했다.

"시골 좀 가는데 레코드 신품이 왜 필요해, 임마. 값싸고 쓸 만한 중고차가 얼마나 많은데 하필이면 제일 비싼 차를……너, 레코드 한 대 굴리는 데 얼마 드는지나 알아? 세금도 그렇고 기름값만 해도 다른 차 갑절은 먹혀. 네가 무슨 재벌이냐? 지방 다니려면 고속도로 통행료만 해도 얼마나 드는지 알구 있어? 지방 갈 때는 나두 고속버스 타고 다녀 임마. 그리고 차를 사고 싶으면 어머니한테라두 미리 상의를 해야지. 너, 어머니가 얼마나 화나신 줄 알아? 너한테 맡겨뒀다간 엉뚱한 짓 하느라고 다 까먹겠다구 식당도 명의를 내 앞으로 바꿔놓자고 야단이셔."

"차는 형님 차하구 바꿔도 좋아요. 뭐 꼭 레코드라야겠다는 건 아니니까……."

"임마, 나도 레코드 좋은 줄 몰라서 안 굴리는 줄 아니? 유지비가 많이 들어서 그러는 거야. 어차피 물릴 수는 없는 거구, 내가 임자 찾아볼 테니까 그건 팔아치우고 꼭 차가 있어야겠으면 중고차 중에서 쓸 만한 걸 골라줄 테니까……그리구 어머니한테서 전화가 갈 거야. 돈도 돈이지만, 너 차 사고로 무슨 일 낼까 봐 펄펄 뛰시니까, 마음이 울적해서 샀는데 며칠만 타보구 팔아치우겠다구 말해. 알았어?"

아닌게 아니라 형님의 전화가 끝나기 무섭게 어머니한테서 전화가 걸려왔다. 아직 점심시간도 아닌 땐데 "갈비탕 합이 셋!" 따위의 소리가 어머니의 말 마디마디 사이로 배어나오고 있었다. 카운터에 앉아서 한 손으로는 종업원에게 전표를 떼주면서 전화를 걸고 있는 모습이 선히 보이는 것 같았다.

"엄마 태우고 관광여행이나 다니려구요."

"넋빠진 소리 말구 오늘 당장 형한테 맡겨서 팔아치워요. 네가 운전을 언제 해봤다구……사람이나 덜컥 치어 놔봐라. 천천히 망하려면 아편을 하구 빨리 망하려면 차를 사라구 했어. 그리구 너 은행에 넣었다는 돈 얼마 남았니? 차 사고도 많이 남았을 텐데……."

"없어요, 한 푼도."

"없다니?"

"다 써버렸어요, 친구들하구 술 마시느라구……."

계획했던 것도 아닌데 불쑥 거짓말을 하고 말았다. 술보다는 지난 삼개월 동안 수많은 여자를 사는 데 돈을 쓴 건 사실이지만 그 액수란 백만 원 이내였고 그것도 주로 중국 음식점에서 나온 수입으로였다. 사백만 원은 아내였던 여자에게 주기 위해 그 여자 이름으로 예금통장을 만들어 내가 가지고 있었던 것이다. 어머니가 물어올 경우에 대비한 대답은, 물론 내가 그렇게 말할 수 있을지 스스로 의심했지만, 그것은 "영숙이 줘버렸어요."라는 것이었다. 왜 줬느냐고 물으면 대답할 말을 준비하지 못한 채, 아마 "그냥요."라는 말이 내 입에서 튀어나오리라고만 막연히 생각해왔다. 그런데 전연 거짓말이 튀어나왔던 것이다.

"안 되겠다. 너 당장 이리 좀 오너라. 내가 자리를 빌 수는 없구. 엄마한테 지금 좀 와."

"오후에 들를게요. 어젯밤 꼬박 새우고 지금 자고 있었던 거예요. 잠 좀 자구 나갈게요."

그건 거짓말이 아니었다.

"뭘 하느라고 밤을 새? 또 고등학교 동창생이냐?"

"예, 두수라구 나두 새까맣게 잊어버리고 있던 친군데 소식을 들었다구 전화가 와서……."

"어떤 녀석이 나발을 불고 다닌대니? 이혼이 무슨 잔치 났다구 동창들한테 방을 돌리구 지랄들이라니? 결혼식 때는 코빼기도 안 내밀던 녀석들이……철딱서니 없는 것들…… 그럼 밤새도록 술을 마셨단 말이냐?"

"네, 그 친구 집에 가서 옛날 이야기하며……."

이건 거짓말이었다. 비어 홀이 끝나자 두수라는 녀석과 함께 술자리에서 짝이었던 호스테스들을 데리고 여관으로 갔었던 것이다.

이혼 이후, 생활은 전연 상상도 하지 않았던 방향에서 이상한 틀을 들고 나한테 덮쳐 나를 그 틀 속에 집어넣고 틀 모양대로 일그러뜨렸다. 상투적인 매일이었다. 이젠 이름조차 잊어가고 있는 고등학교 동창생으로부터의 갑작스런 전화. 비어 홀. 여자 얘기 또는 돈벌이 얘기. 그리고 여자를 사서 호텔로 간다. 또는 호텔에 가서 여자를 산다. 마치 내가 이혼하기를 사방에서 기다리고 있었다는 듯 전화가 지긋지긋하게 많이 걸려왔다. 나 두수야, 생각 안 나니? 하긴 졸업하고 첨이니까. 아냐, 우리 훈련소에서 한 번 만났잖아! 벌써 팔 년이 됐구나.

자아식, 이제 생각나니? 영진이한테서 네 소식은 자주 듣고 있지. 너 뭐 이혼했다며? 나와라, 술 한잔 살게. 그리고 호기롭게 문지기가 알아주기를 기대하며, 그쪽에서 알아 모시지 않으면 자기 쪽에서 문지기의 어깨를 두드리며, 잘 있었어? 앞장 서 들어가는 술집들도, 자기네 딴에는 마음을 써 일류로 데려가준 때문인지 그게 그거다. 엠파이어, 월드컵, 코스모스, 오비타운, 그리고 관광호텔들의 나이트 클럽들……. 어제 저녁엔 딴 녀석과 밴드석 바로 앞자리에서 마셨는데 오늘은 이 녀석과 구석자리에서 마신다. 무대에서는 텔레비전에서 본 가수들이 무식(無識)의 악취를 풍기며 슬픈 노래도 백치처럼 싱글싱글 웃으며 부르고 있고, 개그맨들은 어젯밤과 똑같은 대사를 똑같은 표정으로 씨부렁거리고 있다. 운동부족과 영양과다로 비만증에 걸려 있는 사내들은 넥타이 매듭과 허리띠를 헐겁게 풀어놓고 헐떡이며 맥주를 들이켜고 나서 한 손으로는 옆에 붙어앉아 있는 호스테스의 허리를, 한 손으로는 자기의 튀어나온 배를 슬슬 어루만지고 있다. 간신히 엉덩이까지만 내려오는 원피스 유니폼을 입은 호스테스들은 자기 사내가 술잔에서 입을 뗄 때마다 땅콩이나 북어포 조각을 사내 입에 넣어주고, 가수의 노래가 끝날 때마다 눈은 딴 곳을 향한 채 무대 쪽으로 손만 내밀어 맥빠진 박수를 친다. 사내의 손은 탁자 밑에서 아가씨의 사타구니를 더듬고, 아이, 남들이 보잖아요, 빼내는 손끝에 묻어오는 것은 냉증(冷症) 특유의 썩은 냄새일 게 틀림없다. 썩은 냄새. 썩은 음부(陰部). 아내의 사타구니에서 풍겨오던 부패(腐敗) 그 자체. 허연 거품을 떠올리는 노랗게 썩은 술. 가슴 복판에서 시작하여 독사(毒蛇)처럼 외줄기로 목구멍까지 치달려오는 통증마저도 상투적이다. 썩은 술이 빠르게 침투하며 상투적으로 모든 신경세포를 들쑤시고 머리, 가슴, 불알, 무릎 관절의 모든 조직을 썩힌다. 썩은 술에 의해 썩어가는 사고(思考), 썩은 사고에 의한 썩은 감정. 상투적으로 끓어오르는 상투적인 증오. 혈관 속의 피는 검은색으로 변하고 있으리라. 인간은 행복할 자격이 있는가? 먹을 것이 부족하던 시절에는 생선 시장의 개들처럼 꼬리를 뒷다리 사이에 감아넣고 눈을 슬프게 치켜뜨고 다니다가 형편이 좀 나아지면 발정(發情)한 개들처럼 닥치는 대로 붙을 자리만 찾아다닌다. 사람들이 결국 바라는 건 필요 이상의 음식, 필요 이상의 교미(交尾). 섹스의 가수요(假需要). 부잣집 며느리 여름철에 연탄 사모으듯, 남의 아내건 남의 아내가 될 여자건 닥치는 대로 붙는다. 남의 사랑을 위한 빈 자리를 남겨두지 않는다. 물처럼, 공기처럼, 여력(餘力)만 있으면 빈 자리를 메우려든다. 인간은 자연(自然)인가? 메우고 썩힌다. 썩은 사타구니에서 쏟아지는 썩은 감정. 자리를 찾지 못한 자들의 증오. 평화가 만든 여유. 여유가 만든 가수요. 가수요가 만든 부패. 부패가 만드는 증오. 부패는 이미 시작되었으며 남은 일은 증오의 누적(累積), 그리하여 전쟁. 전쟁은 필연적이다. 전쟁으로 모두 빼앗기고 다시 시작. 인간은 행복할 자격이 있는가? 그게 아녜요. 형편이 나아져서가 아녜요. 아내가 말한다. 그럼 뭐야. 그렇군, 형편이 더 나빠져서군. 돈 때문이니까. 우리를 지배하고 있는 건 돈이니까. 아녜요. 슬픔 때문예요. 종말(終末)에 대한 슬픔이 섹스를 만든 거예요. 마찬가지로 우리 모두를 지배하고 있는 슬픔이 우리들의 섹스를 만들었어요. 사람들은 슬퍼하고 있어요. 당신이 바라고 있는 그 전쟁 때문예요. 정부에서도 신문에서도 전쟁에 대비하라고 야단들이잖아요? 내가 얘기하는 건 그런 전쟁이 아냐. 전쟁은 다 마찬가지예요. 전쟁이 나면 이번엔 아무 데도 도망갈 데가 없다는 걸 어린애까지도 알고 있어요. 지난번 전쟁보다 더 끔찍하리라는 것도 모두 알고 있어요. 우리를 지배하고 있는 것은 자본주의도 정치권력도 아녜요. 종말에 대한 불안이에요. 적개심을 돋운다고 하지만 그건 전쟁 이후에도 살아 남을 수 있는 사람들을 위해서죠. 집은 불타고 자기는 죽고 아이들은 고아원으로 간다는 것쯤 누구나 알고 있어요. 슬픔이 적개심을 휩싸서 녹여버려요. 우리가 기대할 수 있는 건 적개심에 대해서가 아니라 우리의 적들에게도 불탈 집이 있고 고아원으로 갈 아이들이 있어서 우리처럼 슬퍼하고 있는지 하는 사실에 대해서뿐예요.

희망을 거는 건 인간이 독하지 못하다는 사실에 대해서뿐이죠. 그렇지만 그런 희망이 얼마나 허망한 결과로 나타나는지는 정부에서 설명 안 해줘도 누구나 알고 있어요. 그래요, 모두를 지배하고 있는 것은 슬픔예요. 그 슬픔은 특히 남자들을 사로잡고 있어요. 그 슬픔이 남자들의 윤리를 허물어뜨려요. 윤리란 미래적인 거죠. 우리에겐 미래가 없는 거예요. 그리고 허물어진 남자들이 여자를 지배하고 있구요. 그래서 모두 슬픈 거예요. 악귀 붙은 년, 악귀 붙어 미친 년. 네 주둥아리를 빌려서 아는 체 떠들고 있는 도깨비는 어떤 놈이냐? 방송극의 유치한 대사로만 꽉 들어찬 네 대가리에서 나올 수 있는 말이 아니다. 왜 화제를 나한테로 돌리세요? 옳아, 이제 보니 그 동안 쭈욱 날 우습게 보고 있었군요? 가장 위해 주는 체하면서, 사랑하는 체하면서. 그래 우습게 보고 있었다. 그런 줄 알고, 네 몸에 미친놈 도깨비가 붙은 줄 알아보고 우습게 보고 있었다. 누구냐? 네 입을 빌려서 떠들고 있는 놈. 그따위 말로 널 유혹했단 말이지? 그따위 말로 내 자리를 빼앗았단 말이지? 여자의 자물쇠는 그따위 말로 열린단 말이지? 열리자마자 문 안으로 정액(精液)을 쏟아 넣어 그 말을 네 자궁(子宮) 속에 단단히 풀칠해놓았단 말이지? 우린 이제 모두 죽게 될 테니까, 하며 슬픈 얼굴을 짓고 사내들이 다가오면 네 문은 스스로 열린단 말이지? 누구냐? 이름을 대란 말야. 네 주둥아리를 통해서 말하고 있는 그놈. 아직도 네 자궁 속에 살아서 까불어대고 있는 놈. 개 같은 욕망에 시대의 구실을 붙여 널 유혹한 놈. 이름을 대. 모두 이름을 대. 몇 놈이냐? 모두 이름을 대. 개새끼야, 미친 건 네놈이야. 이제 싫증 났으면 그냥 싫다고 해. 내가 언제 처녀랬어? 내가 언제 결혼해달라구 했어? 결혼하자구 찾아다닌 건 네놈이잖아! 그냥 나가 달래도 얼마든지 나갈 수 있어. 그래, 미쳤는지도 모른다. 네 자궁 속에 붙어서 아무한테나 문을 열어주는 도깨비한테 물려서 나도 미친 모양이다. 어서 이름만 대. 악귀라는 제 이름을 부르면 도망치는 거다. 널 쫓아내고 싶어서가 아니다. 네 몸 속의 도깨비를 쫓아내고 싶어서다. 왜 감추느냐,

왜 도깨비를 감싸고 내놓지 않느냐. 부끄러워서냐. 작은 부끄러움을 지키려고 큰 사랑을 거절하는 거냐. 널 마음대로 휘두르고 있는 건 네 몸에 붙은 도깨비야. 도깨비가 지배하고 있는 걸 내가 어떻게 믿고 사랑할 수 있느냐. 토해버려라, 도깨비를 토해버려, 네 자궁 속의 도깨비를 입으로 토해버려. 널 사랑하고 싶어서 그러는 거야. 개새끼야. 진짜로 미친 놈은 네놈이야. 없는 도깨비를 억지로 만들어서 날 쫓아내려구. 좋아 나갈게. 네놈 아니면 남자 없을 줄 알구. 개 같은 년. 허연 거품을 떠올리는 누렇게 썩은 술.

 아내를 처음 알게 된 것은 결혼하기 반 년쯤 전, 4월 어느 일요일 오후, 부산(釜山)에서 서울로 오는 비행기 안에서였다. 그 전날 오후, 부산에서 고등학교 교편을 잡고 있는 대학동창의 결혼식이 있었다. 오전에 태종대(太宗臺)를 구경하고 그 바닷가 바위 위에서 마신 소주 때문에 아직도 새빨간 얼굴을 해가지고 비행기에 올라 자리에 앉아 있는데 어쩐지 내 옆자리에 예쁜 여자가 앉아줄 것 같은 예감이 들었다. 예감은 기대로 바뀌어 만일 예쁜 여자가 아닌 사람이 앉는다면 나는 몹시 불쾌해질 것 같았다. 그래서 승강구 쪽에서 내 쪽을 향해 다가오는 사업가 차림의 사내들에게 나는 갑자기 날카로운 적의(敵意)를 느끼며 조마조마한 마음으로 기다리고 있었다. 오르고 있는 여자라고는 대부분 남편 동반의 기름진 중년여인들이었고 그나마도 몇 명 되지 않았다. 잠시 후에 여자대학 배지를 옷깃에 단 아가씨 두 명이 올랐으나 너무 어려보였고 예쁘지도 않았다. 다행히 그 두 아가씨는 다른 자리에 나란히 앉았다. 그리고 잠시 후에 기다리던 여자가 나타났다. 몸매가 가늘고 얼굴 생김이 뚜렷한 스무서너 살로 보이는 여자였다. 옷차림이 다소 지나치게 화려해보였으나 그건 휴일날 유원지에서라면 얼마든지 볼 수 있는 정도였다. 저 여자라면, 하고 기대하고 있는데 다른 사람들 눈에도 예뻐보이는지 그 여자가 통로를 걸어와 좌석번호를 확인하고 내 옆에 앉을 때까지 그 여자를 보기 위해 고개를 돌리고 있는 사람들이 여기저기 보였다. 특히 중년여인들이 그랬다. 다른 사람들도 나처럼 자기 옆자리에 예쁜 여자가 앉기를 바라고 있었구나, 생각하며 일정한 조건 속에선 사람들의 심리가 어슷비슷하다는 바로 그 점이 사람들을 결속(結束)시키는 것이라고 잠깐 엉뚱한 생각을 하고 있었다. 그 여자 뒤로도 몇 명의 젊은 여자가 올랐으나 그 여자만큼 예쁜 여자는 없었다. 모두가 나를 부러워하고 있는 것 같아서 나는 무표정하려고 애써도 참을 수 없이 웃는 얼굴이 되었다. 문득 많은 사람들 앞에서 발가벗고 선 것처럼 부끄러워서 웃음을 삼키려고 어금니를 깨물며 창 밖 풍경을 구경하는 체했다. 비행기가 이륙하여 저녁햇살을 받아 명암이 뚜렷한 산들이 아득히 내려다보이자, 나는 그 명암이 뚜렷한 산들과 허공에 떠 있는 몇 십 명의 사람이 그려진 초현실주의 화풍(畵風)의 그림을 상상으로 보고 있었다. 그리고 비행기의 실종을 상상했다. 어딘가 무인도에 내려 이 비행기를 타고 있는 사람들끼리만 한 사회를 이루고 살아야 한다면, 가만 있자 남자가 몇 명이고 여자가 몇 명이지? 고개를 쭉 뽑고 그래도 안 되어 엉덩이까지 들어올려 기내(機內)의 남자와 여자 숫자를 눈으로 세어보고 있는 나를 내 옆의 여자는 이상하다는 눈으로 보고 있었다. 남자 일곱 명에 여자 하나의 비율이라는 계산이 나왔다. 결국 나는 이 여자를 다른 남자 여섯 명과 함께 가질 수밖에 없다. 아냐, 젊고 가장 예쁜 여자니까 모든 남자가 다 가지고 싶어할 것이다. 물론 나는, 비행기에서 앉았던 대로, 운명대로 짝을 지웁시다고 주장하겠지만 보아하니 비행기 안에 앉아 있는 대부분 남자들은, 넥타이를 끄르고 양복만 벗어버리면 씨름꾼이라고 해도 정확할 만큼 정력적으로들 생겼다. 그런 주장을 하다간 우르르 달려들어 우선 나부터 처치해놓고 볼 인상들이다. 나는 아내와의 운명을 그때 벌써 예감하고 있었던가 보았다. 아니 만일 하나의 이미지가 그 이후의 운명을 유도(誘導)한다면 그 비행기 속에서의 망령된 공상이 그 이후 아내를 대하는 나의 자세로 굳어졌던 것일 수도 있다.

스튜어디스가 통로를 지나가며 나의 여자에게 "안녕하세요?" 상냥

하게 인사를 했을 때야 나는 말 붙일 구실을 잡을 수 있었다. "비행기를 자주 타시는 모양이죠?" 나의 여자는 긍정도 부정도 아닌 미소만 지어보였다. "전 비행기 타보는 거, 이번이 두 번째입니다. 작년 여름 방학 때 제주도 가면서 한 번 타보구선……." "학생이시군요?" 학생이라면 동생처럼 여기고 말상대를 해주겠다는 듯 얼굴을 풀며 말하는 그 여자의 입에서 담배 냄새가 풍겨왔다. "학생은 아니지만 대학에 나가고 있습니다." "어머, 그럼……교수님이신가요?" "아녜요, 아직 시간강사예요. 헤헤……." 교수는 그만두고 전임강사도 아닌 자신이, 그리고 백치처럼 말꼬리에 싱거운 웃음을 흘리고 만 자신이 혐오스러웠다. "학생이세요?" 이번엔 내가 물었다. 화장이 짙은 걸로 봐서 학생은 아니라고 확신하면서 그러나 "졸업했어요." 정도의 대답은 기대하면서. 그 여자는 눈이 부신 듯 깜박이며 나를 잠깐 응시했다. 이해할 수 없는 사태나 사람과 갑자기 부딪쳤을 때 그 여자의 눈은 그렇게 떨리고 그렇게 맑아지는가 보았다. 어쨌든 속눈썹을 떨며 내 눈을 응시하던 그 여자의 눈길은 내 운명을 결정했다. 그 순간에 나는 그 여자를 사랑해버린 것이었다. 마음과 마음의 가장 빠른 지름길은 마주치는 눈길이었구나고 생각하며 나의 술 마셔 붉은 얼굴은 더욱 붉어지며 이마로 진땀이 배어나오기 시작했다. 그 여자의 얼굴에 갑자기 장난꾸러기 같은 미소가 번지면서 "제가 대학생 같아 보이세요?" 물어왔다. 마치 대학생 같아 보이기를 기대하는 듯. "글쎄요, 사학년쯤……아니 졸업하셨죠?" 가만히 손을 올려 웃는 입을 감추며 그 여자는 재빠른 시선으로 그 동안 그 여자를 곁눈질로 훔쳐보고 있던 통로 저쪽의 중년남자를 보고 나서, 표정을 다시 의젓하게 정리했다. 그 다음부터는 마지못해 하는 듯 내 질문에 반응했다. "댁이 부산이세요?" "아니, 서울예요." "책 많이 읽으세요?" "……네." "주로 어떤 책을……소설 같은 거요?" "소설도 보구요……." "또?" "닥치는 대로 보죠 뭐. 그렇지만 워낙 시간이 없어서 많이는 못 봐요." "뭘 하시는데 시간이 없으세요? 공부하시느라고요? 역시 학생이군. 어느 학교 다니세요?" 그 여자는 이번엔 냉담한 얼굴로 잠깐 나를 돌아보았을 뿐이었다. 나는 머쓱해지지 않을 수 없었다. "미안합니다. 실은 미인이셔서 자꾸 말이 하고 싶네요." 그제야 미소를 띠고 얼굴은 앞을 향한 채 상반신만 내 쪽으로 약간 기울여 "저 방송국에 나가고 있어요." 남이 들을까 꺼리는 듯 속삭이는 음성이었다.

그 은근한 속삭임 때문에 나는 그 여자한테서 모든 것을 허락받은 듯한 기쁨을 느꼈다. 그러나 나는 여전히 그 여자에 대해서는 모른 채였다. 방송국에 나간다는 말을 다만 직장이 방송국이라는 뜻으로만 들었다.

"방송국에서 뭘 하세요? 아, 아나운서군요?"

"……그 비슷한 거예요."

그때 내 앞자리의 중년여자가 의자 등받이 너머로 얼굴을 내밀고 나에게 웃음 머금은 사투리로 말했다. "보소, 듣자듣자 하니 너무하데이. 유명한 텔레비전 탤런트 한영숙 씨도 모르나, 이 답답한 양반아." 중년여자의 말이 끝나기도 전에 주위에 와 웃음이 터지는 걸로 보아 그 동안 내가 나의 여자와 주고받는 말을 그들은 흥미있게 듣고 있었던 모양이었다. 내가 목덜미까지 새빨개진 것은, 남들이 다 알고 있는 유명한 여자를 몰라봤다는 부끄러움 때문이 아니라 우리의 은밀한 대화를 남들에게 들켰다는 창피함 때문이었다. 텔레비전이라야 휴일날 방영(放映)해주는 외국영화나 가끔 보는 데 지나지 않아서 나는 그 여자가 텔레비전 드라마에 출연하는 여배우란 건 전연 상상도 안 했었다. "공부만 열심히 하시는 모양이네요. 텔레비전 같은 건 안 보시구……." "예 앞으론 열심히 보겠습니다."

사실 그 후 며칠 동안 나는 그 여자의 얼굴을 보기 위해서 그 여자가 출연하는 드라마 시간이 되면 텔레비전 수상기 앞에 앉곤 하였다. 역할을 위한 분장(扮裝) 탓인지 화면 속의 그 여자는 내가 본 그 여자와는 다른 것 같아서 안타까움을 느꼈다. 국민학교 때 아동극(兒童劇)에 출연한 같은 반 계집애가 야단스런 화장을 했을 때 느낀 그 서먹서

먹함과 앙징스럽게 귀엽던 기억이 났다. 비행기 안에서 그 여자를 돌아보던 사람들의 표정이 이제보니 아동극의 소녀를 바라보던 국민학교 때의 나의 표정이었다는 걸 깨달았다. 관심을 갖고 보니 여배우들의 사생활에 대한 소문도 내 귀에 많이 들어왔고, 사람들의 화제를 대부분 차지하고 있는 것이 뜻밖에도 바로 여배우들의 사생활에 관한 것이라는 것을 알았고, 그리고 그것은 스캔들을 취급하는 신문이니 잡지들이 사회적 존경을 유지시킬 필요가 있는 직업이나 계층의 사람들의 스캔들을 취급할 힘을 바로 그 사람들에 의해서 빼앗기고 있고 또 그 사람들이 오직 단 하나의 문, 여배우나 가수 등 대중의 휴식에 봉사하는 계층의 스캔들을 취급할 수 있는 문만 그 여론도구(與論道具)에게 열어주고 있기 때문이라는 것을 알게 되었고, 그리고 사람들이 여배우의 스캔들에 관심을 갖는 것은 그 여배우 자신에 대한 호기심 때문이 아니라 그 여배우를 통해서나 엿볼 수 있을 것 같은 자기 시대의 감춰져 있는 부분에 대해서라는 것도 알게 되었다. 그러나 아무것도, 화면 속의 그 여자도 여배우들에 대한 해괴한 소문도 내 속에 들어와 박혀 있는 그 여자의 눈을 빼내지는 못했다. 숨결이 내 뺨에 와 닿을 만큼 가까운 거리에서 어리둥절해서 깜박이며 내 눈을 빤히 들여다보던 그 눈. 그 눈이 어딜가나 나를 따라다녔다. 어느 날 나는 문득 내가 그 여자에게 결혼신청을 해볼 수도 있다는 아주 간단한 사실을 깨달았다. 그러자 그 여자가 승낙하리라는 확신이 들었다. 왜냐하면 그것은 운명이니까. 지금 그 여자에게 결혼하기로 약속한 남자가 있다고 하더라도 그 여자가 그 약속을 취소하고 나와 결혼할 것이 틀림없다. 왜냐하면 운명이니까. 그런 생각이 든 다음날 나는 방송국 근처의 다방에서 그 여자에게 전화를 했다. "녹화 중이어서요."라고 말하는 그 여자의 얼굴은 분장 때문에 진짜 아동극의 소녀 같아서 나는 웃음이 나왔다. 그 자리에서 나는 우리 집에서 한 번 저녁 대접을 하고 싶다고 말하고 사흘 후에 오겠다는 약속을 받았다. 우리 집이란 어머니와 나와 가정부가 쓰고 있는 살림집을 말함이었다. 음식은 어머니가 경영하는 식당에서 준비를 해가지고 종업원이 차로 날라왔다. 형님 집에서 형수와 조카들이 여배우 구경을 하러 왔다. 저녁식사 후 내 서재에서 나는 내가 느끼고 있는 그 여자와 나와의 운명에 대해서 얘기했다. 결혼은 아직 생각해본 적이 없다는 대답이었다. 지금 자기 머리 속을 차지하고 있는 것은 여배우로서의 성공뿐이라는 것이었다. 누군가 그 여자로 하여금 한 남자만의 소유가 되는 것을 가로막고 있다는 것을 그 여자의 말 속에서 나는 느낄 수 있었다. 그 누군가는 자기의 꿈이라고 그 여자는 말했지만 수녀가 되는 여자들에게도 천주(天主)에 봉사하기를 부추기는 사람이 있는 것이다. 마침내 그 여자는 그것이 자기 집의 가난이라고 실토했다. 아버지, 어머니, 네 명의 동생들이 그 여자 수입에 의존하고 있는 것이었다. 결혼은 해줄 수 없지만 좋은 친구는 돼주겠다고 그 여자는 말했다. 내가 그 여자에게 결혼 신청을 했다는 사실을 나중에 알고 어머니와 형님은 어처구니 없다는 표정이었다. 형수만이 그럴 수도 있는 거죠 뭐, 라고 말했다. 결국 나는 그 여자의 친구로 지낼 수밖에 없다고 각오하게 되었고 그러나 남자와 여자 사이의 친구란 아무것도 아니란 걸 깨닫고, 이젠 방송국 근처 다방에도 그만 나가야겠다고 생각할 무렵 갑자기 그 여자가 결혼을 승낙했다. "욕심쟁이!" 나에 대한 그 여자의 그 말이 나와 결혼할 것을 결심한 이유라는 것이었다. 나는 무슨 뜻인 줄 몰랐다. 나는 나의 그 여자에 대한 전인격적(全人格的) 사랑을, 완전한 소유욕을 그 여자가 그렇게 표현한 것이라고만 생각하고 자랑스럽게 웃었다. 다른 남자들이 그 여자의 음부만으로 만족하고 그 여자의 나머지는 그 여자 자신의 소유로 인정해버리는 데 비교된 표현이라고는 생각하지 못했다. 그 여자가 말하는 '친구'라는 것이, 가방을 든 채 어슬렁어슬렁 방송국 근처 다방으로 가서 차를 시켜놓고 그 여자를 기다리는 동안 남의 웃음거리나 되는 것이 아니라는 걸 몰랐다. 결혼식 때까지도 나는 여자에게 처녀막이 있는지 없는지에 대해서는 한 번도 생각해 보지 않았다. 결혼을 안 한 여자니까 처녀일 것은 당연했다. 갑자기

닥친 결혼식을 앞두고 허둥지둥 병원으로 달려가 정충(精虫) 검사를 해본 것은 나였다. 군대시절, 부대 근처 마을의 한 술집 아가씨와 다섯 번 성교를 했는데 그때 성병에 걸렸던 것이었다. 부대의 의무실에 입원까지 해가며 치료를 받아 완치된 줄은 알고 있지만 막상 결혼을 앞두고 보니 그 악독한 병균이 혹시 미세한 하나라도 내 몸 속에 남아 있을까 봐 불안해서 견딜 수 없었다. 아내 이전에 여자 경험이라고는 병을 옮겨준 그 아가씨가 유일한 것이었지만 그마저도 나는 아내될 여자에게 죄스러웠다. 결혼식만 치르고 나면 기회를 보아 그 일을 고백하고 용서를 구하리라고 작정하고 있었다. 서귀포(西歸浦)의 호텔에서의 첫날밤 신부가 처녀가 아니기 때문에 당황한 것은 아내가 아니라 나였다. 처녀가 아닌 점에 대해서 아내는 한 마디 설명도 없었다. 거짓으로라도 아픈 체해줬더라면 좋았을 것이다. 아니 아픈 체해 보려고 시도는 하는 것 같았다. 그러나 스스로 멋쩍었던지 금방 그런 거짓 표정을 지워버렸다. 아내와의 최초의 행위가 끝났을 때 나는 내가 신부의 비처녀(非處女)를 전연 알아채지 못한 듯 구느라고 소란을 피웠다. "아팠지?" 처음엔 되게 아프다던데?" 이마, 뺨, 턱 닥치는 대로 키스를 해대고 손으로 아내의 배를 쓸어주고 하며 고통을 위로해 주는 듯 호들갑을 떨었다. 실제로 나는 그토록 소원했던 여자와 알몸으로 껴안고 있게 된 기쁨에만 휩싸여 있었다. 처녀가 아니기 때문에 당황했을 뿐이지 아직 실망하거나 화가 나지는 않았다. 호들갑을 떨고 있는 나를 그 여자가 내가 잊을 수 없는 그 눈으로 꽤 오랫동안 보고 있었다. 어리둥절하여 깜박이며 내 눈을 빤히 들여다보는 그 눈. 나중에야 나는 그 여자에게 고백시켜 그 여자를 정화(淨化)시킬 수 있었던 기회는 바로 그때였다고 깨닫게 되었지만 어떻든 그 눈표정이 바뀌었을 때 그 여자의 자궁 속에서 나갈까 말까 망설이던 도깨비는 도로 자궁 속 깊이 들어가 버린 것이었다. 그 눈앞에서 고백을 시작한 건 오히려 나였다. 부대 근처 마을의 술집, 염소처럼 눈동자가 노랗던 아가씨, 성병, 결혼식을 앞두고 대학병원에서 완전무결하다는 진단을 받았다는 애기까지 했다. 성병이라는 애기를 할 때 그 여자는 치가 떨리는 듯 몸을 웅크리며 돌아누우려 했다. 황급히 어깨를 끌어안아 내 쪽으로 돌려놓고 아내를 안심시키기 위해서 부대 의무실에서의 치료 과정을 기억하는 한 상세하게 설명했다.

"용서해줘. 용서해줄 수 없어?" 용서한다는 듯 아내는 내 목을 끌어안았다. 그리고 욕실에 가서 아랫도리를 다시 씻고 오라고 했다. 욕실에서 돌아오자 나를 침대 위에 반듯이 눕게 하고 아내는 엎드려서 나의 벌레처럼 줄어든 남성(男性)을 입에 넣고 애무하기 시작했다. 내 남성은 그 어느 때보다도 크게 발기되고 있었지만 그러나 내 몸을 적시기 시작하는 것은 관능의 쾌감이 아니라 슬픔이었다. 아내는 아직 용서받은 것이 아니었다. 그런데도 그 여자는 모두 용서받은 듯이 굴고 있는 것이었다. 성기에 입을 대는 것이 성병에 걸렸던 나를 용서한다는 의식(儀式)이라고 그 여자는 생각했는지 모르지만 나는 외국에 다녀온 친구가 언젠가 슬그머니 보여주던 포르노 사진의 그 비속(卑俗)의 극치를 기억하고 그런 대담한 행위를 첫날밤에 보여줌으로써 아내가 자신의 추잡한 과거를 인정하도록 나에게 강요하고 있는 것이라고 생각했다. 나는 인정할 수가 없었다. 아내가 잠든 후 나는 이불을 걷고 아내의 음부를 들여다보았다. 난생 처음 보는 음부의 추악한 모습에 나는 구토증을 느꼈다. 그것은 악마에게 강요당하여 아내가 할 수 없이 몸에 차고 다니는 주머니인 것만 같았다. 4박 5일의 신혼여행을 끝내고 서울로 돌아왔을 때는 나는 성기에서 이따금 찌르는 듯 스치고 가는 통증을 느꼈다. 병원에 가보니 잡균의 침입으로 생긴 요도염(尿道炎)이었다. 이것만은 모른 체해도 좋은 일이 아니었다. 아내는 자신은 아무렇지 않다고 했다. 냉증은 어느 여자에게나 있는 것이라고 했다. 나의 성병이 재발했을 것이라고 우기며 새삼스럽게 구토증을 느끼는 듯 목줄기에 손을 대고 침을 뱉어내었다. 어쨌든 아내와 나는 사이좋은 유치원 아이들처럼 나란히 병원엘 다녔다. 그렇다. 부부란 함께 병을 고치기 위해 만난 남자와 여자다. 나는 그렇게 생각했다. 그러나 변기에 앉아 핏덩어리를 쏟고 있는 아내를 병원으로 데려가, 태아(胎兒)의 자연유산임과 의사의 입에서 아내의 인공유산의 경험이 많음을 알고 났을 때 이제부터 아내는 나에게 도깨비들이 실컷 뜯어먹다 싫증이 나서 던져준 썩은 고깃덩어리에 지나지 않았다. 그렇다고는 하지만 늦지는 않았었다. 그 여자가 입으로 그 도깨비들을 토해줬더라면. 그러나 아내는 드라큐라에게 목덜미를 물린 여자였다. 지방에서 양조업을 하고 있는 고등학교 동창생이 오랜만에 서울에 온 김에 친했던 몇 명의 친구를 불러 근사하게 한 잔 사겠다고 간 후암동(厚岩洞)의 어느 은밀한 방에서, 캘린더 촬영 때문에 늦겠다고 전화했던 아내가 다른 호스테스들과 함께 들어왔을 때 나는 이제껏 그 여자가 빠져나오지 못하고 있는 세계의 두꺼움을 감히 짐작조차 할 수 없었다.

거품처럼 끓어오르는 증오. 너 이런 데 왜 나왔어? 돈 때문이죠. 돈은 누가 주지? 돈 가진 남자가 주지 누가 줘요. 남자는 왜 너한테 돈을 주지? 즐겁게 해줬으니까 주지 왜 줘요. 즐겁다의 반대말은 슬프다. 역시 그런가? 갖가지 친구들의 갖가지 충고. 그러니까 일찍 일찍 하나라도 많이 주워먹는 거야. 여편네는 어차피 처녀가 아닐 테니까. 나라고 가만히 있을 수 있니? 자기가 터뜨린 처녀가 하나만 있어도 좋아. 여편네 생각하고 화가 날 때 나도 처녀 하나 먹었으니까 하면 되니까. 많이 먹을수록 좋아. 그 기억만으로 충분히 위로받을 수 있어. 여편네의 용도(用途)는 어차피 다른 거니까. 인간은 도대체 행복을 바라고 있기나 한가? 개새끼들. 너희들이다, 아내의 자궁 속에 달라붙어 있는 슬픈 얼굴의 도깨비는. 다시 만나 살라구. 이혼한 여자는 불쌍한 거야. 여자란 처녀인 체 속일 수 있는 동안 꼿꼿할 수 있는 거야. 속일 수도 없게 됐다는 점 때문에 이혼한 여자는 절망하는 거지. 여자가 한 번 절망하면 얼마나 자기를 더럽게 내돌리는지 넌 모르지? 불쌍하지도 않니? 개새끼들. 불쌍하다는 말 속에서 축축한 욕망이 엿보인다. 그래, 이혼한 여자란 처녀가 아니다. 처녀가 아니니까 외설스럽다. 길에서 내 아내였던 여자를 만나게 되면 너희들은 그 여자의 아랫배부터 볼 게 틀림없다. 난 처음부터 그럴 줄 알았어. 네가 여배우하고 결혼했다는 소문을 들었을 때부터 앞날이 훤히 보이더군. 우선 여배우란 직업은 일종의 사업이야. 가정이란 것도 하나의 사업이구. 한꺼번에 두 가지 사업을 둘 다 잘 경영한다는 건 힘든 거야. 결혼할 때 그 직업은 그만두게 해야 했어. 네 와이프는 화가지? 달라, 여배우란 특수한 직업이야. 그 육체 자체가 대중의 소유야. 여배우 자신이 그걸 잘 알고 있어. 대중의 소유물을 너 혼자 독점하려면 대중들이 그 여자에게 줄 수 있는 것 이상을 네가 줄 수 있어야 해. 대중들이 부러워할 명예라든가 어마어마한 돈이라든가 그 여자가 무슨 짓을 하든지 얼마든지 용서할 수 있는 사랑이라든가, 비싼 창녀란 말이군. 남편은 기생의 기둥서방이 되란 거구. 여자 중의 여자란 말인지. 모든 여자란 규모가 크고 작을 뿐 다 그런 거야. 만족의 한계가 좁달 뿐 아무리 평범한 여자도 다른 남자가 주는 것 이상을 줄 때 독점할 수 있는 거야. 남녀관계란 근본적으로 경제적 관계야. 남자끼리의 관계만 사상적 관계지. 부자와 가난뱅이도 같은 취미로써 친구로 지내거든. 말 잘 했다. 내가 증오하는 것은 너희 남자들 그 경제구조를 엉망으로 만드는 사상구조. 아이를 빨리 만들지 그랬니? 아이란 우리들의 신(神)이야. 인간적인 사랑이란 삼각형의 관계 형식 속에서만 가능하다구 생각해. 한 꼭지점에는 남자 또한 꼭지점엔 여자 그리고 또 한 꼭지점엔 신(神)이 있어야 하는 거야. 남자와 여자가 함께 바라보는 신이 있을 때 추잡한 거래 관계를 벗어날 수 있는 거야. 신이 없는 두 꼭지점만의 남자와 여자의 사랑이란 이기적으로 무한히 탐욕적인 동물적인 사랑에 지나지 않아. 어느 한편이 상대를 잡아먹고서야 끝나도 투쟁에 지나지 않아. 끝나도 괴로운 투쟁이지. 왜냐하면 상대를 잡아먹어버렸으니 남은 건 고독한 자기란 말야. 신이 있으면 달라. 신에게는 남자도 여자도 다 있어줘야 한다는 걸 알고 남자와 여자는 진실로 평등하게 상대를 존중하게 되지. 서양 사람들에게는 그 신이 있지만 신이 없는 우리들에겐 자식이 그 신 노릇을 하는 거야. 물론 그 신이 불변(不變)하고 영원한 하나의 신이 아니라 변하고 일시적이고 수많은 신이기 때문에 우리가 만드는 삼각형은 불완전한 삼각형이고 너무나 많아서 충돌하기 쉬운 다신교(多神敎)라고 해야 하겠지만 어쨌든 남자와 여자 사이에 추잡한 동물적 사랑이 아닌 숭고한 인간적 사랑을 최소한이나마 가능하게 해주는 거야. 신이 인간을 구제한다면 아이들이 우리를 구제해주고 있는 거야. 아이를 빨리 낳았더라면 네 부부가 파경(破鏡)을 당하진 않았을 거야. 네 부인도 달라졌을 거구. 그랬을지도 모르지. 그러나 도깨비가 붙어 있는 썩은 자궁. 유산 경험이 많으시군요. 습관성 유산입니다. 전쟁이 나면 고아원에나 가게 될 아이, 안 낳으면 어때요? 나의 자리를 오염시킨 놈들은 누구냐. 철저히 불완전하고 위선적인 삼각형. 바로 너의 논리에 의하여 부정당해야 할 너의 주장. 아이는 신이 될 수 없다. 아이는 언제까지나 아이로 있는 게 아니다. 아이를 갖지 않은 어른들, 아이를 잃어버린 어른들이 된다. 내것이야 할 아내의 처녀를 도둑질한 놈은 이십대 미혼 청년이었고 아내를 돈으로 유혹한 놈들은 장성해버려 이젠 자식이라고 하기 어려운 자식을 가진 오십대 사내들이었다. 부모에겐 신이 되고 스스로는 악마인 두 가지 얼굴의 신은 신이 아니다. 탐욕적인 청춘, 이기적인 중년, 발기(勃起)되는 노년(老年)들이 물처럼 공기처럼 빈 자리를 메우려 드는 세계. 우리의 삼각형은 그들 틈에 우글쭈글 뒤틀려 잠시 끼어 있을 뿐. 상투적인 저녁이었다. 이름조차 잊어가고 있던 동창생으로부터 갑작스런 전화. 소문 들었다. 술 살게 나와라. 여자 얘기 또는 돈벌이 얘기. 임마, 마셔, 마시고 잊어버려. 버스하구 여자는 오분만 기다리면 오는 거야. 야, 오늘 저녁 너 이 손님 잘 모셔. 내가 왜 돈 벌려고 악착 떠는 줄 아니? 이런 친구 위로해주려구 그러는 거야. 너 팁, 평생 잊지 못하도록 줄 테니까 잘 모셔야 해. 이 친구, 너무 순진해서 여편네한테 구박받은 몸이니까 네가 인생 공부 좀 잘 시켜드려. 어머, 탤런트 한영숙이 남편이에요? 야, 너 여편네 덕 단단히 보는구나. 나중엔 이혼할망정 나두 탤런트하구 결혼할걸. 맙소사.

　이혼 이후, 이혼의 충격으로 멍해 있을 때 생활은 엉뚱한 방향에서 이상한 틀을 가지고 나를 덮쳐 나를 그 틀 속으로 밀어 넣었다. 곡마단의 객석에서 무대 위로, 술의 늪으로, 음모(陰謀)의 숲으로 나는 그것들의 부력(浮力)에 나의 존재를 떠받치도록 맡기고 있었고 그래서 나라고 내가 생각하고 있던 이전의 나로부터 점점 멀어져갔다. 물론 이건 내가 아니라고 생각했지만 그 전에도 항상 이건 내가 아니라고 생각하며 살았었다. 이건 내가 아니고 이전의 내가 나라고 한다면 이전의 나는 그 이전의 나를, 그 이전의 나는 그 그 이전의 나를……그리하여 나는 무(無)이어야 할 것이다. 그러므로 이건 내가 아니라고 하는 바로 내가 나임을 나는 안다. 어느 때나 돼야만 이건 나라고 할 수 있을 것인가! 그건 꿈 속의 꿈임을 나는 안다. 나는 이전의 나로부터 멀어져감으로써 아내 쪽으로 가까워지리라 기대하고 있었다. 그러나 아무리 떠내려가도 가까워지는 것은 아무것도 없었다. 아내나 친구나 그리고 내가 알고 있던 모든 사람들과 이전의 나는 그때의 그 관계대로 어느 시점에서 영화(映畵)의 정지된 화면처럼 멈춰서 지나가 버린 시간의 땅 위에 남겨진 채고 나 자신에게조차 전연 낯선 나만이 낯선 여자들과 함께 가까워질 아무것도 발견하지 못한 채 캄캄한 바다로 떠내려가고 있었다. 그 어두운 바다는 전연 다른 법칙으로서 역시 상투적이었다. 타인끼리만 지키는 캄캄한 법칙의 바다였다. 그런 바다에서 어떤 변화를 기대하거나 시도하는 것은 위험했다. 육지에서 변화를 기대하는 자는 잠시 얕은 바다에 뛰어들면 되지만, 되돌아가고 싶은 육지도 없이 바다의 부력에만 존재를 맡기고 떠내려가는 자가 변화를 시도하려면 물속 깊이 빠져버리는 수밖에 없다. 바다 밑에서 딴 세계가 기다리고 있을지도 모른다. 그러나 거의 그것은 죽음일 것이다. 캄캄한 부력은 그런 위험한 시도로부터도 나를 떠받치고 있었다.

　그리하여 나는 지난 삼개월 동안 육십 명 이상의 여자와 관계했다.

세면(洗面)이 일과의 하나이듯 성교 역시 일과의 하나였다. 매번 다른 여자라는 사실은 매일 낯선 지방으로 여행하는 것과 흡사했다. 빨리 통과해버리고 싶은 여자가 있었고 며칠이고 머물고 싶은 여자가 있었다. 그렇다. 그것은 여행이었다. 가는 곳마다 고향과 비교해보듯 여자마다 아내와 비교해보곤 했다. 그러나 모두가 고향과 닮았으나 아무 데도 고향은 아니듯 모두가 아내를 닮았으나 아내는 아니었다. 실제로 며칠이고 머물고 싶어 붙잡은 여자도 마침내는 비용만 축낼 뿐 어느 순간에선가 역시 타향(他鄕)이라는 깨달음만 안겨주는 것이었다. 나의 타향을 자기의 고향으로 가진 사람들이 있듯 나에겐 타인인 그 여자들을 고향으로 갖고 있는 남자들이 있다는 사실도 알 수 있었다. 몇 개의 마을을 지나치는 동안 배치가 다르고 가꿈이 다르고 규모가 다를 뿐 결국 모든 곳이 집과 길과 숲과 냇물 등으로 이루어져 있음을 알게 되듯 그 마을의 생활 속으로 들어갈 수 없고 또 뻔해서 들어가기도 싫은 여행자에게는 여행의 시작에 느꼈던 기대와 흥분도 이내 잃어버리고 지저분하나마 익숙한 고향 거리에 대한 향수(鄕愁)만 짙어갈 뿐이었다. 마침내 향수의 고통으로써 허전한 여행자는 아무리 잘 꾸민 도시에서도 지저분한 고향의 모습과 닮은 구석을 발견했을 때만 우두커니 발길을 멈춘다. 마을마다 역사(歷史)가 다르듯 살아온 얘기가 다르고 마을마다 주민이 다르듯 사소하나 친밀한 생활을 함께 하는 사람들을 따로 갖고 있는 그 모든 여자들과 나의 아내가 공통되는 것은 오직 음부뿐이었다. 첫날밤 아내가 잠든 후에 살그머니 들여다보고 그 부분만은 악마의 솜씨로 만들어졌다고 생각하며 구토증을 느꼈던 그 음부만이 이제는 가장 사랑스럽고 가장 소중한 고향의 모습이었다. 눈만 뜨면 내 사고(思考)의 초점은, 강력한 모터로 움직이는 기계처럼 아무리 멎게 하려 해도 억센 힘으로 내 의지(意志)를 밀쳐내버리며 자동적으로 한 점으로만 집중하며 나를 목마르게 하는 나날이 시작되었다. 여자의 음부로만. 오직 여자의 음부로만. 눈만 뜨면 내 앞에 마주 서는 이미지는 여자의 육체에서 떨어져 나와 혼자서 꿈틀거리고 느끼고 생각하고 울고 잠드는, 알맞은 볼륨을 가진 생명체, 음부였다. 그 이미지와 함께 있는 동안만 나는 살아 있었다. 그 밖의 모든 일과 시간, 책을 보는 것도 친구와 만나는 것도 물건을 사는 것도 나에게는 무의미한 것이었다. 그 이미지의 실체(實體)를 만나려 나는 여자를 불렀다. 그러나 그때마다 만나는 것은 자기의 소중한 음부를 더러운 노예처럼 학대하며 사타구니에 차고 다니는 잔인할 만큼 이기적인 타인들뿐이었다. 음부를 제거하고 나면 여자란 정말 경멸할 만큼 하잘것없는 것이다. 아아! 저 훌륭한 생명체가 왜 여자들의 노예로서 끌려다녀야 하는 것인가! 여자가 떠나간 다음에야 그 생명체는 서서히 여자로부터 분리되어 확대되면서, 내 앞에 마주 서는 것이었고 다시 나를 안타깝도록 목마르게 하는 것이었고 그래서 나로 하여금 또 여자를 부르게 하는 것이었다. 하루에 여섯 명의 여자를 차례차례 데려오게 한 날도 있었다. 이제 나는 알고 있었다. 아내가 나의 아내인 동안에 다른 사내들이 내 아내한테서 얻을 수 있었던 것은 음부를 더러운 노예처럼 학대하는 노예상인의 잔인한 얼굴뿐이었다는 것을. 또한 나는 이제 알고 있었다. 음부란 물론 있을 수 없는 독립된 생명체라는 것을. 음부는 아내가 아니었다. 다만 아내가 내 곁에 있을 때 항상 데리고 있으면 충분한 그 무엇이었다. 그런데 아내는 항상 내 곁에 있었던가? 그렇다. 아내는 나를 속이면서까지 항상 내 곁에 있으려고 했었다. 이제는 나는 물체의 세계를 들여다본다. 중요한 것은 '있다'는 것이다. 의혹과 질투의 고통은 '있지 않다'는 것에 비하면 하잘것없는 것이다. 그러므로 그 여자가 나의 아내로 있는 동안 '친정집을 도와주기 위하여' 나 모르게 저질렀던 매음(賣淫) 행위는 무시해도 좋으리라. 그것이 법률이나 사회윤리에 저촉되는 짓이라고 비난하지는 말자. 법률이나 사회윤리 같은 건 개나 처먹어라. 그것들은 만화 속의 경찰처럼 도둑이 아니라 쫓고 있는 피해자를 소란피운다고 쫓고 있을 뿐이다. 그렇다고는 하지만 지금도 여전히 그 여자가 내 곁에 있지 않았었다는 믿음이 씻어지지 않는 것은 무엇 때문인가?

왜 나는 첫날밤부터 그 여자가 내 곁에 있지 않다고 믿어버렸던가? 내가 그 여자에게 바랐던 것은 무엇이었는가? 그것은 아무래도 가장 단순하고 가장 불가능한 것, 내가 그 여자의 최초의 남자가 아니라는 것 뿐이다. 그 여자의 나와 알기 이전의 과거까지 소유하고 싶은, 불가능한 욕망 때문에, 음부와 그 여자를 분리시켜봐도 여전히 그 여자는 부재(不在)인 것이다. 그러나 과거를 소유한다는 것이 과연 불가능한 것일까. 결혼하는 남자와 여자가 서로 가져가는 것은 결코 가구나 패물만이 아니다. 자기들의 모든 과거를 짊어지고 만나는 것이다. 친정 식구들마저도 그 여자의 과거로서 남편에게 가져가는 것이다. 이미 돌아가신 할아버지 할머니마저도 얘기라는 수단으로서 짊어지고 가는 것이다. 마땅히 아내는 과거의 연장인 처녀막을 가지고 오든지 아니면 죽은 할아버지처럼 과거의 남자를 구화(口話)를 통해서 데려다놔야 할 것이다. 그런데, 라고 나는 고개를 갸웃거린다. 밤의 파도 위에서 만난 수많은 여자들에게 나는 그 여자들의 최초의 처녀를 상실했을 때의 사정을, 상대 남자를, 때와 장소를, 그 일이 그 여자에 끼친 영향 등을 묻곤 했다. 그리고 망설이면서 또는 거리낌없이 그 여자들이 묻는 대로 자세히 얘기를 할 때 나는 과연 그 여자들이 과거를 짊어지고 나한테 왔다는 느낌이 들었던가? 오히려 반대로, 얘기를 하고 있는 동안 그 여자들이 당당한 걸음걸이로 과거를 향해 떠나버리는 것을 보지 않았던가! 그 여자의 과거는 내 손에 잡았지만 그 여자 자신은 내 손에서 빠져나가 버리곤 하지 않았던가. '있다'는 것이 중요한 물체의 세계와 과거마저 소유하고 싶은 욕망은 동시에 성취될 수 있는 것인가? 아무래도 그것은 내 소유욕을 유발시키는 과거가 아내에게 없었어야 했고, 그것은 불가능한 것이었다.

차가 도착한 것은 오후 세시쯤이었다. 차임벨 소리에 현관문을 열어보니 이 기사가,

"백마(白馬)가 아주 늘씬합니다. 고분고분 말귀도 잘 알아듣구요."

나는 흰색으로 주문해놓고 있었던 것이다. 이빨을 닦던 중이라 칫

솔을 입에 문 채 나는 베란다로 나가서 차를 굽어봤다. 하얀 차체(車體)가 눈에 들어오는 순간 나는 현기증을 느끼며 비틀거렸다. 고등학생일 때 공중목욕탕에서 칸막이 사이로 우연히 눈에 뜨인 여자의 알몸을 보았을 때도 머리 속의 모든 것이 기화(氣化)하여 순식간에 새어나가 버리는 듯한 현기증을 느꼈었다.

"자, 어서 한 번 밟아보세요."

이 기사의 재촉에도 불구하고 나는 우두커니 차를 내려다보고 있었다. 아니 차를 보고 있는 게 아니라 내 앞에서 자꾸만 확대되고 있는 공간과 시간을 넋놓고 바라보고 있었다. 그것은 허공처럼 무색(無色)으로 확장되며 나에게 묻고 있었다. 넌 도대체 이 차를 가지고 어쩌겠다는 거냐? 무얼로써 이 공간과 시간을 채우겠다는 거냐?

어쩌겠다는 계획이라고는 하나밖에 없었다. 차를 가지게 된 날 준비해뒀던 예금통장을 아내였던 여자에게 갖다주겠다는 것이었다. 우리의 재산을 공평하게 분배함으로써 비로소 나는 아내였던 여자에게 마음의 빚을 갖지 않을 수 있다고 생각했다. 나는 차를 샀는데 너도 사고 싶은 거 사렴. 아파트를 위자료로서 자기한테 줬으면 하던 아내의 눈치가 항상 마음에 걸려 있었던 것이다. 아니다. 나는 제의(提議)하고 싶었던 것이다. 우리 시험삼아서 이제부터 새로 시작해보지 않겠어? 되면 되고 안 되면 제자리지. 자, 나도 이만하면 준비가 된 것 같은데.

이 기사를 옆에 태우고 신호가 열리는 길이면 아무 데로나 닥치는 대로 차를 몰며 시운전을 했다.

"불안할 때는 곧 길 옆으로 비껴서 차를 세우세요. 억지로 참으면 사고가 나요."

말하는 이 기사를 형님 집 근처에 내려주고 나는 방송국으로 향했다.

내가 맨 처음 찾아갔을 때처럼 아내였던 여자는 분장한 모습으로 다방에 나왔다. 싸우고 헤어진 남편 대접을 해주기 위해 침통한 표정을 짓느라고 안간힘을 쓰고 있는 게 분명했다.
"나 차 샀어."
말하자마자 그 여자는 언제 침통했더냐는 듯이 표정을 활짝 걷어 버리고 깜짝 반가운 음성으로,
"정말? 어디?"
보고 싶다는 듯 고개를 다방 입구 쪽으로 돌렸다. 아내만 아니라면 얼마나 사랑스러운 여자일까, 하고 나는 생각했다.
"태워줄게, 시간 있으면……."
"지금은 안 되구. 구경이나 해요."
우리는 주차장으로 향했다. 가는 동안 나는 팔짱을 껴주지 않는 여자를 바싹 곁에서 느껴야 하는 고통에 시달렸다. 이따금 그 여자의 팔과 부딪치곤 하는 내 왼팔이 어깨에서 손끝까지 마비된 듯 무거웠다. 안방에서 식탁 앞까지 가는 동안에도 팔짱을 끼곤 하던 여자였다. 애정의 몸짓이라기보다 그 여자의 버릇이었다. 여자친구와 걸을 때도 으레 팔짱을 끼곤 했다. 역시 의식하고 있구나. 그렇게 생각하니, 내가 운전하는 차로 그 여자를 방송국에 데려다주고 데려오겠다고 얘기하던 시절이 안타깝도록 그리워지고 그 여자에게 차 구경을 시킨다는 것이 잔인한 일 같았다.
"어머, 레코드네!"
내 차 앞에서 탄성을 내지르는 그 여자를 보고서야 나는 내가 가장 비싼 차를 구입한 이유를 처음으로 알았다.
"왜 흰색으로 했어요? 안방마님이 타는 차 같잖아요."
"나도 모르겠어. 괜히 하얀색이 좋아 보여서……. 잠깐 차에 타지."
"안 돼요. 일곱시까진 계속 녹화예요. 차 태워주고 싶으면 일곱 시 반쯤 오세요."
"아니, 차 타구 어디 가자는 게 아니구 잠깐 할 얘기가 있어."
"그럼 다시 다방으로 가요. 이혼한 줄 다 아는데 차 속에 다정하게

앉아 있으면 남들이 웃어요."

"그럼 여기서 말하지."

나는 예금통장과 그 여자의 이름을 새긴 도장을 건네줬다.

"이게 뭐예요?"

"아파트를 팔았어. 우리 둘이 나눠 갖는 거야. 난 이 차를 샀어. 내가 좀 많이 가졌지만 받아줘."

통장을 받들고 있는 그 여자의 손이 가늘게 떨고 있었다. 진실로 침통한 표정이 그 여자의 분장을 헤집고 새어나왔다. 고통을 참고 있는 관자놀이를 보자 나는 울부짖으며 그 뺨을 후려치고 싶은 충동을 느꼈다.

잠시 후에 그 여자는 사색이 끝났다는 듯 미소를 띠고,

"위자료군요?"

이제야 이혼을 실감하겠다는 듯 말했다.

아냐, 위자료가 아냐. 너한테 위자료 같은 걸 받을 권리가 없어. 이건 유혹하기 위한 선물이야. 이제부터 다시 시작해보자고 유혹하는 뇌물이야. 나는 그렇게 말하고 싶었으나 그 말들은 지렁이 떼처럼 덩어리로 엉켜서 가슴속을 굴러다닐 뿐이었다.

"지나놓고 보니 위자료 같은 거 안 받아서 얼마나 다행이었는지 모른다고 생각했는데…… 결국 나는 나쁜 여자가 되는군요…… 잘 쓰겠어요."

"저어…… 나…… 영숙이 아파트로 가끔 놀러가도 되겠어?"

어리둥절한 표정으로 그 여자의 눈이 깜박거리며 내 눈을 빤히 응시했다. 비행기 안에서처럼, 비처녀를 감춰주느라고 호들갑을 떨고 있는 나를 바라보던 첫날밤처럼. 그렇다, 이 여자가 저런 눈이 될 때마다 우리의 관계는 새로운 국면(局面)을 맞이하곤 했던 것이다. 자, 무슨 일이 생길 것인가?

갑자기 그 여자의 한쪽 콧구멍에서 검붉은 피가 한 줄기 흘러내렸다. 호주머니를 뒤졌으나 내 호주머니 속에 손수건 따위가 있을 리 없

다.

"고개를 젖혀."

손을 가져가려 하자 그 여자의 음성이 쇳소리를 냈다.

"손대지 말아요."

방송극의 대사처럼 그것은 평범한 일상(日常)의 음색(音色)이 아니었다.

"잠깐 고개를 젖히고 있어."

나는 약솜을 사기 위해 주차장 건너편에 있는 약방으로 달려갔다. 그 여자를 위해서 어디론가 마냥 달리고 있다면 좋겠다고 생각했다. 달리고 있는 몸에 썩은 감정들이 달라붙을 자리는 없을 것이다. 그러나 약솜을 사가지고 왔을 때 그 여자는 없었다. 찢어진 통장의 종이조각들만 마음의 쓰라린 파편으로서 땅바닥에 널려져 있었다. 나 역시 그 여자와의 완전무결한 몌별(袂別)을 처음으로 실감했다. 증오의 고통도 함께 찢겨져버린 것이다.

— 1977년

야행(夜行)

현주는 자기 몸에 늘어붙고 있는 사내의 시선을 느꼈다. 확인해보나마나 알지 못하는 술 취한 어떤 사내겠지. 그 사내가 자기를 향하여 다가오고 있는 것을 현주는 돌아보지 않고도 느낌으로써 알 수 있었다.

"댁이 어디십니까?"

사내가 앞을 가로막으며 말을 걸어왔다.

사내는 말과 함께 들큼한 술냄새를 뿜어냈다. 넥타이의 매듭이 헐렁하게 늘어져 있고 와이셔츠의 꼭대기 단추가 채워져 있지 않았다. 그 때문에 현주는, 헤드라이트의 밝은 불빛에 드러나곤 하는 사내의 목줄기를 볼 수 있었다. 그것은 깃털을 몽땅 뽑아버리고 빨간 물감으로 염색해놓은 수탉의 껍질 같았다. 튀어나온 울대가 그 껍질 속에서 재빠르게 꿈틀대며 한 번 위로 올라갔다가 내려왔다. 침이라도 삼켰나 보다. 아니면 무슨 말을. 어떻든 사내가 긴장하고 있음에는 틀림없었다. 아마 꼼짝도 하지 않고 무표정하게 자기의 목언저리만 응시하고 있는 현주의 자세가 사내를 불안하게 한 것이리라.

"댁이 어디신지, 같은 방향이면 택시합승을 할까 해서……." 변명을 시작하는 것으로 봐서 사내는 슬그머니 도망갈 차비를 차리기로 한 것 같았다. "보시다시피 이 시간엔 택시도 어차피 합승해야 하니까요."

현주는 사내가 손짓을 과장하여 가리키고 있는 차도(車道)를 보는 대신 사내가 손에 들고 있는 서류용 봉투를 보았다. 술집에서는 아마 궁둥이 밑에라도 깔고 앉아 있었던지 그것은 주름투성이로 구겨져 있었다. 시뻘겋고 닭껍질처럼 땀구멍이 오돌도돌 들여다뵈는 목줄기. 주름투성이로 구겨진, 흔해빠진 누런 대형봉투. 들큼한 술냄새. 그리고 헐렁하게 늘어져 있는 넥타이 위의 얼굴이 불안해 떠는 가쁜 숨결을 내뿜고 있었다. "댁이 어디십니까?" 하며 당당하게 앞을 가로막던 그 음색(音色)은 벌써 아니었다.

풋내기다. 사내는 모처럼 용기를 냈겠지, 술의 힘을 빌려서. 이 시간, 통금시간이 머지않은 이 시간이면, 종로(鍾路)의 그리고 을지로(乙支路)나 명동(明洞) 부근의 모든 정류소에서 술 취한 사내들이 자기 근처에 있는 여자의 앞을 가로막는, 우연과 만나보려는 저돌적인 몸짓을 사내는 수없이 보아왔겠지. 그리고 한 번 흉내내보았던 것이리라. 여자가 앙칼진 목소리로 욕설을 퍼붓고 피해간다고 해도 그렇다고 해서 미리부터 그런 시도를 해볼 생각도 하지 않는다는 건 그야말로 아무것도 아니다. 어떤 여자가 어떤 남자의 곁을 우연히 지나쳐 갔을 뿐이라면 정류소의 이 시간이 다른 시간과 다른 게 무엇이랴!

더구나 짓궂은 장난인 듯이 가장하고 있는 사내들의 그 행위 속에는, 대낮의 생활로부터 이 도시로부터, 자기의 예정된 생활로부터, 자기가 싫증이 날 지경으로 잘 알고 있는 자기 자신으로부터 도망해 보고 싶은 욕구가 움직이고 있음을 현주는 알고 있는 것이었다. 또 그 여자는 알고 있었다. 도망할 수 있는 사람과 욕구는 있지만 그러지 못하고 마는 사람이 있다는 것을. 닭껍질 같은 목줄기. 구겨진 대형봉투. 그리고 이제는, 여자의 꼿꼿한 침묵 때문에 불안하여 떨리기 시작한 목소리. 이 사내는 평생 도망가지 못하고 말리라. 그의 말마따나 일인당 백 원씩 받는 택시합승으로 집으로, 그의 일상(日常)으로 돌아가는 수밖엔 없으리라. 돌아가게 해주자, 그가 바라고 있는 것은 그것이므로.

"전, 집이 바로 요 건너에 있어요."

그 여자는 아직도 사내의 얼굴은 보지 않은 채 거짓말을 나직이 말했다.

"아, 그러세요. 이거, 잘못 알고……실례 많았습니다."

사내는 사실 이상으로 취한 체, 몸을 가누기도 힘들다는 듯이 비틀거리며 현주의 앞을 떠나 사람들 틈으로 끼어들어가 버렸다.

사내가 가버리기 전에 그 여자는 일부러는 아니었지만 그 사내의 얼굴을 보고 말았다. 얼른 지적할 만한 특징이 있는 건 아니면서 호감이 가는 생김새였다. 무엇보다도 그는 얼굴을 보기 전까지 그 여자가 본능적으로 펼친 상상 속에서보다는 젊은 것이었다. 스물 일고여덟 살쯤 됐을까?

문득 뜻하지 않은 느낌이 그 여자의 몸 속에서 번지기 시작했다. 그것은 쓸쓸함이었다. 외면적으로야 자신과는 완전히 관계없는 일 때문에도 느껴지는 순수한 쓸쓸함이었다.

그것은 가령 그 여자가 언젠가 극장에서 뉴스영화를 볼 때 느껴본 적이 있던 느낌과 같은 종류의 것이었다. 베트남 전선으로 가는 군인들이 군함의 갑판 위를 새까맣게 덮고 있었다. 그들은 꽃다발을 하나씩 목에 걸고 웃으며 부두에 서 있는 사람들을 향하여 끊임없이 손을 젓고 있었다. 그들의 얼굴이 모두 어리다고 생각될 만큼 너무 젊은 것을 새삼스럽게 발견하고 현주는 충격을 받았다. 그리고 그렇게 많은 얼굴들을 한꺼번에 놓고 보게 되니 문득 우리 종족의 얼굴의 특징이 잡혀지는 것이었다. 그들의 얼굴이 제나름의 색다른 인생에 의하여 싫든 좋든 이미 강한 개성을 가져버린 늙은이들의 얼굴이 아니라 이제야 자기 나름의 인생을 살게 될 나이에 있는 젊은이들의 얼굴이었기 때문에 그 여자가 우리 종족의 얼굴의 특징이라 하여 그 스크린 속에서 붙잡아본 것들은 아마 거의 정확한 것이었을 게다. 그 특징들에 의하여 현주가 내린 결론은 우리 나라 남자들은 도무지 군인으로서는 어울리지 않는다는 것이었다. 미군(美軍)식의 유니폼 때문일까? 뉴스

영화를 보고 있으면서 그 여자는 집에 돌아가는 대로 곧 한국 남자들이 입어서 군인답게 보일 수 있는 유니폼을 디자인해봐야겠다고 생각하고 있었다. 그러면서도 동시에 어떠한 디자인도 그들을 그렇게 보이게 할 수가 없으리라는 단정을 막연히나마 내리고 있었다. 문득, 다른 사람과 마찬가지로 꽃다발을 목에 두르고 웃으며 손을 젓고 있는 한 군인이 클로즈업되었다. 카메라맨은 어떤 의도로써 그 젊은이를 클로즈업시켰는지 알 수 없었으나 그 화면을 보면서 현주는 치밀어오르는 감동에 아랫입술을 지그시 물었다. 그 화면 속의 인물이야말로 그 여자가 발견한 그 특징들을 가장 잘 구현하고 있는 얼굴이었기 때문이었다. 납작한 이마, 숱이 짙은 눈썹, 크지 않은 눈, 광대뼈가 약간 불거졌으면서도 갸름한 얼굴……. 현주는 그 젊은이를 군함에 태워 보내고 싶지 않다는 충동을 느꼈다. 하마터면 화면을 향하여 두 팔을 내밀 뻔하였다. 그러나 화면은 곧 바뀌어서 나부끼는 태극기의 물결로부터 군함은 점점 멀어져갔다. 그때 그 여자는 지친 듯 허탈해지면서 느릿느릿 밀려드는 쓸쓸한 느낌을 경험하게 되었던 것이다.

마지막 버스를 놓치지 않으려고 이리뛰고 저리뛰는 사람들 틈을 걸어가면서 현주는 자기를 붙잡는 사내들의 얼굴은 될 수 있는 대로 보지 않기로 자신에게 약속시켰던 점을 새삼스럽게 다행으로 생각했다.

그 여자가 자기 자신에게 그런 약속을 시킨 맨 처음의 동기는 그 뒤에 그 약속이 나타낸 효과와는 정반대였다. 즉 밤거리에서 자기에게 말을 걸어오는 사내의 얼굴을 그 여자가 애써 보지 않으려고 하는 이유는 사내에게 용기를 주기 위해서였다. 그 여자의 생각으로는, 만일 자기가 남자라면 밤거리에서 장난 반 진담 반으로 지나가는 여자를 붙들어 세웠더니 그 여자가 차마 자기의 얼굴도 보지 못하고 묵묵히 서 있기만 하는 걸 보면 없던 용기가 부쩍 솟으며 이젠 사태가 진담이기만 할 뿐이라는 즐거운 절박감조차 들지 않을까 하는 것이었다. 만일 자기가 남자라면, 그렇다, 더 이상 군말없이 그 여자의 손목을 잡아 끌고 가리라. 끌고 가리라.

그러나 그 여자의 침묵과 외면이 사내에게 작용한 결과는 번번이 사내로 하여금 불안과 경계심으로 떨게 할 뿐이었다. 그 여자가 만났던 사내들 중에서 가장 뻔뻔스럽다고 생각되는 사내도, "뭐 이런 게 있어? 벙어린가?" 하며 슬슬 물러가 버렸던 것이다.

예상과는 전연 반대로 나타난 이 효과에 대하여 그러나 현주는 결코 불만스럽게 생각하지 않았다. 오히려 그것 때문에 많은 것을 절약할 수 있음을 알고 기뻤다. 시간도, 말도 그리고 무엇보다도 말을 붙여오는 그 사내가 자기에게 필요한 사내인가 아닌가 하는 것을 알아보기 위한 노력이 절약된다는 건 참 다행스러운 일이었다.

그리고 이제 다행스럽다고 생각되는 이유가 하나 더 늘어난 것이었다.

그릇 속의 물에 떨어진 한 방울의 잉크가 번지듯이 그 여자 안에서 번지기 시작하여 이제는 발끝까지 가득히 채우고 있는 저 쓸쓸한 느낌이 만약 그 사내가 말을 걸어오던 처음부터 그의 얼굴을 보았음으로써 이내 그 여자를 사로잡았더라면 아마 그 여자는 자기 쪽에서 먼저 사내에게 팔을 내밀어버렸을지도 모를 일이었다. 마치 극장에서 스크린을 향하여 팔을 내밀 뻔했듯이. 사실 그럴 수 있는 가능성은 있었다.

최근에 와서 그 여자의 욕구는 비틀거렸다.

그 여자는 자기의 욕구가 지나치게 무모하고 비상식적이고 반사회적이라는 걸 그 욕구의 싹이 자기의 내부를 자극하기 시작하던 처음부터 깨닫고 있기는 했다. 그러나 그 여자로 하여금 그러한 욕구를 갖도록 해준 어떤 경험이 그리고 인간이 지니고 있는 욕구는 그것이 어떠한 것이든지 그 속에 한 줄기 강렬한 빛을 발하고 있다는 자각이 그 여자로 하여금 그 무모하고 비상식적이고 반사회적이라고 생각되는 울타리를 감히 넌지시 넘도록 한 것이었다. 어느 시간, 어느 장소, 어느 사람들 사이에서는 그것은 결코 무모하지도 않으며 비상식적인 것도 아니며 반사회적인 것도 아닐 수 있으리라. 가령, 그 여자는 포로

수용소를 탈출하고 싶어하는 포로를 상상한다. 그는 철조망의 한 곳이 허술한 것을 우연히 발견한다. 그것을 발견하자 그는 자기가 이 수용소로부터 탈출하고 싶어했다는 걸 비로소 깨달은 것이다. 그는 계획을 세우고 준비한다. 그리고 예정했던, 어느 달 없는 밤에 그는 철조망을 넘어선다. 어느 입장에서 보면 그의 행위는 분명히 무모하고 비상식적이고 반사회적이다. 그렇다고 하여 그의 욕구가 완전히 부정되어야 할 것인가.

현주가 자기 몫의 허술한 울타리를 경험한 것은 8월 초순의 어느 날이었다. 그것은 이젠 어떠한 수단으로써도 정정할 수 없는 과거의 사실임에도 불구하고 그 여자는 그것이 대낮에 일어난 일이었다는 게 오히려 시일이 갈수록 더욱 믿기어지지 않는 것이었다. 물론 그것은 대낮이었다. 해도 긴 8월의 오후 세시경이었다.

그 여자는 신세계 백화점 앞의 육교 계단을 느릿느릿 올라가고 있었다. 그 여자가 입고 있던 옷은 은행원의 제복이 아니라 분홍빛 나뭇잎 무늬가 있는 원피스였다. 그 여자는 일주일 동안 얻은 휴가를 보내고 있는 중이었다. 그날은 휴가의 마지막 날이었다. 그 여자는 몇 시간 전에 시외버스에서 내렸었다. 휴가를 고향의 어머니 곁에서 보냈던 것이다.

모처럼의 휴가를 두고 그 여자의 계획은 너무나 많았었다. 그러나 그 계획들은 어느 것 하나도 실행되지 못하고 말았다. 처음의 계획에는 들어 있지도 않았던 엉뚱한 곳에서 휴가를 보냈다. 결국 어떤 의무감에서 나온 결정이었는데 그 여자는 오랫동안 만나보지 못한 고향의 어머니 곁에서 휴가를 보내기로 결정했었던 것이었다. 그래서 그 여자는 어머니한테 갔었다. 모녀는 첫날은 오랫만의 상봉에 기쁨으로 들떠서 지냈다. 다음날엔 집안의 여러 가지 일에 대하여 도란도란 얘기를 주고받았고, 그 다음날엔 어머니 특유의 나무랄 수 없는 잔소리가 시작됐고, 그 다음날엔 딸 특유의 신경질이 되살아났으며, 마지막으로 모녀는 한바탕 크게 싸웠다. 다음날 새벽, 딸이 버스 정류소로 가기 전에 모녀는 어느새 슬그머니 화해를 하고 있었으며 딸이 버스에 올랐을 때 어머니는 헤어지는 슬픔 때문에 차창(車窓)에 매달리며 쿨적쿨적 울었고 딸은, 딸도 눈물을 글썽거렸다. 그뿐이었다, 그 여자의 휴가 동안에 일어난 일이라고는.

번잡한 육교의 계단을 올라가면서 그 여자는 샌달의 가죽끈 밖으로 가지런히 내밀어져 있는 자기의 발가락을 내려다보고 있었다. 그것들은 땀과 흙먼지로써 남보기에 창피할 만큼 더럽혀져 있었다. 그 부분만은 그 여자의 것이 아닌 것 같았다. 아니 그 부분만이 참으로 자기의 소유인 것 같다고 그 여자는 느끼고 있었다.

계단을 오르기 조금 전에 그 여자는 남편에게 자기가 돌아온 것을 전화로 알렸다. 남편은 그 여자와 같은 은행에 근무하고 있었다. 그러나 그 두 사람이 사실상의 부부라는 것을 알고 있는 사람은 그 직장 안에는 아무도 없었다. 그들은 그 직장 안에서 알게 되어 연애를 했고 부부가 됐다. 그러나 결혼식을 하지 않은 부부였다. 부부관계라는 것도 애써 숨겼다. 직장에서는 그들은 전연 타인들처럼 행동했고 일 때문에 부득이 말을 주고받아야 할 경우에도 반드시 무표정한 얼굴로 '박 선생님' '미스 리'했다. 그들의 연극은 지난 이 년 동안 한 번도 탄로난 적이 없었다. 이젠 두 사람 자신들도 자기들이 연극을 하고 있다는 의식에 사로잡혀 있지는 않았다. 다른 사람들이 자기들의 관계를 눈치채지 못하도록 조심하는 것도 이젠 이미 습관이었다. 물론 불안한 습관이긴 했지만. 그들이 그러할 것을 처음 제안한 사람은 남편이 아니라 현주였다. 그 여자의 직장에서는 기혼 여성은 쓰지 않았다. 결혼을 하게 되면 여자직원은 그 직장을 그만두거나 기혼여성이어도 무방한 다른 직장으로 옮겨야 했다. 그러나 현주의 경우, 두 가지 중 어느 것 하나도 할 자신이 없었다. 그 여자는 남편의 수입만으로써는 생활이 주는 평범한 행복을 얻어낼 수 없을 것 같은 불안에 사로잡혀 있었고 좀더 저축이 불어날 수 있다는 가능성을 차버리고 싶지가 않았다. 남편은 처음엔 남자로서의 자존심을 내세웠으나 현주의 거의 호소에 가까운 주장으로써 자기의 자존심이 달래지고 나서는 그러기로 동의했다. 물론 언젠가는 그들도 남들과 마찬가지로 정식으로 청첩장을 돌리고 은행장을 주례로 모신 결혼식을 올릴 터였다. 현주는 퇴직금을 받고 즐거이 직장을 그만둘 것이며 남편에게는 피임기구를 사용하게 하지도 않을 것이며 그때쯤은 계장이 되어 있을 남편에게 "당신 밑에 있는 사람들, 오늘 저녁식사는 우리 집에 와서 하시라고 하세요."라고 말할 터였다. 그것은 불안한 습관이 되어버린 그들 부부의 연극을 확실히 보상해주고도 남음이 있을 즐거운 꿈이었다.

그런데 왜 이렇게 더러워 보일까? 그 여자는 계단을 오르고 있었다. 이젠 직장을 그만둬야 할 때가 온 것일까?

"저예요. 아침에 도착했어요. 퇴근하고 오실 때까지 잠자코 있으려고 했지만, 보고 싶어서 히잉……곁에 누가 있어요?"

"응." 남편의 대답은 짧고 무표정했다.

"그래요? 그럼 이따가 만나요. 저 시장 좀 봐가지고 들어가겠어요. 물론 일찍 들어오시죠?"

"그러엄."

"끊어요."

"끊어."

그 여자의 귓속에서는 아직도 수화기 특유의 윙 하는 금속음이 울리고 있었다. 계단을 내려오고 있던 파라솔 하나가 살대의 뾰죽한 끝으로 현자의 관자놀이를 아프게 스치고 그러고도 시치미 뚝 떼고 지나갔다. 한국은행 본점의 돔 그늘에서 비둘기 몇 마리가 뜨거운 햇볕을 피하고 있는 게 보였다. 현주는 계단의 마지막 층계를 오르고 있는 중이었다. 그때였다, 낯선 사내의 억센 손이 그 여자의 팔꿈치 근처를 움켜쥔 것은.

한 번도 본 기억이 없는 사내였다. 아니 본 적이 있는지도 모른다. 만원버스 속에서 또는 은행의 창구를 통하여 또는 극장의 휴게실에서 또는 시장의 좁은 통로에서 또는……그런 곳에서라면 얼마든지 보았던, 전연 기억되지 않는 얼굴이었다. 사내는 약간 비대하였고 햇볕에 그을려 갈색인 얼굴은 땀을 뻘뻘 흘리고 있었다. 삼십사오 세? 못생기지는 않았다.

"왜 그러세요?"

현주는 사내의 손아귀에서 팔을 빼내려고 하였다. 땀에 젖어 있던 사내의 손바닥이 미끄러운 마찰을 일으켰다. 그러나 사내는 손을 떼지 않았다.

"조용히 드릴 얘기가 있습니다. 아무 말씀 마시고 절 따라와주세요."

말하고 나서 사내는 현주의 팔꿈치를 잡고 있던 손을 아래로 미끄러내려 손목을 힘주어 잡았다. 그리고 그 여자가 방금 올라왔던 계단 아래로 내려가기 시작했다. 그 여자는 휘청거리며 끌려 내려갈 수밖에 없었다. 사내의 절박한 표정에 속았던 것이 아니었다. 공포가 그 여자의 목구멍을 틀어막고 있었기 때문이었다. 뭔가 오해하고 있는 것이겠지. 이 사내가 품고 있는 오해가 내가 해명해줄 수 있는 오해였으면…….

"왜 이러시는 거예요, 정말?"
"잠깐이면 됩니다."
"어디로 가는 거죠?"
"바로 요 됩니다."
"손을 좀 노세요. 따라갈 테니까. 절 아세요?"
"압니다."

사내는 손목을 놓지 않고 그리고 현주의 얼굴을 돌아보지도 않고 말했다. 육교에서 팔꿈치를 잡고 말을 걸어오던 때를 제외하고는 그는 내내 여자를 돌아보지 않고 걸었다.

그 여자는 공포와 혼란의 늪 속에서 허우적거리기 시작했다. 숨이 막히는 것 같았다. 발버둥쳐보았지만 혼란의 늪 속에는 디딤돌이 없었다. 그 여자의 머리 속은 뜨겁게 부푼 진흙으로 가득 차버렸다. 마침내 그 여자는 생각하였다. 아아, 마침내 내 연극이, 속임수가 탄로 나고 만 거야. 탄로나고 말았어. 속임수를 썼던 죄로 나는 지금 잡혀 가고 있는 거야. 그들은 나를 고문할까? 아냐, 고문하기 전에 내가 먼저 자백해버리겠어. 아냐, 그럴 필요는 없지. 물론 우리는 결혼식을 하지 않았어, 하지만 앞으로도 하지 않을 거야. 그래, 그러면 나에겐 자백할 게 아무것도 없어지는 셈이지.

그들은 백화점을 끼고 돌았다. 그들은 차도를 건너 질러갔다. 도중에 차도의 복판에서 차가 몇 대 지나가기를 기다리느라고 잠깐 걸음을 멈춘 동안, 사내는 문득 "날씨가 몹시 덥죠?" 하고 중얼거렸다. 그것은 여자에게라기보다 자기 자신에게 들려주기 위한 중얼거림 같았다. 차라리 사내가 여자에게 말하고 있는 것은 여자의 손목을 잡고 있는 그의 손을 통해서였다. 여자는 빼내려 하고 사내는 놓치지 않으려 하는 두 손은 몹시 미끄럽게 마찰되고 있었고 그 움직임이 문득 눈에 뜨이자 현주는 마치 사내가 자기를 애무하고 있는 게 아닌가 하는 착각에 휘말려드는 것이었다. 사내는 손을 묘한 형상으로서 그 여자의 손목을 잡고 있었다. 즉 사내는 엄지손가락의 끝을 나머지 네 개의 손가락 끝에 맞대어 일종의 고리를 만든 것이었다. 그 고리 속에 현주의 가느다란 손목이 갇혀 있는 꼴이었다. 그 고리는 여자의 손목이 마음대로 움직일 수 있을 만큼 헐렁하였다. 그러나 빠져나올 수는 없었다. 사내 손의 그 섬세한 조작이 그 여자의 마음에 들었다. 공포 속의 안심이라고나 할까, 그 여자는 그런 걸 느꼈다. 그 여자는 손목을 빼내기를 단념하였다. 그러자 그 고리가 점점 오므라들어 움직이기를 멈춘 여자의 손목을 아프지 않은 한계 안에서 조이는 것이었다. 그 여자는 문득 자기의 손과 사내 손의 그 땀에 젖어 미끄러운 틈으로부터 생명의 거친 숨소리가 들려오는 것을 의식하였다. 그것은 북소리처럼 둔중했고 생선 아가미처럼 가빴다. 사내의 생명도 자기의 생명도 아닌 전연 낯선 생명이 지금 마악 땀에 젖은 손과 손의 틈바구니에서 태어난 것 같았다. 그러자 그 여자의 공포와 혼란은 더욱 말할 수 없는 힘으로 그 여자를 흔들어놓기 시작했다.
"뭘, 저한테 뭘 요구하시는 거예요?"
"요구하다니, 오해하지 마시오. 당신한테 할 말이 있다니까."
사내는 침착하게 나직나직 말했다.
사내의 목적지가 가까운 다방이나, 최악의 경우 파출소쯤이려니 생각하고 있던 현주는 사내가 회현동(會賢洞) 골목 속에 새로 단장한 지 오래지 않은 듯한 이층건물 속으로 한 마디 해명도 없이 그리고 고개 한 번 돌려보는 법 없이 자기를 끌고 들어섰을 때는 너무나 놀라서 아래턱만 덜덜 떨 뿐 말 한 마디 꺼내지 못하고 있었다. 그것은 여관이었다.
"자, 그만 울어. 이젠 경찰에 가서 강간당했다고 고발해도 돼. 난 감옥에 가는 걸 무서워하지 않거든. 당신의 팔뚝이 몹시 매끄러워 보이더군. 내 손 속에 넣고 만지고 싶었어. 당신을 그냥 지나쳐버렸더라면 어떻게 됐을까? 어떻게 되긴, 뭐 아무것도 아니지. 당신도 역시 아무 일도 일어나지 않은 게 좋다고 생각하는 그런 여자인가? 어어, 굉장히 더운 날이지? 그만 울어요, 여름에 울면 감기 걸린대."
사내가 말할 게 있다던 것은 대강 그것이었다.

그 일이 있고 난 직후엔 그 여자는 그 일을 단순한 봉변으로 돌려버리고 싶어했다. 자기의 죄의식과 어떤 불량배의 무도한 욕구가 우연히 부딪쳐서 튀긴 불똥이었다고 생각하려 했다. 그 사건 자체에 대해서는 그 여자는 자기에게 책임이 있을 수 없다고 생각하려 했다. 남편 아닌 다른 사내의 몸이 자기의 몸에 닿았던 점에 대해서는 남편에게 미안하게 생각하지만 그렇다고 그 사건을 고백하고 용서를 구하고 하는 따위의 일은 조금도 하고 싶지 않았다. 그 여자는 가능하다면 하루 빨리 그 사건이 망각되어지기만을 바랐다.
그러나 시일이 갈수록 그 일이 그 여자에게 남기고 간 흔적은 뚜렷해졌다. 마치 피와 고름과 살덩이가 범벅이 되어 뭐가 뭔지 형체를 알 수 없던 상처가 오랜 후에 한 가닥의 허연 흉터로 모습을 분명히 나타내듯이 그 사건은 그렇게 그 여자의 내부에 자리잡혀간 것이었다.

그 사건이 생긴 데 대하여 책임져야 할 사람이 있다면 그것은 그 불량배가 아니라 자기와 자기의 남편이어야 한다고 그 여자는 생각하였다. 뿐만 아니라 이제는 그날 그 육교 위에서 손목을 잡힌 사람은 그 불량배였는지 자기였는지조차 판단할 수 없다고 생각하였다. 자기는 자기의 더러움을 보았다. 그리고 그곳에 있는 모든 것으로부터 도망하고 싶었다. 마침 한 사람이 자기 곁을 지나가고 있었다. 자기는 그 사람의 손목을 붙잡고 이곳이 아닌 다른 곳으로 데려다 달라고 애원하였다. 그 사람은 자기를 데려다주었다. '이곳'이 아닌 다른 곳으로. 더 나은 곳인지 아닌지는 몰라도 적어도 '이곳'이 아닌 것만은 틀림없었다. 그 점에 대해서는 의심의 여지가 없다.

애기가 이렇게 되는 것이 그 사건의 정확한 줄거리라고 그 여자의 의식은 말했다.

그 여자는 자기가 확실히 그 사내에게 매달리고 있었음에 틀림없다고 생각하게 되었다. 그리고 그 사내는 믿음직스럽게 행동했던 것 같았다. 타성이 그 여자에게 불어넣어준 그 사내에 대한 저항을 사내는 얼마나 멋있게, 꼼짝할 수 없도록 때려 뉘었던가! 땀, 그렇다. 쉴 줄 모르고 솟아나 온몸을 목욕시키던 땀은 그 여자의 '이곳'이 패배의 쓰라림에 흘린 눈물은 아니었던지!

그러나 그 여자의 외면적 생활은 여전히 계속되었다. 남편과는 이십분 간격으로 은행에 출근하였고, 은행에선 두 사람은 될 수 있는 대로 접촉을 피했고 부득이 말을 주고받아야 할 경우엔 '박 선생님' '미스 리' 했다. 하루 일이 끝나면 남편은 으레 다른 남녀 행원들과 함께 문을 나섰고 그 여자 역시 다른 남녀 행원들 틈에 끼어 문을 나섰다. 그 후에 그들이 집에서 만나게 되는 시간은 대중 없었다.

어느 날 밤늦게 그 여자는 중앙극장에서 영화의 마지막회를 보고 명동 입구까지 걸어 나와서 버스를 탔다. 바의 여급들이 술에 취해 비틀거리며 집으로 돌아가는 시간이었다. 버스에 올라 자리를 잡고 앉은 현주는 차가 출발할 때까지 차창을 통하여 내려다보이는 거리의 풍경을 눈여겨보고 있었다. 이 시간의 이 거리가 그 여자에게는 어쩐지 심상치 않게 보이는 것이었다. 이 거리는 그 여자가 일하고 있는 은행의 이웃이었다. 그러므로 대낮이나 초저녁의 이 거리에 대해서는 그 여자도 익숙해 있었다. 그런데 이 시간의 이 거리는 왜 이렇게도 낯설어 보이는 것일까? 막차를 놓치지 않기 위해서 사람들이 초조한 걸음으로 이리뛰고 저리뛰기 때문만은 아니었다. 명동 안쪽의 상점들이 모두 불을 끄고 셔터를 내려버렸기 때문만도 아니었다. 버스 안 가득히 술냄새가 풍기고 있기 때문만도 아니었다. 유치하게 화려한 차림의 여급들이 거리낌없이 쌍소리를 높은 음성으로 재잘대며 버스에 오르기 때문만도 아니었다. 이 거리의 어디로부터 지금 자기의 귀가 듣고 있는 헐떡이는 숨소리가 들려오고 있는 것일까? 누가 자기를 부르고 있는 것일까? 왜 이 거리에서 지금 공포와 혼란의 거센 바람 소리가 들려오는 것일까?

마침내 그 여자는 그 모든 소리들이 어디서 오는 것인가를 찾아냈다. 거리의 여기저기서 사내들이 지나가는 여자의 앞을 가로막는 모습이 눈에 뜨인 것이었다. 아까부터 자기가 보고 있었던 것은 바로 그들임을 현주는 깨달은 것이었다.

어떤 여자들은 자기에게 말을 붙인 사내들을 따라갔고 어떤 여자들을 가지 않았다. 그 여자들의 대부분이 여급이라는 건 차림새로 봐서 짐작할 수 있었다. 물론 사내를 따라간 여자들은 그들의 직업으로 봐서 낯선 사내와 동행한다는 일에서 별다른 의미를 느끼지 않는지는 알 수 없었다. 그러나 버스 속에 앉아서 창을 통하여 그들을 발견했을 때, 현주는 자기 자신을 더럽게 여기고 있는 여자들이 그렇게도 공공연하게 많다는 사실을 하나의 충격으로서 받아들이지 않을 수 없었다.

따지고 보면 그 여자는 그 풍경을 오늘에야 처음으로 본 것은 결코 아니었을 게다. 본 적이 있다고 얘기할 자신이 없을 만큼 눈여겨보지 않았을 따름이었을 게다. 전에는 그 여자가 그들을 보았다고 해도 거기서 아무런 의미를 볼 수 없었기 때문에 무심히 지나쳐버릴 수 있었을 뿐일 게다.

 달리는 버스 속에서 그 여자는 그들에 대하여 생각하고 있었다. 그들은 울타리를 넘어 어디로 갔을까? 그들이 도착한 곳은 어떤 곳일까? 울타리를 넘다가 그들은 감시병의 총격을 받지는 않았을까? 군견(軍犬)의 헐떡이는 숨소리가 뒤를 쫓고 서치라이트의 동그란 불빛이 그들의 등을 끝없이 쫓아가고 있지는 않을까? 그 여자는 그들이 무사히 도망했기를 빌고 싶었다.

 그 이후로 그 여자는 가끔, 자기가 뜨거운 8월 어느 날 우연히 한 번 넘어서 본 적이 있던 그 울타리를 넘고 싶다는 욕구를 발작적으로 강렬하게 느끼곤 하였다. 드디어 어느 날 밤, 밤거리로 나섰다. 일부러 바가 문을 닫는 무렵의 시간을 택했다.

 그 여자는 이따금 다른 사람들과 어깨를 부딪쳐가며 느릿느릿 걸었다.

 한 시간쯤 후엔 이 도시에 셔터가 내려진다. 자동차들은 무서운 속도로 질주하고 있었고 행인들의 발걸음은 바빴다. 그 속에서 그 여자의 느린 걸음걸이는 눈에 뜨이는 것이었다. 그 여자는 그것을 계산하고 있었다.

 아직도 가을이라 생각하고 있는데 기온이 갑자기 영하로 내려간 밤이었다. 종로 백화점 옆 골목의 그늘 속에 어떤 사내가 쭈그리고 앉아 욱욱 소리를 내며 토하고 있었다. 그날 아침에 세탁소에서 찾아다 입은 듯한 깨끗한 외투의 밑자락이 사내가 괴로워서 몸을 뒤틀 때마다 땅바닥에서 이리저리 끌리고 있었다. 기름칠하여 단정하게 빗어넘긴 머리가 가로등의 형광빛을 받아 철사처럼 번쩍이고 있었다. 거의 비슷한 차림인 다른 사내가 낄낄대며 그 사내의 등을 주먹으로 쿵쿵 내리치고 있었다. 토하고 있는 사내가 한 손을 어깨 너머로 돌리고 흔들며 말했다.
"이 새끼야, 아파, 아프다니까, 이 씹새끼야."
그 여자는 그들을 더 이상 보지 않고 지나쳤다. 그들에 대한 말할 수 없이 강한 증오심이 끓어올랐다. 그렇다. 그 여자는 자기가 증오하고 있는 게 누군지를 알고 있었다. 그 여자는 그들과 자기 남편을 구별할 수 없었던 것이다. 아마 그들의 옷차림 때문이었을까? 서울 중심지에서는 얼마든지 볼 수 있는 월급쟁이들의 그 어슷비슷한 복장 때문에 그 여자는 잠깐 그들과 자기 남편을 혼동하였던 것일까? 그리고 그들 중의 하나는, 친구의 구토를 진정시켜보겠다는 진심에서가 아니라 오직 그러는 것이 재미있기 때문에 주먹으로 친구의 등을 내리치며 낄낄대고 있고 그리고 다른 하나는 그 깨끗한 옷차림에도 불구하고 마치 자의식 없는 깡패들처럼 욕설을 지껄이고 있음이 그 여자는 미웠고 그 미움은 곧 자기 남편에게로 돌려진 것이 아닐까? 저렇게 유치하게 굴 수 있는 자들이야말로 같은 직장에 자기 아내를 숨겨두고도 무표정한 얼굴을 잘도 꾸밀 수 있는 게 아닐까?
그날 밤, 그 여자는 길거리에 쭈그리고 앉아서 토하고 있는 사내를 여러 명 보았다. 그리고 그 여자가 기다리던 것을 만났다.
"어디까지 가세요?"
현주 옆으로 다가와 어깨를 나란히 하고 걸으며 사내가 말했다. 그 여자는 걸음을 멈추었다. 사내의 얼굴을 돌아보고 싶은 욕망을 누르고 그 여자는 땅바닥만 내려다보고 서 있었다.
"어디 가서 커피라도 한 잔 마실까 하는데 같이 가시지 않겠어요?"
사내가 현주의 어깨에 손을 얹으며 말했다.
현주는 잠자코 있었다. 자기의 내부에서 저 안면있는 공포와 혼란이 일어나기를 기다리고 있었다.
"아직까지 문을 열고 있는 다방이 있을 겁니다. 갑시다."
사내가 결심을 굳힌 듯 현주의 어깨를 가볍게 떠밀며 말했다. 그러나 그 여자는 한 발자국도 움직이지 않았다. 사내의 손힘이 너무 약했던 것이다.

"허어, 돌부처로군. 그럼 나 혼자 갑니다. 아아, 커피, 얼마나 맛있을까 커피……."

사내는 슬슬 물러가 버렸다.

사내가 자기의 침묵을 겁냈던 것을 그 여자는 비로소 알아차렸다. 사내가 자신의 행위를 농담으로 돌려버리려 했다는 것이 그 여자에게는 몹시 불쾌했다. 사내가 가버리고 난 후에야 그 여자는 자기가 기다리고 있던 것은 공포와 혼란이기도 했지만 그보다 먼저 사내의 억센 끌어당김이었다는 걸 알았다. 그 여자의 내부에서 공포와 혼란의 뜨거운 늪이 들끓지 않고만 것은 당연했다. 그것은 사내의 손이 그 여자의 손목을 억세게 잡아끈 이후에야 생길 터였기 때문이다. 그 여자는 지난 여름에 자기를 습격했던 그 사내가 몹시 그리워질 지경이었다. 결국 그날 밤엔 택시를 타고 집으로 돌아갔다.

그 여자의 서성거림은 번번이 그런 식으로 끝나곤 하였다. 차츰 그 여자는 깨달았다. 사내들이 탈출하고 싶어하는 욕구는 거의 모두가 조건부라는 것을. 다시 말해서 사내들은 영원히 '이곳'을 떠날 의도는 없어보였다. 그들은 잠깐 울타리를 뚫고 밖으로 나가본다. 그러나 아침이 되면 얼른 제자리로 돌아온다. 아니 미처 그것도 아니다. 울타리 안에서 울타리를 만지작거리며 생각만 한없이 되풀이하고 있는 것이다.

그리고 그 여자는 새삼스럽게 깨달았다. 자기의 욕구는 반드시 사내들이 자기네의 욕구를 과감히 실천할 때 함께 성취될 수 있음을. 그렇다, 사내가 그 여자의 내부에 공포와 혼란을 일으켜놓지 않는다면 그 여자는 어떻게 자기의 더러움을 자백할 수 있을 것인가!

그 여자는 걸었다. 걸었다, 걸었다. 그러나 아무도 "감옥에 가는 것을 겁내지 않거든."하고 말해주는 사람은 없었다. 그 여자는 택시를 타고 통금시간이 임박해서 집으로 돌아가야 하는 것이었다.

어느 날 직장에서 그 여자는 무의식중에 자기 남편을 향하여 집에서 하듯 "여보!" 하고 불렀다. 남편의 얼굴이 새빨갛게 굳어지는 것을 보고 그리고 남편 곁에 있던 행원들이 요란하게 웃음을 터뜨리는 걸 보고서야 그 여자는 자기의 실수를 깨달았다. 이제껏 그런 실수는 한 번도 하지 않았던 그 여자였다. 남편이 얼른 "왜! 내가 미스 리 남편 같소?" 하고 농담으로 얼버무렸기 때문에 그 여자의 실수는 하나의 농담인 듯 끝날 수 있었지만 그 여자 자신에겐 무척 충격적인 것이었다. 연극이 탄로날 때가 온 것이다. 연극은 탄로나야 한다고 그 여자는 집요하게 생각하고 있었다.

어느 날 밤, 그 여자는 좀 색다른 사내를 만났다. 어쨌든 그 사내는 그 여자의 손목을 힘차게 잡아끌고 간 것이었다. 그 사내가 목적지로 정한 것이 분명해보이는 어느 골목 속의 호텔이 저만큼 보였을 때 그 여자는 기다리던 공포와 혼란이 증기처럼 피어오르는 걸 느꼈다. 그 여자 자신이 그것을 객관할 수 있을 만큼 그것의 양은 적었지만 어떻든 그것은 그 여자의 내부에 생겨난 것이었다. 그들은 호텔의 현관 앞에 이르렀다. 그때 문득 여자는 사내가 자기의 얼굴을 돌아보고 있는 걸 보았다. 사내는 마치 "정말 괜찮겠느냐?"고 그 여자에게 묻고 있는 것 같았다. 그러자 갑자기 그 여자의 그 공포와 혼란은 깨끗이 스러져버리고 그 대신 사내에 대한 혐오감만 잔뜩 부풀어오르기 시작하는 것이었다. 그 여자는 사내의 손을 뿌리치고 골목 밖으로 달려나왔다. 그리고 택시를 타고 집으로 돌아왔다. 차 속에서 그 여자는 8월의 그 사내가 여관 안에 들어갈 때까지 한 번도 자기의 얼굴을 돌아보지 않았던 것의 의미를 깨달았다. 그것은 확실히 중요한 의미를 갖고 있었다.

그제야 그 여자는 자기의 욕구가 쉽사리 이루어질 수 없다는 걸 깨닫게 되었다. 8월의 그 사내와 똑같은 사내가 얼마든지 있다고는 그 여자도 생각하지 않았다.

그리하여 최근에 와서 그 여자의 욕구는 비틀거렸다. 이따금 그 여자는 그 공포와 혼란이 없이도 사내의 손에 이끌려 갈 수 있는 게 아닌가 하고 생각해보곤 하였다. 창녀들처럼 아니 절실하게 기도해야 할 것이 별로 없음에도 불구하고 미사에 참석하는 신자들처럼.

 그러나 그 여자가 가장 두려워하는 것은 자기의 욕구를 그러한 의식(儀式)으로써 포장하게 될까 봐 하는 것이었다. 막연하나마 그 여자는 만약 자기에게 공포와 혼란이 없이 그것을 한다면 마침내 의식(儀式)만이 남게 될 뿐이며 그리고 그것은 파멸이라는 걸 알고 있었다.

 그 여자가 바라는 것은, 그렇다, 파멸이 아니라 구원이었다. 속임수로부터의 해방이었다.

 그럼에도 불구하고 욕구의 자리에 의식을 대신 들어앉히려는 유혹은 그 여자의 서성거림이 잦아질수록 증가하는 것이었다. 그 유혹을 그 여자가 겁내는 까닭은 그것이 그 여자의 내부에서 오기 때문이었다. 가령, 조금 전, 그 사내의 얼굴이 그것이었다. 아니 그 사내가 젊고 호감가게 생겼다는 그것이 아니라 그 얼굴을 본 이후에 그 여자의 내부에 번진 그 쓸쓸한 느낌이 그것이었다. 스크린을 향하여 하마터면 팔을 내밀 뻔했던 그 유혹이었다. 꽃다발을 목에 걸고 손을 저으며 웃으며 죽어가는 종족에 대한 안타까움이 그것이었다.

 "집이 어디세요?"

 어떤 사내가 그 여자의 앞을 가로막으며 말을 걸어왔다.

— 1969년

어떤 결혼조건

항상 궁금한 것들 중의 하나는, 한 남자와 한 여자가 어떤 이유로써 서로 사랑을 느끼고 또 결혼이라는 어마어마한 약속을 하게 되는가 하는 것이다. 그래서 나는 기회있을 때마다, 친구건 선배건 붙잡고 '부인과 결혼하게 된 얘기를 좀 해달라'곤 한다. 그렇게 하여 들은 얘기들 중에서 하나를 여기 소개하면……

벌써 10년도 넘었다. 당시는 일류대학을 나오고도 빈둥빈둥 놀아야 하는 취직난 시대였다. 나로서는 우선 일자리를 얻어 자립하는 게 유일한 관심사였기 때문에 내 결혼에 관한 것 일체를 큰형님 부부에게 맡겨버리고 있었다. 특히 큰형수님은 시동생들의 아내를 자기 손으로 골라주고 싶어 안달이었다. 만일 내가 결혼하면 우리 부부가 살 집을 사주기로 한 것은 큰형님이었기 때문에 그 집에서 함께 살 여자를 큰형님 내외가 결정하는 건 당연한 걸로 나는 생각하고 있었다. 그래서 교제하게 된 여자는 서울역 근처에 있는 여관집 따님인데 눈이 크고 섬세하게 생겼기 때문에 키가 좀 작다든가 코가 좀 납작하다든지 하는 결점을 충분히 보충해주고도 남음이 있는 대학 이학년짜리였다. 그녀의 생김새에 대해서는 나는 만족했던 것이다. 그러나 지저분한 손님들이 출입하는 여관집에서 자라난 여자라는 게 어쩐지 꺼림칙했다. 지금은 교제의 첫단계니까 저렇게 얌전을 빼고 순진한 체하지만 속에서 천 년 묵은 여우가 도사리고 있을 거야. 그러나 수개월 동안 사귀어보니 그건 나의 지나친 선입감이었고 오히려 너무너무 순진하고 세상물정을 모르기 때문에, 나는 그 여관을 메우고 있는 온갖 역겨운 냄새도, 그리고 내 장모가 될 아주머니가 쉰목소리로 상소리를 해대면서 밉상의 손님과 싸우곤 하는 것도 오로지 그 딸을 순진하고 얌전하게 길러놓기 위한 중요한 수단이었나 보다고 생각하게 됐다. 그러자 이번엔 그 처녀에 대한 다른 염려가 생겼다. 세상물정에 눈이 어둡고 곧잘 자기 얼굴을 빨갛게 물들이는 재주밖에 없다는 건 생존경쟁이 극심한 서울바닥에서 살기엔 결코 미덕이 아닌 것이다. 동회 사무실에 가서 서류 한 장 못 떼고 시장에 가서 바가지만 쓰는 아내란 얼마나 답답할까. 그런데 어느 날, 그 모든 염려가 깨끗이 사라지고 말았다. 그녀는 나로서는 더 바랄 수 없이 이상적인 처녀라는 걸 알게 되었다. 그녀가 들려준 얘기 덕분에 말이다.

"제가 대학입시 공부를 하고 있을 때니까 작년 일월예요. 눈이 많이 오는 날이었어요. 초라한 사십대의 남자분 둘이 우리 여관에 들었어요. 알아듣기 힘든 사투리를 쓰는 시골 사람들이었는데 한 사람은 서울에 몇 번 온 경험이 있는지 자기 친구한테 '저게 남산이야.' '저쪽이 서대문이고.' 그리고 자기 지방 출신 국회의원 이름을 마치 친구나 되듯 아무개가 어쩌구 하면서 으스대곤 했어요. 그러면 서울이 처음인 모양인 또 한 사람은 몹시 불안한 표정으로 남산을 올려다보기도 하고 서대문 방면의 거리를 기웃거리며 고개를 끄덕이곤 했죠. 내 눈에는 그 사람은 평생 시골에서 농사만 짓고 사는 착한 남자라는 걸 알 수 있었어요. 사슴처럼 몹시 순한 눈이 인상적이었어요. 그런데 며칠 후, 어머니한테서 나는 깜짝 놀랄 얘기를 들었어요. 그 순하게 생긴 농부는 논은 조금밖에 없는데 식구는 열 명이 넘어서 몹시 가난했대요. 아이들은 자꾸 자라는데 학교도 못 보내고 자기는 어쩐지 머지않아 죽게 될 것 같은 생각이 자꾸 들고, 무슨 짓을 해서라도 자식들에게만은 그 가난을 물려주고 싶지 않은데 아무런 방법은 없고요. 그런데 마침 고 잘 아는 체하는 친구가 신문을 들고 찾아왔대요. 미국의 어느 장님이 눈을 사겠다는 공고를 냈는데, 눈 한 알에 삼십만 달러를 주겠다는 거였어요. 눈 하나 없애 그만한 돈이 생긴다면 자식들을 위해서 그게 어디냐. 그래서 그 농부는 친구한테 매달렸대요. 그 미국사람한테 내 눈을 팔 길은 없을까 하구요. 마치 그 친구가 그 미국사람이기나 한 듯이 매달렸대요."

"삼만인가 삼십만인가에 눈을 사겠다고 한 게, 혹시 레이 찰즈 아냐?"

"맞았어요. 장님 가수, 〈아이 캔트 스톱 러빙 유〉를 부른 흑인 장님 가수 말예요. 어떻게 아셨어요?"

"작년 언젠가 신문 해외토픽란에서 레이 찰즈의 광고에 대한 기사를 읽은 기억이 나."

"바루 그거예요. 어머니가 그 얘기를 들려주시기에 어떻게 우습던지 당장 신문을 뒤져봤죠. 동앙일보 해외토픽란에 그런 게 실려 있었어요. 그런데 미국 국내에서만도 자기 눈을 팔겠다는 사람이 마흔여덟 명이라고 씌어 있었거든요."

"그래서 그 손님들은 레이 찰즈한테 눈을 팔 길을 찾기 위해 서울에 왔단 말이군?"

"맞았어요. 그 아는 체하는 친구가 그 지방 출신 국회의원하구 무슨 친척이 된대요. 미국 안에서만도 눈을 팔겠다는 사람이 저렇게 많으니 이런 일은 국회의원을 내세워야 한다고 주장해서 농부를 데리고 서울로 온 거예요. 그리고 국회의원을 찾아가서는, 이건 외화획득이니까 국회의원들이 나서면 안 되는 일 없을 테니 그 미국 장님한테 이왕이면 이 가난한 한국의 농부 눈을 사게 해달라고 주선해달라. 그러나 국회의원은 농담 말라고 한 마디에 거절하면서 한편 그럴 듯한 이유를 내세웠어요. 미국사람들은 눈동자가 파랗거나 노라니까 검은 눈은 필요하지 않을 거라구요. 그래서 그 농부와 친구는 낙심천만하고 있다는 거였어요. 그런데 그만 제가 그 장님은 흑인이니까 오히려 검은 눈동자밖에 필요하지 않을 거라구 얘기를 한 게 잘못이었어요. 그 말을 어머니가 그 사람들한테 전하구 그래서 그 사람들이 다시 용기를 낸 것까지는 좋았는데 그 엉터리 같은 사건에 제가 끌려들어가고만 거예요. 레이 찰즈 선생 앞으로 영문(英文)편지를 써달라고 저한테 마구 매달리는 거예요. 삼십만 달러를 다 주지 않아도 좋다. 십오만 아니 오만, 아니 삼만 달러만 줘도 팔겠다. 만일 눈을 옮기는 수술을 하기 위해서 이쪽에서 미국까지 가야 한다면 미국 가는 비용도 일체 이쪽 부담으로 하겠다는 내용을 되도록 애원하는 식으로 써달라는 거었어요. 전 민족적인 자존심이 상해서 얼굴이 화끈거리고 …… 도저히 그런 편지를 쓰고 싶지 않아서…….”

"그래서 안 썼나?”

"안 쓰고 배길 수 없었어요. 한영사전을 찾아가며 시킨 대로 편지를 썼죠. 그 사람들이 신문사에 가서 알아가지고 온 레이 찰즈의 주소로 말예요. 어머니 애길 들으면 그 편지를 부치고 난 후부터 그 농부는 당장 자기 눈이 팔리기라도 한 듯 매일 술을 마시고 밤늦게까지 떠든다고 해요. 시골 자기 집에다가는 염려 말라 조금만 기다리면 된다고 편지도 썼대요. 회답이 올 때까지 우리 여관에서 묵을 작정이었던 거예요. 어느 날 밤, 안채의 화장실엔 동생이 들어가 있어서 여관 안의 손님용 화장실에 갔더니 그 농부가 벽거울에 비친 자기 눈을 뚫어지게 보고 있다가 얼른 고개를 돌리더군요. 술 취해서 빨간 얼굴에 눈물이 흘러내리고 있었어요. 이제 팔려 갈 눈을 보고 있었던가 봐요. 다음날, 그 농부를 안방으로 모시고 가서 전축을 틀어 레어 찰즈의 노래를 들려줬어요. 디스크 재킷에 인쇄된 레이 찰즈의 사진을 유심히 보면서 음악을 듣고 나더니 그 농부가 그러더군요. 이런 사람은 왜 그렇게 돈이 많으냐고요. 노래만 불러가지고 그렇게 부자라는 게 아무래도 이해가 안 되고 납득이 안 되나봐요.”

"그래서 회답이 왔나?”

"아아뇨. 두 달이 지나도록 답장 같은 건 없었어요. 그 대신 시골에서 얼마 안 되는 논을 판 돈을 가지고 시골의 식구들이 모두 서울로 올라와서 그 농부와 함께 서울의 어디론가 떠났어요. 눈까지 팔겠다고 하던 놈이 무얼 못 하겠느냐고 하면서요."

그리고 그 처녀는 말하는 것이었다.

"전 우리가 살아가야 할 이 서울에서 우리의 이웃 사람으로서 함께 살아가야 할 사람들이 어떤 사람들인지를 그제야 처음 알았어요. 어쩌면 어리석고 그렇지만 자식들을 위해서 눈을 팔겠다고 나설 만큼 뜨겁고……. 남들이 눈 한 개를 팔겠다고 나설 때 전 눈 두 개 다 팔겠다고 해야 한다는 걸 그때 각오했어요. 우리들이 살아야 할 인생은 그런 각오 없이는 출발할 수 없는……."

내가 그 처녀를 평생의 아내로 결정한 건 그 말 때문이었다. 물론 그 크고 예쁜 눈을 팔아야 할 경우가 결코 생기지 않도록 하겠다고 내 자신에게 다짐하면서 말이다.

사랑이 다시 만나는 곳

정희(貞姬)를 만나게 되는 것은 언제 어디서일까? 그것은 영호(永浩)가 어디를 가든지 졸졸 따라다니는 의문이었다. 친구들과 어울려 비어 홀엘 가도, 직장으로 가는 출근길에도, 주말에 홀로 배낭을 짊어지고 등산을 가도 그 의문은 항상 그를 졸졸 따라다녔다. 그 의문은 예를 들면 '나는 몇 살에 어디서 어떻게 죽게 되는 것일까?' '10년 후에 나는 무엇이 되어 있을까?' 하는 의문과 마찬가지로 지금의 자기로서는 도저히 해답을 얻을 수 없는, 안타까운 의문이었다.

그가 '떠돌이'라는 별명을 얻을 만큼 유별나게 집에 붙어 있지 않고 틈만 생기면 싸돌아다니는 이유도 그 의문을 풀기 위해서였다. 정희를 만나게 되는 것은 언제 어디서일까? 혹시 미도파 백화점에서가 아닐까? 거리에서가 아닐까? 남대문 시장에서가 아닐까? 그러나 정희를 마지막으로 본 지 4년이 지났지만 그는 어디에서도 정희를 볼 수 없었다. 어쩌면 정희는 서울에 살고 있는 게 아닌지도 모른다는 생각이 들었다. 남편의 직장이 지방에 있는 것일까? 그러나 영호는 정희가 서울에 살고 있는지 지방에 살고 있는지를 알아보려고는 하지 않았다. 그가 게을러서가 아니었다. 알아보려면 간단히 알아볼 수 있는 방법이 없는 게 아니었다. 전화번호부에서 정희 아버지의 이름을 찾아보면 정희의 집(지금은 친정집이겠군) 전화번호를 알 수 있을 터이고, 그러면 가령 사무실의 여직원을 시켜 정희의 친구인 체하고 정희가 지금 살고 있는 곳을 알아낼 수 있을 것이다. 그러나 영호는 아주 간단한 방법을 쓰고 싶지 않았다. 그 방법 자체 속에 영호가 싫어하는 세속적인 때가 묻어 있는 것이었다. 그런 방법은 자기와 정희 사이의 깊었던 사랑을 모독하는 것이라는 느낌이었다. 아니, 그 방법은 정희가 다른 사람의 딸이며 이미 다른 남자의 부인이며 정희마저도 이미 다른 여자가 되어 있다는 것을 인정해버리는 짓이었다. 그런 방법을 써서 자기에게 돌아올 게 무엇이란 말인가? 결국 정희에 대해서 자기는 아무것도 아니라는 현실에 부딪치고 말 것이라는 사실을 영호는 잘 느끼고 있었다. 정희가 다른 누구도 아니고 오직 정희 자신일 때 만날 수 있어야 하는 것이다. 아무개의 딸인 정희나 아무개의 부인인 정희가 아니다. 오직 정희가 정희 자신의 것일 때만이다. 영호가 잘 알고 있고 사랑하고 있는 옛날의 정희란 바로 그런 정희였던 것이다.

자, 그러면 영호가 바라고 있는 바로 그런 정희를 만났다고 하자. 그러면 어쩌겠다는 것인가? 그러나 어쩌겠다는 생각은 전혀 떠오르지 않는 영호였다. 만나게 되면 눈으로 그녀를 보고 있겠다, 겨우 그 정도 생각밖에는 떠오르지 않는 것이었다.

언젠가 영호는 자기 친구에게 정희를 만나고 싶은 자기 마음을 털어놓은 적이 있었다.

"첫사랑을 오래도록 마음속에 간직하고 잊지 못해 안타까워하는 것은 남자 쪽일까, 여자 쪽일까?"

"그야 물론 남자 쪽이지. 여자들은 남편과 신혼여행을 하는 동안에 깨끗이 잊어버리는 거야. 혹시 그때까지도 잊지 못하는 여자가 있더라도 어린애 하나를 낳고 나면 아주 말갛게 잊어버리지."

"그럴까?"

"내 말이 공자님 말씀인 줄로만 알면 돼. 다 경험해본 남치기야. 우리 여편네한테도 죽자살자 하던 첫사랑이 있었거든. 지 부모가 억지로 나한테 시집을 보내려니까 울고불고 약을 먹고 자살극을 벌이고 야단이었지. 그래도 안 되겠으니까 마지막으로 나한테 통사정을 하는 서야. 자기가 좋아하는 사람과 살 수 있도록 나보고 자기 부모한테 자기와 결혼하기 싫다고 말해달라는 거야."

"그래서?"

"골이 비었어, 내가 그런 심부름을 하게? 못 하겠다고 했지. 지금 네가 좋아하는 그 남자가 널 좋아하는 것 몇 배 이상으로 나는 네가 좋다고 했지. 기어코 널 내 여편네로 만들어야 하겠다고 딱 잘라 말했지."

"그랬더니?"

"기가 찼는지 입을 벌리고 멍하니 나를 쳐다보더군. 그 순간 날쌔게 껴안고 키스를 해댔지."

"…….''

"고걸로 다된 거지 뭐. 지금은 우리 여편네가 나한테 별 아양을 다 떠는 거, 너도 알지 않아? 그게 여자라는 거야."

"그렇지만 네 부인도 속으론 그 첫애인을……."

"이 친구가 남의 부부 이간질 놓나?"

"아냐 아냐, 그런 뜻은……."

"생각할 테면 하라지. 자기 속으로야 첫사랑을 생각하든 둘째 애인을 못 잊어하든 그래서 어쨌다는 거야. 나한테 별 아양 다 떨구 내 새끼가 이뻐 죽겠다는데, 그러면 됐지 어쨌다는 거야. 아 참, 한 번은 그러더라. '여보, 만일 지금 내 첫애인이 날 보구 싶다구 우리 집으로 찾아오면 당신 어떡하겠어요?' 그러지 않아?"

"그래서 뭐라고 했니?"

"아이구, 감사합니다. 제발 좀 다시 데려가줍쇼, 그런다구 했더니 여편네 왈, '힝, 이제 와서 날 차버리려구?' 그러면서 날 막 꼬집구 야단이더라."

"…….''

"남자와 여자는 원래 조물주가 그렇게 만들어놓은 거야. 남자는 무언가 사랑하지 않고는 살 수 없게 되어 있고 여자는 사랑받지 않고는 살 수 없게 되어 있단 말야. 여자란 누구한테서든지 충분한 사랑만 받으면 편히 살 수 있게 되어 있어. 네가 못 잊어하는 정희라는 여자도 지금 자기 남편한테서 사랑을 받고 있으면 그걸로 충분히 만족하는 거야. 너의 과거 사랑까지 추억해야 할 필요가 없는 거지. 만일 남편한테서 만족할 만한 사랑을 받지 못했다면 버얼써 너한테 다시 달려왔을 거야. 그리고 너도 그렇지. 넌 남자니까, 무언가 사랑하지 않고는 살맛이 나지 않으니까 이미 가망없다는 걸 잘 알면서도 아직도 그 여자를 잊지 못하고 있는 거야. 그러니까 잘 생각해보면, 다른 걸 사랑하게 되면 그 여자를 잊어버릴 수 있다는 얘기다."

"나두 노력해봤어. 다른 여자를 사랑해보려구 말야. 그렇지만 아직 정희만큼 좋아할 수 있는 여자가 없었어."

"반드시 다른 여자를 사랑하라는 얘기는 아니다. 가령 지금 네가 하고 있는 일을 사랑하면 되는 거지. 남자란 일을 여자 이상으로 사랑할 수 있거든. 조물주가 그렇게 만들어놓았어요. 만일 정희라는 여자가 지금 네 부인이 되어 있다고 해보자. 그러면 틀림없이 넌 그 여자보다도 네가 하는 일을 더 사랑하고 있을걸."

"그럴지도 모르지. 그렇지만 그건 정희가 내 곁에 있은 다음에 얘기야."

"그것 봐, 네가 지금 그 여자를 죽도록 사랑하고 있고 영원히 사랑할 것처럼 생각하는 모양이지만 따져보면 결국 소유하고 싶다는 욕심뿐이란 말야. 일단 소유하고 나면 네 사랑은 다른 데로 옮아가는 거지. 일을 사랑하게 될 거야. 그렇게 되면 그때는 그 여자가 귀찮게 여겨질지도 몰라. 그러니까 결국 내 말은, 이제 못난이짓 그만하고 사랑을 옮겨보란 말야."

"아니 뭐……뭐……그냥……그런 거지 뭘."

영호도 이제 와서 새삼스럽게 정희가 자기한테 올 수 있다고 기대하는 건 아니었다. 다만 한 번만이라도 보고 싶다는 감정이 언제부터인가 '정희를 만나게 되는 것은 언제 어디서일까?' 하는 의문으로서 바뀌어 그 의문이 그를 항상 졸졸 따라다니는 것뿐이었다. 그나마도 정희와의 마지막 순간이 어정쩡하지 않고 칼로 끊은 듯이 명백했더라면 그런 감정을 빨리 포기할 수 있었을 것이다. 그들의 이별은 애매하기 짝이 없었다. 영호가 군에서 휴가를 나왔을 때 정희는 휴가기간 동안 내내 영호와 함께 지냈다. 휴가가 끝나 부대로 돌아갈 때도 버스 정류장까지 따라나와 빈 버스 뒤에서 뽀뽀를 했다. 그리고 왜 편지가 안 올까 했는데 그것이 마지막이었던 것이다. 참으로 알쏭달쏭한 이별이었던 것이다. 이별이 애매했던 것처럼 다시 한 번 만남도 안개 저편으로 불쑥 튀어나오듯 그렇게 될 것만 같아서 영호는 '언제 어디서'를 기다리고 있었다고 할 수 있을 것이다.

아아, 그런데 조물주란 얼마나 짓궂은 장난을 좋아한단 말인가!

어느 날 영호가 시무룩한 얼굴로 친구를 찾아와서 울먹거리는 음성으로 이렇게 털어놓는 것이었다.

"어젯밤에 나는 기차를 타고 있었어. 회사일로 출장을 갔다가 돌아오는 길이었지. 타향 음식이 맞지 않았던지 난 배탈이 몹시 났어. 거의 이십분 간격으로 변소엘 가야 했지. 그래서 나중엔 변소 다니는 것도 귀찮아서 아예 기차 변소간에 엉덩이를 까내놓고 앉아 있었지. 그런데 갑자기 변소문이 덜크렁 열렸어. 깜박 잊고 자물쇠를 안 잠근 거야. 사람이 있는지 모르고 들어서던 여자가 '어마!' 하고 비명을 지르는데 눈이 마주쳤어. 바로 정희였어……. 이젠 잊을 수가 있을 것 같아."

정직한 이들의 날

　응급치료실의 문이 활짝 열린다. 땀과 피로 걸레처럼 젖은 가운을 입은 의과대학생이 들것을 무겁게 들고 비틀거리며 달리다시피 들어온다. 들것 위에는 대학교복을 입은 한 젊은이가 입으로 피거품을 가쁘게 뿜어내며 꿈틀거리고 있다.
　"중상입니다. 치료대(治療臺)는 어디 있어요?"
　"치료대가 모자라요. 우선 중환자실로, 이쪽으로 오세요."
　땀투성이의 간호사가 쉰 음성으로 말하며 벌써 앞장 서 달린다.
　사실, 그다지 좁지도 않은 치료실 안은 먼저 실려온 총상자들로 꽉 차 있다. 거의 모두가 스무 살 안팎의 대학생들이다. 그들의 옷에 묻어온 화약의 냄새와 그들의 상처에서 쏟아지는 피와 그들의 고통스런 비명과 신음, 그리고 긴장할 대로 긴장해 있는 간호사들과 의사들의 바쁜 손길로 치료실은 꽉 차 있는 것이다.
　데모 군중들의 함성과 합창 소리 그리고 우렁찬 소리들을 침묵시키고야 말겠다는 듯 쉬지 않고 쏘아대는 경찰들의 총소리가 이 수도육군병원 복도에서도 만질 수가 있을 듯 가까이 들린다.
　"야단났어. 부상자는 자꾸 들어오는데 손이 모자라요. 모자라는 건 손만이 아녜요. 피가, 피가 모자라서 큰일 났어요. 더 이상 부상자가 늘어나면 수혈(輸血)도 못 시켜보고 죽일 것 같아요. 부상자가 많겠죠?"

금방 울음이라도 터뜨릴 것 같은 음성으로 간호사가 말한다.
수술실에서는 수술 도중에 죽는 부상자가 흰 시트에 덮여 실려 나오고 다른 부상자가 실려 들어간다.
"벌써 열한 명이 수술 도중에 죽었어요. 수술받은 부상자 중에서도 살아날 수 있는 사람은 몇 명밖에 안 될 거예요. 수술받아보지도 못하고 죽은 학생들도 있어요. 미쳤어요. 모두 미쳤어요. 왜 데모를 하구 또 왜 총을 쏘아 아까운 젊은이들을 죽이는지. 모두 미쳤어요."
"학생들은 미치지 않았어요."
들것에 실려가고 있는 젊은이가 피거품과 함께 띄엄띄엄 말을 토한다.
"우리는 학교에서 배웠어요. 부정(不正)한 짓을 하면 안 된다구. 그래서 선거를 부정으로 한 사람들에게 선거를 공정하게 다시 하라구 말했어요. 그것뿐이에요. 미친 것이 아니죠."
"말하지 말아요. 말하면 피가 더 나와요."
들것을 들고 가던 의과대학생들 중의 하나가 부상자의 말을 중단시킨다.
"이 학생 데모 주동자인가요?"
간호사가 의과대학생에게 묻는다. 들것 위의 젊은이는 고개를 젓는다. 그리고 말한다.
"학교 교과서가 주동자예요. 부정을 그냥 보고만 있는 것도 부정이라고 가르치는 교과서가!"
"말하지 말라니까요. 피가……."
중환자실 역시 부상자들의 비명과 신음으로 꽉 차 있었다. 거기에 새로운 부상자들이 잇달아 들어오고 있다. 뜨거운 피는 쉬임없이 흘러 상처를 틀어막은 가제뭉치를 적시고 베드의 비닐커버를 적시고 마룻바닥을 적신다.
간호사가 다시 달려나가서 혈액병을 들고 돌아왔을 때 그 젊은이는 거의 의식을 잃어가고 있다. 수혈하기 위한 채비를 하고 있을 때 그 젊은이가 눈을 뜬다. 그리고 마지막 힘을 다하여 옆 병상(病床)의 고등학생 부상자를 가리키며 간호사에게 말한다.

"피가 모자란다면서요? 저 학생한테 먼저 수혈해주세요. 난 나중에……."

"채혈지원자(採血志願者)들이 많이 몰려왔어요. 피는 부족하지 않을 거예요."

"고맙군요. 어쨌든 저 학생부터 먼저……."

"그렇게 하라고 교과서에 씌어 있던가요?"

"예. 그렇게 배웠어요."

젊은이는 미소하며 말한다. 간호사는 젊은이가 시키는 대로 고등학생의 팔에 주사바늘을 꽂고 돌아와서 병상에 붙은 카드를 들여다본다. '김치호 22세 서울대학교 문리대 수학과 3년'이라고 씌어 있다.

"김치호 씨는 이담에 정확한 수학 교수님이 되겠어요."

그러나 김치호는 수학 교수가 되지 못한다. 그날 1960년 4월 19일 밤 열시에 영원히 뜨지 못할 눈을 감은 것이다. 아아, 4월 ——. 정직한 이들의 달이여!

산다는 것

인터폰의 신호음이 울렸다. 창우는 수화기를 집었다.
"네에 자재괍니다."
"이 차장님, 5번 전화예요."
교환 아가씨의 음성이 수화기 속에서 산뜻하게 울렸다.
"네에."
창우는 키폰의 5번 키를 눌렀다.
"여보세요."
수화기 속에서 달려나오는 것은 뜻밖에도 신자의 음성이었다. 지난 3년 동안의 관계를 서로 깨끗이 잊어버리기로 약속하고 작별한 지 일주일밖에 안 됐다.
"아, 나야."
버릇이 돼온 자연스런 반말로, 그러나 옆자리의 동료들을 의식하여 낮고 굵직한 음성으로 창우는 달려나온 여자의 음성을 받았다. 그런데 수화기 속에서 신자가 울음을 터뜨렸다.
"왜? 무슨 일이 있어?"
"미안해요, 용서해주세요."
울음 틈틈이 신자는 자꾸만 미안하다는 말과 용서해달라는 말만 하고 있었다.
"왜? 무슨 일인데 그래?"

으스스한 예감에 사로잡히며 창우는 물었다. 간신히 용기를 낸듯, 그러나 여전히 울면서 신자가 말을 꺼냈다.
"아빠한테 모든 걸 얘기해버렸어요. 우리 사이에 있었던 일을 모두요. 이웃 사람들한테 들어서 다 안다구, 감추지 말구 자백하라구……."
창우는 가슴이 덜컹 내려앉고 온몸에서 힘이 빠져나감을 느꼈다.
"바보같이, 절대로 말하지 않기로 했잖아!"
"술을 잔뜩 마시구 와서 마구 때리잖아요. 어젯밤 밤새도록 얻어맞았어요. 안 살면 그만이지 싶어 말해버렸어요."
3년 동안 부부처럼 사랑했던 여자가 우락부락한 남편의 주먹에 얻어맞고 발길에 채이고 머리채가 뽑히고 있는 장면이 눈에 보듯 생생하게 상상되어 창우는 가슴이 아팠다.
"나, 죽어버리고 싶어요. 하지만 아이들이 너무너무 불쌍해요."
그 여자의 자식들에 대한 헌신적인 애정의 지극함은 창우가 잘 알고 있었다. 국민학교 5학년, 3학년 그리고 유치원에 다니는 아들딸들을 신자는 무서운 집념을 가지고 보호해왔다. 그 여자가 이 세상에서 진실로 사랑하고 있는 대상은 그 아이들뿐이라는 걸 창우는 잘 알고 있었다.
"죽다니……그런 나쁜 생각말구……으음, 이따가 좀 만날까?"
"안 돼요, 아빠가 자기 만나러 갈 거예요."
"뭐? 날 만나러 온다구?"
"아무리 가지 말랬지만……. 정말 나 죽고 싶은 마음뿐예요. 용서해주세요. 혀를 깨물고 죽어버리는 건데."
신자의 남편이 금방 사무실로 쳐들어와 많은 동료들이 보는 앞에서 주먹질을 해댈 것 같아서 창우는 온몸이 떨리기 시작했다.
"자리를 피하세요. 그 사람, 화나면 꼭 짐승 같아요. 평소엔 얌전한데 화나면 물불을 못 가리고 꼭 미친 사람 같아요. 친구분한테 자기 회사 그만뒀다구 하라구 부탁해놓고 자리를 피하세요."

그것도 죄라고 일러주고 있는 신자에 대하여 창우는 앙큼하다기보다 차라리 가엾은 느낌이 들었다. 그래서 억지로 침착한 음성을 짜내어,

"알았어, 내가 알아서 할게 너무 걱정말구. 그리고 죽는다든가 하는 생각은 절대로 하지 말아. 아이들을 생각해야지."

"네, 정말……정말……."

정말 미안하다는 말이 하고 싶은 것이겠지 짐작하며 창우는,

"전화 끊어."

먼저 수화기를 놓아버렸다.

남편이 쳐들어 온단다. 자, 어떻게 한다지? 그러나 창우는 갑자기 아무 데라도 누워서 잠들어버리고 싶을 만큼 짙은 피로감에 휩싸이기만 할 뿐 뭘 어떻게 해야 좋을지 알 수 없었다.

신자를 처음 알게 된 것은 삼 년 전쯤 겨울 어느 날 밤이었다. 회사에서 일찍 퇴근하여 귀가하다가 동네 골목길에 있는 포장마차에 한잔 하러 들렀다. 손님이라곤 여자 한 사람뿐이었다. 차림새로 보아 정숙한 가정부인 같은데 살 희망을 잃은 사람 같은 표정으로 독한 소주를 반 병쯤 비워놓고 있었다. 미인이라고 창우는 생각했다. 그러나 이런 늦은 시간에 혼자 술을 마시고 있는 여자니 뻔한 여자라고도 생각했다. 창우가 들어선 지 얼마 안 되어 여자는 조용조용히 계산을 하고 나가버렸다. 묻지도 않았는데 포장마차 주인여자는 창우에게 그 여자에 대하여 알고 있는 걸 얘기했다. 며칠 전에 이 동네로 전세집을 얻어 이사온 여잔데 아이가 넷 달린 과부이고, 아이들을 재워놓고 나서 저렇게 술을 마시러 온다는 것이다. 술을 마셔야만 잠이 오기 때문이다. 파출부를 하면 한 달 수입이 얼마나 되는지 알고 있느냐는 등 묻는 걸 봐서 생계가 퍽 어려운 과부인 모양이라고 포장마차 주인은 말했다. 다음날 밤에 창우는 일부러 그 포장마차를 찾아들었다. 오늘은 창우가 먼저였다. 여자는 어제보다 더 살 희망 없는 얼굴로 조용히 술을 마시고 나갔다. 그 동안 내처 창우는 여자를 몰래 관찰했다. 죽음

의 그림자가 그 여자를 가득히 에워싸고 있음을 느꼈다. 수년 전 아내와 이혼하고 났을 때 그를 덮쳐오던 그 절망감이 지금 그 여자를 암흑 속으로 한 발짝 한 발짝 끌어당기고 있음을 창우는 보는 듯했다. 그 다음날 밤엔 그 여자가 오기를 기다리는 일초 일분이 그렇게 지루할 수가 없었다. 그 여자가 오지 않으면 온 동네를 한 집 한 집 뒤져서라도 찾아내고 말겠다고 생각했다. 여자가 들어섰을 때 그는 자기가 그 여자 없이는 살아가기 어려울 것 같다는 확신을 가졌다. 다음날부터 그들의 사랑은 시작되었다. 그러나 신자는 한사코 결혼만은 동의하지 않았다. 아이들에게 의붓아버지를 갖게 하고 싶지는 않다는 것이었다. 매일 적당한 시간에 창우의 아파트로 와서 빨래니 청소니 김장 따위의 살림을 해놓고 가고 일요일 같은 때 비교적 오랜 시간 창우에게 와서 함께 지내는 걸로 그들의 부부생활은 만족할 수밖에 없었다. 창우의 적잖은 수입은 두 집 살림에 투입되었다. 신자의 아이들은 남의 집 애들 못잖은 윤기를 가질 수 있었다. 그 동안 신자는 한 번도 남편이 경제사범으로 교도소에 들어가 있다는 말을 하지 않았다. 그냥 과부인 체해왔다. 그 사실을 실토한 것은 일주일 전, 남편의 석방통지를 받고 나서였다. 이용당했다고 분해하고 있기에는 너무나 어처구니없는 가슴 아픈 이별이었다. 남편하고는 이혼하겠다며 울고 있는 신자를 오히려 달래야 했다. 아이들을 봐서 절대로 이혼하지 마라, 너처럼 착하고 예쁜 여자를 3년 동안이나 사랑할 수 있었던 걸로 난 하느님께 감사한다, 남편에게 결코 그 동안의 일을 말하지 말고 너도 잊어버리고 나도 잊어버리고 깨끗이 헤어지자, 그랬었는데 이제 남편이 쳐들어온단다. 진짜 과부인 줄로만 알았다고 변명할 말이 없는 건 아니지만, 그 남편의 입장에서 창우를 보면 얼마간의 돈으로 유부녀를 농락한 파렴치한 사내로밖에 안 보일 게 틀림없었다.

아아, 죽고 싶은 건 나라고 생각하고 있는데 전화가 걸려왔다. 굵고 겸손한 남자의 음성이었다.

"이창우 씹니까? 전, 신자의 남편입니다. 직접 찾아뵐까 하다가 혹시라도 불안해 하실 거 같아서 이렇게 전화로 말씀드립니다. 뭐라고 감사해야 할지 모르겠습니다. 이 선생이 아니었으면 우리 식구 모두 굶어죽었을 겁니다. 이 선생이 지으신 죄야 제가 진 죄에 비하면 죄나 되겠습니까? 정말 무어라고 감사해야할지……."

이어지고 있는 남자의 겸손한 말을 들으며 창우는 교도소란 어떤 곳일까 하는 좀 엉뚱한 생각을 하고 있었다.

저녁 식사

김인식 씨가 근무하는 지업사(紙業社)는 종로 2가 뒷골목에 있다. 5층짜리 건물의 4층에 세들어 있는데 김인식 씨의 책상은 북쪽 창가에 있기 때문에 하루 종일 가도, 아니 지난 10년 동안에 단 한 번도 햇볕이 든 적이 없다. 경리상무(經理常務)라는 직책은 책상에 붙어 앉아 드나드는 전표나 수표를 관리하고 전화로 거래처에 송금 독촉이나 해대는 것이어서 외출도 별로 못 하고 바깥 햇볕 구경하기란 절망적이다. 김인식 씨는 자신이 한 마리 바퀴벌레라 치부해버리고 살고 있다. 태어났으니깐 살긴 살아야겠고 살긴 살아야겠으니까 햇볕도 들지 않는 구석지라도 이게 내 몫이려니 여기며 묵묵히 지내고 있는 것이었다. 부양가족은 많고 가진 재주는 없는 것이다.

어느 여름철 금요일 오후 다섯시경, 김인식 씨는 좀 이상한 전화를 받았다. 새처럼 젊은 여자의 음성이었다.

"상무님이세요? 안녕하셨어요? 저어 미스 정이에요."

"미스 정……이라니……누구……?"

"어머, 상무님, 벌써 잊으셨어요? 작년에 을지로 3가 매장에서 경리보던 미스 정이에요. 본사 심부름을 제가 다녔잖아요?"

"아아, 그 미스 정. 결혼한다구 회사 그만두셨지?"

"결혼은 깨져버렸어요. 남자 쪽에서 속인 게 있었거든요."

"저런!"

"상무님, 저 지금 요 일층 다방에 와 있거든요. 저녁 약속 있으세요? 제가 저녁 대접하려구 왔거든요."
"저녁을 사겠다구? 무슨 일인데? 왜? 전화로 하면 안 될 일인가요?"
"부담 갖지 않으셔두 돼요. 취직 부탁하는 건 아니니까요. 그냥 이것저것 상담 좀 할까 하구요. 믿고 의논드릴 수 있는 분은 저한테는 상무님 한 분밖에 없거든요."
"그래요? 그렇다면, 자아 이거 어떻게 하지, 마감시간이 돼서 제일 바쁜 시간인데……. 지금 잠깐 내려가지요."
"아녜요. 일 다 끝내시구 오세요. 저 읽을 책 가져왔어요. 몇 시간이든지 기다릴 수 있어요."
"그래요? 나 일곱시에나 끝날 텐데?"
"두 시간밖에 안 남았잖아요? 제 걱정마시고 일 다 끝내시고 오세요. 그 대신 인천에 생선회 먹으러 가셔야 해요."
"인천에? 인천까지 아무튼 그건 이따가 얘기하기로 하고 그럼……."
"네, 이따가 봐요."
수화기를 내려놓은 김인식 씨는 잠시 고개를 갸웃거렸다. 아니라고는 하지만 결국 취직 부탁이겠지. 상사(上司)대 부하 직원으로 덤덤하게 겨우 삼개월 정도 함께 것밖에는 농담 한 마디 주고받은 기억도 없는 사이인데 느닷없이 나타나서 믿고 의논할 사람이 나밖에 없다니, 이상한 계집애 아닐까? 그러나 사실일 수도 있겠지. 가정에만 박혀 있다가 사회 경험이라고는 그 삼개월이 고작이었다면 그대 직계 상사이던 내가 그 여자 눈에는 가장 믿고 의논할 수 있는 상대로 비칠 수도 있겠지. 이리저리 생각해보는 김인식 씨에게는 그러나 누가 뭐라 해도 수화기를 통해 전해오던 젊은 여자의 명랑한 느낌은 아침 바람처럼 신선해서 가슴 깊이 들이마시고 싶었다. 내가 벌써 늙었구나, 마흔다섯 살인 것이다.

일곱시라고 했지만 기다리고 있는 사람의 지루함을 생각해서 김인식 씨는 여섯시가 되자 잔무를 내일로 미루고 자리에서 일어섰다. 십만 원을 가불했다. 인천엘 가자고 했으니 어차피 비싼 저녁이 될 거구 여자가 사겠다고는 했지만 부하 직원 같은 젊은 여자에게 얻어먹을 수가 있나. 내가 사는 게 도리지.

옆자리에 귀여운 새처럼 쉴새없이 재잘거리는 젊은 여자를 태우고 경인고속도로를 달리는 김인식 씨는 자기가 오너 드라이버가 된 보람을 처음으로 느끼는 것 같았다.

"어머, 상무님, 운전 잘하신다. 차 산 지 육개월밖에 안 됐다는데 어찌 그리 운전을 잘하세요?"

"육개월 됐다는 거 누구한테 들었지?"

"경리과 미스 김한테서요. 가끔 만나거든요. 상무님 아버님께서 지난 겨울에 돌아가셨다는 얘기도 들었어요. 사모님은 지난 달에 맹장 수술 받으셨다면서요?"

"훤하시군, 왜 나한테 관심이 많지?"

"좋으신 분이니까요."

"아아, 이거 큰일나겠네. 저녁은 내가 살 테니까 내 가슴 그만 뛰게 하라구."

"가슴이 뛰세요?"

"그럼 뛰잖구. 젊은 여자가 찬사를 하는데."

"그냥 사실대로 말한 것뿐인데. 상무님 성품이 원래 좋으시잖아요."

이런 식으로 미스 정은 끊임없이 재잘거렸다. 약혼자가 알고 보니 대학 졸업이란 것도 거짓말이었고 동생이 둘밖에 없다고 했는데 사실은 다섯이었고……. 영리하고 재치있고 화제가 풍부한 젊은 여자의 말소리는 김인식 씨에게는 밝은 햇살 같았고 유쾌한 음악 같았다. 삼만 원짜리 광어회가 조금도 아깝지 않고 맛있게 먹어대는 미스 정의 입놀림이 귀엽기만 했다. 이러다가 내가 바람이 나겠는걸. 돈타령만

하는 마흔두 살짜리 아내를 떠올려보며 김인식 씨는 자신의 가슴에 젖어드는 야릇한 소망을 힘껏 억제했다.

밤 열두시가 임박한 시간에 미스 정을 집 근처에 내려주면서 김인식 씨는 결국 말하지 않을 수 없었다.

"오늘 정말 즐거웠어. 덕분에 인천 바닷바람도 쐬구 말야. 회사에서 쌓인 스트레스가 다 풀린 거 같애. 어때, 우리, 가끔 인천에 저녁 먹으러 가는 게?"

"딱 저녁만 먹는 거예요."

"그러엄. 저녁만 먹는 거지. 미스 정 얘기하는 게 재미있어서 말야."

"그러시다면, 으음, 오늘이 금요일이죠? 다음 주 금요일에 갈게요. 매주 금요일이 좋겠어요. 상무님은 어떠세요?"

"좋아, 매주 금요일."

"저녁 잘 먹었어요. 안녕히 가세요."

"다음 주 금요일!"

다음 주 금요일이 되자 김인식 씨는 아침부터 일이 손에 잡히지 않았다. 전화벨이 울릴때마다 신경을 집중시켰으나 오후 여섯시가 다 되도록 미스 정의 전화는 없었다. 그 대신 총무부장이 우울한 얼굴로 다가와,

"저어, 상무님, 조용히 드릴 말씀이 있는데요. 미스 정이라는 아이 아시죠?"

아래층 다방으로 가서 마주 앉자 총무부장은 더욱 우울해진 얼굴로 얘기를 꺼냈다.

"맹랑한 기집애예요. 월화수목금토로 매일 한 남자씩 정해놓고 저녁식사 바가지 씌우는 거예요. 싼 음식이나 먹나요. 비싼 생선회 아니면 갈비, 최하가 부페지요. 솔직히 말씀드려서 자주 만나다보면 남자 욕심이 어디 저녁 먹고 얘기하는 걸로만 끝나요. 욕심 좀 부리려 하면 요 얌체 같은 게 싹 빠져 달아나버리지요. 밥값 생각이 나서 화가

나더란 말씀예요."

"욕심 좀 부린다는 건 어떻게……?"

"뭐 키스 같은 거 그런 거죠, 뭐."

"화가 나서 어떻게 했나?"

"내가 음식을 먹은 배를 몇 대 쥐어박았죠. 그랬더니 장 파열이 돼서 지금 병원에 입원해 있어요."

"……자넨 무슨 요일날 남자였나?"

"월요일였죠. 이 기집애가 글쎄 요일별로 월씨(月氏) 화씨(火氏) 수씨(水氏) 정해놓고 있잖아요. 요즘 기집애들이란 참 무섭더라구요."

"그럼 난 금씨(金氏)가 됐나? 그나저나 겨우 저녁 한 끼 가지고 뭘 그렇게 화를 냈나."

나무라듯 말하는 김인식 씨에게는 만남이 거듭됐더라면 자기 역시 욕심을 부렸을 것이고 때렸을 게 틀림없다는 생각이 들었고, 그러나 더욱 세차게 밀려드는 것은 그 외로운 처녀의 밝은 햇살 같기도 하고 귀여운 새소리 같기도 한 재잘거리는 음성에 대한 그리움이었다.

반닫이 여인

혜경이는 서울에서 살고 있는 젊은 가정주부입니다. 예쁘게 생겼지만 깍쟁이고 짜증을 잘 냅니다. 착한 남편은 혜경이 말이라면 뭐든 잘 들어줍니다.

"우리도 시부모님과 따로 살자구요. 어른들과 한 집에서 살자니 감옥살이하는 거 같아요."

"나도 가정부를 둬야겠어요. 말썽꾸러기 아이를 둘씩이나 돌보며 밥해 먹으랴, 청소하랴, 허리가 아프고 팔다리가 후들거려요."

"우리도 아파트로 이사가요. 편리한 게 많고 문화적이래요."

"나도 다른 여자들처럼 꽃꽂이 배우러 다닐래요."

남편은 혜경이가 꽃꽂이뿐만 아니라 그림도 배우러 다니도록 도와줬습니다.

"요즘엔 골동품 수집이 유행이래요. 우리도 뭐 좀 사다두자구요."

남편은 혜경이가 맘에 들어하는 커다란 반닫이를 사주었습니다.

그 소박한 생김새며 장식 쇠못하며가 한국의 공예품답게 의젓해서 남편도 기뻤습니다.

그런데 반닫이를 들여온 지 한 달쯤 지난 어느 날 밤 일입니다. 남편은 회사일로 외국 출장을 가서 없고 아이들은 다른 방에서 가정부가 데리고 잠들어 있었습니다. 혜경이는 며칠 전에 남편과 다투었던 일을 생각하며 잠 못 이루고 있었습니다. 다툰 까닭은 혜경이가 화투를 치러 다니는 것 때문이었습니다. 아파트 동네의 한가한 주부들 사이에서는 요즘 화투 노름이 유행입니다. 혜경이는 남들이 하는 건 다 해보고 싶은 여자입니다. 그러나 너그러운 남편도 화투만은 화를 내며 말렸습니다.

"아이들을 가정부한테만 맡겨놓고 화투나 치러 다니는 여자를 나는 좋은 아내라고 생각할 수가 없어!"

남편이 시뻘건 얼굴로 하던 말을 되새겨보고 있는데 반닫이 문짝이 스르르 열리더니 그 속에서 창백한 얼굴의 여자가 나타났습니다. 혜경이는 너무너무 무서워서 숨도 크게 못 쉬었습니다.

반닫이에서 나온 혜경이 또래의 젊은 여자는 아름다운 얼굴이었지만 흙물이 군데군데 묻은 삼베 치마저고리를 입은 초라한 모습이었습니다. 사뿐 다가오더니 떨고 있는 혜경이의 손목을 다정하게 잡고 미소 띤 입으로 말했습니다.

"나는 백오십 년 전에 죽은 여자의 귀신입니다만 놀라지는 마세요. 이 반닫이는 원래 내가 시집갈 때 친정에서 해준 혼수품이었죠. 여자란 자기가 시집올 때 해온 물건을 얼마나 사랑하는지 당신도 잘 아실 거예요. 친정부모님의 정성과 시집가는 처녀의 모든 꿈이 담긴 물건이니까요. 그 애착 때문에 주책없이 죽어서도 이렇게 항상 이 반닫이를 따라다닌답니다. 참, 내 결혼 생활 얘기를 들어보세요. 그때는 누구나 다 그랬지요. 새벽 첫닭 울 때 일어나서 물을 긷고 많은 식구의 밥을 짓고 낮엔 밭농사, 밤엔 길쌈, 사랑하는 남편과 아이들을 겨우 대할 수 있는 건 밤늦어 잠자리에나 들었을 때 잠깐뿐이죠. 그러나 행복했어요. 남편이 '피곤하지?' 하며 꼬옥 안아주면 하루의 피곤이 다 풀리는 것 같았어요. 당신도 피곤하도록 일을 해보세요. 사랑은 피곤하도록 일을 하는 부부 사이에만 있답니다. 화투 같은 건 하지 마세요. 내가 셋째 아이를 낳다가 피를 너무 많이 흘려 죽었을 때 남편이 얼마나 울어줬는지 아세요?"

남편이 출장에서 돌아와보니 혜경이는 가정부도 내보내고 열심히 집안일을 하고 있었답니다.

움마 이야기

　어느 늦가을날 밤, 황촌 마을에서 송아지 한 마리가 태어났습니다. 그날 밤, 황촌 마을사람들은 습관에 따라 일찌감치 저녁밥을 먹고 잠자리에 들었으나 마을의 소들이 번갈아가며 내지르는 움매애 소리에 신경이 쓰여 여느때처럼 쉽게 잠이 들지 못했습니다. 어미소가 송아지를 낳는 고통 때문에 지르는 신음 소리를 듣고 이 집 저 집의 소들이 '힘을 내라'고 지르는 소리였습니다만, 마을사람들에게는 그렇잖아도 유난히 캄캄하고 바람이 세차게 부는 밤중의 끊임없이 이어지는 소들의 긴 울음소리가 몹시 처절하게 들려서 뒤숭숭했던 것입니다.
　"굉장한 놈이 나오는 모양이구먼."
　"두 마리가 나오는 모양이지요?"
　"팔돌이집은 부자 된 거여. 새끼 두 마리가 다 암컷이라면 말여."
　팔돌이네 옆집 사람들은 이불 속에서 이렇게 속삭였습니다.
　그러나 태어난 것은 한 마리 수컷이었습니다. 외양간 속을 들여다 보고 나오던 팔돌이 할아버지와 아버지의 얼굴은 섭섭하다는 표정이었습니다. 자라면 새끼를 낳을 수 있는 암송아지는 수컷보다 값이 비싸기 때문입니다. 할머니만은,
　"방정맞게 허는 왜 차시우? 오던 복도 도루 나가겠소. 수놈은 소 아닌가 뭐."
　라고 말하며 재빨리 정한수 그릇을 소반에 받쳐 외양간 앞에 놓고 그

앞에 쭈그리고 앉아 삼신님께 고맙다고 손 비비기 시작했습니다.
　내일 보라는 어른들의 말에 송아지 보고 싶은 마음을 꾹 누르고 있는 팔돌이 형제들은 마루에 앉아서 갓 태어난 송아지의 이름을 짓고 있었습니다. 외양간에서 들려오는 가냘픈 울음소리를 듣고 있던 막내 팔돌이가,
　"움마래여, 움마. 지 이름이 움마래여. 시방 송아지가 저 입으로 그랬단 말여."
　우겨대는 바람에 갓난 송아지의 이름은 '움마'가 되었습니다.
　외양간 속에서는 어미소가 혀로 움마의 온몸을 골고루 핥아주고 있었습니다. 어미의 혓바닥이 정성스레 핥고난 자리에서 고운 털이 석유램프 불빛을 받아 비단처럼 반짝였습니다. 다 핥고 났을 때 움마는 가느다란 네 발로 땅을 버티며 일어서려고 했습니다. 그러나 아직은 힘이 없이 픽 쓰러지곤 합니다. 태어나자마자 제 발로 서려는 모양이 몹시 대견한 듯 어미소는 눈을 반쯤 뜨고 움마를 지켜보고 있었습니다. 그러면서 어미소는 더러운 것이 항상 더덕더덕 묻어 있고 진드기도 몇 마리쯤은 항상 붙어 있고 느릅나무 가지로 된 코뚜레로 코가 꿰어져 있는 자기의 더럽고 못난 몸에서 저처럼 깨끗하고 예쁜 것이 나왔다는 사실이 믿어지지 않을 만큼 기쁘고 자랑스럽게 그래서 움마가 몹시 소중하게 생각되는 것이었습니다.
　이담에 저 녀석은 틀림없이 훌륭한 놈이 될 거야. 어미소는 그렇게 생각하면서, 그러니까 잘 길러야지, 라고 자신있게 다짐했습니다만, 그러나 어떻게 되는 것이 훌륭하게 되는 것이고 어떻게 기르는 것이 잘 기르는 것인지는 모르는 어미소였습니다.

　보리 이삭들이 파랗게 패기 시작하는 봄이 되었을 때 움마는 제법 송아지 꼴로 자라 있었습니다. 이만저만한 장난꾸러기가 아니었습니다. 모이를 쪼고 있는 닭들 곁으로 살금살금 다가가서 갑자기 움매애 소리지르며 네 굽을 굴러 닭들이 놀라서 달아나게 하기도 하고, 성급

한 마을사람들이 종자벼를 햇볕에 말리기 위해 멍석에 널어놓은 것을 뿔뿔이 헤쳐놓기도 하고, 외양간에서 슬그머니 빠져나와 시냇가로 달려가서 자갈을 뒤집으며 놀기도 했습니다. 그럴 때는 으레 화난 사람들에게 쫓겨오거나 팔돌이 형제들이 워워 소리치며 몰아대는 바람에 할 수 없이 외양간으로 돌아옵니다. 그러면 어미소는 근심스런 얼굴로 코를 움마의 얼굴에 갖다대고 비비며 이렇게 말하곤 했습니다.

"사람들의 비위를 상하게 해서는 안 돼요. 말을 잘 들어야 신세가 편한 거예요."

어미소가 가르칠 수 있는 말은 이제 이것밖에 없었습니다. 이젠 싫증이 날 만큼 잘 알고 있는 말이기 때문에 움마는 어미가 꾸지람할 기색이면 얼른 제 쪽에서 먼저 "사람의 말을 잘 들어야 편한 거예요."라고 말해버리거나 몹시 배가 고프다는 표정으로 이젠 젖도 나오지 않는 어미의 젖꼭지를 물고 쪽쪽 빨아먹는 시늉을 해버리기도 합니다. 그러면 어미소는 걱정스런 마음도 금세 없어지고 이 세상에서 가장 행복한 것은 자기와 움마라고 생각하는 것이었습니다.

그런데 딸기가 빨갛게 익고 보리 타작이 한창인 초여름 어느 날 아침, 움마에게 슬픈 일이 생겼습니다. 그날 어미소는 신작로 근처에 있는 팔돌이네 논에서 쟁기질을 하고 있었고 움마는 신작로 가에 자라 있는 풀을 뜯고 있었습니다. 풀도 어지간히 뜯어먹어서 심심해진 움마는 곧게 뻗은 신작로를 따라 슬슬 걸어간 것이 화근이었습니다. 근처 딸기밭으로 놀러가던 승용차 한 대가 달려오다가 신작로 복판을 어슬렁거리며 오는 송아지를 보고 장난삼아 몰아대기 시작했습니다. 움마는 오던 길로 되돌아 죽을 힘을 다해 도망치기 시작했습니다. 금방 꽁무니에 부딪칠 듯한 차를 피해 이리뛰고 저리뛰면서도 옆논으로 피해버릴 꾀는 내지 못했습니다. 차에 타고 있는 주정뱅이들은 신이 나서 떠들고 움마는 비명을 지르며 신작로를 달리고 있었습니다. 이 광경을 어미소가 보았습니다.

쟁기질이나 하고 있을 때가 아닙니다. 팔돌이네 아버지가 아차 했을 때 어미소는 이미 무거운 쟁기를 끈 채 신작로로 달려가 온몸으로 차 앞대가리를 들이받고 넘어져버린 뒤였습니다.

그날 밤 움마는 어미소 없는 외양간에서 애처롭게 울면서 혼자 지내야 했습니다. 아침에 움마의 코에는 전에 못 맡던 역겨운 냄새가 풍겨왔습니다. 그것이 어미소의 고기가 삶아지는 냄새라는 것을 까맣게 모르고 있었습니다.

"어디로 가니?"
하며 점백이가 움마의 곁으로 다가오며 물었습니다.
"시냇가로 가겠지 뭘."
움마는 대답했습니다.

움마를 몰고 오던 막내 팔돌이가 점백이를 몰고 오던 석이의 귀에 대고 무어라 소곤거렸습니다. 움마와 점백이는 오늘도 같이 지낼 수 있게 된 것이 기뻐서 딴 데 정신 팔 겨를이 없었습니다. 점백이는 움마보다 다섯 달 늦게 세상에 태어난 석이네 암송아지입니다. 이미 뿔이 돋기 시작한 움마에 비하면 몸도 가냘프고 어려 보이지만 움마와는 가장 친한 사이입니다. 날씨가 맑은 날, 시냇가 풀밭에서 다정하게 풀을 뜯고 있는 중소 두 마리가 보이면, 아아 또 움마와 점백이가 데이트를 하고 있군, 해도 틀림없었습니다.

오늘도 주인들이 으레 시냇가로 데려다주겠지, 믿고 동구 앞까지 왔을 때, 막내 팔돌이는 움마를 느티나무 밑으로 데려갔습니다. 그곳에는 팔돌이 할아버지와 아버지를 비롯하여 마을어른들이 몇 사람 모여 있었습니다. 석이는 점백이를 데리고 곧장 시냇가 쪽으로 가는 것이었습니다.

"오늘은 왜 이럴까?"
점백이가 안타까운 듯 소리쳤습니다.
"뭐 곧 뒤따라가겠지. 먼저 가 있어."
움마가 말했습니다.
"금방 와."

하고 점백이가 돌아보며 외쳤습니다.
 움마는 불길한 예감이 들었습니다. 마을어른들이 팔돌이 할아버지의 지시를 받으며 여기저기 말뚝을 박고 쇠꼬챙이를 준비하기 시작하는 걸 보자 움마는 겁이 더럭 났습니다. 그래서 느티나무에 매인 밧줄을 풀고 도망치려고 네 굽을 구르며 비명을 질렀습니다.
 그러나 막내 팔돌이가 다가와 잔등을 쓰다듬으며 달랬습니다.
 "오늘부터 니는 어른이 된단 말여, 어른이 되는 거란 말여."
 잠시 후에 움마는 네 발이 말뚝에 비끄러매어지고 코가 꿰뚫리고 느릅나무 가지로 만든 코뚜레가 꿰어졌습니다. 그 동안 움마는 여러 차례 거품을 물며 정신을 잃었습니다.
 맑은 정신이 들고 보니 시냇가였습니다. 점백이가 저만큼에서 서먹서먹한 표정으로 이쪽을 보고 있었습니다. 움마가 반가워서 말하려는데 점백이는 슬픈 얼굴로 슬그머니 외면해버리는 것이었습니다. 그제야 움마는 자기 코에 코뚜레가 걸렸다는 사실을 깨닫고 얼굴이 화끈 달아올랐습니다. 냇물로 달려가서 물에 비친 자기의 모습을 보았습니다. 아아, 자유스럽던 어린 시절은 끝이 나 있었습니다. 움마도 이제부터는 무거운 쟁기를 끌며 논일을 해야 할 때가 온 것입니다. 몸에는 더러운 것들이 더덕더덕 말라붙을 것이고 진드기도 달라붙어 피를 빨기 시작할 것입니다. 밤 늦게나 피곤한 몸을 외양간에 눕혔다가 새벽 일찍 들로 나가서 일해야 할 때가 온 것입니다. 점백이와 함께 마냥 쏘다니며 풀이나 뜯고 장난치던 때는 이미 끝나버린 것입니다.

 몇 년이 흘렀습니다. 이제 움마는 논일에도 익숙한 튼튼한 황우(黃牛)가 되어 있었습니다. 먹고 자고 일하는 것밖에는 아무 생각도 없게 되어버렸습니다. 어린 시절의 일은 모두 잊어버렸습니다. 그런 중에서도 새로운 기쁨도 있었습니다.
 그것은 점백이가 낳은 새끼 두 마리를 바라보는 기쁨이었습니다. 점백이도 이젠 코뚜레를 걸친 튼튼한 암소로서 논일을 하고 있는데 얼마 전에 새끼 두 마리를 낳아서 거느리고 다닙니다. 그것이 움마의 씨라는 것을 누구보다도 움마는 잘 알고 있었습니다. 쟁기질을 하면서도 움마가 눈을 떼지 않는 곳은 먼 논에서 뛰어다니고 있는 송아지 두 마리입니다. 그 두 마리를 보는 기쁨은 아무리 힘든 일일지라도 가볍게 생각하게 해주었습니다. 그렇기 때문에 걱정도 있었습니다. 저것들만이라도 우리보다는 좀 낫게, 자유롭게 살 수 있게 해줄 수가 없을까? 그러나 한낱 걱정에 지나지 않을 뿐 뾰족한 방법은 생각나지 않았습니다.

자기도 결국 어미소가 그랬듯이 "사람들의 비위를 상해서는 안 돼요. 말 잘 들어야 신세가 편한 거예요."라는 말밖에 해줄 것이 없을 것 같았고 그래서 안타깝기도 했습니다.

그런데 팔돌이네 집안 사정은 움마가 그런 걱정을 하고 있을 만큼 여유가 없었습니다. 서울에서 대학 다니는 큰 팔돌이의 등록금 때문에 움마를 소장수들한테 팔기로 한 것입니다. 어느 날 아침 움마는 전에 없이 잘 차린 아침 식사를 했습니다. 팔돌이네 식구들이 슬픈 얼굴로 번갈아가며 외양간으로 들어와 움마의 잔등을 쓰다듬기도 하고 얼굴을 쓸어주기도 했습니다. 막내 팔돌이는 소장수들이 트럭을 몰고 올 때까지 숫제 외양간 안에서 지냈습니다. 차에는 다른 마을에서 실린 듯한 소들이 여러 마리 있었습니다. 달리는 차 위에서 움마는 들판을 뛰어다니고 있는 점백이의 송아지들을 보았습니다.

그러자 자기가 지금 영영 황촌 마을을 떠나는 것이라는 사실을 짐작하게 되었습니다. 차에서 뛰어내리고 싶었으나 빠르게 달리는 차 위에서는 버티고 서 있기도 어려웠습니다. 고작 긴 울음소리로 점백이와 송아지들을 불러볼 수 있을 뿐이었습니다. 그나마도 들리지 않았는지 아무 반응이 없습니다.

"배고팠지? 자, 실컷 먹어라."

며칠을 굶었는지, 이젠 더 이상 몸을 지탱할 수 없을 것만 같을 때

눈이 빨간 사내는 여물을 움마 앞에 갖다놓았습니다. 배가 너무 고프다 보니 떠나온 황촌 마을 생각이고 점백이고 없었습니다.
　오직 뭐 좀 먹었으면 하는 생각뿐이었습니다. 그럴 때 여물을 갖다 주는 사내는 하느님처럼 고마웠습니다. 움마는 코를 쑤셔박고 정신없이 먹어댔습니다. 팔돌이네 집에서 먹던 것과는 맛이 영 다르고 혀가 쓰린 여물이었지만 뱃속에서는 가리지 말고 넣어 보내달라고 성화였습니다. 잠깐 사이에 먹어치우고 나자 사내는 물통 옆으로 움마를 데려갔습니다. 아닌게 아니라 몹시 갈증을 느끼게 하는 여물이었습니다. 움마는 배가 터지도록 물을 마셨습니다. 잠시 후엔 우락부락한 사내들 여러 명이 손에 몽둥이를 들고 움마를 에워쌌습니다. 겁에 질린 움마가 미처 피할 겨를도 없이 움마의 온몸에 사내들의 몽둥이질이 내려 퍼부어지기 시작했습니다.
　"네 팔자도 불쌍하다만 우리도 돈 좀 벌어야겠다."
　"이래야만 물이 골고루 스민단 말야."
　사내들은 낄낄대며 움마의 비명 소리는 아랑곳없이 몽둥이질을 계속했습니다. 사내들이 가고 나자 움마는 정신을 잃고 쓰러졌습니다. 온몸이 퍼렇게 부풀어서 평소의 두 배나 커보였습니다.
　다음날, 멍이 들고 부풀어 뜬 듯 만 듯한 움마의 눈에 쇠줄이 철컥거리며 오르내리고 피비린내 나는 도살장 안의 풍경이 비쳤습니다. 움마는 조용히 눈을 감아버렸습니다. 더 버둥거릴 기운도 없었습니다. 다만 나직이 "사람들의 비위를 상하게 한 것도 별로 없는데."라고 중얼거려 보았을 뿐입니다. 감은 눈에는 황촌 마을 앞들에서 뛰놀고 있는 송아지들이 그립게 어른거렸습니다. 그러나 그것도 잠깐, 이마에서 딱 소리가 나는 것과 함께 그리운 풍경들도 사라져버렸습니다. 잠시 후에 움마의 몸뚱이도 산산조각으로 나누어져버렸습니다.

　며칠 후 어느 음식점에서 한 사람이 불고기를 먹으며 불평했습니다.
　"고기가 왜 이렇게 질겨!"

金承鈺의 작품세계
─ 소시민적 개인주의 자신있게 표방 ─

─ 文學評論家 ─   尹　柄　魯

1. 진정한 한글 세대의 작가

　진정한 한글 세대이자 새로운 감각의 신세대 작가군의 대표격인 김승옥(金承鈺)은 1941년 일본 오사카(大阪)에서 태어났다. 일본에서 1943년 귀국하여 본적지인 전남 광양에서 일시 거주하다가 전남 순천에 정착하여 성장하였다.
　서울대에 진학하여 문리대 불문과를 다니면서 김현, 염무웅, 최하림 등 훗날 우리 문학을 주도하게 되는 문우들과 함께 교우하면서, 나중에 이들에 의한 〈산문시대(散文時代)〉란 동인지를 중심으로 한 새로운 세대의 문학활동에 참여하게 된다.
　그는 1962년 〈한국일보〉 신춘문예에 단편 《생명연습(生命演習)》이 당선됨으로써 문단에 등단하였다. 1964년 단편 《무진기행(霧津紀行)》을 발표하여 문단의 주목을 받았고, 1965년 《서울 1964년 겨울》을 써서 제10회 동인문학상(東仁文學賞)을 수상하기도 하였다. 1966년 소설집 《서울 1964년 겨울》을 냈으며 1968년에는 〈선데이 서울〉지에 중편 《60년대식》을 연재하였다.

이 무렵부터 본격문학에서 벗어나 《강변 부인》 등 대중소설을 쓰는 길에 접어들게 되었으며, 소설보다는 영화각본을 쓰는데 주력하여 본격적 문학과는 거리를 두게 되었다.

1977년 오랜 침묵 끝에 《서울의 달빛 0장(章)》을 발표하여 〈문학사상〉사가 주관하는 제1회 이상문학상(李箱文學賞)을 수상하기도 하였으나, 그 뒤로 별다른 문학 활동이 보이지 않아 독자의 아쉬움을 사기도 하였다.

오늘의 중견 작가로서는 비교적 짧은 경력이라 하겠지만 그가 남긴 주옥 같은 단편소설들은 60년대적인 의미에서 '감수성의 혁명'이란 말까지 할 정도로 이채로운 존재이다. 김승옥으로 대표되는 '내성적 기교주의'라 일컬어지는 새로운 시대의 작품은 형식적인 면에 보다 중점을 두면서 그 형식에 대한 실험 자체가 시민의식과 결합되어 나타나고 있다는 점에서 중요하다고 하겠다.

그들은 50년대의 선배작가들처럼 무조건 현실에 대한 비판이나 무기력증을 사실적으로 표현하지는 않았다. 자신이 속한 사회에서 도대체 무슨 일이 벌어지고 있는지 내면적으로 반성하고 기교적으로 전달하는 과정 자체를 통해 삶의 의미를 되묻게 하는 것이었다. 삶과 언어에 대한 반성을 집요하게 추구한다는 점에서 그들의 문학형식은 건강한 시민으로서의 진정성이 있다고 하겠다.

1660년대에 들어서서의 가장 커다란 문학적 변모의 양상은 1950년대의 순수문학에 대한 반성으로 인해 나타난 사회에 대한 새로운 현실인식과 그 표현에 있어서의 한국어 의식이라고 할 수 있다. 즉 최인훈(崔仁勳)의 《광장(廣場)》으로 대표되는 사회에 대한 새로운 인식은 4.19로 인한 시민의식의 소산으로 볼 수 있다. 이와 같은 문학에 나타난 사회인식은 4.19와 5.16이라는 사회변혁적 소용돌이가 잠잠해지면서 그에 대한 문학인의 고민과 대응이 본격적으로 드러난 결과라고 할 것이다. 4.19로 상징되는 시민민주주의에 대한 열망은 김정한(金廷漢), 이호철(李浩哲), 전광용(全光鏞), 하근찬(河瑾燦) 같은 50년대 작가로부터 최인훈, 신상웅(辛相雄), 이문구(李文求), 방영웅(方榮雄), 정을병(鄭乙炳) 같은 60년대 신인작가에 이르기까지 일관된 모습이라 할 수 있다.

이러한 상황에서 김승옥, 이청준(李淸俊) 등 내성적이고 실험적인 창작기법을 과감하게 도입한 신인들에 의해 비로소 60년대 문학은 그 실상을 온전히 드러냈던 것이다. 사실 과거 구세대 작가에게는 일본어로 생각하고 한자가 섞인 문장을 써서 다시 한글로 옮겨야 비로소 제대로 된 소설문장을 쓸 수 있는 이중언어 의식이 남아 있었다. 그런데 김승옥에 이르러 비로소 우리 말로 생각하고 우리 글인 한글로 쓰는 진정한 한글 세대가 등장한 것이다. 우리 문학사뿐만 아니라 언어사적으로도 이는 중요한 문제임에 틀림없다.

2. 비정상적 삶에 대한 연민

진정한 한글 세대인 이들 60년대 신세대 작가의 선두주자로 불리는 김승옥의 문학세계는 어떻게 표상될 수 있는가? 그는 감각적인 문체, 한국어의 세련된 조응, 소설 배경과 인물 성격의 적절한 배치, 소설 구조적 완결성 등 탁월한 예술적 완성도를 갖춘 소설의 연금술사로 일컬어진다. 4.19의 시민 혁명적인 분위기를 문학적 언어로 환치시키면서 전후세대의 무기력증을 단숨에 뛰어넘었다는 평가를 받기도 하였다.

그의 소설에서는 대상을 바라보는 예민한 감성의 반응과 이국적이며 애상적인 문체가 돋보인다. 《생명연습》《무진기행》《서울 1964년 겨울》《60년대식》 등에서 작가는 새로운 세대의 감수성을 잘 보여주고 있다. 작중 인물들은 불안하고 답답한 분위기 속에서도 무책임하고 비굴하기까지 한 행동을 제멋대로 하고 있다. 그렇다고 해서 이들 인물들의 삶이 무의미한 것은 아니다. 해방과 전후(戰後)를 거치면서 모두들 사회와 역사 같은 커다란 거시적인 문제에 매달릴 때, 삶의 미세한 물결에 주목한 소시민적 자의식은 그 나름대로 가치가 있는 것이다. 이것은 시민의식의 내면화라 할 수 있다.

그의 데뷔작 《생명연습》에서 주인공이 교회 부흥회 장면을 연상하는 대목을 보자.

땀과 노래와 노래 박자에 맞추어 치는 손뼉 소리가 미친 듯이 날뛰다가 가끔 딱 그치고 갑자기 고요한 침묵의 시간이 생기곤 했는데 그런 때엔 나는 나지막이 들려오는 파도의 찰싹거리는 소리가 못 견디게 그리웠고 오늘밤 여기에 온 것이, 그리고 앞자리를 차지한 것이 어찌나 후회되던지 자꾸 혀를 깨물었다.

이렇듯 한 문장 속에, 감각에 호소하는 자유로운 문장의 리듬에 의해 금방이라도 부흥회의 소란스러운 장면이 눈앞에 펼쳐진 듯 느껴지게 하고, 그 속에서 소외된 주인공의 내면이 확연하게 드러나며 파도소리를 끄집어내는 감성까지 갖춘 것은 대단하다. 한글 소설이 가진 매력이 이만큼 발휘된 적이 이전에는 별로 볼 수 없었다.

《생명연습》에서 작가가 추구하는 것은 역사적 삶 같은 거창한 모습이 아니다. 오히려 비정상적인 삶에 대한 연민이다. 밤에 몰래 수음을 하는 선교사, 유학을 가기 위해 잔인하게 애인을 능욕하는 교수, 성장한 자식들을 아랑곳하지 않고 집안에 남자들을 끌어들이는 어머니, 그런 어머니의 남자 관계를 작문으로 써내려는 누이와 어머니를 죽이고자 하는 형 등 추악한 삶의 군상들이다. 그러나 그런 과거와 현재의 교차 속에서 주인공이 마음에 쌓아가는 것은 '자기 세계'에 대한 집착과 그로부터 표현

되는 연민의 감정이다. 삶이란 추잡하고 지저분하지만 살아볼 만한 가치 있는 것이란 김승옥 특유의 주제의식이 선명하게 떠오르는 것이다.

《생명연습》뿐만 아니라《환상수첩(幻想手帖)》《건(乾)》《누이를 이해하기 위하여》등 초기작품의 세계는 모두 그러한 자기세계에 대한 집착과 관련되어 있다. 만화가가 자기 자신의 혼이 담긴 직선을 그어야 한다거나, 오로지 남과 다른 자기만의 세계를 만들기 위해 기교만으로 뭉쳐진 연기를 보여야 하기도 하고(《누이를 이해하기 위하여》), 건강한 백치 아이를 낳고 싶으면서도 결국은 바닷가의 골방에서 숫자를 세어가며 수음을 하다 염전이 있는 바닷가에서 자살을 해야 하는 (《환상수첩》) 것이다.

《야행(夜行)》의 경우도 비슷하다. 이 작품에서 동료 은행원과 남모르게 동거를 하고 있던 현주는 대낮에 길을 가다가 어느 낯선 남자에게 끌려가 강간당하는 체험을 갖는다. 그 이후 그녀는 늦은 밤 길거리를 배회하면서 낯선 남자가 자길 끌고 가서 몸을 범해주길 기대한다. 도덕으로부터의 일탈을 부정적으로만 보는 것이 아니라 미적인 입장에서 새롭게 해석하려는 데 의의를 두는 것이다.

3. 윤리적 패배의식 극복

김승옥의 자기 집착적 초기문학의 세계는 1964년작《무진기행》을 통해 변모를 보인다.《무진기행》은 아침이면 짙은 안개로 덮이는 무진이란 공간을 배경으로 하여, 곧 대기업의 중역으로 승진할 주인공이 귀향하여 과거를 회상하고 현실 속에서 만나는 인물들과 뚜렷한 이유없이 갈등하고 사랑을 하다 무기력하게 떠난다는 이야기이다. 현실세계에서는 출세를 한 존재이지만 자아를 찾지 못했기 때문에 자기 존재의 이유를 확인하기 위해서 고향을 찾는다는 설정은, 이전의 자아 집착보다는 진전된 측면이다. 우울하고 답답한 분위기 속에서 지적 패배감이나 윤리적인 자기도피를 넘어서 보려 시도하지만 이도저도 아닌 애매모호한 행동만 반복된다. 그야말로 안개 속의 여행인 셈이다. 어차피 우리네 삶이란 안개 속을 뚫고 미지의 곳을 향해가는 항해 아니겠는가 말이다. 그러나 결국 자신이 돌아갈 곳은 '서울의 일상생활'이라는 것으로 끝맺음으로써, 이전 작품의 자기세계에서 벗어나 시민사회로의 편입이라는 소설구조를 완성하고 있다.

그렇다면 그가 비정상적인 자기세계 속에 집착하고 있다가 윤리적 패배의식을 극복하고 들어선 시민사회는 진정 가치있는 것일까? 이 해답은 1965년작 《서울 1964년 겨울》에 있다. 이 소설에서 김승옥은 꿈틀거리는 것을 사랑하는 서울거리의 소시민 셋을 등장시켜 그들의 행적을 통해 시민적 삶의 가치를 따져 보고 "우리가 너무 늙어버린 것 같지 않습니까?"라고 자조함으로써 우울한 진단을 하고 있다. 아내의 시체를 병원에 판 돈으로 밤거리에서 떠돌다 돈을 불구경하는 화재 현장에 던져버리고 여관에서 자살하는 가난한 서적 외판원의 행동을 통해, 주인공인 구청 직원이나 부잣집 대학원생이 느끼는 것은 너무 일찍 나이 먹어버린 한국 시민사회의 자화상이었던 셈이다.

이를 4.19 세대가 5.16에 느끼는 내밀한 반발심리라고 할 수 있다면, 조로해버린 소시민의 자의식이 나아갈 길은 어디였을까? 지나치게 개인의 자기세계에 집착하고 바깥세계에 대한 당당한 대결의지를 미처 갖추지 못한 김승옥의 시민의식은 결국 상업주의에 침해되고 만다. 《강변부인》같이 성희(性戱)가 줄거리를 지배하는 대중소설과 상업 영화각본에 주력함으로써, 이제 김승옥이 우리 시대의 작가가 될 수 없다는 점이 아쉽게 생각된다. 60년대 작가의 내성적 기교주의와 실험정신의 몫은 이청준 등 다른 작가에게 돌아간 느낌이다.

그러나 김승옥의 문학은 여전히 중요하게 생각된다. 그가 보여준 소외된 의식의 내면, 현대소설의 한 목표라 할 내성 탐구와 소시민적 개인주의가 자신있게 표방된 모범을 볼 수 있기 때문이다.

즉 1950년대까지의 기존 문학이 가진 도덕적 엄숙주의, 거창하고 무거운 주제의식에서 벗어나 소시민적 개인의 일상성(日常性)과 고립성을 문제삼고 세련된 한국어를 유감없이 발휘했다는 점에서 그의 소설은 문학사적 의미가 크다고 할 수 있다.

▨ 김승옥(金承鈺) 연보 ▨

1941년   12월 23일 일본 오사카[大阪]에서 아버지 김기선과 어머니 윤계자의 장남으로 태어남. 아명은 학길(鶴吉).
1943년   동생 영옥(英鈺) 태어남.
1945년   귀국하여 전남 진도에서 수개월 지내다가 본적지인 전남 광양에 일시 거주.
1946년   동생 상옥(尙鈺) 태어남. 순천으로 이사 정착함.
1948년   순천남국민학교 입학, 여순반란사건 발발. 부친 사망, 여동생 혜경 유복자로 태어남.
1949년   여수 종산국민학교(현재 중앙국민학교)로 전학.
1950년   6·25발발. 경남 남해로 피난. 수복 후, 순천북국민학교로 전학.
1951년   여동생 혜경 사망. 기독교 교회에 출석 시작하여 이후 고등학교 졸업 때까지 출석.
1952년   월간잡지 〈소년세계〉에 동시(童詩)를 투고하여 게재된 것이 계기가 되어 이후 동시, 꽁트 등 창작에 몰두.
1953년   순천중학교 입학, 교지편집, 학교 대표 배구선수, 학생회장 등 활동.
1957년   순천고등학교 입학, 교지편집, 학생회장, 학교 대표 배구선수 등 활동.
1960년   서울대학교 문리대 불문학과 입학, 4·19 터짐.
문리대 교내신문 〈새세대〉 기자 활동 시작하여 졸업 때까지 활동. 한국일보사 발행 〈서울경제신문〉에 연재만화를 아르바이트로 그려 학비를 조달.
1961년   독문학과의 김광규·김주연·염무웅·이청준, 영문학과의 박태순·정규웅, 불문학과의 주섭일·하길종·김치수·김현, 미학과의 김지하 등과 친교. 이 학우들과 문리대 문학의 밤, 시화전 등에 참가.
1962년   한국일보 신춘문예에 단편소설 《생명연습》 당선으로 문단에 데뷔. 강호무·김성일·김창웅·김치수·김현·염무웅·서정인·최하림과 동인지 〈산문시대〉 발간, 단편소설 《건(乾)》《환상수첩》 등 발표.
1964년   학점미달로 졸업 연기. 《역사(力士)》《무진기행(霧津紀行)》《차나 한잔》《싸게 사들이기》《확인해 본 열 다섯 개의 고정 관념》 등 발표.
1965년   서울대학교 졸업, 《서울 1964년 겨울》로 사상계사 제정 동인문학상 수상.
1966년   《다산성(多產性)》《내가 훔친 여름》 등 발표. 《무진기행》의 영화각본 집필을 계기로 영화계와 관계 시작.
1967년   김동인(金東仁)의 〈감자〉를 각본, 감독하여 영화로 만듦. 백혜욱과 결혼.
1968년   《60년대식》 발표, 이어령의 《장군의 수염》 영화각본으로 대종상 각본상 수상.
1969년   《야행(夜行)》 등 발표.
1970년   담시(譚詩) 《오적(五賊)》 사건으로 김지하 투옥. 이호철·박태순·이문구 등과 김지하 구명운동 시작.
1971년   장남 融世 출생. 월간지 〈샘터〉 편집.
1974년   차남 融台 출생. 영화각본 《어제 내린 비》《영자의 전성시대》 등 집필 이후 주로 영화각본 집필.
《겨울여자》《여자들만 사는 거리》《도시로 간 처녀들》 등 영화화.
1977년   《서울의 달빛 0장》으로 문학사상사 제정 제 1 회 이상문학상 수상.
1980년   장편 《먼지의 방》을 동아일보에 연재 시작했으나 광주사태로 인한 집필의욕 상실로 연재 15회만에 자진 중단.
1981년   4월 하나님의 계시를 받는 극적 체험. 성경 공부와 수도 생활 시작.
1983년   10월 두번째 예수 그리스도의 발현, 인도(印度) 전도의 사명을 받음.
1988년   샘터사 편집위원.
1991년   공연윤리위원회 위원.
1995년   김승옥 소설전집(전5권) 문학동네 출판.
1999년   세종대학교 국문학과 교수.
2001년   성결대에서 신학 공부.
2004년   세종대학교 퇴직.
2004년   산문집 "내가 만난 하나님" 도서출판 작가 출판.

東洋 古典 百選

1. **菜根譚**
   洪自誠 / 趙洙翼 譯解

2. **論　語**
   金榮洙 譯解

3. **大學·中庸**
   朱熹 / 金榮洙 譯解

4. **孟　子**
   金文海 譯解

5. **老　子**
   權五鉉 譯解

6. **莊　子**
   石仁海 譯解

7. **韓非子**
   許文純 譯解

8. **諸子百家**
   金榮洙 譯解

9. **史記列傳 Ⅰ**
   司馬遷 / 權五鉉 譯解

10. **史記列傳 Ⅱ**
    司馬遷 / 權五鉉 譯解

11. **栗谷의 思想**
    金榮洙 譯解

12. **內　訓**
    昭惠王后 / 李民樹 譯解

13. **千字文**
    周興祠 / 朴晛大 譯解

14. **孫子兵法**
    孫　武 / 孟恩彬 譯解

15. **明心寶鑑 365日**
    秋　適 / 趙洙翼 譯解

16. **漢文總論**
    朴晛大 編著

17. **小　學**
    朱熹 / 朴晛大 譯解

18. **牧民心書**
    丁若鏞 / 趙洙翼 譯解

19. **孝　經**
    朴晛大 譯解

20. **周　易**
    朴晛大 譯解

*계속 간행합니다.

일신서적출판사
121-110 서울시 마포구 신수동 177-3
영업부 : 703-3001～6　　FAX : 703-3009

당신을 영원한 감동의 세계로 안내할

完訳版 世界 名作100選

1	누구를 위하여 종은 울리나	E. 헤밍웨이
2	폭풍의 언덕	에밀리 브론테
3	그리스 로마신화	T. 불핀치
4	보바리 부인	플로베리
5	인간 조건	A. 말로
6	생의 한가운데	루이제 린저
7	분노의 포도	존 스타인 백
8	제인 에어	샤일럿 브론테
9	25時	게오르규
10	무기여 잘 있거라	E. 헤밍웨이
11	성	프란시스 카프카
12	변신 / 심판	프란시스 카프카
13	지와 사랑	H. 헤세
14 15	인간의 굴레 I II	S. 모옴
16	적과 흑	스탕달
17	테 스	T. 하디
18	부 활	톨스토이
19 20	바람과 함께 사라지다 I II	마가렛 미첼
21	개선문	레마르크
22 23 24	전쟁과 평화 I II III	톨스토이
25	백 경	허먼 멜빌
26	죄와 벌	도스토예프스키
27 28	안나 카레니나 I II	톨스토이
29	닥터 지바고	보리스파스테르나크
30 31	카라마조프가의 형제 I II	도스토예프스키
32	마지막 잎새	O. 헨리
33	채털리부인의 사랑	D. H. 로렌스
34	파우스트	괴 테
35	데카메론	보카치오
36	에덴의 동쪽	존 스타인 백
37	신 곡	단 테
38 39 40	장 크리스토프 I II III	R. 롤랑
41	마 음	나쓰메 소세키
42	전원교향곡·배덕자·좁은문	A. 지드
43 44 45	레 미제라블	빅토르 위고
46	여자의 일생·목걸이	모파상
47	빙 점 48 (속)빙 점	미우라 아야꼬
49	크눌프·데미안	H. 헤세
50	페스트·이방인	A. 카뮈
51 52 53	대 지 I II III	펄 벅

일신서적출판사

121-110 서울·마포구 신수동 177-3호
공급처 : ☎ 703-3001~6, FAX. 703-3009

당신을 영원한 감동의 세계로 안내할

完訳版　世界　名作100選

번호	제목	저자
54	안네의 일기	안네 프랑크
55	달과 6펜스	서머셋 모음
56	나 나	에밀 졸라
57	목로주점	에밀 졸라
58	골짜기의 백합(外)	오노레 드 발자크
59 60	마의 산 Ⅰ Ⅱ	도스토예프스키
61 62	악 령 Ⅰ Ⅱ	도스토예프스키
63 64	백 치 Ⅰ Ⅱ	도스토예프스키
65 66	돈키호테 Ⅰ Ⅱ	세르반테스
67	미 성 년	도스토예프스키
68 69 70	몬테크리스토백작 Ⅰ Ⅱ Ⅲ	알렉상드르 뒤마
71	인간의 대지(外)	생텍쥐페리
72 73	양철북 Ⅰ Ⅱ	G. 그라스
74 75	삼총사 Ⅰ Ⅱ	알렉상드르 뒤마
76	크리스마스 캐럴	찰스 디킨스
77	수레바퀴 밑에서(外)	헤르만 헤세
78	셰익스피어의 4대 비극	셰익스피어
79 80	쿠오 바디스 Ⅰ Ⅱ	솅키에비치
81	동물농장 · 1984년	조지 오웰
82	도리안 그레이의 초상	오스카 와일드
83	오만과 편견	제인 오스틴
84	설 국	가와바타야스나리
85	일리아드	호메로스
86	오디세이아	호메로스
87	실락원	J. 밀턴
88	나의 라임오렌지나무	바스콘셀로스
89	서부전선 이상없다	E. 레마르크
90	주홍글씨	A. 호돈
91 92 93	아라비안 나이트	
94	말테의 수기(外)	R. M. 릴케
95	춘 희	알렉상드르 뒤마
96	사랑의 기술	에리히 프롬
97	타인의 피	시몬느 보브와르
98	전락 · 추방과 왕국	A. 카뮈
99	첫사랑 · 아버지와 아들	투르게네프
100	아Q정전 · 광인일기	루 쉰
101 102	아메리카의 비극	드라이저
103	어머니	고리키
104		
105 106	암병동 Ⅰ Ⅱ	솔제니친

일신서적출판사

121-110 서울·마포구 신수동 177-3호
공급처: ☎ 703-3001~6, FAX. 703-3009

서울 1964년 겨울

발행일 2018년 7월 20일

- ■ 저 자 / 김　승　옥
- ■ 발행자 / 남　　　용
- ■ 발행소 / 一信書籍出版社

주 소 : ⬚1⬚2⬚1-⬚1⬚1⬚0 서울 마포구 신수동 177-3
등 록 : 1969. 9. 12. No. 10-70
전 화 : 703-3001~6
FAX : 703-3009

값 16,000원